Alexej Slapovsky

Das Formular

Alexej Slapovsky

Das Formular

Geheimschrift im Klartext

Roman

Aus dem Russischen
Von Alfred Frank

Claassen

Die Originalausgabe erschien 1997 unter dem Titel *Anketa*
im Verlag Kurs in Sankt Petersburg.

Der Claassen Verlag ist ein Unternehmen der
Econ Ullstein List Verlag GmbH & Co. KG

ISBN 3-546-00215-6

Satz: hanseatenSatz-bremen
Druck: Franz Spiegel Buch GmbH, Ulm

Eure Rede aber sei: Ja, ja; nein, nein.

Matthäus 5, 37

Ja und nein sollt ihr nicht sagen,
schwarz und weiß nicht nehmen.

Kinderspiel

Meine Abkunft ist ohne Ankunft.

S. und die Gruppe »Die Unsichtbaren«

Die Lüge ist die Grundform der menschlichen Existenz.

Dieses Postulat gefällt mir selbst nicht, doch sein Missfallen darüber zu erklären ist genauso zwecklos wie das Gesetz der Anziehungskraft der Erde zu negieren.

Tröstlich ist nur, dass den *Inhalt* des Lebens nicht immer die Lüge bildet.

Dem entgegen steht freilich der ernüchternde Gedanke an die *Einheit von Form und Inhalt.* Ein der Form nach lügenhaftes Leben hat zwangsläufig auch einen lügenhaften Inhalt, und zum lügenhaften Inhalt eines Lebens kommt zwangsläufig die lügenhafte Form.

Neben der Einheit gibt es glücklicherweise auch den *Kampf der Gegensätze,* ebendeshalb ist ein *der Form nach lügenhaftes Leben* oftmals *von einem segensreichen wahrhaftigen Inhalt,* und umgekehrt steht dem *lügenhaften Inhalt eines Lebens* oftmals eine *der Form nach trügerische Wahrhaftigkeit* gegenüber.

Wenn wir gedanklich alle Seiten des Lebens in ihrer Gesamtheit erfassen, erkennen wir folglich die dialektische *Kohärenz* von Wahrheit und Lüge, das heißt, *bei der Suche nach der Wahrheit sieht man sich unausbleiblich mit der Fratze der Lüge konfrontiert, und der Lüge auf der Spur, stößt man unverhofft auf das Gesicht der Wahrheit.*

Doch immer der Reihe nach.

Meine Schwester Nadeshda – das ist kein poetisches Bild, sondern nichts weiter als ein Name, der von Hoffnung spricht, meine Schwester also sagte zu mir:

»Jetzt bist du bald vierzig, und wozu hast du es gebracht? Weder eine Frau noch ein ordentlicher Beruf, kein eigenes Heim, obwohl – natürlich kannst du hundert Jahre mit uns zusammen wohnen, obwohl – natürlich, jetzt, wo meine Tochter größer geworden ist, geht es etwas eng zu in zwei Zimmern, das weißt du ja selbst, obwohl – natürlich hast du das Recht auf deiner Seite, schließlich ist es ja die Wohnung unserer Eltern, Friede ihrer Asche. Es wird Zeit, dass du dich im Leben einrichtest, Antoscha. Lass das Träumen von deiner da, such dir eine ganz normale Frau, die ans Heiraten denkt, guck doch mal, was sich dir in den Annoncen so bietet: junge, mit Wohnung, hübsche, schlanke, mollige, ohne lästige Angewohnheiten, alles Frauen, die darauf hoffen, dass sich ein anständiger Mann meldet, und wem kann man Anständigkeit bescheinigen, wenn nicht dir? Allerdings gehört dazu eine feste Anstellung, denn was du jetzt betreibst, ist reine Spielerei, wenn man dir dafür auch Geld zahlt, mit so was wird dich keine normale Frau als seriösen Mann akzeptieren!«

Nadeshda sagte das streng und unmissverständlich – offenbar hatte sie lange darüber nachgedacht –, aber irgendwie gehemmt. Neun Jahre älter als ich und stets mit zärtlicher Fürsorge um mich bemüht, geniert sie sich nämlich, ihre Zuneigung zu zeigen.

Wovon sich meine Schwester leiten ließ, war nicht die primitive Absicht, mich aus der Wohnung zu vertreiben, wie jemand annehmen könnte, der unter den Erfahrungen mit einer Gemeinschaftsküche gelitten hat, sondern der aufrichtige Wunsch, mir auf die Sprünge zu helfen, aufrichtige Anteilnahme und Wohlwollen.

Es hat sich so ergeben, dass ich von klein auf für sie die Rolle des tranigen Einfaltspinsels spiele, der von Zeit zu Zeit auf den richtigen Weg gebracht werden muss.

Indessen habe ich eine ökologische Nische für mich gefunden, die nicht die übelste Lösung ist. Schon lange lebe ich davon, dass ich in etlichen Zeitungen und Zeitschriften Kreuzworträtsel veröffentliche. Früher war ich, um nicht des Müßiggangs bezichtigt zu werden, gezwungen, mich auf diverse Tätigkeiten im staatlichen Dienst einzulassen, die genauer zu benennen viel zu langweilig wäre, jetzt hingegen kümmert es Gott sei Dank den Staat überhaupt nicht, wo und wie sich der einzelne Bürger seinen Lebensunterhalt verdient, ich werde den Freiberuflern zugerechnet, das heißt, ich lebe auf eigenes Risiko. Kreuzworträtsel wurden schon immer gern veröffentlicht (übrigens gab es hier auch schon immer eine Konkurrenz, nicht ich allein habe sie zu meinem Beruf gemacht), und in letzter Zeit sind die Zeitschriften und Zeitungen so ins Kraut geschossen, dass ich es trotz Inflation geschafft habe, Geld zu sparen und mir einen gebrauchten Computer zu kaufen – das einzige in meinem Besitz befindliche echte Wertstück. Von meiner Schwester habe ich kein Wort des Vorwurfs gehört. Ich hatte die Vorstellung, den Computer mit Enzyklopädien und Lexika zu füttern, um meine Kreuzworträtselarbeit auf eine wissenschaftliche Grundlage zu stellen. Statt mir bei der Wortsuche den Kopf zu zerbrechen oder meine Bücherregale abgrasen zu müssen, würde ich per Knopfdruck den Befehl erteilen: Gesucht wird ein Wort mit sieben Buchstaben, zweiter »o«, fünfter »j«. Und schon würde ich es haben! Doch leider stellte sich heraus, dass es dafür kaum Programme gab, und die wenigen Ausnahmen waren sehr teuer, fast noch teurer als der Computer selbst. Kein Nachteil ist ohne Vorteil – plötzlich ging mir auf, dass ich mich um ein Haar des Sinns meiner Arbeit beraubt hätte. Spaß machen ja nicht die zwanzig Kreuzworträtsel an sich, die man täglich hinkriegt, sondern die Knobelei und die Phantasie, die es braucht, stundenlang nach einem einzigen noch erforderlichen Wort zu suchen, alle Lexika und Enzyklopädien zu wälzen, bevor man kapituliert und zur Ablenkung nach einem anderen Kreuzworträtsel greift, während es in einem Winkel des Gehirns weiterarbeitet: »Wort mit fünf Buchstaben«, erster »d«, zweiter »u«, fünfter »l«. Und plötzlich blitzt es auf im Gehirn – da ist das Wort und seine Definition: »umgangssprachlich für einen leichten Rauschzustand« – »Dusel«. Nicht zu verwechseln mit »Dussel« – die Volkssprache ist das wahre Manna des Rätselmachers.

Der Computer stand herum, bis ich meiner Nichte Nastja diverse Spiele beibrachte, und sie saß zur Freude ihrer Mutter ganze Abende davor, statt zu betteln, bummeln gehen zu dürfen – das abendliche Bummeln ist in unserem Bezirk angesichts des nahen Bahnhofs für ein junges Mädchen ein gefährlicher Zeitvertreib, und häufig gibt es Streit mit der Mutter und Tränen, Nastja ist eben in so einem Alter.

Und nun hat sich für meinen Computer eine gute Verwendung gefunden: zur Aufzeichnung der mir recht bemerkenswert erscheinenden Ereignisse in meinem Leben, die durch das Gespräch mit der wohlmeinenden Nadeshda ausgelöst wurden.

Nadeshda ist ein Mensch von Grundsätzen. Arbeit verbindet sich für sie mit körperlicher oder geistiger Anstrengung. Sie selbst ist als Fahrdienstleiterin in dem nahe gelegenen Straßenbahndepot tätig, womit sie in die Fußstapfen unserer Mutter trat, die Straßenbahnfahrerin gewesen ist. Nadeshda wäre es auch gern geworden, doch reichte ihre Sehkraft nicht aus, seit ihrer Kindheit muss sie eine Brille tragen, und das verleiht ihr zusätzlich ein strenges Aussehen, obwohl sie doch ein herzensguter Mensch ist! Die Arbeit, von der sie müde und nach den unvermeidlich mit erhobener Stimme geführten Dienstgesprächen leicht heiser nach Hause kommt, muss ihrer Auffassung nach für den Betreffenden und für die Gesellschaft eine Notwendigkeit darstellen, Vergnügen bereiten könne sie nicht. Sonst sei das bloße Spielerei, auch wenn sich damit Milliarden verdienen ließen. Etwas Gutes könne dabei nicht herauskommen. Man brauche sich bloß mal diese ganzen Sänger und Sängerinnen anzusehen, alle diese Models und Mannequins, die Schriftsteller oder diese fidelen Spekulanten, na, alle, die zum Vergnügen arbeiten: diesen habe es bei einem Verkehrsunfall erwischt, jene sei erstochen, ein dritter erschossen worden, Jessenin (ihr Lieblingsdichter) – der habe sich die Pulsadern aufgeschnitten. Alles verdorben, verrottet, kriminell!

Ich wandte ein, dass ich über meinen Kreuzworträtseln, die mir Vergnügen bereiteten, weder verdorben noch verrottet, noch kriminell geworden sei.

»Zunächst mal: dein Verhältnis mit deiner da, was ist das denn?«, parierte meine Schwester. »Und was das Übrige angeht – glaube mir: ein normaler Mensch braucht eine ganz normale Arbeit. Du aber hockst tagelang zu Hause. Wirst lebensfremd, schlitterst noch irgendwo hinein! Ach, was red ich da, ich alter Dussel!«

»Bist du vielleicht alt?«, sagte ich und streichelte ihr die Schulter.

»Etwa nicht?« Betrübt erinnerte sich Nadeshda an den ersten und letzten Mann in ihrem Leben, in den sie sich vor sechzehn Jahren verliebt hatte, er war aus Moskau hergeschickt worden, um für die Einführung progressiver Methoden im Schienenfahrzeugbetrieb zu sorgen.

Er hatte mit seiner Detailkenntnis der Betriebsabläufe im Straßenbahndepot und durch die Klarheit seiner grauen Augen großen Eindruck auf sie gemacht, dieser schlichte Mann mit dem spärlichen strohblonden Haar, das sich auf dem schutzlosen sommersprossigen Kopf kringelte. Sie schenkte ihm ihre Zuneigung, ohne eine Gegenleistung zu verlangen. Zwei Monate wohnte er bei uns.

Zufällig bekam ich ihr Abschiedsgespräch mit.

»Nein«, sagte er. »Nein, mir ist alles klar geworden. Ich brauche dich fürs ganze Leben. Ich habe dich gefunden. Auf Moskau pfeife ich. Ich gehe jetzt los und schicke meiner Frau ein Telegramm, dass ich hier bleibe.«

»Tu das nicht. Sie liebt dich.«

»Aber ich liebe sie nicht. Ich liebe dich.«

»Macht nichts. Das gibt sich. Und vor allem hast du sie betrogen. Ich könnte das nicht verzeihen.«

»Na, hör mal!«, sagte er. »Ich habe sie doch mit dir betrogen und nicht dich mit ihr.«

»Das bleibt sich gleich«, sagte Nadeshda leise. »Vor allem hast du dich als untreuer Ehemann entpuppt. Um es offen zu sagen, verzeih – als Verräter. Ich kann mit keinem Verräter zusammenleben. Lieben kann ich ihn, aber mit ihm zusammenzuleben erlaubt mir mein Gewissen nicht.«

»Na, dann leb mal mit dir allein!«, schrie der gekränkte Modernisierer und schlug für immer die Tür hinter sich zu.

Ich rätsle bis heute, ob meine Schwester damals über ihre Auffassung von Verrat die Wahrheit gesagt oder ob sie sich das einfach ausgedacht hat, um den Mann zu beleidigen und ihm den Abgang zu erleichtern. Bei ihrem Charakter ist das eine wie das andere wahrscheinlich und möglich.

Und was Nadeshdas sehr sanft geäußerten Worte über *deine*

da betrifft, so bezogen sie sich auf eine Frau, die ich seit meiner Schulzeit, als ich dreizehn war, bis auf den heutigen Tag liebe, rechnen wir es aus: neunundreißig minus dreizehn – sechsundzwanzig Jahre.

Sie hat einen ungewöhnlichen Namen – Alexina.

Mehr will ich vorläufig nicht über sie verraten.

Zurück zum Ausgangsgespräch mit meiner Schwester.

Zum Abschluss ihrer Rede bat mich Nadeshda mit gequälter Miene:

»Antoscha, sei so lieb, versprich mir, dass du dir Arbeit suchst, ganz normale Arbeit, die dir nicht widerstrebt, und dass du auf diese Annoncen hier antwortest und hingehst und dir die Frauen ansiehst!«

Und sie legte mir fünf Zeitungsausschnitte aus *Komu tschto** mit Heiratsannoncen auf den Tisch.

Was Nadeshda quälte, war das Bewusstsein – wie soll ich es ausdrücken –, mir mit einer nicht ganz taktvollen Bitte zu kommen. Sie weiß ja, dass es mir schwer fällt, ihr etwas abzuschlagen (deshalb bittet sie mich selten um etwas), und dass ich halte, was ich verspreche.

Ich suchte Zeit zu gewinnen, ich sah die Annoncen durch und stellte fest, dass meine Schwester sich große Mühe gegeben und die besten und geeignetsten Kandidatinnen ausgewählt hatte.

»Na schön«, sagte ich. »Na schön.«

Und das Schicksal kam mir buchstäblich von selbst einen Schritt entgegen – in Gestalt meines Nachbarn, des Milizhauptmanns Kuricharow.

Mir tut dieser Mensch Leid, auch wenn er kein Mitleid mit sich selbst hat. Das ist kein Paradox – bekanntlich wird manch einem beim Anblick fremden Blutes schlecht, während derjenige, der blutet – weil er sich zum Beispiel in die Hand geschnitten hat –, gefasst, ja gleichmütig dasteht. Ein nicht ganz zur Situation passendes, aber anschauliches Beispiel. Oder: Wenn Eisen über Glas quietscht, verzieht nicht der das Gesicht, der das Quietschen verursacht, sondern der, der es hört.

---

* Bedeutung: Für jeden etwas (Anm. d. Übers.)

Kuricharow ist erst seit einiger Zeit bei der Miliz. Ziemlich lange hat er bei der Feuerwehr gearbeitet, als Truppführer. Übrigens besteht leider nicht ohne Grund die weit verbreitete Meinung, dass zur Feuerwehr lauter Alimentezahler gehen, um ihren ekelhaften Exfrauen und ihren Kindern, deren sie ihretwegen ebenso überdrüssig geworden sind, nur ein Viertel ihres Gehalts zahlen zu müssen; in der reichlich bemessenen Freizeit verdienen sie dann mit hämischer Freude in Schwarzarbeit oftmals das Dreifache ihres Feuerwehreinkommens, ohne davon auch nur eine Kopeke zu zahlen. »Lieber vertrinke ich mein Geld!«, pflegt Kuricharow, der auch zu diesen Alimentezahlern gehört hat, zornig zu sagen, wenn er an diese Zeit zurückdenkt. Später hat er eine neue Frau gefunden, seine Exfrau verheiratete sich ebenfalls wieder und verzichtete auf die Alimente, woraufhin er in die Reihen der Miliz eintrat. Was er eigentlich dort zu tun hat, in welcher Abteilung der Ordnungshüter er beschäftigt ist, ist mir nicht bekannt, das behält er für sich. Leid tut er mir, weil er ein ungehobelter Kerl ist, mindestens einmal in der Woche wird er volltrunken nach Hause gekarrt und in die Wohnung getragen, Leid tut er mir, weil sein einziger Reichtum die Kenntnis der Niederungen des Lebens ist, worauf er sich auch noch etwas einbildet, nach anderen Kenntnissen verlangt es ihn nicht. Seine Frau behandelt er geringschätzig, den zehnjährigen Sohn herrisch, beide werden von ihm des öfteren laut und unflätig beschimpft.

Nichtsdestoweniger bewog mich ein sonderbarer Impuls – erst später begriff ich, *was* es war –, Kuricharow am Morgen nach dem Gespräch mit Nadeshda auf dem Treppenabsatz anzuhalten und zu fragen:

»Sagen Sie mal, könnte ich vielleicht bei den Organen des Innern anfangen, falls ich diesen Wunsch hätte?«

»Den Wunsch haben alle«, erwiderte Kuricharow überzeugt. »Geh zum Wachschutz.«

»Als Wachmann? Nein, ich dachte an eine seriösere Arbeit. Es muss nicht unbedingt der operative oder der Ermittlungsdienst sein, aber . . .«

»Bei uns läuft gerade eine Einstellungskampagne für Zivilisten. Wir erweitern unseren Kaderstamm«, sagte Kuricharow beinahe freundlich, froh darüber, dass er an wichtigen Angelegenheiten teilhatte und jedem Minderbemittelten Auskunft geben konnte, minderbemittelt aber war für ihn jeder, der an den wichtigen Angelegenheiten, mit denen Kuricharow vertraut war, nicht teilhatte.

»Wie alt bist du?«, wollte er wissen.

»Neununddreißig.«

»Könnte zur Zeit klappen. Früher nahmen sie einen bloß bis fünfunddreißig. Ausbildung?«

»Fachschulabschluss. Kulturelle Volksbildung.«

»Oh! Wir brauchen gerade jemanden für den Klub. Und für den Kinderhort. Da wird auch Kultur gebraucht – zum Beispiel Akkordeon. Kannst du Akkordeon spielen? Wenn du dich gut machst, können sie dir später auch eine verantwortungsvolle Tätigkeit übertragen. Gesundheitlich alles in Ordnung?«

»Keine Probleme.«

»Das sagen alle! Schon mal Bekanntschaft gemacht mit Bewerbungsfragen?«

»Nein.«

»Dann fliegst du durch. Die Fragen sind da so, dass ... Ich habe es selber mit Müh und Not geschafft. Das heißt, diese Schweine ... verwirren einen total, ein ganzes Buch haben die vollgeschrieben – ohne meinen Kumpel wäre ich durchgerasselt. Alles so verfängliche Fragen, verstehst du? Von zehn kommt einer durch!«, protzte Kuricharow, indem er seinen Blick auf mich richtete, und da er merkte, dass ich ihm seine Behauptung nicht abnahm, wurde er ärgerlich. »Hast du vielleicht gedacht, das wäre ein Kinderspiel? Diese Schufte – über dreihundert Fragen, seinen Führerschein macht man leichter, obwohl, nach den jetzigen Regelungen hast du auch da keine Chance! Die Fragen sind so abgefasst, dass sie keiner schafft! Wenn mein Kumpel nicht gewesen wäre! Er hat mir die Fragen vorher besorgt und mir verraten, wie ich wo antworten muss. Diese Kerle legen's ja drauf an, die Leute zu verwirren! Das sind keine Fragen, das ist die reinste Gestapo, kapiert? Der FBI, kapiert? Der KGB, kapiert?«

Er war in Rage gekommen, die Wut über die Fragen, die ihn verunsichert und ihm solche Schwierigkeiten bereitet hatten, loderte offenbar immer noch in ihm, nicht einmal, dass er alle Hürden erfolgreich genommen hatte, konnte ihn beruhigen.

»Bullen sind Schwachköpfe, heißt es! Beantworte mal diese Fragen, und ich guck mir an, ob du schwachköpfig oder scharfsinnig bist! Beantworte die mal! Über dreihundert Fragen – und überall Fallen ... diese Schufte! Mit mir hat sich ein Promovierter beworben, wegen der miesen Bezahlung hat er das Unterrichtgeben hingeschmissen und wollte zur Miliz, stolz war er, drückte sich wissenschaftlich aus – und was denkst du? Durchfallen lassen haben sie ihn! Mit ihren Fragen, klar? Eine konzentrierte Persönlichkeit hätten sie ihn genannt, hat er sich beklagt! Wie beim Kartenspiel – ein Punkt zu viel ... Mit diesen überschüssigen Gehirnwindungen ist sein Platz nicht bei der Miliz, sondern in der Altynka.« Damit meinte Kuricharow die psychiatrische Klinik auf dem Altynnaja-Berg am Stadtrand Saratows.

»Apropos, ich würde diese Fragen überall beantworten lassen. Wer die Prüfung besteht, der darf ruhig leben und arbeiten, wer nicht – ab in den Knast. Nein, im Ernst. Wozu noch warten, bis er kriminell wird, ist doch klar, dass er früher oder später da landet. Besser also, man locht ihn gleich ein. Prophylaktische Verbrechensbekämpfung!«

Und damit stieg er die Treppe hinunter. Zum Dienst.

»Also, was ist!«, rief ich ihm nach.

»Was?«

»Na, mit der Arbeit da. An wen muss ich mich wenden?«

»Kannst davon ausgehen, dass du es schon getan hast. Sind wir Nachbarn oder nicht?«, erinnerte mich Kuricharow an die Existenz allgemein menschlicher Werte. »Aber die Fragen schaffst du nicht allein. Ich bringe sie dir mit, du studierst sie, und dann kann's losgehen!«

»Danke.«

Brennend vor Neugier, wartete ich auf die Fragen. Um mir die Zeit zu vertreiben, schrieb ich fünf Briefe an die Frauen aus den Annoncen, die mit dem Standardsatz endeten: »Ich beantworte Briefe mit beigelegtem Foto.« Fotos besaß ich – vor fünf Jahren hatte ich mich für irgendeinen Ausweis aufnehmen lassen. Kleine Fotos, fünf mal sechs, auf denen ein langweiliger Durchschnittstyp mit sanften Augen zu sehen ist. Die Briefe hätte ich so abfassen können, dass keine Frau mit mir etwas zu tun haben wollte, doch das hätte bedeutet, meine Schwester zu hintergehen. Meine Vorzüge herauszustreichen lag andererseits auch nicht in meiner Absicht. Deshalb schickte ich allen den gleichen knapp gehaltenen, auf reine Information beschränkten Brief: »Mein Name ist Anton Petrowitsch Kajalow, ich bin neununddreißig, Größe 1,76 m, Ausbildung: Fachschule für kulturelle Volksbildung; ich war in kulturellen Institutionen tätig und stehe momentan vor dem Wechsel in die Organe des Innern. Ich trinke und rauche nicht, meine Lieblingsbeschäftigung ist das Verfertigen von Kreuzworträtseln. Gern würde ich Sie persönlich kennen lernen.« Das war alles.

Ich ging auf die Post, um Kuverts zu kaufen und die Briefe abzuschicken; nach Hause zurückgekehrt, dachte ich darüber nach, wie groß doch der menschliche Vorrat an Güte ist. Statt mir und meiner Bitte Beachtung zu schenken, hätte Kuricharow mich ebenso rüde abfahren lassen können, wie er es üblicherweise mit Frau und Sohn tat und mit jedem, der ihm im Suff in die Quere kam. Grund genug, mir böse zu sein, hatte er.

In unserem Haus wohnte er seit anderthalb Jahren, und zwar in der Nachbarwohnung, hinter der dünnen Wand unseres hellhörigen Einheitsbaus. Gleich am ersten Abend hatte ich mit anhören dürfen, wie er mit Frau und Sohn umsprang. Auch meine Schwester hatte es mitgekriegt. Eine Woche später, als ich sah, wie sie angesichts der hinter der Wand fallenden Ausdrücke erbleichte und entschlossen zur Tür ging, kam ich ihr zuvor.

»Sei bloß vorsichtig«, sagte Nadeshda.

»Klar doch.«

Ich klingelte.

An der Tür erschien Kuricharow. Sommerlich – in Turnhosen und Unterhemd. Er lehnte sich an den Pfosten und wiegte arrhythmisch den Kopf.

»Hören Sie«, sagte ich. »Einerseits habe ich weder moralisch noch juristisch das Recht, mich in Ihr Privatleben einzumischen. Andererseits ist Ihr Privatleben gewissermaßen über den Rahmen Ihres persönlichen Lebens hinausgetreten und setzt sich der Beurteilung aus. Es ist Ihr gutes Recht, zu glauben, dass Ihre Frau Sie mehr lieben wird, wenn Sie sie, mit Verlaub, als Miststück bezeichnen und, den Geräuschen nach zu schließen, auf den Rücken oder die Schultern und möglicherweise sogar ins

Gesicht schlagen. Es ist Ihr Recht, zu glauben, dass Ihr Sohn größere Achtung vor Ihnen haben wird, wenn Sie ihn als faulen Bastard titulieren und ihn zur Strafe dreiundsiebzigmal unter dem Mittagstisch hindurch und wieder zurück kriechen lassen. Das ist, wie gesagt, Ihre Privatsache. Doch gibt es Dinge, die nicht mehr als Ihre Privatsache angesehen werden können. Zum Beispiel ist meine Nichte, ein einigermaßen erzogenes Mädchen, in keiner Weise verpflichtet, sich Worte anzuhören, bei denen sie innerlich errötet, während sie es äußerlich zu unterdrücken versucht, da sie sich vor uns geniert und sich nicht anmerken lassen will, dass sie diese Worte hört, obwohl sie völlig unüberhörbar sind. Weiter. Meine Schwester hat nach ihrer Arbeit, die sie, nebenbei bemerkt, auch sonntags leistet, Anspruch auf Ruhe und Erholung, Ruhe und Erholung aber findet sie nicht, aus Gründen, die keiner Erklärung bedürfen, da Sie sich die selbst denken können. Das alles sind jedoch sozusagen lediglich Nebenaspekte des Problems. Vor allem sind Sie Milizionär. Das heißt, Sie sind von Dienst wegen verpflichtet, gegen solche Erscheinungen anzukämpfen, wie Sie selbst sie demonstrieren. Daher müssen Sie sich schon die Frage gefallen lassen, wie Ihr persönliches Verhalten mit Ihrer Zugehörigkeit zur Miliz zu vereinbaren ist und ob Sie deren Reihen nicht besser verlassen oder eingestehen sollten, ein doppelgesichtiger Heuchler zu sein! Vergessen Sie nicht, dass die Leute bei uns schnell dabei sind, einen Einzelfall zu verallgemeinern und das Bild, das Sie ihnen bieten, bedenkenlos auf die gesamte Miliz übertragen. Verstehen Sie? Das bedeutet, dass Sie nicht nur sich selbst moralischen Schaden zufügen, sondern auch selbigen Reihen, denen Sie angehören, und den Menschen, die über diese Reihen schlecht zu denken beginnen, ihres Seelenfriedens halber aber etwas brauchen, worauf sie bauen, woran sie glauben können! Verstehen Sie das?«

Kuricharow hörte nicht auf, den Kopf zu wiegen, und begriff offenbar überhaupt nichts, dann jedoch begann er verschlagene, viel sagende Blicken um sich zu werfen, als habe er dort, in seiner Wohnung, ein wichtiges Argument gegen alle meine Worte. Nachdem er mich hatte ausreden lassen, ohne etwas zu erwidern, löste er sich ruckartig vom Türpfosten und verschwand –

um zehn Minuten später wieder zu erscheinen, ausgerüstet mit besagtem Argument, das heißt in Uniform mit allem Drum und Dran, auch die Uniformmütze mit Kokarde hatte er nicht vergessen.

»So«, sagte er offiziell und herrisch. »Um welche Frage geht es? Möchte ich wissen. Worum geht es? Werden wir sprechen oder schweigen? Möchte ich wissen! Werden wir hier sprechen oder auf dem Revier? Möchte ich wissen!«

»Sie sollen es erfahren!«, ließ sich hinter meinem Rücken in selbstbewusstem Ton meine Schwester vernehmen. »Wenn Sie nicht aufhören, in betrunkenem Zustand mit Ihrem Gebrüll die Ruhe im ganzen Haus zu stören, hole ich die Miliz – nicht die aus dem Bezirksrevier, sondern die vom Bahnhof, die Transportmiliz, und die wird dich, Freundchen ...«

Meine Schwester wusste (manchmal wusste sie ganz erstaunliche, für meinen Verstand nicht fassbare Dinge!), dass zwischen der städtischen und der Transportmiliz eine geheime Feindschaft oder zumindest Aversion herrschte. Doch hier verrechnete sie sich.

»Mich?«, erklärte Kuricharow verwundert. »Hol sie doch! Deine Transportmiliz! Hol sie, du dumme Gans!«

Kuricharow ahnte natürlich nicht, dass meine Schwester keine Beleidigungen erträgt, nicht einmal einen so relativ harmlosen Ausdruck. Bei irgendeiner Gelegenheit hat sie mir gestanden, wenn jemand sie beschimpfe, habe sie ein Gefühl, als gerate ihr Blut im ganzen Körper in Wallung, so dass ihr fast die Sinne schwinden, als Kind passierte es ihr tatsächlich, dass sie in Ohnmacht fiel, später jedoch lernte sie die Fassung zu bewahren, denn gelingt einem das nicht, kann man angesichts der lexikalischen Atmosphäre, in der wir von klein auf leben, sein ganzes Leben im Zustand der Ohnmacht verbringen. Alle Verkäuferinnen der umliegenden Geschäfte kennen diese Eigenart Nadeshdas – und nehmen sich in Acht, alle unsere Saufbrüder kennen sie, ebenso kennt man sie natürlich in ihrer Arbeitsstelle – und erinnert sich noch gut daran, wie der Leiter des Straßenbahndepots sie einmal vor achtzehn Jahren über die Sprechanlage, so dass es andere mithören konnten, als Schlampe bezeichnete. Eigentlich meinte er damit gar nicht sie persönlich, beim Einsatz zusätzlicher Straßenbahnen war einfach – nicht durch ihr Verschulden – ein Durcheinander entstanden, und da brüllte der Chef: »Welche Schlampe hat die Fünfzehn auf die Eins gelassen!« Nadeshda holte rasch eine Kollegin, die für sie einspringen konnte, und marschierte los zum Verwaltungsgebäude, zum Chef, der indessen bereits, über Gleise stolpernd, über den Hof gerannt kam. Sie stellte sich ihm in den Weg und fragte wutentbrannt:

»Sie erlauben sich also, eine Frau öffentlich zu beleidigen? Sie glauben, sich das erlauben zu können?«

»Verd ...« Fast hätte der Chef seine Schuld noch verschlimmert, doch kam er nicht dazu, denn meine Schwester langte ihm eine.

Der Chef, ein stattlicher, schon älterer Mann mit Anzug und Schlips, riss die Augen auf wie ein nervöser junger Rabauke und beantwortete, ohne zu überlegen, einfach dem Trägheitsgesetz der gewohnten Lebensweise folgend, den Schlag mit einem Gegenschlag. Sein Fausthieb traf Nadeshda am Ohr, und sie ging zu Boden.

Einen gesundheitlichen Schaden hatte sie sich nicht zugezogen, gleichwohl bat sie der zur Besinnung gekommene Chef um Verzeihung. Als Menschen verzieh sie ihm, als Amtsperson jedoch konnte sie ihm nicht verzeihen, und sie sagte, sie werde für seine Entlassung sorgen. Alle Appelle, von wem sie auch kamen, bewirkten nichts, sie setzte sich durch – der Chef wurde entlassen.

Seitdem hütet sich die Leitung des Straßenbahndepots, auf sie und gleichermaßen auf die anderen Frauen eine unvorsichtige Bezeichnung anzuwenden; davon ausgenommen sind lediglich jene, die direkt dazu herausfordern und jede Schimpfrede mit einem ermunternden Grinsen beantworten. Nadeshda gestattet bloß den Reparaturarbeitern (und -arbeiterinnen), in ihrer Gegenwart Schimpfwörter in Form von kurzen Flüchen zu gebrauchen, weiß sie doch, wie schwer ihre Arbeit ist und dass man manchmal ohne einen Kraftausdruck weder eine Schwelle noch ein Gleis mit dem Brecheisen hochbekommt – Spezialgeräte gibt es ja dafür nicht, oder sie sind gerade kaputt.

Von alldem wusste Kuricharow nichts, deshalb bezeichnete er

meine Schwester unvorsichtigerweise als dumme Gans. So schnell konnte ich gar nicht gucken, wie sie ihm die Mütze herunterriss, um damit sein Gesicht zu bearbeiten, genauer gesagt, seine Hände, mit denen er sich zu schützen suchte. Ermüdet, ließ sie die Mütze fallen und ging weg, während Kuricharow noch eine Weile so dastand, die Hände vorm Gesicht.

Von diesem Tage an sprach er meine Schwester, wenn er sie traf, mit Vor- und Vatersnamen an und machte auch weniger Krach, sein Temperament völlig zu bändigen, vermochte er indessen nicht. Mich hingegen grüßte er unfreundlich, brummig. Nur einmal richtete er das Wort an mich – bezecht und gelöst.

»Gleich komme ich nach Hause«, ließ er mich lächelnd wissen. »Meine Ex, die ist mir jedes Mal mit den Fingernägeln ins Gesicht gefahren oder packte, was sie zu fassen kriegte, um mir eins über den Schädel zu geben. Bis zur Gehirnerschütterung. Die aber: ›Kolja, schon wieder?!‹«, äffte er die dünne Stimme seiner jungen Frau nach. »Weder Charakter noch Stolz! Was für ein Vorbild für den Sohn soll das sein? Da muss ja der Sanftmütigste wild werden: bring so viel Stolz auf, dich nicht zu erniedrigen, du Miststück! ... Deine Schwester dagegen, die ist ’ne Wucht! Der Mensch muss den Menschen vor Fehlverhalten bewahren. Meine Ex hat das versucht. Und die? Ich spüre, wie die sich freut, das Aas, dass ich saufe, wie sie darauf wartet, dass ich im Suff erfriere oder auf der Arbeit rausfliege! So ein Biest!«

Und er trat rasch ins Haus, da es ihm auf der Seele brannte, seine Frau zu fragen, ob sie nicht vielleicht darauf wartete, dass er im Suff erfror oder auf der Arbeit rausflog.

... Am Abend desselben Tages brachte mir Kuricharow die versprochenen Fragen.

Voller Ungeduld nahm ich mir die mit »Psychologischer Test Nr. 1« betitelte kleine Broschüre vor, die den Aufdruck »Ministerium des Innern der UdSSR« trug und etwas weiter unten, kleiner, »Zentrales psychonarkologisches Laboratorium, 1986«.

Zuerst einmal blätterte ich sie einfach durch und überzeugte mich, dass es tatsächlich viele Fragen waren – und zum Teil recht merkwürdige. Nachdem ich diese in Gedanken unterstrichen hatte, kehrte ich zu der auf der ersten Seite abgedruckten Anleitung zurück.

Zunächst wurden Empfehlungen rein praktischer Art gegeben: dass bei der Beantwortung jeweils davon auszugehen sei, ob die Behauptung in Bezug auf den Befragten *zutreffend* oder *nicht zutreffend* sei, und dergleichen.

Weiter.

4. *Lesen Sie die Behauptungen aufmerksam durch und kreuzen Sie, ohne etwas wegzulassen, auf dem Antwortblatt an, was für Ihre Person gilt. Möglicherweise wird es Ihnen schwer fallen, manche Behauptungen auf sich zu beziehen; bemühen Sie sich in diesen Fällen, die beste mutmaßliche Wahl zu treffen.*

Ich kam ins Grübeln. Was hieß mutmaßliche Wahl? Gab es denn das menschliche Leben betreffende Fragen, die jemand nicht auf sich beziehen konnte? Irgendetwas war hier nicht ganz klar ...

5. *Ist die Behauptung in Bezug auf Ihre Person sowohl zutreffend wie nicht zutreffend, so entscheiden Sie danach, was häufiger der Fall ist.*

Das ist schon verständlicher. Nehmen wir an, es wird behauptet, dass ich gern tagsüber ein Mittagsschläfchen mache, und das würde ich tatsächlich gern tun, aber da mir die Zeit dafür zu schade ist, verzichte ich darauf. Also antworte ich mit *nicht zutreffend.*

Ja, aber die Frage lautet ja nicht, ob ich schlafe oder nicht schlafe, sondern ob ich es gern tue. Ich kann ja schlafen, ohne es gern zu tun (weil ich zum Beispiel krank bin), oder ich kann nicht schlafen, obwohl ich es gern täte. Gar nicht so einfach, wie wir sehen! Diese Frage braucht allerdings nicht dabei zu sein, ich habe sie mir selbst ausgedacht. Aber welches Prinzip steckt dahinter?

6. *Ist die Behauptung in verschiedenen Zeiträumen Ihres Lebens sowohl zutreffend wie nicht zutreffend, entscheiden Sie danach, was gegenwärtig der Fall ist.*

Wieder ein Haken! Was ist unter gegenwärtig zu verstehen? Unwandelbar in gewissen grundlegenden Dingen, ändert sich der Mensch in vielen anderen nicht nur von Tag zu Tag, sondern auch von Minute zu Minute, ja selbst von Sekunde zu Sekunde. Nehmen wir ein Beispiel. Ein Nachbar aus dem zweiten Aufgang, Sergej Konstantinowitsch Jarilow, ist ein ganz normaler, gesunder Mensch, sieht sich jedoch ständigen Zwängen ausgesetzt, denn das geflügelte philosophische Wort, wonach man nicht zugleich in der Gesellschaft leben und frei von ihr sein kann, findet bei ihm auf frappante Weise seine Bestätigung. Nehmen wir den Fall, dass er, auf dem Heimweg von der Arbeit, an einer Bierbude vorbeikommt. Ist es davor leer, geht er ruhig vorbei, stehen da aber ein paar Männer, und seien sie ihm völlig unbekannt, die Bier trinken, bekommt er auch gleich Lust darauf, kauft sich welches und trinkt. Und je mehr Leute vor der Bierbude stehen, desto größeren Bierdurst entwickelt er, je mehr die anderen trinken, desto mehr trinkt auch er, so dass er zu guter Letzt auf allen vieren nach Hause kriecht, obwohl von Trunksucht bei ihm keine Rede sein kann – wenn er kein Bier sieht und keine Leute, die welches trinken, verschwendet er keinen Gedanken daran. Oder: Einmal ging Jarilow bei grimmigem Frost den Wolgakai entlang und sah Winterbader in einem Eisloch. Da verspürte er ein leidenschaftliches, ein tödliches Verlangen, wie er später erklärte, auch hineinzutauchen, er zog sich aus und tauchte ins Wasser. Das Ergebnis – heftigste Erkältung und Meningitis, deren Folgen ihm übrigens absolut nicht anzumerken sind. Oder: Er brachte einen Verwandten zum Bahnhof, der nach Karaganda abfuhr. Die Abfahrt des Zuges wurde angesagt, er küsste den Verwandten zum Abschied, der Zug setzte sich in Bewegung, Jarilow ging, seinem Verwandten mit der Hand winkend, neben dem Zug her, als ein verspäteter Fahrgast an ihm vorbeirannte und aufsprang – da stürzte er ihm nach, sprang unter Gefahr für Leib und Leben ebenfalls auf (der Verwandte war inzwischen bereits zu seinem Abteil gegangen), er sprang auf und fuhr los mit einem Lächeln, und die Unsinnigkeit seines Tuns wurde ihm erst bewusst, als der Zug schon Fahrt aufgenommen hatte und an Abspringen nicht mehr zu denken war, so musste er bis zur nächsten Station mitfahren, die aber kam, da es sich um einen Express handelte, erst nach anderthalb Stunden. Diese Fälle ließen sich fortsetzen – worum es mir geht: Käme Jarilow in die Verlegenheit, diese Fragen zu beantworten, würde er, ohne die Möglichkeit zu haben, sich nach dem Beispiel anderer zu richten, überhaupt nichts sagen können. Sie trinken gern Bier! steht da vielleicht geschrieben. Doch woher soll Jarilow wissen, ob er das im betreffenden Moment gern täte oder nicht. Wenn er gerade jemanden Bier trinken sieht, verlangt es ihn danach, und er kreuzt »zutreffend« an. Sieht er niemanden Bier trinken, macht er sein Kreuz bei »nicht zutreffend«. Was haben solche Antworten für eine Aussagekraft? Der Mann erklärt, dass er nicht gern Bier trinkt, geht, nachdem er mit den Fragen durch ist, hinaus, stößt auf eine Bierbude, um die sich Bier trinkende Männer scharen, und lässt sich dermaßen voll laufen, dass er an Ort und Stelle umfällt und kein Glied mehr rührt.

7. *Denken Sie in Zweifelsfällen daran, dass jede Behauptung, die Sie für sich nicht gelten lassen können, unter »nicht zutreffend« einzuordnen ist.*

Mir scheint, dass aus diesem Punkt Missachtung des Befragten spricht. Hält man ihn denn für einen Vollidioten? Es gibt ja nur zwei Varianten. Das ist so ähnlich wie die Geschichte mit dem Kind, das schwarze und weiße Würfel sortieren soll und instruiert wird: Denk dran, mein Kleines, was nicht schwarz ist, ist weiß! Aber – na schön.

Das alles sah ich gleichwohl als eher harmlos an. Baff war ich, als ich den letzten Punkt der Anleitung las, ich traute meinen Augen nicht, und Gedanken über Lüge und Wahrheit drängten sich mir auf, über die dialektische Einheit und den Kampf der Gegensätze.

10. *Bei der Auswertung der Untersuchungsergebnisse bleibt der Inhalt der Behauptungen unberücksichtigt. Die gesamte weitere Bearbeitung erfolgt nach den Nummern der einzelnen Behauptungen, deshalb können Sie völlig freimütig sein.*

Da haben wir die Lüge, den unverhohlenen Betrug! In Punkt eins der Anleitung wird verlangt: »Schreiben Sie Ihren Namen und die anderen Angaben zur Person in die oberste Zeile des Antwortblattes.« Wer soll also daran glauben, wenn er seinen Namen angibt, dass der Inhalt unberücksichtigt bleibt! Wenn man ihn nun fragt, ob er nicht vielleicht in einer finsteren Nacht jemanden versehentlich umgebracht hat? Er wird bloß lachen und antworten: Nie und nimmer! *Nicht zutreffend!* Völlig freimütig kann man nur sein, wenn die Befragung anonym erfolgt! Die Bearbeitung erfolgt nach den Nummern der einzelnen Behauptungen!!! Entspricht die Nummer etwa nicht jeweils ein und derselben Behauptung, steht dahinter nicht ein und derselbe Inhalt?

Ich war wie vor den Kopf geschlagen.

Ich stellte fest, dass dieser Punkt zehn schlicht und einfach zum Lügen veranlasst, sich erstens die angeborene Neigung des Menschen zunutze macht, in einem besseren Licht erscheinen zu wollen, und zweitens seine Schlauheit, die es ihm, wenn er einigermaßen Grips hat, ermöglicht, dahinter zu kommen, wie er antworten muss, und deshalb wird die Kommission niemals das wahre seelische Bild des Befragten erhalten, sofern er natürlich nicht psychisch krank und folglich der Fähigkeit der Selbstkontrolle beraubt ist. Doch gerade darauf setzt man vielleicht? Dass der Befragte, wenn er seinen Verstand beisammen hat, die Spielregeln erkennt, möchte die Kommission doch etwas in der Mitte Liegendes, ein *befriedigendes* Resultat erhalten – in diesem Fall liefert der Betreffende dadurch, dass er lügt, nicht nur den Beweis, dass er einen klaren Verstand, sondern auch, dass er die erforderliche berufliche Eignung besitzt.

Sollten die Dinge tatsächlich so liegen?

Dann war allerdings völlig unverständlich, weshalb Kuricharow solchen Bammel vor der Befragung gehabt hatte. War er doch ein Mensch mit schlichtem und nüchternem Verstand, und solchen Leuten fiel es leicht, zu erfüllen, was von ihnen erwartet wurde. Oder hatte er, da die Furcht große Augen hat, vermutet, die Sache könne nicht ganz so einfach sein, und um überzeugend zu wirken, müsse man gewisse Unzulänglichkeiten und Sünden eingestehen? Doch welche? Das herauszufinden, dazu hatte er wohl die Hilfe seines Kumpels benötigt.

Beim Durchblättern der Broschüre stieß ich auf die Fragen, über deren Verfänglichkeit sich mein Nachbar mit so drastischen Worten geäußert hatte, konnten sie doch das Innenleben des Betreffenden ganz unauffällig ans Tageslicht befördern.

Nehmen wir aufs Geratewohl Frage 358:

In sexueller Hinsicht müssen Frauen ebenso frei sein wie Männer.

Wie sollte Kuricharow da nichts ins Schwitzen kommen! Errate mal einer, welche Antwort hier erwünscht ist. Die in der Verfassung verankerte Gleichstellung der Frauen bejahend, müsstest du (nicht du persönlich, sondern der, den du so umsichtig agieren, für dich die Fragen beantworten lässt) *zutreffend* eintragen. Doch wird man daraus nicht den Schluss ziehen, dass du die sexuelle Freizügigkeit der Frauen gutheißt? Und nebenbei noch der tückischen Behauptung zustimmst, die Männer seien frei bei uns, also ebenfalls freizügig? Entscheidest du dich aber für *nicht zutreffend,* wird man glauben, du verachtest die Frauen und räumst den Männern das Vorrecht der Freizügigkeit ein! Du würdest gern den Kommentar hinzufügen: Ja, die Frauen sollten in sexueller Hinsicht genauso frei sein wie die Männer, allerdings unter der Voraussetzung, dass diese sich nicht als gewissenlos erweisen und ihre Freiheit sich im Rahmen der Moral bewegt. Das jedoch ist nicht vorgesehen, gefragt wird nur nach ja oder nein, schwarz oder weiß. Und mit Logik ist dieses Knäuel nicht zu entwirren, hier muss man einfach wissen, welcher Antwort die Kommission den Vorzug gibt, und dafür brauchte Kuricharow seinen Kumpel. (Von einer eigenen Meinung kann, wie gesagt, nicht die Rede sein!)

Oder, auf derselben Seite, die theoretisch anmutende Behauptung:

347. *Sie glauben, dass die Menschen in der Zukunft wesentlich besser leben werden als heutzutage.*

Optimisten sind überall gern gesehen, und du bist schon im Begriff, mit *zutreffend* zu antworten. Doch bei genauerem Hinsehen kommen dir Bedenken wegen des Wortes *wesentlich.* Nicht einfach besser, sondern *wesentlich besser.* Liegt da nicht die Falle? Will man hier nicht den Träumer zu fassen kriegen, dem der Praktizismus der Miliz fremd ist? Andererseits, in der Zukunft, wann soll das sein – in hundert, zweihundert oder tausend Jahren? In tausend Jahren werden die Menschen ja tatsächlich entweder wesentlich besser leben oder überhaupt nicht existieren. Eine dritte Möglichkeit sehe ich nicht. Aber was heißt eigentlich besser leben? Was meint dieser Begriff? Leben wir jetzt besser als zum Beispiel seinerzeit die Cromagnoner? Sie hatten keine Flugzeuge und keine Computer, doch dafür lebten sie inmitten von sauberen Gewässern und grünem Gras.

Wie also möchten Sie, dass die Antwort lautet?

Und ein Stückchen weiter:

355. *Sie glauben daran, dass manche Menschen durch bloßes Handauflegen Krankheiten heilen können.*

Einem Ordnungshüter geziemt es nicht, an Kurpfuscherei zu glauben! Wegen unbefugter häuslicher Behandlung konnte man ja wohl noch vor ganz kurzer Zeit im Gefängnis landen (die Fragen, darf ich erinnern, sind von 1986). Dafür wird jetzt die Religiosität – als Zeugnis der Sittlichkeit – sehr gefördert, in den Gefängnissen, habe ich gelesen, wird allenthalben Gottesdienst abgehalten, und die Bewacher stehen zusammen mit den Kriminellen da und bekreuzigen sich inbrünstig. Die Religiosität aber ist hierzulande orthodoxer Art, und die Orthodoxie ist Christentum, und hat Christus etwa nicht durch bloßes Handauflegen geheilt? Und die Apostel? Und die heiligen Eremiten? *Zutreffend* also oder *nicht zutreffend*?

Und hier eine sehr simple Behauptung:

72. *Sie haben Alkoholmissbrauch getrieben.*

Hier ist völlig klar, was Kuricharow geantwortet hat – ohne es sich von seinen Kumpel vorsagen lassen zu müssen. Dabei betrieb und betreibt er diesen Missbrauch! Übrigens, was ist denn als Missbrauch zu werten? Gewohnheitsmäßiges unauffälliges Trinken, Alkoholismus, oder wenn einer sich bloß dreimal in seinem Leben betrunken hat, dafür aber so, dass er dabei jedes Maß überschritt, besinnungslos umfiel und folglich, man kann es drehen und wenden, wie man will, Missbrauch trieb? Wie soll ich antworten? In meinem Leben hat es ja so eine betrübliche Phase gegeben. Sie gehört der Vergangenheit an, während die Anleitung Antworten nach dem gegenwärtigen Stand der Dinge verlangt, obwohl sich diese Frage doch auf die Vergangenheit bezieht! Nicht *Sie treiben,* sondern *Sie haben getrieben*! Die Wahrheit gebietet die Antwort *zutreffend,* doch schon wegen dieses Punktes lassen sie mich bei der Miliz abblitzen. Und zwar nicht wegen des Missbrauchs an sich, die Kommission ist ja nicht so blöd, nicht zu begreifen, dass es keinen Russen auf Erden gibt, der sich nicht wenigstens einmal dieses Missbrauchs schuldig gemacht hätte, sondern weil der Befragte ganz eindeutig nicht durchblickt, keinen Realitätssinn besitzt, nicht weiß, was gehauen und gestochen ist – soll er sich im Zivilbereich betätigen, wo man ihm seine idiotische Offenheit vielleicht nachsehen wird.

Doch dann liegt die Schlussfolgerung nahe, dass jeder, der diese Fragen bewältigt hat, gelogen haben muss! Und da jeder bei den Organen des Innern angestellte sich ihr unterzogen hat, arbeiten dort lauter Lügner?

Nein, da habe ich den Bogen überspannt, das ist Maximalismus, regen wir uns wieder ab ...

Um mich aufzuheitern, stellte ich mir vor, wie Kuricharow, zum Beispiel bei der Frage 150, *Manchmal sagen Sie die Unwahrheit,* erleichtert über die Atempause, *nicht zutreffend!* ausruft und sein zum Dank für die Unterstützung mit Alkohol versorgter Kumpel ihm mit wissendem Lächeln einen Dämpfer aufsetzt:

»Kindskopf! Ganz schön danebengehauen! Dort sitzen doch keine Idioten, willst du die für dumm verkaufen? Manchmal, wohlgemerkt, manchmal! Manchmal, da kannst du nehmen, wen du willst, passiert das jedem. Bei Belanglosigkeiten! Und wenn jemand erzählt, dass er gar nicht schwindelt, dann schwindelt er gerade damit, und die Kommission durchschaut ihn gleich!«

»Und wenn sie es erklärt haben wollen?«, fragt Kuricharow irritiert.

»Dann sagst du eben ... Na, dass du gestern auf deiner Datscha gegraben und gejätet hast, und als deine Frau dich fragte, ob du nicht vielleicht ermüdet seist, hättest du es verneint, um sie nicht zu beunruhigen, und damit die Unwahrheit gesagt.«

»Ach was!«, meint Kuricharow gekränkt. »Frau, Datscha! Toller Einfall!«

»Kannst auch sagen, manchmal würdest du deiner Frau erzählen, du müsstest zum Dienst, in Wirklichkeit aber gingest du angeln. Was soll ich machen, erklärst du, wenn meine Frau mir das Angeln verbietet – ganz normales Angeln, allein für mich, ohne Weiber, ohne Sauferei. Womit du ein bisschen flunkerst. Und alle lächeln dir zu und klopfen dir auf die Schulter – du wirst sehen!«

Kuricharow sieht seinen Kumpel prüfend an, doch dessen Gesicht bleibt ernst, lediglich in den Mundwinkeln zuckt es leicht, und Kuricharow sagt trübsinnig: »Na schön ... Hin und wieder schwindle ich also? Muss ich mir merken ...« Und sie gehen zur nächsten Frage über.

Natürlich sind ganz eindeutige Fragen dabei, die, wer kein potenzieller Insasse besagter Altynka ist, spielend beantwortet, ohne groß nachzudenken:

23. *Häufig haben Sie das Gefühl, um Sie herum sei alles irreal.*

28. *Zeitweise haben Sie das Gefühl, dass eine böse Kraft Sie lenkt.*

52. *Meistens verspüren Sie Todessehnsucht.*

53. *Bei der Benutzung eines Messers oder anderer scharfer Gegenstände haben Sie ein beklemmendes Gefühl.*

56. *Für gewöhnlich hören Sie Stimmen, ohne zu wissen, woher sie kommen.*

85. *Manchmal üben fremde Sachen solche Anziehungskraft auf Sie aus, dass Sie sie am liebsten stehlen würden, auch wenn Sie sie gar nicht brauchen.* (Da ich wie jeder Rätselmacher über einen reichen Wortschatz verfüge, weiß ich, dass diese Krankheit Kleptomanie heißt.)

86. *Wenn Sie mit anderen zusammen sind, glauben Sie sonderbare Dinge zu hören.*

109. *Sie befürchten, den Verstand zu verlieren.*

146. *Sie sehen Gegenstände, Tiere oder Menschen, die andere nicht sehen.*

178. *In geschlossenen Räumen werden Sie leicht unruhig.* (Klaustrophobie.)

327. *Ihr Denken wird von jemandem gesteuert.*

Usw.

Problemlos sind auch die Fragen zum Gesundheitszustand. Wer wird sich denn selbst als krank bezeichnen?

46. *Sie haben oft kalte Hände und Füße.*

47. *Es fällt Ihnen leicht, Ihren Stuhlgang zu regeln.*

107. *Oft haben Sie Halsschmerzen.*

137. *Sie haben schon Blut gespuckt oder blutig erbrochen.*

167. *Sie leiden sehr selten unter Verstopfung.*

286. *Fast immer haben Sie das beunruhigende Gefühl eines Fremdkörpers in Nase oder Kopf.*

344. *Oft beunruhigen Sie Herz- oder Brustschmerzen.*

Usw. usf.

Ebenso wenig Schwierigkeiten bereiten Behauptungen moralisch wertender Art:

34. *Die meisten verhalten sich hauptsächlich deshalb anständig, weil sie Angst haben, ertappt zu werden.* (Durchaus möglich, dass der verunsicherte Kuricharow auch bei dieser Frage den Rat seines Kumpels benötigte, weil er wahrscheinlich doch so denkt.)

78. *Manchmal haben Sie Lust, eine Prügelei anzuzetteln.*

192. *Sie hatten Unannehmlichkeiten, weil Sie mit dem Gesetz in Konflikt geraten waren.*

270. *Wenn sich Ihnen die Möglichkeit bietet, eine Mangelware, die Sie dringend benötigen, auf bequeme Weise, durch Beziehungen, zu ergattern, nutzen Sie sie.*

275. *Es ist vorgekommen, dass Sie sich krank stellten, damit Ihnen etwas erspart blieb.*

291. *Sie sind schneller beleidigt als die meisten.*

343. *Wenn man Ihnen einen Gefallen tut, fragen Sie sich für gewöhnlich, was wohl dahinter steckt.*

Usw. usf.

Aber auch hier gibt es Unwägbarkeiten. Da hätten wir eine Frage, die sich offenbar eindeutig an Psychopathen richtet, an Leute, die an Verfolgungswahn leiden:

357. *Man wollte Sie vergiften.*

Und falls ja, wollen sie vielleicht noch die Lebensumstände wissen, unter denen dieser Versuch tatsächlich unternommen worden ist? Nach Beispielen brauchen wir nicht lange zu suchen. Nadeshda erzählte mir, eine Straßenbahnfahrerin, eine scheinbar ganz normale Frau über vierzig, Mutter zweier Kinder und in ihrem Beruf recht tüchtig, sei darauf verfallen, ihren Mann, der ebenfalls ein ganz normaler und gar nicht übler Mensch war, zu vergiften. Draufgegangen sei er nicht, doch habe nachgewiesen werden können, dass sie es absichtlich getan hatte, um ihn umzubringen. Sie stritt das auch gar nicht ab. Das Gutachten erkannte auf Schuldfähigkeit. Doch weder auf die Fragen ihres Mannes, der sie liebte und ihr verziehen hatte, noch auf die der Ärzte und des Untersuchungsführers, weshalb sie das getan habe, gab sie eine Antwort. Allein die tränenreichen Überredungskünste ihrer alten Mutter entlockten ihr die düstere Äußerung: »Was pfeift er dauernd? Pfeift und pfeift. Ich sage ihm: Hör auf zu pfeifen, sonst sitzen wir bald ohne Geld da! Er darauf: Eine Angewohnheit von mir! Da habe ich eben ...«

Ich blätterte die Fragen durch, las, was mir ins Auge fiel, und überlegte, wie ich mich am besten verhielt.

Lügen mochte ich nicht, andererseits wurde mein Verlangen, bei der Miliz anzukommen, plötzlich so groß, dass es mich betroffen machte.

Dann kam mir die Erleuchtung: Nichts im Leben geschieht zufällig!

Nicht zufällig war der Milizhauptmann in die Nebenwohnung gezogen, nein nicht zufällig.

Nadeshda hatte die Notwendigkeit einer seriösen Tätigkeit ins Gespräch gebracht, und nicht zufällig war mir am Morgen des folgenden Tages nicht irgendwer, sondern Milizhauptmann Kuricharow über den Weg gelaufen.

Ich spürte, etwas hochtrabend ausgedrückt, das Blut meiner Vorfahren.

Ich will es erklären.

Mein Großvater väterlicherseits, Anton Petrowitsch Kajalow, lebte in den schon gespenstisch fernen zwanziger, dreißiger Jahren in der Hauptstadt unserer Heimat, wie man sich früher gern auszudrücken pflegte, in Moskau, geboren in der Familie meines Urgroßvaters, an den ich, wie es uns allen geht, keinerlei Erinnerungen habe, abgesehen davon, dass er ein höchst rechtschaffener Arbeiter war. Anton Petrowitsch war ebenfalls ein höchst rechtschaffener Mensch, er hätte ohne weiteres ein ebensolcher Arbeiter werden und in den Genuss fester Lohnzahlungen und zu dieser Zeit aufgekommener moralischer Ehrungen in Form von Urkunden und Uhren mit eingraviertem Namenszug gelangen können, doch verfiel er auf eine ungewöhnliche Idee. Er strebte ja nicht nach Ehrungen, sondern suchte, entsprechend seiner natürlichen Veranlagung, Schwierigkeiten nicht aus dem Weg zu gehen, nach einem Tätigkeitsbereich, wo sich diese Veranlagung am besten entfalten ließ. Zu dieser Zeit begann im sowjetischen Handel, der gerade erst die Überbleibsel der NÖP abgeschüttelt hatte, die Dieberei um sich zu greifen. Darüber brachten die Zeitungen sogar kritische Feuilletons. Schon entstand im Volk der Eindruck, alle Verkäufer seien Diebe – binnen kurzem sollte er zur felsenfesten Überzeugung werden. Anton Petrowitsch schmerzte das sehr, und eines Tages sagte er sich: Das ist der schwierigste Bereich! Der Handel untergräbt das Ansehen des ersten sozialistischen Staates in der Welt! überlegte er traurig, wenn er die Feuilletons las. Dass die das nicht verstehen!

In den Handel zu gehen und dort zu arbeiten, ohne selbst krumme Finger zu machen und andere stehlen zu lassen – das machte er sich zur Aufgabe. Er besuchte eine Handelsschule und wurde Fachverkäufer in einem großen Lebensmittelgeschäft. Niemand kann heute sagen, wie erfolgreich er sein Programm in die Tat umsetzte, Verkäufer zu sein, ohne selbst zu klauen und fremde Dieberei zu tolerieren, denn ganze vier Tage nachdem er seine Stelle angetreten hatte, wurde er nachts abgeholt unter der Anschuldigung . . . Doch ich will nichts Falsches sagen, mir ist nicht bekannt, wessen man ihn beschuldigte, auch mein Vater, Pjotr Antonowitsch, der seinen Vater für immer verlor, wusste es nicht: von dort, wohin man ihn verbracht hatte, kehrte er nicht mehr zurück.

Mein Vater, Pjotr Antonowitsch, ließ sich auf einen noch schwierigeren Bereich ein. Die Lauterkeit und der Drang, Hindernisse zu überwinden, liegt uns offenbar im Blut. Im sechsten Jahr seines Armeedienstes in der Nachkriegszeit (damals diente man zum Teil noch länger – es fehlte an Leuten) brachte er es zum Oberfeldwebel und erhielt das Angebot, als Soldat auf Zeit dabeizubleiben, um Lagerverwalter zu werden. Doch mehr noch als der Verkäufer hatte zu der Zeit der Lagerverwalter die Rolle der Witzfigur übernommen, freigegeben zur permanenten Verspottung in den Zeitungen, auf den Brettern von Unterhaltungskunst und Kabarett, in Rundfunk und Fernsehen. Pardon, letzteres hatte damals noch keine allgemeine Verbreitung gefunden, es kam erst später auf, als die Lagerverwalter an allen Ecken und Enden des Landes ihre Sumpfblüten trieben, zur verschrienen Metapher geworden, Symbol für Gaunertum, Verschwendung, Vetternwirtschaft, Korruption u. dgl., unabhängig davon, ob es sich um staatseigene, zivile, militärische, kolchoseigene Lager u. Ä. handelte. Das Bild war überall das gleiche – hier wurde gemeinschaftliches, enteignetes, allen und niemandem (was auf dasselbe hinausläuft) gehörendes Vermögen gelagert. Mein Vater, Pjotr Antonowitsch, also, der die Versuchungen seines künftigen Amtes kannte, erklärte seine Bereitschaft nicht der Vorteile wegen, sondern um ebendiesen Versuchungen zu widerstehen. Er setzte sich endlosen Schikanen aus, wurde von Truppenteil zu Truppenteil versetzt, man bezichtigte ihn der Trunksucht, weswegen er selbst an den Feiertagen nicht einmal ein Gläschen Bier trinken konnte (Vorgesetzte verschafften sich Zutritt zu seiner Wohnung, kamen angeblich zu Besuch und schnupperten herum, Zeugen hatten sie gleich mit dabei! – ebensolche »Besucher«), man brachte in Umlauf, er sei ein haltloser Wüstling, weswegen er lange nicht heiraten konnte und Frauen überhaupt konsequent mied, und sei mit psychischen Anomalien behaftet, weswegen er sich nicht einmal erlauben konnte zu lächeln, wenn jemand einen Witz erzählte, denn von verschiedenen Seiten wurde ihm berichtet, dass für eine entsprechende Diagnose bereits gesorgt sei: »vasomotorische Erregungszustände mit hysteroiden Symptomen« (in der Armee kann man angesichts der nervösen Explosivität ihres alles in allem organisierten Alltags diese Diagnose jedem anhängen). Damit jedoch kam er vom Regen in die Traufe – wegen seines Bierernstes wollte man ihn auf manisch-depressive Psychose untersuchen zu lassen. Doch da rückte unverhofft eine Kontrollkommission an, die in vielen Lagern so ungeheuerliche Zustände zutage förderte, dass sie nach dieser Erschütterung eine Woche lang mit Wodka kuriert werden musste. Danach führte man sie in das Lager meines Vaters, wo alles sauber war und fein ordentlich sortiert auf seinem Haufen, in seinem Stapel, in seinem Regal lag und vor allem die Dokumente exakt das auswiesen, was vorhanden war. Das haute die Kommission noch mehr um, und wieder musste sie kuriert werden – wie heftig doch die instabile Natur des modernen Menschen auf Extremsituationen bzw. -zustände reagiert. Für meinen Vater war seine ihnen extrem erscheinende Ordnung jedoch der Normalzustand. Nicht einen einzigen unbrauchbar gewordenen Fußlappen warf er weg, ohne es in seinen Unterlagen zu vermerken und die entsprechenden Unterschriften einzuholen, während seine Kollegen als angeblich verschlissenen Fußlappenstoff Tausende Meter Cordsamt, Tüll, ja sogar maschinell hergestellte Buchara-Teppich-Imitate aussonderten. Besonders aber erboste die meisten sein Verhältnis zu den Lebensmittelreserven, der so genannten UR, der unantastbaren Reserve. Unantastbare Reserve ist ein allegorischer Ausdruck. Sie darf tatsächlich nur im äußersten Fall angerührt werden. Kurz – im Kriegsfall. Dazu gehören Schokolade, Fleischkonserven, Dauerbrot, Kondensmilch u. dgl., und all das hat ungeachtet seiner Unantastbarkeit streng begrenzte Lagerzeiten, nach deren Ablauf es auszutauschen ist. Und was geschieht mit den ausgesonderten Sachen? Klar wie Kloßbrühe, dass jeder Lagerverwalter diese Esswaren aussortierte, um sie zu herabgesetzten Preisen an Zivilpersonen und Militärangehörige zu verkaufen oder Vorgesetzten zu schenken. Mein Vater, Pjotr Antonowitsch, hingegen hielt sich an die Vorschrift und vernichtete alles. Er hob eigenhändig eine Grube aus, öffnete die Fleisch- und Milchkonserven, riss die Schokolade und das Dauerbrot aus den Verpackungen, um alles in die Grube zu werfen, mit Benzin zu übergießen und im Beisein der extra dazu eingeladenen Kommandeure zu verbrennen – er half mit einem Stock nach, damit alles restlos verbrannte, und schüttete anschließend die Grube zu. Nicht einmal Hunden überließ er diese Konserven – auch das kann als Maximalismus angesehen werden. Ja, als Maximalismus! Doch nicht um die Konserven als solche ging es hier, sondern um die Idee – wenn auch nicht um die erhabene Idee der Gleichheit und Wohlfahrt aller Menschen, sondern lediglich um die der persönlichen Lauterkeit und Beispielgebung. Der Charakter meines Vaters war von so offenkundiger Festigkeit, dass die Kommandeure und ihm gleichgestellten Dienstränge aufhörten, hinter seinem Rücken den Vogel zu zeigen, wenn sie diesen Autodafés, diesen Feuerprozeduren beiwohnten (Reinigung durch das Feuer, heidnische, das heißt naturnahe Traditionen – da lagen die Wurzeln der Lauterkeit meines Vaters!). Sein Ruhm verbreitete sich so weit, dass die Einheit, in der er diente, Besuch bekam von einem Stellvertreter des Befehlshabers des Militärbezirks, dem Leiter der Intendantur im Range eines Generals. Er kam inkognito, in schlichter Oberstenuniform und angeblich, um die Verbesserung der Sichtagitation zu überprüfen. Eines Abends traf er ein.

Niemand rechnete mit ihm. Es war an einem Sonntag, die Mannschaft durfte sich im Klub einen Film ansehen. Mein Vater war auch darunter, und da eine Komödie gezeigt wurde, lachte er von Herzen, weil er eigentlich ein heiteres Gemüt hatte, er konnte sich das leisten, weil in dem allgemeinen Gewieher niemand sein Lachen heraushören und als hysterisch oder manisch-depressiv qualifizieren würde. Der General, ein seiner Kriegsverwundungen wegen in der Intendantur eingesetzter ehemaliger Frontaufklärer, betrat den Klub, ohne mit der Tür zu knarren, atemlos glitt er in die Finsternis des Raums. Doch plötzlich ließ sich eine kräftige Stimme vernehmen: »Genossen Offiziere!« Sogleich ging das Licht an, die Offiziere sprangen auf, mit ihnen die Soldaten, und auf der Leinwand setzten die Filmhelden ihr Leben unbeachtet als fahle Schatten fort. »Hundesöhne«, knurrte der General, befahl die höheren Kommandeure und meinen Vater, zu der Zeit bereits Leutnant, zu sich und marschierte mit ihnen zum Lager.

Drei Tage und Nächte, ohne Schlaf und Erholung, nur auf die Schnelle einen Bissen zu sich nehmend, überprüfte der General die Vollständigkeit der Lagerbestände – bis zur Zwirnsrolle, bis zum letzten Fußlappen, bis zur kleinsten Schuhcremedose, er zählte sämtliche Streichholzschachteln, jedes Teerseifenstück, wog jeden Sack mit Graupen oder Zucker aus, befühlte jede einzelne Kiste mit Schmorfleischdosen; die Menge der in Mieten lagernden Rüben bestimmte er mit untrüglicher Sicherheit nach Augenmaß. Alles stöberte er durch, verglich es mit den Bucheintragungen – alles stimmte haargenau. »Und die überlagerten Esswaren verbrennst du, wie ich höre?«, fragte der General, heiser vor Schlaflosigkeit, meinen Vater. »Jawohl!«, erwiderte der. »Zeig's!«, befahl der General. »Im Moment haben wir keine auszusondernden Esswaren. Die nächste Aktion – Schmorfleischvernichtung – erfolgt am siebzehnten Oktober dieses Jahres, heute ist aber erst der Vierzehnte.« – »Ich befehle die Aussonderung zum Vierzehnten!« – »Zu Befehl!«, erwiderte mein Vater der Dienstvorschrift entsprechend, erblasste jedoch, druckste einen Moment und fügte leise hinzu: »Ich bitte Sie, mir den Befehl schriftlich zu erteilen.« – »Was?«, stieß der General heiser hervor. »Schriftlich ... ein schriftlicher Befehl ...«, wiederholte mein Vater sanft, doch fest. Der General starrte in die Augen meines Vaters, die von der Schlaflosigkeit ebenso rot waren wie die seinen, und sagte: »Na schön. Warten wir bis zum Siebzehnten.« Drei Tage ließ er sich nicht blicken. Am vierten erschien er vor der Lagerhalle, wo mein Vater schon mit der Arbeit begann. Er trug zwölf Kisten mit je dreißig Büchsen heraus und beförderte sie mit Hilfe von Soldaten zu der dafür vorgesehenen Stelle neben dem Müllcontainer, wo bereits eine Grube ausgehoben war. Der General ging schweigend mit. Die Soldaten trauten sich nicht, wie gewöhnlich für ihre Arbeit wenigstens ein Büchschen Schmorfleisch zu erbitten (was im Übrigen stets erfolglos blieb). Mein Vater öffnete gewandt die Büchsen, kippte den Inhalt in die Grube und goss dann reichlich Benzin darüber. Der General stand da, zerwühlte mit seinem Stiefel die Erde und schien ähnlich gehemmt wie die Soldaten. Als das Feuer aufloderte, war es allen, als mache der General eine Bewegung, um die Lebensmittel dem Feuer zu entreißen, doch routinierten Politikern gleich, die sich darauf verstehen, einer Geste kurzerhand den gegenteiligen Sinn zu verleihen, wedelte er nur mit der Hand über dem Feuer, als wolle er es stärker entfachen.

Bis zum Schluss blieb er bei dem Feuer stehen. Die Soldaten schütteten die Grube zu. Der General sagte zu meinem Vater: »Mir nach!« Er ging mit ihm quer durch das ganze Garnisonsgelände und an einem Flüsschen entlang bis zu einem Hügel im tiefen, stillen Wald, wo selbst der Wind, sollte er etwas mitbekommen, es nicht an das neugierige menschliche Ohr tragen, sondern es unterwegs, schwach geworden, verlieren würde.

»Sag mir«, bat der General, gepeinigt von grausam bohrender Verständnislosigkeit, »sag mir, sag mir bloß, ich schwöre es bei meinem Vater und meiner Mutter und meinen ums Leben gekommenen Kameraden, bei meiner Heimat, sogar bei der Partei, zum Teufel, bei allem, was du willst, schwöre ich es, bei meiner ersten Liebe Njuscha, meinem unvergesslichen Heiligtum, ich schwöre es bei Himmel und Erde, bei den Sohlen meiner Stiefel, denen bald schon beschieden sein wird, meiner Herzkrankheit und meiner Verwundungen wegen mit mir im Sarg zu liegen, beim Generalslackschild meiner Mütze, mit dem ich so oft aus Scham vor der ewigen Menschheit meine Augen beschattet habe, ich schwöre es bei allen geraden und ungeraden Zahlen, ich schwöre es beim ersten Tag der Schöpfung und bei ihrem letzten Tag, ich schwöre es, tot umfallen will ich, keinem werde ich es sagen, es nicht verraten, nichts andeuten, es wird dir nichts passieren, sag mir nur – hast du dir wenigstens einmal im Leben ein bisschen was, ein ganz klein bisschen aus dem Lager genommen? Wenigstens ein Streichholz für die Zigarette, wenigstens ein Wischläppchen, ein Stückchen Zucker fürs Liebchen, ein Schlückchen fürs Herzblättchen – ich bitte dich inständig, hat es so etwas gegeben?«

Mein Vater schluckte und sagte: »Nein.«

»Das glaube ich nicht«, flüsterte der General.

»Warum?«, fragte mein Vater mitfühlend.

»Weil das nicht sein kann. Das gibt es nicht.«

Mein Vater schwieg, lächelte nur und sah zum Himmel empor. Der General sah ihm in die klaren Augen, sah ebenfalls zum Himmel empor, in dessen Bläue er bis auf ein einsames Schäfchenwölkchen nichts entdecken konnte.

Da setzte er sich mit seinem Generalshintern auf die feuchte Erde und schluchzte los wie ein Bengel vom Lande, dem in der Stadt auf dem Bahnhof der letzte Rubel geklaut worden ist. Rotz und Wasser heulte er, schniefte mit der Nase, rieb sich die Augen und sagte, klitschnass, nur immer wieder:

»Mein Gott! Mein Gott! Mein Gott! Du lieber Gott!«

Nachdem er sich ausgeweint hatte, erklärte er:

»Das kann und wird es nicht geben. Entweder setzen sie nachts dein Lager in Brand und bringen dich vor Gericht – oder du wirst selbst in einer finsteren Nacht ...«

»Das haben sie schon versucht«, sagte mein Vater und befühlte die Narbe auf seiner Wange.

»Siehst du. Für deinen Dienst hier hab Dank. Ich werde dich in die Großstadt versetzen, vielleicht in einem Wehrkommando unterbringen, gut?«

»Aber ich ...«

»Das ist ein Befehl, Söhnchen«, sagte der General.

Und er kehrte zu seiner Intendantur zurück, wo er rasch die notwendigen Vorkehrungen für die Versetzung meines Vaters nach Saratow traf, und dann machte er sich daran, seinen

Dienstbericht zu schreiben mit Vorschlägen zur Kontrolle und Reorganisierung des Lagerwesens in der Armee, er schrieb lange – und er hätte die Sache zu Ende gebracht, ohne das Geschriebene noch einmal zu lesen (was ich generell jedem Schreibenden raten würde), doch nein, mittendrin hielt er inne, um nachzuprüfen, ob der Anfang klar genug war. Und beim Lesen stahl sich das Entsetzen immer tiefer in sein Herz – das Entsetzen des Unerfüllbaren –, und das Herz hielt diesen Schmerz nicht aus, ist es doch so beschaffen, dass ein Schmerz einen zweiten anlockt, schon eilte diesem schurkischen Schmerz der Schmerz der Erinnerung an den Krieg zu Hilfe, da war auch die schmerzhafte Erkenntnis, dass nicht alles so makellos war an seinem Dienst, wie er es gern gewollt hätte, und da, den Druck, die Bedrängnis bis zum Äußersten steigernd, der Schmerz, für den es keinen Namen gibt, sondern lediglich ein Synonym in Form schrecklicher Fragen nach dem Warum und Weshalb.

Dieser Schmerz kann selbst einem gesunden Menschen den Rest geben, der General aber, möchte ich wiederholen, war mehrfach verwundet worden . . .

Eine schwere Verwundung – Lungendurchschuss – trug auch mein durch den Krieg gegangener Vater davon. In Saratow einer mehr für Invaliden geeigneten Tätigkeit nachgehend, heiratete er die Straßenbahnfahrerin Sofja Dmitrijewna, die ein Kind hatte – ein Mädchen von acht Jahren. Ehrlich, wie er war, machte er ihr klar, dass in materieller Hinsicht nicht lange auf ihn gebaut werden könne: seine Zeit sei bemessen.

Sofja Dmitrijewna brachte mich zur Welt, doch Pjotr Antonowitsch holte sie nicht am Tor der Geburtsklinik ab: eine Lungenentzündung hatte ihn niedergeworfen, eine Entzündung der durchschossenen Lunge – er kam nicht mehr auf die Beine.

Meine Mutter erzog mich bis zuletzt mit Berichten von der Lauterkeit meines Vaters und gab selbst ein Beispiel als arbeitsame, einfache, aber kluge und intuitiv gebildete Frau; sie war es, die die Leselust in mir weckte, obwohl sie selbst wenig las – sie schlief vor Müdigkeit über den Büchern ein. Als ich dreizehn wurde, starb meine Mutter, und Nadeshda, in der ich nie die Halbschwester sah, ersetzte sie mir – sie tut es bis auf den heutigen Tag . . .

So verhält es sich mit den herkunftsbedingten Voraussetzungen von Charakteren, die vor allem Lauterkeit und Oppositionsgeist auszeichnen. Als ich in frühester Jugend diese ererbte Veranlagung bei mir erkannte, geriet ich schlicht und einfach in Verwirrung. Plötzlich begriff ich, dass ich, wollte ich in die Fußstapfen meiner Sippe treten und Oppositionsgeist entwickeln, beinahe gegen alles würde opponieren müssen, einschließlich meiner selbst, war ich doch zu dieser Zeit bereits ein Musterexemplar von voll ausgebildeter buntscheckiger Persönlichkeit, ein Held unserer Zeit im schlechtesten Sinne dieses Wortes. Vielleicht hatte ich es meinen Genen zu verdanken, dass das Gute in mir überwog, doch . . .

Meine Situation lässt sich am Beispiel dieses Computers hier illustrieren. Ich benutze ihn ja auf primitive Weise, als Schreibmaschine, oder spiele zur Entspannung – oder Nastja spielt –, wenn mich die Neugier aber zum Zugriff auf ein unbekanntes Programm veranlasst (sie sind mit hübschen Bildchen – Piktogrammen – markiert) und ich versuche, aufs Geratewohl eine Operation auszuführen, teilt er mir häufig mit:

Start des Programms ohne entsprechende Unterstützung nicht möglich!

Verstehen Sie? Da ist zwar etwas, es existiert! – aber damit es funktionieren kann, braucht es eine Unterstützung. Ich weiß nicht, was mein Großvater und mein Vater in ihrer Umwelt oder in sich selbst gefunden haben, was ihnen zur Unterstützung ihrer Programme gedient hat, ich für mein Teil habe leider weder in meiner Umwelt noch in mir etwas Derartiges entdecken können (oder wollen!) – und so fand ich mich denn in dieser ökologischen Nische wieder, auf die ich sogar viele Jahre lang stolz war.

Doch Schluss damit!

Schluss mit den Versuchen, meine auf die Vorfahren zurückgehende *Programmierung* zu unterdrücken.

Die logische Kontinuität muss wiederhergestellt werden – und das Leben selbst hat mir eingegeben, wie das zu tun ist.

Erstens sollte ich in der Tat heiraten. Ohne alles Eigenlob, ganz objektiv – so ein schlechter Kerl bin ich nicht. Und es werden keine schlechten Kinder sein, die ich zeugen und erziehen kann. Wenn ich das nicht tue, ist leicht vorstellbar, dass es in meiner Umwelt mehr schlechte Kinder – und folglich auch Erwachsene – geben wird, und daran trage ich dann Mitschuld!

Gewiss – die Liebe ...

Doch sie ist fruchtlos. Ich liebe mit dem Herzen, der Verstand aber sagt mir, dass die Frau, die ich liebe, kaum noch etwas Liebenswertes hat – so traurig es ist ...

Zweitens – eine feste Anstellung finden. Wenn mein Großvater und mein Vater sich mitten in die Hölle gestürzt haben, wie stehe ich dann da, wenn ich Schwierigkeiten ausweiche?

Das Hauptproblem der Gegenwart unseres Landes sind Korruption, Betrügerei, Mafia, kurzum, Kriminalität jeglicher Art. Was muss ich, dem Beispiel von Großvater und Vater folgend, tun, nachdem ich dem zu bewältigenden Problem auf die Spur gekommen bin? Die Lösung bietet sich von selbst an: entweder in die Mafia hineingelangen, um sie von innen heraus zu zersetzen, was kaum möglich ist, ohne selbst zum Verbrecher zu werden, oder aber in die Miliz, die, man nehme es mir nicht übel, selbst schon reichlich mafios ist. In die Miliz hineingelangen und, allem zum Trotz, ein lauterer, gerechter, vorbildlicher Milizionär sein.

Dazu ist es freilich notwendig, sich ein wenig zu verstellen, das heißt, bei der Beantwortung der Fragen von dem auszugehen, was verlangt wird. Indessen hindert mich niemand daran, wenn ich nicht endgültig zum Lügner werden will, mein inneres und äußeres Antlitz in Übereinstimmung mit den Anforderungen der zu beantwortenden Fragen zu bringen. Das mag einige Zeit in Anspruch nehmen, doch das erwünschte Ergebnis rechtfertigt diesen Aufwand.

Also dann – beantworten wir die Fragen der Reihe nach.

1. *An der Arbeit als Krankenschwester könnten Sie Gefallen finden.*

Gleich die erste Frage zielt eindeutig auf Verunsicherung ab. Eine gar zu überraschende Fragestellung. Wieso *Krankenschwester*? Es sind doch überwiegend Männer, die die Fragen beantworten. Davon ausgehend, was zu sein hat, das heißt, da ich weiß, dass der Arbeit der Krankenschwester Achtung entgegengebracht wird, dass man mit den Kranken mitfühlen sollte, ist das Kästchen *zutreffend* anzukreuzen. Aber handelt es sich hier nicht um eine Falle? Es steht ja nicht in Klammern »Krankenbruder«. Steht hinter der Behauptung nicht die Absicht, eventuelle *transsexuelle Neigungen* des Befragten herauszubekommen?

Doch vielleicht verdächtige ich die Verfasser der Fragen einer gar zu hinterhältigen Geisteshaltung, mag sein, dass sie lediglich arglos im Sinn hatten, ob der Befragte gern kranke Menschen pflegen würde? Wer hat sie dann allerdings daran gehindert, die Frage so zu stellen?

Ich denke, ich wäre imstande, Kranke zu pflegen. Bloß geht es hier nicht darum, was man gern tut, sondern ums Pflichtbewusstsein, das Wort »Gefallen« dürfte fehl am Platze sein.

Obwohl, als Alexina sich das Bein gebrochen hatte, konnte sie zwei Monate nicht das Haus verlassen, und ich habe sie gepflegt, aber das ist ein Sonderfall.

Die Arbeit der Krankenschwester indessen . . . Nein, ich glaube, ich würde nicht gern als Krankenschwester arbeiten. Welchen Einfluss auf das Gesamtergebnis kann diese Antwort haben? Selbst wenn man sie nur überfliegt, wird klar, dass neben Fragen von erst- solche von zweitrangiger Bedeutung stehen. Eine wichtige Frage wird man kaum an den Anfang setzen. Deshalb werde ich mal mit *zutreffend* antworten, wie es sicherlich die meisten tun, ohne sich Kopfzerbrechen darüber zu machen, sie könnten in den Verdacht der Transsexualität geraten. *Zutreffend.*

2. *Sie sind niemals dermaßen außer sich geraten, dass es Sie beunruhigt hätte.*

Will sagen: Sie verstehen es, Ihre Emotionen unter Kontrolle zu halten.

Ja, das verstehe ich. Dabei habe ich ziemlich häufig das Gefühl, mich zu erhitzen, zu erregen, außer mich zu geraten, wenn Sie so wollen (Fremden fällt das in der Regel nicht auf), doch beunruhigt mich das nicht im Geringsten. Weshalb auch? Warum sollte mich etwas beunruhigen, was ich für natürlich halte? Es gibt den Ausspruch: Die Welt bekam einen Riss, und der Riss ging durch das Herz des Poeten! Mag ich auch kein Poet des Dichtens und Reimens sein, bin ich doch ein Poet des Lebens. Ich meine, dass sich der normale Mensch in seiner Hülle stets beengt fühlt – da die Bewegung der Seele zentrifugal ist und sie die ganze Welt umfassen möchte. Ist das vielleicht keine edle Form des Außersichgeratens?

Wenn man sagt, dass jemand außer sich ist, bezeichnet man damit einen außergewöhnlichen Zustand, der für den Betreffenden wie für die Gesellschaft gleichermaßen wenig wünschenswert ist. Die Frage ist nur, um was für einen Menschen es sich dabei handelt. Vielleicht könnte es einem Schurken und Lumpen gar nicht schaden, förmlich außer sich zu geraten?

Doch wozu diese Überlegungen, wenn meine Antwort in diesem Fall der idealen Variante entspricht? *Zutreffend*, ich gerate niemals dermaßen außer mich, dass es mich beunruhigen würde.

3. *In der Kindheit haben Sie »Hopse« gespielt.*

Viel Wissen bringt viel Kummer! Nolens volens bedauert man seine – den Kreuzworträtseln zu verdankende – vielseitige Bildung. Auch aus dieser Behauptung glaube ich eine Anspielung auf Transsexualität herauszulesen. Beruhige dich – eine simple, ziemlich unwichtige Frage. Ja, ich habe »Hopse« gespielt, na und? *Zutreffend.*

4. *Der Wunsch, schöner zu werden, beunruhigt Sie nicht.*

Eine miserabel formulierte Frage. Beunruhigen kann jemanden ein Pickel auf der Nase. Und wie kann man sich etwas wünschen, was unmöglich ist? Eine andere Sache ist es, davon zu träumen. Zu wissen, dass dieser Traum nicht in Erfüllung gehen kann, und dennoch davon zu träumen. Richtiger formuliert, könnte es lauten: Sie hätten nichts dagegen, schöner zu werden, wenn es die Möglichkeit gäbe. Nichts einfacher, als darauf zu antworten, denn keiner würde diese Möglichkeit ausschlagen.

Doch, ich würde es. Das heißt, man könnte sagen: Mich beunruhigt, dass ich nicht den Wunsch habe, schöner zu werden – doch eigentlich beunruhigt mich auch das nicht. Als ich mich mit dreizehn Jahren verliebte, bildete ich mir natürlich ein: Jetzt wird sie mir ihre Aufmerksamkeit schenken, jetzt mich ansprechen, jetzt Gefallen an mir finden. Doch irgendwie habe ich mir nie vorgestellt, anders zu sein – größer und schöner, obwohl alle in ihrem Freundeskreis groß gewachsen und schön waren.

Etwas beschämt erinnere ich mich, wie ich an sie herangetreten bin – drei Jahre nachdem es mit meiner Liebe angefangen hatte – und gesagt habe:

»Alina! (So nannte sie sich selbst, und so nannten sie alle, denn ihren eigentlichen, vollen Namen, den sie nicht mochte, kannte keiner.) Alina, ich weiß, dass ich dir nicht gefalle, dir gefallen hübsche Jungs. Aber ich bin klug, und richtige Frauen lieben allein kluge Männer. Du bist noch jung, du verstehst das noch nicht, du bist ein richtiges Mädchen, aber, entschuldige meine Offenheit, noch keine richtige Frau. Ich bitte dich, lass dir Zeit, werde erst mal eine richtige Frau, und du wirst meinen Wert erkennen. Wenn du aber einen Klügeren findest, werde ich es dir nicht übel nehmen, das ist dann gerecht ...«

Alina, Alexina, lachte. Sie lachte lange, bevor sie sagte: »Woher willst du das wissen, vielleicht bin ich schon eine richtige Frau?« Sie ließ mich verdutzt stehen und ging weg.

Also, wir antworten, was die reine Wahrheit ist: Beunruhigt mich nicht, *zutreffend.*

5. *Sie empfinden alles stärker als die meisten.*

Hm ...

Für einen Menschen mit meiner Sinnesart und Lebensweise wäre es natürlich schmeichelhaft, diese Behauptung zu bestätigen. Doch ich habe ein objektives Verhältnis zu mir selbst. Ich bin ein ganz normaler Mensch, meine Empfindungen sind ziemlich stark, aber nicht so, dass ich sie als außergewöhnlich betrachten würde. Ich beneide Genies, Künstler, Menschen, die vor Leidenschaft brennen, ich beneide ihre Inspiration, die Schärfe ihrer Sehkraft, ihres Gehörs, ihrer Gedanken ... Nein, leider ... *Nicht zutreffend.*

6. *Bei geselligen Abenden sitzen Sie allein da oder unterhalten sich mit einem der Gäste, statt sich einer Gruppe anzuschließen.*

Das hängt vom Abend und von der Stimmung ab. Im Übrigen schließe ich mich keiner Gruppe an, weil ich dieses Wort und diesen Begriff verabscheue. *Zutreffend.*

Nein, da bin ich zu weit gegangen, ich habe vergessen, dass ich nicht für mich selbst antworte, sondern für irgendeine Kommission, dass dort, wo ich mich zu bewerben beabsichtige, freundschaftlicher Umgang, Kollektivgeist – in der Arbeit wie in der Freizeit – gefördert wird. *Nicht zutreffend.* Ich bin umgänglich. Ich habe es gern, gemeinsam mit anderen von Herzen zu lachen, allein dazusitzen, mag ich gar nicht. *Nicht zutreffend, nicht zutreffend.*

7. *Sie suchen Konflikten und heiklen Situationen aus dem Weg zu gehen.*

Wie man's nimmt. Meiner Veranlagung entsprechend tue ich das eigentlich, aber die Realität sieht anders aus. Mit diesem Widerspruch hat es schon in meiner Kindheit angefangen.

Ich sitze beispielsweise im Unterricht in der Schule, habe abgeschaltet, blinzle in die durch gelbes Birkenlaub hereinscheinende Sonne und träume süß und intensiv, wie das in der Kindheit bei phantasiebegabten Naturen so zu sein pflegt, als ich plötzlich durch die strenge Stimme der Lehrerin in die Wirklichkeit zurückgeholt werde. Nehmen wir an, sie hieß Galina Jurjewna (der richtige Name ist ohne Belang), hatte eine Brille, die ihre Augen sehr groß machte, und trug das Haar zu einer straffen Faust gedreht (die dicken runden Strähnen erinnerten an Finger) auf dem Kopf.

»Kajalow, wiederhole, was ich gesagt habe!«

Ringsum herrscht Stille – eine Illustration zur Devise *Teile und herrsche,* da ich ganz allein dastehe und Herrschaft über mich ausgeübt wird und jeder andere, ob er nun Mitleid oder Schadenfreude empfindet, bewusst oder unbewusst froh ist, nicht ich zu sein, hätte ihm das doch genauso passieren können wie mir; das weiß auch die Lehrerin, und deshalb bin ich nicht nur ein Sünder, sondern auch ein didaktisches Exempel, mit dem nach allen Regeln zu verfahren ist, die es bei der situationsbedingten Lösung einer pädagogischen Aufgabe zu beachten gilt – damit ich daraus ebensolchen Nutzen ziehe wie die ganze Klasse.

»Wiederhole, was ich gesagt habe«, verlangt die Lehrerin.

Ich schweige.

»Hast du gehört?«, fährt die Lehrerin in ihrem fruchtlosen Bemühen fort. »Wiederhole, was ich gesagt habe.«

Ich kann mich nur wundern. Wozu verlangt sie das, da sie genau weiß, dass ich nicht zugehört habe. Soll sie mir doch ein Mangelhaft geben und den Unterricht fortsetzen, was setzt sie mir so zu? Sie tut mir Leid, ich begreife nicht, warum ihre Augen so zornig blicken.

»Wiederhole, was ich gesagt habe«, beharrt sie weiter.

»Ich habe nicht zugehört«, sage ich.

»Und warum hast du nicht zugehört?«, will sie wissen.

Ich schweige. Ich überlege. Soll ich sagen, dass ich uninteressant fand, was sie erzählte?

Das stimmt doch. Aber wie sieht das denn aus? 1. Sie ist die Lehrerin, und ich bin der Schüler. Deshalb bin ich verpflichtet zuzuhören. 2. Sie ist ein erwachsener Mensch, und ich bin ein Kind. Deshalb bin ich ebenfalls verpflichtet zuzuhören, denn die Gesellschaft – jede – gründet in vielem auf der Unterordnung der Kleinen unter die Großen, und dabei geht es nicht nur um das Alter. 3. Die Unterrichtsstunde hatte ein patriotisches Thema zum Gegenstand, folglich war ich nicht nur als *Schüler* und nicht nur als *Kind,* sondern als *Bürger* verpflichtet zuzuhören, und zwar nach den allgemeingültigen Regeln des tragikomischen Spiels jener Zeit mit besonderer Aufmerksamkeit und besonderem Verantwortungsgefühl zuzuhören – warum, das bedarf sicherlich keiner Erklärung. Wenn ich also antworte, dass ich ihren Unterricht uninteressant fand, werde ich keine Rechtfertigung finden, sondern im Gegenteil dreifach schuldig dastehen: 1) als Schüler, 2) als Kind und 3) als Bürger. Und das ist nur die eine Seite. Die andere: Ich möchte die Lehrerin nicht kränken – das meine ich ganz ehrlich. Sie gibt sich Mühe, und es ist nicht ihre Schuld, dass die Natur ihr nicht die Gabe verliehen hat, uninteressante Dinge interessant darzubieten (solche begabten Leute sind mir begegnet!), sie ist zu guter Letzt genauso eine Frau wie meine Mutter. Was also folgt daraus? Daraus folgt, dass ich sie kränken und mir selbst schaden werde, wenn ich mein Desinteresse an der Unterrichtsstunde eingestehe.

Das sind die beiden Seiten der einen Wahrheit, doch außerdem gibt es noch eine andere Wahrheit! Ich habe doch des Öfteren auch in interessanten Unterrichtsstunden abgeschaltet und meinen Gedanken nachgehangen. Ich könnte also sagen: Ich war in Gedanken. Wenn mich der Unterricht interessierte, saß ich natürlich seltener in Gedanken da, als wenn er mich langweilte, deshalb leitet sich im konkreten Fall meine Wahrheit, dass ich in Gedanken war, aus der Wahrheit des uninteressanten Unterrichts ab. Nur die zweite Wahrheit vorzubringen und dabei die erste zu übergehen, von der sie herrührt, heißt doch, nicht ganz ehrlich zu sein. Ich will aber ehrlich sein.

»Ich fand es uninteressant!«, antworte ich.

»Was fandest du uninteressant?«, hakt die Lehrerin sofort ein, als habe sie genau diese Antwort erwartet. Ich sehe sie an und begreife plötzlich, dass ich mich getäuscht habe, als ich befürchtete, sie zu kränken. Nichts dergleichen, ihr zorniges Gesicht heitert sich sogar ein wenig auf, allerdings im Verborgenen, aus der Tiefe der Augen heraus, äußerlich wird es noch strenger, und mir geht auf, dass das Gespräch mit mir wichtiger für sie ist als der Unterricht – dieses Thema behandelt sie schon zum x-ten Mal, unser Dialog hingegen ist improvisiert, geistige Gymnastik, sie hat es darauf angelegt, mich zu fassen zu kriegen, und nun ist es ihr gelungen mit einer Frage, die sich nicht beantworten lässt! Wahrhaftig, versuchen Sie das mal: Was fandest du uninteressant an dem, was du gar nicht gehört hast?

Und nicht weil ich den Helden mimen wollte, sondern ausschließlich um ihr die Freude zu machen – Ehrenwort! –, sagte ich:

»Na alles« – ich verlieh meiner Stimme und meinem Blick sogar eine Prise Frechheit, obwohl ich normalerweise gar nicht frech bin. Ich tat es, weil sie es so wollte und weil sich so das von ihr begonnene Spiel auf angenehme Weise fortsetzen ließ.

Die Klasse duckte sich, alle Blicke waren auf die Bänke gerichtet. Oh, wir waren noch klein, wussten aber schon, was das hieß – Gleichgültigkeit gegenüber patriotischen Themen, mochten auch die grausamen Zeiten der Verbannung und der Repressalien für ein einziges unvorsichtiges Wort vorbei sein und die Zeit, in die unsere Kindheit fiel, wie wir später lasen (damals hatten wir davon keine Vorstellung), Tauwetter heißen; das freilich mittlerweile seine Endphase erreicht hatte; wir waren sozial und psychologisch bereits bestens adaptiert, waren Fleisch und Blut unserer Zeit und unseres Volkes, das eine neue historische Gemeinschaft bildete.

Die Klasse wartete.

Die gutherzige Lehrerin (alles in allem war sie ja wirklich ein guter Mensch!) erlebte eine Art sadomasochistischen ideologischen Orgasmus, ich bitte um Entschuldigung für diesen Ausdruck, den ich damals noch nicht kannte, doch jetzt kommt mir aus irgendeinem Grund gerade er in den Sinn, weil ich mich an viele, viele Fälle erinnere, da angesichts ihrer Schmähung in den Augen der Hüter dieser Heiligtümer ein eigentümliches Feuer aufloderte, dessen Bedeutung und Sinn ich lange nicht begriff. In Questronis Buch *Die Verliese der Inquisition* gibt es eine Szene, in der der Gotteskrieger Paolo Confieso den Narren in Christo Ioastrus mit glühendem Eisen foltert und ihn zu Dutzende Mal wiederholten Gotteslästerungen zwingt; scheinbar in heiligem Zorn entbrannt, wird er in Wirklichkeit von komplexeren, abgründigen Gefühlen bewegt ...

Ich sagte also, dass ich alles uninteressant gefunden hätte! Da sie aber über vieles gesprochen hatte, stand ihr jetzt frei, aus dem Gesagten auszuwählen, was ihr beliebte – sie errötete sogar, wie ich mich erinnere, ob des Reichtums an Möglichkeiten, der sich ihr darbot. Und sie wählte den besten, leckersten Happen aus.

»Dir etwas über die Heimat anzuhören ist also für dich uninteressant?«

Nein, ich muss mich korrigieren. Es war natürlich doch nicht der leckerste Happen, den sie wählte; da es in dieser Stunde um die Heimat ging (sie trug irgendwelche Verse vor, wie ich mich erinnere), ging es selbstverständlich auch um die Partei, um Lenin, um die Revolution. (Es ist mir schon klar, dass ich nicht mehr aktuelle, bis zum Überdruss verlachte und in den passiven Wortschatz verbannte Begriffe verwende, und es muss niederträchtig erscheinen, sich dem Chor der Lästerer anzuschließen, ich habe das nie gemocht, doch ist der Chor ja längst verstummt, alles ändert sich sehr rasch, und was Teil des vergangenen Jahres ist, scheint uns Jahrhunderte zurückzuliegen, was soll man erst von der ferneren Vergangenheit sagen! – und da melde ich mich mit meiner bescheidenen einsamen Stimme zu einem Zeitpunkt zu Wort, da man über all das ohne politische Hitzigkeit sprechen kann, mit historischer Strenge und Klarheit, objektiv. Aber da fällt mir ein: Wir haben ja jetzt wieder neue Apologeten der kommunistischen Idee, und wären sie zwanzig Jahre eher auf den Plan getreten, ich hätte mich ihnen angeschlossen, war ich doch in meiner Jugend und noch einige Zeit danach ein überzeugter Kommunist, ein illegaler Kommunist jedoch in einem offiziellen Kommunismus, in Gedanken kritisierte ich den offiziellen Kommunismus von links, da ich jene, die die Ideen umsetzten, für Verräter an den Ideen hielt . . .) Leckerer wären also die Happen Partei, Lenin, Revolution gewesen, doch sie traute sich nicht: dieses Spiel ging zu weit für sie! Ich glaube, schon der Gedanke des Zweifels schreckte sie, die Vorstellung, jemand könnte daran zweifeln, dass es interessant sei, etwas über die Partei, über Lenin und die Revolution zu hören zu bekommen, für andere war das kein Beispiel mehr, sondern Verführung, und mochte der schuldige Schüler auch eingestanden haben, dass für ihn alles uninteressant gewesen sei, war doch davon auszugehen, dass die Partei, Lenin und die Revolution selbstverständlich davon auszunehmen waren, und wenn der Schüler sagte, er habe alles uninteressant gefunden, meinte er natürlich alles mit Ausnahme dessen! Die Heimat ist auch ein hehrer Begriff, aber nicht so tabuisiert, dass man nicht darüber sprechen könnte. Das heißt, hier handelte es sich um ein – mögliches, zulässiges – Vergehen, das die Fortsetzung des Spiels ohne das beängstigende Gefühl ermöglichte, sich an etwas Heiligem und Unantastbarem zu vergreifen.

Dabei erwartete sie natürlich die Antwort: »Nein, über die Heimat, das fand ich interessant.«

»Wie konntest du es interessant finden, wenn du gar nicht zugehört hast?«, hätte sie lächelnd gefragt und ihren Scharfsinn von der Klasse mit Lachen quittieren lassen. Von leider sehr seltenen Ausnahmen abgesehen, verstehen sich ja die Lehrer, selbst die unbeliebtesten, selbst die unfähigsten, darauf, die Mehrheit der Kinder – und sei es nur für wenige Minuten – dadurch für sich zu gewinnen, dass sie einen einzelnen lächerlich machen, die Kinder fallen treuherzig und bereitwillig auf solche Provokationen herein, ohne sich ihrer unschuldigen Niedertracht bewusst zu werden, dem Lehrer aber vermitteln diese Minuten den Eindruck glücklicher und inniger Übereinstimmung mit der Klasse – und natürlich das Gefühl seiner Macht; verstehen kann ich das alles, doch nicht billigen, denn was kann es Hässlicheres geben, als ein Kind auszulachen ... Und sie hätte mir, zufrieden und entspannt nach einer solchen spielerischen Verstandesleistung, ein Mangelhaft gegeben wegen Unaufmerksamkeit und den Unterricht fortgesetzt mit dem wohligen Gefühl der erfüllten pädagogischen Pflicht.

Doch da ging es mit mir durch. Eben noch hatte ich dieser Frau entgegenkommen, ihr einen Gefallen tun wollen, nicht um mich bei ihr einzuschmeicheln und dem Mangelhaft zu entgehen – das war ohnehin unabwendbar –, sondern einfach deshalb, weil mein Charakter so ist! Plötzlich überkam mich etwas Unerklärliches, das körperlich spürbar wurde durch ein Ziehen in der Magengrube, und ich sagte:

»Ja, mir etwas über die Heimat anzuhören, fand ich uninteressant.«

Natürlich erschrak ich selbst.

Ich liebte und – ich habe keine Scheu vor diesem Wort – liebe meine Heimat (manchmal, zugegeben, freilich schon mit letzter Kraft). Ich liebte sie. Ich will jetzt nicht im Einzelnen darauf eingehen, was für Assoziationen das Wort »Heimat« in meinem kindlichen Kopf weckte, wozu auch, ich liebte sie vorbehaltlos und assoziationsfrei, wie ich meine Mutter liebte – weil ich mir gar nicht vorstellen konnte, dass es möglich sei, sie nicht zu lieben.

Auch die Lehrerin erschrak. Sie meinte es gut mit mir und dachte an meine Erziehung, sie hatte nicht die Absicht, mich einer schwerwiegenden Sache zu überführen – und da will der doch partout mit dem Kopf durch die Wand, und was nun? Nach der Logik des Spiels, da ich gesagt hatte, dass ich es uninteressant gefunden hätte, mir etwas über die Heimat anzuhören, hätte sie fragen müssen: So, dann liebst du deine Heimat also nicht? Doch davor schreckte sie zurück. Womöglich antwortet der: Nein, ich liebe sie nicht! Und dann wird es zu ernst, das kann nicht in der Klasse bleiben, das ist keine Randepisode mehr, das ... Und sie formulierte die Frage so:

»Warum fandest du es denn uninteressant, dir etwas über die Heimat anzuhören?« Und erwartete, dass ich eine ungereimte Rechtfertigung murmelte, um damit den Dialog abschließen zu können.

Doch ich sah mich in die Enge getrieben, sie hatte den Kompromiss selbst abgelehnt und es mir unmöglich gemacht, sie zu schonen. So antwortete ich denn wahrheitsgemäß und offen:

»Weil Sie uninteressant erzählen.«

Die Klasse wieherte los.

Oh, diese Herde (ich muss meine Schulklasse mit diesem herabwürdigenden Wort bedenken, obwohl es eine gute, eine fabelhafte Klasse war, doch so fabelhaft eine menschliche Gemeinschaft auch sein mag, sie trägt stets die Anlagen der Herde in sich – ob sie manifest werden oder nicht, ist eine andere Frage), diese wechselhafte Herde. Eben noch war die Klasse auf der Seite der Lehrerin gewesen, und nun lachte sie über sie, weidete sich daran, wie sie bei so viel Frechheit dieses Schülers, der sie vor aller Augen lächerlich machte, rot und blass wurde. Allerdings blieb das Gewieher nicht ganz frei von Ängstlichkeit, da allen klar war, dass die Lehrerin mir meine Frechheit nicht einfach so durchgehen lassen würde.

Das konnte sie auch nicht: ich hatte die Lehrerin ja nicht der Unfähigkeit zu erzählen schlechthin beschuldigt, sondern der *Unfähigkeit, über die Heimat zu erzählen.* Da gerät das erzieherische Moment ins Hintertreffen, da gilt es, heil aus der Situation herauszukommen – mit allen Mitteln. Und da man sich in seiner Position als Erwachsener der des Kindes fraglos überlegen fühlt, verzichtet man auf allen überflüssigen Scharfsinn und geht zu seiner Verteidigung mit gewohnter primitiver Grobheit vor. Die Lehrerin hielt es nicht für nötig, mir nachzuweisen, dass, was sie über die Heimat zu erzählen hatte, interessant gewesen sei – wozu, das war auch so klar! Sie sagte drohend:

»So! Morgen kommst du mit deinen Eltern in die Schule. Bis dahin – marsch, hinaus!«

Und sie rief mir noch nach, damit mir und allen anderen recht bange werde:

»Wollen uns doch mal ansehen, wer so ein Früchtchen erzogen hat!«

Ich verließ die Klasse tief bedrückt, wie es nur Kinder sein können, die das erste Mal die Erfahrung schweren Leids machen, dem ihre geistige und seelische Kraft nicht gewachsen ist.

Die Erwachsenen, mit dem Auf und Ab im Leben vertraut, finden Gefallen an dem platten Spruch, es sei wie ein Zebra – ein schwarzer Streifen, ein weißer Streifen usw. (Womit sie das für mich offenkundige Gesetz der Kontinuität und Untrennbarkeit von Vergangenheit, Gegenwart und Zukunft missachten – ich persönlich existiere gleichzeitig in allen drei Zeiten.)

Doch der kindliche Verstand vermag nicht das Warum zu erfassen. Eben noch war alles so schön gewesen, ich hatte in die durch gelbes Birkenlaub hereinscheinende Sonne geblinzelt – und plötzlich war alles unwiederbringlich zusammengebrochen und schlecht geworden. Warum?

Ich bin doch nicht anders geworden –
auch die Sonne ist nicht anders geworden,
auch das Laub ist nicht anders geworden,
nicht anders geworden ist die Welt.
Warum ist es unwirtlich und so kalt
in ihr geworden
für mich allein?
Da kommt eine alte Frau
mit einem Netz vom Einkauf,
sie hat keine Schuld auf sich geladen,
ihr droht keine strenge Strafe
für zweihundert Gramm Quark,
für einen Laib Brot und eine Büchse Fisch.
Da fährt ein Junge auf einem runden Fahrrad –
rund ist sein Gesicht, rund des Rades Räder,
rund seine Unschuld,
rund sein leichtes Glück –
rund tritt es sich in die Pedale,
glatt fährt es sich über den Asphalt,
seine Seele ist glatt und rund
wie des Fahrrads Rad.
Da läuft ein Hund vorbei.
Den Schwanz voll Kletten und herrenlos.
Doch glücklicher als ich –
ohne alle Schuld!

Ich allein, ich allein trage Schuld – und gar nicht mal vor der Lehrerin, diese Schuld ist schon vergessen, das ist alles schon erledigt, schlimmer ist, was mich erwartet – das Gespräch mit meiner Mutter, mit Sofja Dmitrijewna. Und auch meine Schwester Nadeshda wird sehr betrübt reagieren.

Ich konnte es kaum erwarten, dass meine Mutter von der Arbeit heimkam. Ich richtete ihr aus, sie möchte in die Schule kommen. Mir fehlte der Mut, ihr den Grund zu verraten. Ich sagte: wegen irgendwas.

»Vielleicht geht es um eine Waisenunterstützung, weil dein Vater Frontsoldat war?«, fragte meine Mutter nachdenklich.

»Weiß ich nicht«, sagte ich.

»Was ausgefressen hat er«, sagte meine Schwester. »Besser, ich gehe für dich hin, Mama.«

»Nein, ich mache das schon selber.«

Wir waren eine halbe Stunde vor Unterrichtsbeginn in der Schule. Die Lehrerin erschien ein wenig später. Sie bot meiner Mutter Platz an und fragte teilnahmsvoll:

»Nun, was wollen wir machen? Gerade erst zur Schule gekommen, und schon solche Sachen.«

»Was für Sachen?«, fragte meine Mutter, und in ihre Augen trat Verwirrung.

»Passt nicht auf im Unterricht, ist mit seinen Gedanken woanders, energie- und initiativlos. Ich verstehe, dass Sie als allein stehende Mutter es schwer mit ihm haben. Dazu noch die schwere Schichtarbeit, Sie kommen müde nach Hause«, sagte die Lehrerin, die von irgendwo alles über unsere Familie zu wissen schien.

»Die Arbeit, ja ...«, sagte meine Mutter.

»Kontrolle muss trotzdem sein. Besonders die Konzentration. Die muss kontrolliert werden. Die Fähigkeit, Aufgaben zu lösen, ohne sich ablenken zu lassen. Verstehen Sie? Kontrolle ist nötig.«

Ich erinnere mich, wie es mir in den Augen zu prickeln begann vor Dankbarkeit für die kluge und edelmütige Lehrerin, die auf Einzelheiten verzichtete und sich mit sanften, allgemeinen Worten begnügte.

Bald verging jedoch das Prickeln, und ich stellte fest, dass sie mit meiner Mutter sprach wie ... Das ist schwer zu erklären, nun, sie sprach mit ihr, als hätte sie es mit einem Kind zu tun, das zwar älter war als ich, aber auch vieles nicht verstand. Dem man alles plausibel machen, alles vorkauen und in den Mund stecken muss. Mit Kranken spricht man so, ergänze ich meine Erinnerung durch später gemachte Erfahrungen. Und plötzlich hatte ich den Eindruck, dass dieser belehrende Erwachsenenton der Lehrerin meine Mutter erniedrigte, es tat mir so Leid für sie.

»Vor allem«, fuhr die Lehrerin fort, »lässt ihn alles kalt. Man ermahnt ihn, und er kann sich gar nicht vorstellen, dass er andere stört.«

Ihr Ton hatte etwas Forderndes. Und meine Mutter begriff.

»Entschuldige dich bei der Lehrerin«, sagte sie zu mir.

»Da kann man lange warten!«, sagte die Lehrerin und begann etwas auf ihrem Tisch zu ordnen, ohne mich anzusehen, doch es war deutlich zu spüren, dass sie auf eine Entschuldigung wartete, dass sie den kleinen Zwischenfall erledigt sehen, die Mutter in Frieden ziehen lassen und das Kind die nächsten Jahre weiter unterrichten und erziehen wollte.

Ich saß stumm wie ein Fisch. Ich war schuldig, und entschuldigen sollte ich mich vielleicht. Aber sie, sagte mir mein Gerechtigkeitsgefühl, ist doch auch schuld. Warum erzählt sie denn so uninteressant? Und weshalb sollte sie sich deswegen nicht auch entschuldigen? Natürlich sagte ich das nicht, denn ich wäre kaum in der Lage gewesen, es klar und einfach zu formulieren. Ich schnaufte nur und schwieg.

»Na?«, sagte meine Mutter und berührte meinen Arm.

Ich schwieg.

»Irgendwie empfindungslos«, sagte die Lehrerin gereizt. »Er liebt sicherlich auch seine Mutter nicht. Bestimmt liebst du deine Mutter nicht, Kajalow!«

Ich erbebte innerlich. War denn das die Möglichkeit! Erst wurde ich fehlender Liebe zu meiner Heimat beschuldigt und nun auch noch zu meiner Mutter! Dabei stimmte das alles überhaupt nicht!

»Liebst du deine Mutter, Kajalow, oder nicht?«, fragte die Lehrerin. Und nach einer kurzen Pause sagte sie befriedigt: »Sehen Sie? Er liebt Sie nicht!«

»Aber nicht doch«, sagte meine Mutter leise. »Wissen Sie, er ...«

»Keinen Menschen liebt er. Von der Klasse sondert er sich immer ab, mich sieht er an wie ein Wolf.«

So was! Ich sonderte mich überhaupt nicht von der Klasse ab, ich sah sie überhaupt nicht wie ein Wolf an!

»Hör auf zu bocken!«, blaffte mich meine Mutter mit fremd klingender Stimme an. »Entschuldige dich, na, mit wem rede ich!«

»Lassen Sie nur!« Die Lehrerin winkte ab.

»Er wird sich entschuldigen, das wäre doch gelacht!«, sagte meine Mutter und gab mir einen Klaps – nie zuvor hatte sie das getan, abgesehen von ganz freundschaftlichen Kopfnüssen, wie ein kleines Kind klapste sie mich, dem man ein paar auf den Hintern gibt, um ihm etwas begreiflich zu machen. Sie war sich einig mit der Lehrerin – gegen mich. Einig mit einer Fremden gegen mich, den sie schon so viele Jahre kannte. *Verrat!* ging es mir durch meinen kindlichen Sinn. Von der Höhe des Erwachsenseins ist natürlich leicht lachen über das impulsive Urteil eines kleinen Kindes, doch ziehen wir in Betracht, dass dieses kleine Kind die stärkste Erschütterung in seinem jungen Leben durchmachte.

Ich heulte los und lief davon, weg von der Lehrerin, weg von meiner Mutter, die mich verraten hatte, ich lief davon, um mich nie mehr zu Hause und in der Schule blicken zu lassen, um *für immer* wegzufahren.

Und ich ging zum Bahnhof.

Auf der einen Seite lag die Bahnstrecke, auf der anderen, über die Straße, das Straßenbahndepot, und gleich nebenan stand – und steht – unser Haus, unser alter, der Eisenbahnverwaltung gehörender Dreigeschosser.

Bahnstrecke, Bahnhof und Bahnhofsvorplatz waren für uns Kinder der Ort, wo wir spielten und uns die Zeit vertrieben. Unser Zeitvertreib war recht armselig, oft nicht mehr als ein Herumlungern und Herumstreunen in der Menge der Abreisenden, der Ankommenden und der sie Abholenden sowie zwischen Dieben, Müßiggängern, Alkoholikern, Bettlern und Milizionären – zwischen dem ganzen Bahnhofsvolk, das ich bereits damals mit einer angeborenen Wachheit und Neugier betrachtete.

Den Ton gab bei uns einer an, der Gafa genannt wurde und den ich hasste und fürchtete. Er ist in meiner Kindheit der Einzige gewesen, den ich gehasst und gefürchtet habe. Von der heutigen Warte der Reife und Lebensklugheit aus weiß ich, dass an ihm nichts Besonderes war: ein typischer junger Rowdy. Doch zu der Zeit, als ich zwölf war und er sicherlich schon fünfzehn, beschäftigte er mein Denken mehr, als mir lieb war, und das quälte und erniedrigte mich. Womit mochte alles angefangen haben? Möglicherweise damit, dass ich Gafa in einem Sandkasten sitzen und sich friedlich mit seinem Freund unterhalten sah, bevor er plötzlich wütend wurde, aufsprang und schimpfend den Freund, der sitzen blieb, anspuckte und ins Gesicht schlug; er schlug so lange, bis Blut spritzte ...

Gafa lächelte fast nie. Er hatte schräg stehende Augen und eine niedrige Stirn. Er schien aus anderem Holz geschnitzt. Er war Realität und Mythos. Mit uns verbrachte er bloß die langweilige und träge sich hinziehende Tageszeit, abends dann begann für ihn ein anderes, geheimnisvolles Leben mit den erwachsenen Kerlen aus dem Bahnhofsviertel, und oft, zu oft stand mir beim Einschlafen das wutverzerrte Gesicht Gafas vor Augen – bläuliche Finsternis, Schreie, Getrappel, Schläge, etwas Grässliches, Unfassbares, was da vor sich ging. Am Tage suchte ich in Gafas Gesicht nach Spuren nächtlicher Verbrechen, konnte jedoch nichts entdecken, und wegen dieser Anspannung bekam ich nichts mit von seinen Reden, wenn er etwas aus seinem schaurigen Leben erzählte – ziemlich ungereimt, düster und voller Verachtung dafür, etwas mit Worten bezeichnen zu sollen, was nicht Sache von Worten ist, sondern von Blut, schnellen Beinen, kräftigen knochigen Fäusten, trunkener nächtlicher Luft.

Ich beobachtete ihn unentwegt, es wurde zu einer Manie, zu meiner einzigen Beschäftigung, wenn er dabei war – ihn verstohlen betrachten, erschauern, über das Rätsel dieses Menschen nachgrübeln. Warum ist er so? dachte ich. Was macht seine Freuden und seine Kümmernisse aus? Woher diese Feindseligkeit gegen andere, dieses zwanghafte Vergnügen, sie zu verfolgen, um sie niederzuschlagen und zu quälen oder sich unter Gejohle und Gehöhn davonzumachen?

Einmal sah ich ihn mit einer kleingewachsenen dicken Frau daherkommen. Mir war sofort klar, dass das seine Mutter sein musste. Bisher hatte ich sie immer allein gesehen, nun sah ich zum ersten Mal beide zusammen und begriff erstaunt, dass das seine Mutter war, dass er eine Mutter hatte. Dass Gafa eine Mutter hatte wie jeder andere, erschien mir irgendwie absonderlich. Das war doch völlig überflüssig, was wollte er mit einer Mutter, das passte irgendwie nicht zu ihm.

Eines Abends saß Gafa auf einer Bank und langweilte uns damit, wie sie gestern einen ... und da hat er ... und da habe ich ... und er ... klarer Fall ... ein paar gepfeffert ... und er ... und ich ... klarer Fall ...

»...!«, schrie er plötzlich, etwas vorführend, auf und lachte. Und mir gefiel dieses Lachen. Es war ein Lachen ohne Bosheit, und ich freute mich für Gafa, dass er so schön lachen konnte, und ich lachte unwillkürlich mit, froh über Gafas Menschlichkeit. Die anderen lachten ebenfalls, aber bei ihnen war es, fand ich, anbiederisch. Gafa sah mich an, und mein Lachen missfiel ihm. Es war im Unterschied zum Kriecherlachen der anderen aufrichtig und freundschaftlich, doch ich hatte nicht das Recht, aufrichtig und freundschaftlich zu lachen, war ich doch für ihn nicht Gleicher unter Gleichen. Ich hatte auch deshalb nicht das Recht, so zu lachen, weil Gafa von ernsten Dingen Erwachsener erzählte, von denen Rotznasen, die sich zuzuhören erlaubten, nichts verstanden, von denen sie gar nichts verstehen konnten, sie hatten in sinnloser Ehrfurcht zu erstarren. Mit meinem Lachen wertete ich auf familiäre Weise die Bedeutsamkeit seines Berichts ab, nahm seinen Worten und auch ihm selbst das Rätselhafte. Gafa richtete seinen Blick auf mich, verzog den Mund und sagte, mich ärgerlich nachäffend:

»Hä-hä-hä! Hornvieh!«

Augenblicklich verabscheute und hasste ich ihn wieder, und nachdem ich ihn sekundenlang für menschenähnlich gehalten hatte, lähmten mich wieder bleierne Fesseln der Angst, und ich äffte, angeekelt, den Mund zu einer noch scheußlicheren Grimasse verziehend, sein Nachäffen nach:

»Hä-hä-hä! Selber Hornvieh!«

Und kaum hatte ich das gesagt, legte sich meine Angst. Mein Urteil hatte ich mir selbst gesprochen, mir blieb nur noch verzweifelte Fröhlichkeit.

»Hä-hä-hä!«, wiederholte ich. »Sitzt hier wie ...«

»Wie wer?«, wollte Gafa wissen.

Solange ich die Frage nicht beantwortete, hatte ich keine Prügel zu befürchten. Plötzlich kam mir der Gedanke, dass sich mir die günstige Gelegenheit bot, mit Gafa so zu sprechen, wie möglicherweise noch keiner mit ihm gesprochen hatte. Und ich sagte:

»Wie kannst du nur so leben, Gafa? Du liest keine Bücher, du tust nichts dafür, deinen Geist und deine Phantasie zu entwickeln. Du führst ein sinnloses Leben, ohne zu ahnen, dass wir alle hier, jeder von uns, klüger sind als du, dass wir über dich lachen, weil du so beschränkt bist. Die Welt der Kunst, die Welt der edlen Gefühle ist dir verschlossen, du kannst mir Leid tun. Komm zur Besinnung, entsetz dich, sieh dich mal im Spiegel an!«

Es kann der Eindruck entstehen, dass ich mir diese Worte jetzt ausdenke und einem Kind in den Mund lege. Keineswegs. Ich erinnere mich noch zu genau an diesen Moment, und was ich sage, entspricht dem, was mein Gehirn reproduziert – vielleicht nicht mit buchstabengetreuer Genauigkeit, aber jedenfalls sehr wirklichkeitsnah.

Nein, Gafa zeigte sich nicht verwirrt. Was er nicht begriff, brachte ihn nicht aus der Fassung, wie sollte es, da er es nicht begriff. Das Einzige, was er begriff, war, dass ein kleiner Bengel, den er bisher überhaupt nicht wahrgenommen hatte, sozusagen aus dem Nichts aufgetaucht, ihm plötzlich dumm kam und eine Abreibung zu kriegen hatte.

»Komm mal her«, sagte er.

»Das Heu kommt nicht zum Pferd«, sagte ich, drehte mich um und ging langsam davon.

Gafa war in einer schwierigen Lage. Einem kleinen Bengel nachrennen, damit vergab er sich etwas. Ihn ungestraft davonkommen zu lassen ging erst recht nicht. So befahl er einem aus unserer Gruppe:

»Du! Wisch ihm eine!«

Ich hob einen Ziegelstein auf und stand in abwartender Haltung. Der gegen mich Losgeschickte hielt inne.

Den Ziegelstein in der Hand, ging ich, immer seitwärts, zu meinem Hauseingang und verschwand darin.

Damit gab ich mich noch nicht zufrieden. Von diesem Tage an schrie ich, sobald ich Gafa zu Gesicht bekam, um ihn zu ärgern: »Hä-hä-hä!«, und rannte davon, aber nur so weit, dass er mich nicht erwischen konnte, und das war kein Davonrennen aus Angst, sondern ein Spiel, ich demonstrierte meine Überlegenheit und lachte von Herzen.

»Blödling«, sagte Gafa, und das war als Rechtfertigung dafür zu verstehen, dass ich, sein Beleidiger, noch am Leben war: was kann man von so einem Blödling schon verlangen?

Doch alle hatten bereits begriffen, dass das nicht bloß Blödelei von mir war, auch er hatte es, und ich hätte es dabei bewenden lassen sollen, konnte jedoch nicht, ich brauchte einen Ausgleich für alle meine ausgestandenen Ängste, ich rächte mich dabei weniger an Gafa als an mir selbst.

Eines Tages saß ich mit meinen Freunden auf einer Bank, als plötzlich jemand aus dem Gebüsch stieg und sich neben mich setzte. Gafa ... Er legte mir die Arme um die Schultern und sagte:

»Da ist er ja, mein Freund. Und was für einer! So ein guter Freund!«

Von den Schultern wanderten seine Arme zu meinem Hals, er umschlang ihn, würgte mich und fragte:

»Bist du mein Freund oder nicht? Ich möchte mit dir befreundet sein. Bist du mein Freund oder nicht?«

»Nein, Gafa, ich bin nicht dein Freund. Gewaltsam schließt man keine Freundschaft«, erwiderte ich.

»Wenn du nicht mein Freund bist, dann bist du mein Feind. Und Feinde bringt man um«, sagte Gafa und drückte mir den Hals mit seinen schrecklichen Eisenhänden immer mehr zu.

Ehe ich noch etwas sagen konnte, verlor ich das Bewusstsein.

Als ich zu mir kam, saßen meine Freunde mit finsteren Gesichtern um mich herum, während Gafa rauchte und vor sich hin spuckte.

»Ja, so ein Freund ist das! Ein toller Freund!«, sagte er und spuckte mich an.

»Untier«, sagte ich, indem ich aufstand. »Du kapierst nicht mal, dass ich stärker bin als du. Nicht in physischer Hinsicht, meine ich das«, fügte ich hinzu.

»In welcher denn? Vielleicht in chemischer?« Immerhin ging Gafa in die Schule und wusste, dass es eine Wissenschaft gab, die so hieß.

»In moralischer«, sagte ich stolz und zog ab.

Bald danach ging der Sommer zu Ende, und die Schule begann. Gafa machte sich einen Spaß daraus, mich regelmäßig ein- oder zweimal pro Woche abzufangen und zu verprügeln, zu verprügeln, wie man es mit kleinen Jungs macht – an den Ohren zu ziehen, bei den Haaren zu packen und kräftige Nasenstüber zu verpassen, bis Blut floss, die Arme zu verrenken, bis ich schrie. Ich schrie, aber nicht so, wie Gafa es gern gehabt hätte, ich bat nicht um Vergebung. Ich schrie:

»Gafa! Du erniedrigst dich selbst damit, dass du einen Schwächeren und Jüngeren quälst! Du beweist so deine Machtlosigkeit! Du hast nichts, womit du deine Zeit sinnvoll ausfüllen könntest, und verschwendest sie darauf, deine niederen Instinkte zu befriedigen! Ich verachte dich, Gafa, du bist schließlich ja auch ein Mensch, ist es für dich nicht ein schreckliches Gefühl, dass ein anderer dich verachtet, dass du für ihn kaum noch ein Mensch bist, du bist doch ein Faschist, Gafa, du wirst mit mir psychologisch nicht fertig, deshalb wendest du grobe körperliche Gewalt an! Und es geht nicht nur um mich, Gafa, du glaubst, andere würden Achtung vor dir haben wegen deiner Kraft, dabei ist das keine Achtung, sondern schändliche Angst, dich hassen alle, du hast keine Freunde, ist dir etwa wohl dabei, dass dich niemand liebt – selbst die Mädchen sprechen mit Abscheu von dir, ich weiß es, Gafa!«

Ja, so war meine Rede. Sie braucht niemanden zu verwundern, obwohl sie schon verwunderlich ist. Aber wie es unter den Schachspielern Wunderkinder gibt, die mit ihrem phänomenalen Gedächtnis und ihrer unglaublichen Auffassungsgabe mitunter schon mit fünf Jahren Großmeister schlagen, so besaß ich von klein auf ein ausgesprochenes Redetalent und ein ungewöhnliches Gedächtnis mit einem Riesenwortschatz, der mich dann auch dazu brachte, Kreuzworträtsel zu verfertigen (was deren Lösung betrifft, so bin ich möglicherweise – ich bitte um Entschuldigung – tatsächlich ein Genie).

Gafa ließ mich laufen bis zum nächsten Mal.

Eines Tages war er betrunken, deshalb quälte er mich besonders schmerzhaft.

»Ich möchte dich mal sehen«, schrie ich, »wenn du zum Beispiel über einen Ringer oder Boxer herfällst, der Meister des Sports ist! Nein, du bist gemein und feige, du bist ein Feigling, Gafa! Du kannst dich nicht in die Lage eines anderen versetzen! Stell dir vor, dich peinigt jemand, und du versuchst es mit Argumenten der Vernunft, aber dein Peiniger ist taub für diese Argumente, taub und stumpfsinnig ist er, und du . . .«

»Wann soll mich einer gepeinigt haben?«, knurrte Gafa.

»Ich meine das theoretisch!«

»Und ich schlage dich praktisch tot für solche Worte!«

Zusammen mit der Trunkenheit brachte meine beleidigende Annahme, jemand könnte ihn quälen (möglicherweise rief sie ihm Zeit und Umstände in Erinnerung, unter denen das tatsächlich geschehen war), Gafa zur Weißglut, so dass er mich wie einen Erwachsenen zusammenschlug, mit aller Kraft, mit Faustbieben gegen den Kopf und in den Bauch, mit Fußtritten, als ich schon am Boden lag.

Ich landete im Krankenhaus.

Meine Mutter weinte. Nadeshda sagte, sie werde das nicht auf sich beruhen lassen, brachte alles in Erfahrung und machte eine Anzeige bei der Miliz. Zu dem Milizionär, der mich befragen kam, sagte ich, es sei besser, Gafa nicht einzusperren, denn dort, unter seinesgleichen, werde er endgültig zum Verbrecher. Der Milizionär erkundigte sich bei dem Arzt, der an dem Gespräch teilnahm, ob ich von einem Psychiater untersucht worden sei. Der Arzt verneinte. Bald erschien ein Psychiater, der mir Fragen stellte, auf die ich klare und ausführliche Antworten gab, er lachte von Herzen und klopfte mir, erfreut über meinen Scharfsinn und meine frühreifen Ansichten, auf die Schulter.

Auch Gafa und seine Mutter kamen mich besuchen. Sie legte eine Apfelsine und einen Apfel auf das Nachtschränkchen.

»Ja, also ...«, sagte Gafa. »Verzeih mir. Ich tu's nicht wieder.«

»Natürlich verzeihe ich dir, Gafa«, sagte ich. »Aber die Frage stellt sich anders. An meiner Stelle hätte sonst wer sein können. Die Frage ist, ob du gewillt bist, dich zu bessern. Ich habe dir verziehen, aber du selber darfst dir nicht verzeihen. Wenn dieser Fall für dich nicht mehr als ein Fall ist, bloße Fügung von Umständen statt logischer Abschluss einer ganzen Kette von Verfehlungen, dann kann es mit dir nicht gut gehen, Gafa!«

Ich wollte den Gedanken weiterspinnen, doch Gafas Mutter fasste nach meiner Hand und sagte leise:

»Wenn mein Sohn deinetwegen eingesperrt wird, fresse ich dich mit Haut und Haaren.«

»Und ich schlage dich überhaupt tot«, fügte Gafa hinzu.

Damit gingen sie.

Bald darauf wurde Gafa tatsächlich eingesperrt. Er kam in eine Kolonie für minderjährige Verbrecher. Aber nicht meinetwegen, sondern deshalb, weil er mit seinen Freunden einen Lebensmittelstand ausgeraubt hatte, bei dem sie vier Flaschen Wein, einen Sack Salz, vierzig Flaschen Sonnenblumenöl, siebzehn Schachteln Papirossy der Marke »Belomor« und zwei Rubel sechsunddreißig Kopeken Bargeld fanden. Wütend über die mäßige Beute, verschütteten sie das Salz und gossen das ganze Öl aus, während sie den Wein an Ort und Stelle tranken. Da er ihnen nicht reichte, fingen sie am Bahnhof einen gut gekleideten Mann ab, den sie in die Dunkelheit lockten, um ihn um Feuer zu bitten, vor allem aber einer Leibesvisitation zu unterziehen, die einen ganzen Rubel an Papiergeld und dreiundzwanzig Kopeken in Münzen erbrachte; darüber erbosten sie noch mehr, und Gafa zückte sein Messer ...

Ich rechnete damit, dass meine Angelegenheit gleich mit verhandelt würde, doch niemand bestellte mich zur Vernehmung. Da ich auch hoffte, als Zeuge vor Gericht geladen zu werden, probte ich sehr lange. Ich wollte sagen: Wenn die Gesellschaft mit Gafa keinen hoffnungslosen Fall von Verbrecher haben möchte, darf er auf keinen Fall ins Gefängnis oder in eine Kolonie gesteckt werden, er gehört in eine Einzelzelle, wo er Bücher und sogar einen Fernseher bekommen muss, damit er vor Langeweile liest und sich mit Filmen und diversen Sendungen bildet, um so mit der Zeit von ganz allein ein anderer Mensch zu werden . . . Doch nein, keiner wollte etwas von mir. Nadeshda empörte das, und obwohl unsere Mutter es ihr auszureden versuchte, ging sie der Sache nach und erfuhr, dass meine Aussagen keine Berücksichtigung finden könnten, da Gafas Rechtsanwalt ein Gespräch mit dem Psychiater geführt und der ihm ein Gutachten vorgelegt habe, aus dem hervorgehe, dass meine Zeugenaussagen keine Glaubwürdigkeit besäßen, denn ich sei ein zu übersteigerten emotionalen Reaktionen und zu Phantasievorstellungen neigendes Kind, einfacher gesagt, etwas verdreht. Das hat man nun von seiner Offenherzigkeit! Der fidele Psychiater hatte sie mir mit Missachtung der Tiefen kindlicher Psychologie vergolten. Wenn ich mich jetzt bei der Beantwortung dieser Fragen ebenfalls offenherzig verhielte, käme womöglich auch heraus, dass ich etwas verdreht sei? Eine konzentrierte Persönlichkeit.

Beim Nachschlagen in meinen Büchern fand ich übrigens heraus, dass Kuricharow etwas durcheinander gebracht hat. Nicht konzentrierte, sondern akzentuierte Persönlichkeit muss es heißen. Und gemeint ist damit ein Mensch in psychischen Grenzbereichen, noch nicht geistesgestört, aber mit gefährlicher Prädisposition für den Wahnsinn. Ich denke, auf mich trifft das nicht zu.

Doch da haben Sie ein anschauliches Beispiel dafür, wie jemand, der konfliktscheu veranlagt ist, gerade durch sein Bestreben, Konflikten aus dem Weg zu gehen, durch die Umstände in ebensolche Situationen gerät. In der Tat, ich hatte der Lehrerin doch einen Gefallen tun wollen, als ich mich auf ihr Spiel einließ – und mich damit in die Nesseln gesetzt. Mit einem gut gemeinten Lächeln hatte ich Gafas gutes, menschliches Lächeln erwidert – und war damit in Schwulitäten geraten.

Was antworte ich also auf die Frage, ob ich Konflikten und heiklen Situationen aus dem Weg zu gehen versuche? Was bei der Miliz gebraucht wird, sind prinzipienfeste Leute, die keine Konflikte scheuen. Also scheue auch ich sie nicht. *Nicht zutreffend.*

Hier machte ich eine Pause und legte die Fragen beiseite, über denen ich tagelang gesessen hatte, ohne einen Fuß vors Haus zu setzen.

Ich ließ mein Leben Revue passieren und stellte fest, dass ich es gar nicht nötig gehabt hatte, Konflikten und unerquicklichen Situationen aus dem Weg zu gehen – trotz meiner hochmütigen und prahlerischen Behauptung, durch die Umstände in solcherart Situationen geraten zu sein; wie die meisten ging ich hierbei vom Idealbild meiner Person aus. In Wirklichkeit mieden mich die Unannehmlichkeiten, abgesehen von einigen wenigen wie den geschilderten Vorfällen aus meiner Kindheit. Es musste daran liegen, dass mein Schutzengel mich behütete, dass ich schlicht und einfach Glück hatte oder dass ich zu sehr von meiner sechsundzwanzig Jahre währenden misslichen Grundsituation beansprucht war, dem Herumirren in der Finsternis der unerwiderten Liebe – das Schicksal hätte mir ja gern einen kräftigen Schlag versetzt, vermochte mich aber schlicht und einfach nicht ausfindig zu machen.

Doch all das sind Metaphern und Unwahrheit. Wieso Finsternis? Nein, das ist Licht für mich, ungeachtet dessen, dass dieses Licht ohne Lichtblick ist. Die Sonne verbirgt sich hinter Wolken, aber immerhin ist es Tag und nicht Nacht, und immerhin ist da hinter den Wolken die Sonne und nicht nur schwarzer Himmel mit Sternen nutzloser Hoffnungen des Selbstbetrugs.

Metaphern hin, Metaphern her, die Dinge liegen ganz einfach: Nicht ein einziges Mal bin ich bisher in eine Lage geraten, die ernst zu nennen wäre, nicht ein Mal habe ich so richtig in der Tinte gesessen, wie sich Nadeshda vorwurfsvoll und besorgt auszudrücken beliebt. Deshalb hat sie auch beschlossen, mir auf die Sprünge zu helfen, solange es nicht zu spät ist, solange mein Unbehelligtsein das Schicksal nicht so sehr reizt, dass es mich bei meinem ersten aktiven Eintauchen in den Menschenstrudel hinabsaugt, um dann auszuspucken, was von mir übrig bleibt.

Voll vager Ungeduld, mit einem inneren Lächeln darüber, dass ich mich auf *Abenteuersuche* machte, verließ ich an diesem Tag das Haus.

Ich ging dahin, wo ich recht häufig bin: zum Bahnhof. Ich halte mich dort unbemerkt und heimlich auf. Das ist wie ein Spaziergang in die Kindheit und zugleich intellektuelles Maulaffen-

Feilhalten: das Beobachten von Menschen auf dem Bahnhof verschafft mir viel geistige Nahrung. Mag sein, dass dieses Beobachten etwas Unschönes an sich hat, aber ich verfolge ja keinen Zweck damit, sondern tue es einfach so. Das Äußere eines Menschen in der Bahnhofsmenge ist stets von besonderer Art, niemand gibt sich hier völlig frei. Ausgenommen die Obdachlosen und Bettler, haben alle bestimmte Verpflichtungen – Warten, Abfahrt, Ankunft, Verabschiedung, Abholen. Oder niedere Interessen – Diebe und Prostituierte, die ich allesamt durch meine häufigen Bahnhofsbesuche kenne.

Mir gefallen die Gesichter auf dem Bahnhof. Da steht eine Frau mit ihren Koffern und Taschen und schaut sich um, wahrscheinlich wartet sie auf ihren Mann, und aus ihren Augen spricht Nachdenken – das auf simple Alltagsdinge gerichtet sein mag, aber immerhin! Da sieht ein Mann bald auf den Fahrplan, bald auf seine Uhr, wieder auf den Fahrplan und wieder auf die Uhr . . . bekanntlich fällt es im Bahnhofsgetriebe schwer, sich zu konzentrieren, und manchmal bekommt man die einfachsten Dinge nicht zusammen – aber auch in den Augen des Mannes spiegelt sich angespanntes Nachdenken! Da stehen ein junges Mädchen und ein Bursche fest umschlungen – unklar, wer wegfährt und wer bleibt, möglicherweise fahren beide weg, sie wirken unbelastet, lachen und albern miteinander, doch ihre Augen gleiten bald nach der einen, bald nach der anderen Seite, vorbei an dem geliebten Gesicht, und das bedeutet nicht, dass sie nach jemandem Ausschau hielten oder auf jemanden warteten, ihrer hat sich einfach das Reisefieber bemächtigt, etwas Seltsames geht mit ihnen vor – und in ihren Augen ist Nachdenken! Deshalb empfinde ich die ständig wechselnde Bahnhofsmenge als ein konzentriertes Feld des Nachdenkens, und dieses Nachdenken wirkt aufregend, ansteckend, man möchte irgendwohin fahren – und seltsam, beinahe unglaublich muss es einem modernen zivilisierten Menschen erscheinen, dass ich mein Leben lang nicht aus Saratow herausgekommen bin. Die einzige Ausnahme bildete eine Reise in die fernen Steppen der Mongolei, wo ich zwei Armeejahre verbrachte, aber unterwegs hielten wir nicht, und ich habe nichts richtig zu sehen bekommen. Teilweise lässt sich meine Sesshaftigkeit damit erklären, dass ich eine kleine Wahnvorstellung habe – aus irgendeinem Grund bilde ich mir ein, dass mit Alexina etwas passieren wird, wenn ich wegfahre.

Nein, heiraten wird sie nicht, das hat sie schon dreimal hinter sich, und von mir aus kann sie es wieder tun, ich habe nichts dagegen, aber etwas … Kurzum, ich traue mich einfach nicht wegzufahren. Für ein, zwei Tage wegzufahren hat keinen Sinn, das bringt nichts als unnötige Aufregung. Mehr Zeit aber kann ich mir nicht nehmen. Seit vielen Jahren schon gehe ich samstags abends zu ihr. Jeden Samstagabend um sechs. Nicht ein Mal habe ich ihn ausgelassen. Das bedeutet nicht unbedingt, dass ich eingelassen werde. Manchmal ist sie nicht da. Manchmal macht sie nicht auf, tut aber nicht so, als ob sie nicht da wäre. Sie kommt zur Tür und fragt:

»Bist du es?«

»Ja.«

»Heute können wir uns nicht sehen.«

»Na schön. Bis zum nächsten Sonnabend.«

Neben den Obdachlosen und Bettlern kommen noch die nomadisierenden Zigeuner, die sich mit ihren bunten Lumpen und ihren Kindern auf dem Boden lagern, ohne die Anspannung des Nachdenkens aus. Doch das ist verständlich – die Straße ist ihr Haus, sie brauchen diese Anspannung nicht, sie leben hier einfach.

Die energischste und stärkste Ausdrucksform des Denkens aber findet man – leider – bei den Bahnhofsdieben. Allein schon deshalb, weil sie sich bei ihnen ständig ändert. Der Dieb, dessen Bewegungsraum der Bahnhof ist, wandelt ja unablässig sein Äußeres. Er darf auf keinen Fall müßig herumspazieren und alle mit seinem Blick durchbohren, er darf sich bei seiner Jagd nicht verraten. Bald tritt er also zum Zeitungskiosk und sieht sich intensiv die Zeitungen an, als suche er nach Reiselektüre, bald betrachtet er die Auslage des Getränkestandes, bald setzt er sich auf eine Bank und schließt die Augen wie ein müder Reisender. Dabei hält er seine kostbare Aktentasche fest zwischen die Beine gepresst: ein echter Dieb läuft nicht mit leeren Händen herum. Ich rede nicht von Zufallsdieben, solchen, die im Suff klauen, für die gelten keine Regeln, und das Denken ist von Trunkenheit in ihren Augen verhüllt.

Gegen einen echten gewieften Dieb sind Milizpatrouillen, die ihre Rundgänge in Uniform machen, machtlos. Die wirksamste Methode, einen Dieb zu greifen, ist, einen Tag, eine Woche, einen Monat lang das Geschehen in Zivil zu beobachten. Dann ergibt sich bald ein klares Bild. Doch einen verkleideten Milizionär, denke ich mir, würde ein Dieb sehr schnell ausmachen. Wie viele Stunden hänge ich schon hier herum, ohne bei irgendjemandem Verdacht zu erregen.

Beschämend, es einzugestehen, aber ich bin ein paarmal Zeuge gelungener Diebstähle geworden.

Warum ich nicht Alarm geschlagen, nicht die Miliz geholt habe?

Nun, weil ich ein Fatalist bin. Einen einzelnen Diebstahl kann ich verhindern, das Phänomen als solches nicht. Außerdem wäre mir danach der Bahnhof verschlossen.

Beschämend, ja, beschämend. Wie wäre es eigentlich, wenn ich mich nicht bei der städtischen, sondern bei der Bahnmiliz bewerbe? Ich könnte meine Beobachtungsmethode einführen, mit Einsatz ehrenamtlicher Mitarbeiter zum Beispiel. Ich würde unseren Bahnhof zu einem diebstahlfreien Bereich machen.

Aber ich will ehrlich vor mir selbst sein. Mein Hauptziel ist nicht dies, sondern die Bekämpfung der Korruption in den Organen der Miliz, der von innen heraus geführte Kampf für die Reinheit ihrer Reihen, dessen Notwendigkeit ich begriff, nachdem ich Kuricharow kennen gelernt und mich vor allem mit den Bewerbungsfragen vertraut gemacht habe.

Um zu prüfen, ob ich mich furchtlos einem Konflikt zu stellen vermag, muss ich heute allerdings meinem Fatalismus zuwiderhandeln.

Mein Blick fiel auf einen mir bereits bekannten Dieb. Er war vor anderthalb Wochen hier aufgetaucht, nicht für lange, denn echte Bahnhofsdiebe hält es nirgends.

Die Methoden sind vielfältig, hier eine von ihnen – einfach, raffiniert und niederträchtig, basiert sie doch auf der Ausnutzung eines so wunderbaren menschlichen Wertes wie der gegenseitigen Hilfe.

Ein eleganter Dieb, heller Anzug, Sonnenbrille, betritt mit einem großen und schweren Koffer auf Rollen den Bahnhof und erspäht augenblicks ein Opfer – einen schwitzenden, konfusen Mann, der, von Koffern, Taschen und Beuteln umringt, erschöpft an einer Wand lehnt. Der elegante Dieb rollt seinen Koffer zu ihm hinüber und bleibt stehen, ohne ihn weiter zu beachten. Nach einer Weile bittet er den Nachbarn und Leidensgefährten in puncto Reisestrapazen, ein Auge auf seinen Koffer zu haben, geht kurz weg, kehrt mit einer Zeitung zurück, schlägt sie auf, liest. Der schwitzende Mann, der schon lange nach Bier lechzt, sich aber nicht wegzugehen traute, entschließt sich, seine Sachen dem anzuvertrauen, der es ihm vertrauensvoll vorgemacht hat, und eilt zum Getränkestand am anderen Ende des Bahnhofs. Der elegante Dieb sucht sich in aller Ruhe und unfehlbar (davon bin ich überzeugt) das Gepäckstück aus, das die wertvollsten Sachen enthält, und entfernt sich damit.

Der zurückgekehrte Mann betrachtet verdattert seinen dezimierten Reichtum, greift dann nach dem Koffer des netten Fremden, will ihn, da er annimmt, dass er schwer ist, mit einem Ruck anheben, doch seine Hand fliegt mit dem Koffer hoch, die Anstrengung war unnötig: der Koffer ist leer.

Der Betrogene ruft nach der Miliz, doch zu spät.

Der Dieb erscheint eine Woche später wieder, in völlig verändertem Habit. Unnötige Vorsicht! Erstaunlich schwach entwickelt ist unsere Fähigkeit, uns das Aussehen eines Menschen einzuprägen, wenn wir den Anstrengungen der Reise ausgesetzt sind.

Niedertracht ist das, wahrhaftig! Ein solcher Diebstahl, meine ich. Doch jeder andere auch.

Mein Dieb war diesmal jugendlich und unauffällig gekleidet – Jeans, T-Shirt, Umhängetasche. Er ging an den Schaltern vorbei, wie um herauszufinden, wo er sich am besten anstellte.

Und entdeckte sein Opfer: Eine Frau mit einem Jungen von vielleicht fünf Jahren und einer voluminösen Tasche blickte um sich, der Junge quengelte, wollte irgendetwas. Die Frau hatte sich entschieden. Sie trat zu einer alten Frau, die auf einer Bank saß – auf die alten Frauen ist Verlass! –, stellte ihre Tasche ab, bat, auf sie Acht zu geben, und zog den Jungen schimpfend zur

Toilette. Im nächsten Moment stand der Dieb vor der Alten. Ich konnte mir ihr Gespräch mühelos vorstellen. Wo ist bloß meine Frau abgeblieben? Lässt die Sachen einfach stehen, die dumme Gans! entrüstete sich der Dieb wie ein strenger Ehemann. Ist doch nicht so schlimm, ich passe ja auf, erwiderte die freundliche Alte zur Verteidigung der Frau und des Jungen. Alle passen auf, und die Sachen verschwinden! kränkte der Dieb die Alte. Sie presste die Lippen aufeinander und wandte sich ab, während der Dieb mit der größten Selbstverständlichkeit die Tasche nahm und sie davontrug. Ein Weilchen ließ er sich noch in der Menge treiben, damit die Alte ihn aus dem Blick verlor (sie hatte ihn jedoch bereits vergessen!) – und ab zum Bahnhofsausgang.

Ich stürzte ihm nach. Da war er – bereits im Durchgang zwischen dem Bahnpostamt und einem Wohnhaus. Ich rannte los. Ohne sich umzublicken, verschwand der Dieb um die Hausecke. Dort war eine Straßenbahnhaltestelle, wenn er Glück hatte, kam gleich eine Bahn, und er war weg, wenn nicht, durfte er nicht warten, sondern musste sehen, dass er zu Fuß weiterkam.

Er hatte Glück: Die Straßenbahn stand an der Haltestelle. Ich schaffte es gerade noch, auf den zweiten Wagen aufzuspringen, der Dieb war im ersten. An der nächsten Haltestelle stieg ich um nach vorn. Es war später Morgen und die Straßenbahn fast leer, der Dieb machte es sich auf einem Sitz bequem, zog kurzerhand den Reißverschluss der Tasche auf und wühlte darin herum. Ich setzte mich neben ihn und fragte, obwohl ich, ehrlich gesagt, eine ungewohnte Erregung spürte, seelenruhig:

»Guter Fang?«

Jäh richtete sich sein Blick auf mich.

Im Bruchteil einer Sekunde musterte und taxierte er mich. Und beruhigte sich sofort. Und fragte mich schroff:

»Was wollen Sie?«

»Nichts. Sie haben es erraten, ich bin nicht von der Miliz. Ich bin einfach ... einfach ein Mensch. Ich habe gesehen, wie Sie ... Wissen Sie, woran ich denke? Ich vermute ... ich bin sogar sicher, ich bin sicher, dass Sie die Fähigkeit entwickelt haben, Ihre Opfer umgehend zu vergessen«, sagte ich leise und besonnen. »An sie zu denken wäre seelisch zu belastend. Sie haben der Frau und dem Kind ihre ganzen Sachen gestohlen. Möglicherweise ist sie eine allein stehende Mutter. Das heißt . . . Verstehen Sie?«

»Ihre ganzen Sachen sind das bestimmt nicht. Seine ganzen Sachen nehme ich niemandem ab. Ich bin kein Räuber. Das ist nur ein Teil ihrer Habe, und zwar ein unbedeutender.«

»Sie haben ihr nicht einen Teil ihrer Sachen, sie haben einen Teil ihrer Seele gestohlen!«, rief ich.

»Ach was! Wenn sie von diesem Abenteuer erzählen wird – und je mehr Zeit vergeht, mit desto größerer Freude wird sie es tun, das ist nun mal das Gesetz der menschlichen Psyche, das Gefühl, Abstand zu einem unangenehmen Erlebnis zu gewinnen, bereitet uns Freude, eine sonderbare Freude bereitet uns schon die Tatsache an sich, dass es dieses unangenehme Erlebnis gegeben hat, der Mensch fühlt sich bereichert, dass es so etwas in seiner Biographie gibt, es bietet ihm Gesprächsstoff in der Mittagspause mit den Kollegen, beim Plausch mit dem Nachbarn, dem Freund oder der Freundin, in der festlichen Tafelrunde, wobei er von diesem Vorfall zu Betrachtungen über das Leben an sich übergeht, das heißt Geist und Redegabe trainiert, sind doch Sprache und Denken nicht voneinander zu trennen, so dass der Bestohlene zwar in materieller Hinsicht ärmer, dafür aber seelisch reicher wird, was aber die Hauptsache ist – wenn der Betreffende später von diesem Vorfall erzählt, wissen Sie, in welche Wort er es kleidet? Er sagt: Man hat mir die Tasche, den Koffer, die Aktentasche, die Brieftasche gestohlen. Ja: *man hat mir gestohlen.* Nicht: jemand hat mir gestohlen, sondern: man hat mir gestohlen. Als ob es geradezu alle Diebe auf einmal gewesen wären, das Verb drückt Unkonkretheit, Unbestimmtheit, Entpersönlichung und Zwangsläufigkeit aus. Aber das ist noch nicht alles.« Da er sah, dass ich dazu ansetzte, ihm zu widersprechen, hob er höflich die Hand und bat, ausreden zu dürfen. »Das ist noch nicht alles. Ja, ich bin kein Robin Hood, ich bestehle nicht nur Reiche, obwohl, versteht sich, je reicher, desto besser, die Reichen sitzen bloß nicht auf Bahnhöfen in Wartesälen, sie fliegen mit Flugzeugen, und wenn sie schon mit der Bahn fahren, bringt sie ein Auto direkt zum Bahnsteig, fünf Minuten vor Abfahrt des Zuges. Mit wem ich es zu tun habe, das ist der Durchschnittsmensch. Unser Sowjetmensch – auch wenn es die

Sowjetmacht gar nicht mehr gibt. Der Sowjetmensch, dem das Gefühl für Eigentum abhanden gekommen ist. Doch ist gerade dieses Gefühl beim Aufbau der neuen kapitalistischen Gesellschaft, die wir zu errichten uns anschicken, vielleicht am wichtigsten. Ich rufe dem Menschen dieses Gefühl in Erinnerung, ich sorge für seine Wiedererweckung, ich lasse es produktiv und zum Teil sogar aggressiv werden, nicht im sozialen, sondern eher im medizinischen Sinne: das Blut beginnt Adrenalin zu produzieren, und der Mensch, eben noch schlaff und gefügig, ist bereit, eine aktive Position im Leben zu beziehen, etwas, was ihm, unfreiwillig zum Sowjetmenschen gemacht, ebenfalls lange Zeit genommen war!«

Der Dieb machte eine Pause, lauschte in die mit dem friedlichen Rattern der Straßenbahnräder ausgefüllte Stille und gab mir mit einer leichten Neigung seines Kopfes zu verstehen, dass er das Gesagte für erschöpfend hielt und bereit war, mich anzuhören.

»Das ist alles reine Sophistik!«, sagte ich. »Ihre Gedankengänge sind primitiv, Sie greifen zu einem schlauen Dreh, an die Stelle der konkret Bestohlenen – der Frau mit dem Kind – setzen Sie einen abstrakten bestohlenen Menschen, und sich selbst, den konkreten Dieb, tauschen Sie gegen einen abstrakten aus. Nun stellen Sie sich mal vor: Die Frau hat die Nachricht erhalten, dass ihre Mutter schwer erkrankt ist. Sie hat Medikamente gekauft, sie hat ihre sämtlichen Ersparnisse mitgenommen, um ihre Mutter pflegen zu können, sie zu füttern und dergleichen, sie ist mit ihrem kleinen Sohn losgefahren, den sie bei niemandem lassen konnte. Um die Mutter möglichst schnell zu beruhigen, hat sie sie angerufen oder ihr ein Telegramm geschickt, dass sie mit dem und dem Zug kommt, in dem und dem Wagen. Und nun steht sie ohne alles da – weder Geld noch Fahrkarte, noch Medikamente. Nichts. Und morgen wird der Nachbar, den die Mutter bittet, Tochter und Enkel abzuholen, ihr verlegen sagen, es müsse wohl etwas schief gelaufen sein, die Mutter wird sich so aufregen, dass sie einen Herzanfall bekommt. Und die Tochter, die sich Geld geborgt hat, schafft es mit zwei Tagen Verspätung nur noch zur Beerdigung. Haben Sie nicht daran gedacht? Haben Sie nicht an die Unglückskette gedacht, an deren Anfang

Ihr Diebstahl steht? Der Tod wird das höchstwahrscheinliche Ende der Sache sein, deshalb sind Sie nicht einfach ein Dieb, worauf Sie sich bestimmt etwas einbilden, sondern haben auch noch einen Totschlag zu verantworten. Auch viele andere Varianten sind denkbar! Unter den gestohlenen Dingen kann etwas sein, wovon das Schicksal eines oder gar mehrerer Menschen abhängt. Die Verspätungen, die durch Ihre Diebstähle verursacht werden, zerstören Biographien, lösen menschliche Bindungen, beschädigen Menschenleben! Haben Sie daran gedacht?«

»Nein«, sagte der Dieb leise.

»Dann denken Sie mal darüber nach«, sagte ich mitleidig. »Und vielleicht lassen Sie diese niederträchtige Betätigung besser sein. Jetzt aber geben Sie mir erst einmal die Tasche, ich bringe sie der Frau zurück.«

»Ja, vielleicht ...«, murmelte der Dieb. Er sah mich nicht an.

Und da wird behauptet, dachte ich, dass es keine unverhoffte Einsicht, keine aufrichtige Reue gebe. Warum glauben wir so leicht an das Schlechte und so schwer an das Wunder des Guten?

»Bist du nicht womöglich selber ein Dieb?« Plötzlich blickte mein Gesprächspartner zu mir hoch. »Vielleicht ist das deine Methode? Jagst schuftigerweise andern ihre Beute ab, wie?«

»Sehe ich etwa wie ein Dieb aus?«

»Was heißt aussehen? Im Gesicht geschrieben steht das keinem! Und wenn du kein Dieb bist – welches Recht hast du, über den psychologischen Mechanismus dieses Vorgangs zu befinden, welches Recht hast du, mich zu verurteilen? Stiehl du erst mal was, dann kannst du dich darüber auslassen, du Stinker!«

»Jetzt geht es gar nicht darum«, sagte ich fest. »Schließen wir den theoretischen Teil ab, um zur Praxis überzugehen. Ob Sie einverstanden sind oder nicht – die Tasche muss zurückgebracht werden. Zwingen Sie mich nicht zu handeln.«

Mit Handeln meinte ich lediglich, in einem passenden Moment die Miliz einzuschalten. Doch der Dieb verstand mich falsch. Er hob die Tasche hoch und versetzte mir einen Schlag in die Magengrube, dass mir die Luft wegblieb und partiell Hören und Sehen verging.

Wie durch Watte drang es zu mir, wie er rücksichtslos über

meine Beine hinwegstieg, wie er an der Tür stand. Jetzt öffnete sie sich, und er sprang flink und fröhlich hinaus, während ich mich mit letzter Kraft erhob, zur Tür wankte und, an die Griffe geklammert, die Stufen hinunterkroch.

Langsam kam ich zu mir.

Er war noch nicht weit gekommen. Verwundert sah er sich um.

»Hast du noch nicht genug? Hat sich voll laufen lassen, der Idiot, und sucht Streit!«, beklagte er sich bei zwei Frauen, die gerade an der Haltestelle ankamen. »Bleib mir bloß vom Hals, ich sag's dir im Guten!«

Ich tat einen Schritt auf ihn zu. Er auf mich. Er holte aus – ich tauchte unter seiner Hand hindurch und packte zu. Ich hielt die Tasche mit eisernem Griff fest. Er trat mich mit Füßen, riss an der Tasche, die Frauen kreischten, ich war mit der Tasche wie verwachsen, ich schloss die Augen, wurde über die Erde geschleift – und plötzlich fiel ich hin.

Ich hob den Kopf – der Dieb türmte.

Die Frauen und die anderen an der Haltestelle versammelten Leute erörterten den Vorfall. Ich sah eine Bahn aus der Gegenrichtung kommen und überquerte das Gleis, um einzusteigen. Notdürftig säuberte ich meine Kleidung, klopfte auch den Staub von der Tasche.

Am Bahnhof angekommen, freute ich sündiger und schwacher Mensch mich auf die Dankbarkeit der Frau. Ich malte mir aus, wie sie ihrer kranken Mutter von dem edel gesinnten Mann erzählen würde, der die Verfolgung des Diebes aufgenommen und ihn eingeholt, ihm, obwohl der ihn schlug und mit dem Messer bedrohte, die Tasche abgenommen und ihr zurückgebracht habe, ohne auch nur eine Kopeke dafür zu nehmen. Was es doch noch für Leute gab! Und von den wohltuenden Gedanken würde sich ihre Mutter gleich besser fühlen, war es doch überhaupt so, dass wohltuende Gedanken die Menschen gesund machten.

Ich ging, ohne mich zu verbergen.

»Da ist er!«, hörte ich einen Schrei von der Seite.

Ehe ich mich umdrehen konnte, fassten kräftige Hände nach mir. Die bestohlene weinende Frau rannte auf mich zu, entriss mir die Tasche, warf sie auf den Fußboden, packte mich beim

Hemd und begann mich zu schütteln und zu schreien: »Schuft! Schuft! Schuft!«

Zur Besinnung kommend, rief ich:

»Moment mal! Ich bin nicht der Dieb, ich bringe Ihnen im Gegenteil die Tasche wieder!«

»Ist ertappt worden und will es noch abstreiten, der Schuft!« Die Frau machte Anstalten, mir mit ihren Fingern in die Augen zu fahren.

»Stopp, stopp«, zwei Milizionäre schoben sie sanft zur Seite. »Wir klären das schon!«

»Ja, tun Sie das!«, wandte ich mich an sie. »Hier ist eine alte Frau, ich habe gesehen, wie er, der Dieb, zu ihr hingegangen ist und die Tasche mitgenommen hat. Ach, da ist sie ja!«

Ich wies freudig auf die Alte, die saß, wo sie gesessen hatte. Der eine Milizionär blieb bei mir und drehte mir – ziemlich schmerzhaft – den Arm auf den Rücken, während der zweite, ein Sergeant, die Alte herbeibrachte.

»Hat der die Tasche genommen, Mütterchen?«

»Ja, der!«, sagte die Alte überzeugt. »Und du, Frau, hast unnötigerweise mit mir geschimpft, wie kann man seine Sachen einfach stehen lassen! Woher soll ich wissen, ob er dein Mann ist oder wer? Der war's, ja, der!«, bestätigte sie den Milizionären. »Elendes Diebsgesindel!«

»Mütterchen, erinnern Sie sich doch!«, beschwor ich sie. »Er war doch anders gekleidet. Und auch jünger und größer.«

»Lügen könnt ihr alle!«, sagte die Alte. »Jetzt sieh mal zu, wie du dich rauswindest! Wer klauen konnte, der muss sich auch verantworten können!«

Ringsum hatte sich eine Menge Neugieriger versammelt, manche lachten, andere sahen schweigend, aber schaulustig zu, wieder andere meinten, alle Diebe sollte man auf der Stelle totschlagen.

Wir mussten zum Wachzimmer mitgehen. Der Alten missfiel das, der Jungen ebenfalls: ihr Zug fuhr in zehn Minuten.

»Ordnung bleibt Ordnung«, sagte der Sergeant, der sich an den Schreibtisch setzte, während der zweite Milizionär mir weiter den Arm auf den Rücken drehte.

Der Sergeant legte Papier bereit und griff zum Stift.

»Familien-, Vor- und Vatersname?«, fragte er, mit dem Füller auf die Frau zielend.

Sie sagte es rasch, dann holte sie, der Bitte des Sergeanten entsprechend, den Ausweis hervor, er schrieb die Angaben heraus, sie griff nach der Tasche.

»Vielen Dank, ich gehe dann. Mein Kind weint dort, ich habe eine Verkäuferin gebeten, nach ihm zu gucken – mein Zug fährt gleich, die Ansage ist schon gekommen, der Dieb ist doch gefasst, was wollen Sie noch?«

»An Ihnen liegt es«, sagte der Sergeant, »wenn der Dieb seiner verdienten Strafe entgeht. Vielleicht lassen wir ihn überhaupt gehen? Mag er ruhig weiterstehlen?«

»Mich lassen Sie gehen! Und mit ihm ab ins Gefängnis, wie es sich gehört.«

»Ohne Ihre Anzeige geht das nicht. Und ohne Ihre Zeugenaussage«, fügte der Sergeant, an die Alte gewandt, hinzu.

»Was für eine Aussage?«

»Beschreiben Sie ausführlich: wie er an Sie herangetreten ist, was er gesagt hat. All das wird von Bedeutung sein bei der Festlegung des Strafmaßes«, setzte der Sergeant, übrigens ein nett aussehender und, seinen Augen nach zu urteilen, schlauer junger Mann, der Alten auseinander.

»Herangetreten – na und? Vielleicht war er's gar nicht.«

»Wie ist das zu verstehen?«

»Na so. Ich weiß nicht.«

»Was wissen Sie nicht?«

»Gar nichts weiß ich.«

Plötzlich war die Alte verschlossen und streng, sie glich einer Sektiererin, der irgendein Nichtsnutz die Geheimnisse ihres Glaubens entreißen will. Ihr Glaube aber – ich kenne solche Leute – bestand vor allem darin, dass man sich im Leben möglichst aus allem heraushält und vor allem keine Spuren hinterlässt. Der Sergeant würde von ihr keine Aussage bekommen!

»Was heißt gar nichts?«, sagte der Sergeant lächelnd. »Die Tasche hat man doch zur Aufbewahrung bei Ihnen gelassen?«

»Bei mir? Was für eine Aufbewahrung!«, widersprach die Alte. »Bin ich vielleicht eine Garderobe? Jemand hat sie dort hingestellt, was geht mich das an?«

Selbst die bestohlene Frau konnte trotz aller Eile nicht umhin, sich über diese Erwiderung zu verwundern:

»Aber Mütterchen! Ich habe Ihnen doch gesagt: Geben Sie bitte einen Moment auf die Tasche Acht, ich muss mal mit meinem Sohn zur Toilette.«

»So klein ist er ja nicht, hätte auch allein gehen können«, lautete die deplatzierte Antwort der Alten.

»I'm sorry!,« sagte der Sergeant. »Ich stelle die Frage konkret: Ist bei Ihnen eine Tasche abgestellt worden?«

»Was für eine?«

»Die hier.«

»Was weiß ich. Das ist schließlich ein Bahnhof und keine Banja, alle haben Taschen bei sich. Wie soll ich mich an alle erinnern?«

»Ich stelle die Frage noch konkreter«, sagte der gewitzte Sergeant. »Sie verweigern die Zeugenaussage?«

»Gar nichts verweigere ich.«

»Also sind Sie bereit, eine zu machen?«

»Gar nichts werde ich machen.«

»Mütterchen, sagen Sie, dass nicht ich es war, das genügt!«, bat ich.

»Weiß ich vielleicht noch, wer es war?«, wehrte sich die Alte. »Tausend Menschen ringsum, ich bin nicht zum Aufpassen angestellt. Lass mich gehen, Junge, wird Zeit, dass ich zum Astrachaner komme.«

»Der Astrachaner geht in einer Stunde.«

»Und meiner fährt schon ab! Jungs, ich muss los, auf den nächsten Zug heißt es einen ganzen Tag warten, wie denkt ihr euch das!«, flehte die junge Frau.

Der Sergeant war kein Federfuchser.

»Na schön«, sagte er. »Setzen Sie hier Ihre Unterschrift drunter und gehen Sie.«

Die Frau unterschrieb und rannte hinaus.

»So, und jetzt unterschreiben Sie«, forderte der Sergeant die Alte auf.

»Wie?«

»Ihre Unterschrift.«

»Wozu?«

»Der Ordnung halber.«

»Wenn du eine brauchst, dann mach doch deine drauf. Ich muss noch was kaufen. Zu den Enkeln fahre ich, brauche Geschenke für sie, keine Zeit. Ich gehe.«

»Mütterchen!«, beschwor ich sie leise und sanft. »Sie stürzen einen Menschen ins Verderben. Sagen Sie, dass nicht ich es war.«

»Wenn du dich nicht selber ins Verderben stürzt, tut's keiner«, sagte die Alte würdevoll und ging im Bewusstsein ihres Rechts, sich ihre Freiheit von niemandem nehmen zu lassen, ohne jede Hast hinaus.

»So!«, sagte der Sergeant nach einer Pause. »Ich denke, das Dummstellen lassen wir besser sein, red schon.«

»Das will ich gern tun. Aber Ihr Mitarbeiter soll erst mal meinen Arm loslassen, er hat ihn mir schon angebrochen.«

»Sanfter«, befahl der Sergeant, und der zweite Milizionär lockerte ein wenig seinen Griff.

Ich drückte mich in Worten aus, die mein mit Diebstahl unvereinbares kulturelles Niveau deutlich machten, ich erzählte, wie ich den Dieb beobachtet, wie ich die Verfolgung aufgenommen hatte und so weiter. Und schloss folgendermaßen:

»Urteilen Sie selbst, welchen Grund ich gehabt haben sollte, zwanzig Minuten nach dem Diebstahl mit der gestohlenen Tasche zum Bahnhof zurückzukehren.«

Der Sergeant gab keine Antwort. Mich irritierte überhaupt, dass er meine Aussage gar zu knapp mitschrieb, ohne Zwischenfragen zu stellen und ohne mich zu unterbrechen. Und alles passte auf eine Seite.

Als er fertig war, wollte er meinen Familien-, Vor- und Vatersnamen wissen, dazu meine Adresse. Mit einer für mich selbst überraschenden Leichtigkeit machte ich, ohne zu stocken, falsche Angaben. Der Sergeant trug sie oben ein und las mir vor:

»Ich, Stepanow, Alexej Sergejewitsch, wohnhaft . . ., Geburtsjahr . . . – vergiss nicht, wir überprüfen das –, erkläre, dass ich an dem und dem Tag des und des Monats und Jahres um zehn Uhr fünfundvierzig Minuten in betrunkenem Zustand kein Geld für Alkohol finden konnte und mich zu einem Diebstahl entschloss. Ich entriss die Reisetasche, Farbe blau, nichtrussische Aufschrift ›Puma‹, deren Eigentümerin Swiridowa, Galina Iwanowna, wohnhaft ... – Alter, Personalien, Aussage der Geschädigten sind beigefügt –, und rannte davon, wurde jedoch von Mitarbeitern der Miliz gefasst. Bis zu diesem Tag habe ich nie einen Diebstahl begangen, und der Grund war allein meine Trunkenheit. Ich bedauere aufrichtig, was geschehen ist.«

»Was ist das?«, fragte ich.

»Ein Jahr mit Bewährung. Wenn du es nicht gütlich geregelt haben möchtest, kommen bis zu fünf Jährchen mit verschärften Bedingungen heraus. Wähle.«

»Erstens«, sagte ich, »bitte ich, mich nicht zu duzen, solange meine Schuld nicht gerichtlich erwiesen ist. Zweitens beginne ich jetzt den Gerüchten Glauben zu schenken, dass die Miliz nicht davor zurückschreckt, zur Erhöhung ihrer Aufklärungsquote Tatbestände zu konstruieren. Wollen Sie auch für die Geschädigte ein gefälschtes Papier ausschreiben? Und für die Alte? Ich muss mich doch sehr wundern! Sie sind noch jung, ich verstehe nicht, wie Sie das mit Ihrem Gewissen vereinbaren können!«

»Gütlich möchtest du es also nicht?«

Der zweite Milizionär riss meinen Arm hoch, dass ich aufschrie.

»Letzten Endes vergessen Sie, dass die alten Zeiten vorbei sind! Ich lehne es ab, ohne Anwalt mit Ihnen zu sprechen!«

»Du kriegst deinen Anwalt«, sagte der Sergeant ohne Boshaftigkeit. »Und auch einen Untersuchungsführer. Wir machen nur den Anfang, dann wird der Fall übergeben, und der Stein kommt ins Rollen. Das Beste für dich ist, dich von Anfang an klug zu verhalten.«

Nicht Jahre verändern einen Menschen, sondern Minuten, mitunter Sekunden.

In Sekundenschnelle traf ich die Entscheidung, was für mich hieß, mich klug zu verhalten.

»Na schön«, sagte ich. »Wir werden sehen. Nicht mit Ihnen werde ich sprechen, sondern mit dem Untersuchungsführer. Und ihm sagen, dass Sie Gewalt angewandt haben. Wo soll ich unterschreiben? So lass doch endlich meinen Arm los!«

Der Sergeant, erfreut über meine wenn auch mürrische Unterwerfung, machte dem zweiten Milizionär ein Zeichen. Ich bewegte die Finger, um meine Hand zu lockern, als bereite ich mich auf das Schreiben vor, trat an den Tisch und griff nach dem Füller. Ich konnte ihn kaum halten.

»Hast mir ja total den Arm ausgerenkt, verdammter Kerl!«, sagte ich zu dem zweiten Milizionär. »Wer Kraft hat, braucht keinen Verstand, wie? Gib mir mal eine Zigarette!«

Der zweite Milizionär, leicht schuldbewusst, aber auch erleichtert, dass der Festgenommene fügsam geworden war – folglich konnte man es sich erlauben, ein wenig Mitgefühl zu zeigen –, langte nach der Zigarettenschachtel in seiner Tasche, ein Glück, dass er Raucher war. Ich versetzte ihm mit beiden Händen einen Stoß, dass er zur Seite flog, und rannte aus dem Zimmer.

Wie ich rannte! Wie ich wetzte! Natürlich kannte ich den Bahnhof und die Winkel ringsherum besser als die beiden blutjungen Milizionäre. Um keine Zeit zu verlieren, drehte ich mich nicht um, doch hörte ich kein Stampfen und kein Schreien, in meinen Ohren war lediglich Rauschen, ich rannte, schlug Haken, irrte durch die Gassen.

Sicherheitshalber streifte ich noch zwei Stunden durch entfernte Viertel, bevor ich die Kreise enger zog und endlich zu unserer Straße gelangte.

Tagelang verließ ich nicht das Haus, dann wurde mir klar, dass ich mich äußerst dumm verhielt. Der Name und die Adresse, die ich genannt hatte, waren erfunden. Sollte ich ihnen über den Weg laufen, und sie erkannten mich, würde ich leugnen, sie konnten nichts beweisen. Höchstwahrscheinlich aber hatten sie noch am selben Tag, nachdem die Verfolgung fruchtlos geblieben war, wütend alle Papiere zerrissen und sich gegenseitig Vorwürfe gemacht: dem Kerl hätte man Handschellen anlegen müssen und die Alte samt der Geschädigten auf keinen Fall gehen lassen dürfen.

Auf irgendjemanden würde dieser Vorfall zurückschlagen, die beiden würden ihren Ärger an einem anderen abreagieren – und ich würde daran mitschuldig sein. Unschöne Sache ...

Trotzdem erinnerte ich mich nicht ohne eine gewisse Genugtuung an meine Flucht ...

Ungewollt stellte sich eine Verbindung her zwischen dieser Flucht und den Worten des Diebes, dass ich über ihn urteilte, ohne einen Einblick in den Hergang eines Diebstahls zu haben.

Und mit den fragenden Behauptungen:

34. *Die meisten verhalten sich hauptsächlich deshalb redlich, weil sie Angst haben, ertappt zu werden.*

341. *In der Kindheit haben Sie eine Zeit lang Diebstähle belangloser Art begangen.*

Vor kurzem noch hätte ich im ersten Fall *nicht zutreffend* geantwortet, und zwar ohne mich danach zu richten, was erwartet wurde, sondern ganz aufrichtig. Ich glaube tatsächlich an ein inneres moralisches Gesetz des Menschen. Dostojewski und seine Helden entsetzten sich: Wenn es keinen Gott gibt, dann ist alles erlaubt?! Indessen gibt es leider schon lange keinen Gott, die Leute aber leben paradoxerweise immer noch. Wem sollte das zu verdanken sein, wenn nicht ihrem inneren moralischen Gesetz? Sie werden sagen – der Regulierung des Lebens durch den Staat als Organ der Unterdrückung von Instinkten und Impulsen. Schön wär's! Unser Staat ist schon lange unfähig, Instinkte und Impulse zu unterdrücken, und gäbe es kein moralisches Gesetz, so würden sich angesichts der heutigen staatlichen Hilflosigkeit auf den Straßen der Städte ungesühnt die Leichen türmen. Es gibt ein inneres Gesetz, doch, doch, das gibt es!

So habe ich bis vor kurzem gedacht, doch plötzlich kamen mir Zweifel. Nein, nicht am allgemein gültigen moralischen Gesetz, sondern an meinem eigenen.

Wahrhaftig, stand die Unzulässigkeit des Diebstahls für mich so eindeutig fest? Ich war überzeugt, ohne die Probe aufs Exempel gemacht und ohne je darüber nachgedacht zu haben, dass Diebstahl mein Gewissen zu sehr belasten würde. Und wenn es nicht so war? Nehmen wir die zweite Behauptung, die mit der Kindheit – es ist doch nicht so, dass mich die Erinnerung an die geklauten Aprikosen quälen würde. Das ist eine sehr simple Geschichte.

Als Stadtkind und in einer Familie ohne Datscha aufwachsend, war ich eines Tages zum ersten Mal zu Besuch in einer Datschengegend. Eingeladen hatte mich mein Klassenkamerad Valera Skobjew, dessen Eltern zwar nur ein kleines Holzhäuschen, dafür aber ein gut gepflegtes Grundstück besaßen, an einem hübschen Fleckchen Erde, in Pristannoje an der Wolga. Zu meiner großen Verwunderung entdeckte ich hier, dass in unserem Klima Wein und Aprikosen reifen. Doch in Valeras Garten gab es weder Wein noch Aprikosen, seine Eltern zogen solchen exotischen Spielereien zweckmäßigen Gemüse- und Obstanbau vor, um die gesunde Ernährung der Familie im Winter zu sichern: Kraut, Möhren, Äpfel, Kirschen. Valera zeigte mir, wo Aprikosen wuchsen. Der Zaun war hoch, hatte allerdings Querstangen.

»Hier kommt man rauf«, sagte ich plötzlich.

»Etwas hoch«, meinte Valera skeptisch. Doch nicht das hinderte ihn. Auch Feigheit nicht. Er hatte einfach keine Lust. Ich dagegen schon. Gar zu gern wollte ich von diesen Aprikosen kosten, die in Massen an dem Baum hinterm Zaun hingen. Es war gar nicht nötig, in den Garten hinunterzuspringen, man brauchte, auf dem Zaun sitzend, nur die Hand auszustrecken.

Nachdem ich mich rechts und links umgesehen hatte, kletterte ich kurz entschlossen hinauf.

Hastig, mit pochendem Herzen, riss ich fünf oder sechs Aprikosen ab, warf sie Valera zu, sprang wieder herunter, und wir rannten davon.

Wir rannten lange, bevor wir, schwer atmend, im Gehen in die Aprikosen bissen und sie wegwarfen, weil sie sich als unreif herausstellten, wir hatten einander den Arm um die Schultern gelegt und lachten – lächelnd erinnere ich mich daran.

Doch das war in der Kindheit. Nicht umsonst waren die Verfasser der Fragen immerhin so klug gewesen, »Diebstähle belangloser Art« zu schreiben. Dass man stibitzt, wonach es einen verlangt, ist in der Kindheit sicherlich nichts Ungewöhnliches. In Gärten einzusteigen gehörte bei Halbwüchsigen schon immer dazu!

Aber da ist noch ein Fall von Diebstahl gewesen, den ich seltsamerweise völlig vergessen habe. Was in der Tat seltsam ist, handelte es sich doch um eine hässliche, gemeine Tat. Möglicherweise hat dieses Vergessen gerade damit zu tun, dass sie so hässlich war, möglicherweise besitzt mein Gedächtnis eine solche schützende Funktion? Wahrhaftig, jahrelang habe ich nicht daran gedacht, und nun plötzlich . . .!

Allerdings handelte es sich um keinen Diebstahl in reiner Form.

Wir waren zwölf. In diesem Alter besaßen damals (es war im Jahre neunundsechzig) nur wenige eine Uhr. Nicht etwa, weil Uhren unmäßig teuer, sondern weil sie nach den Begriffen jener Zeit für die Eltern Firlefanz waren – und die Lehrer bestärkten sie darin, dass es in einer Gesellschaft offizieller allgemeiner Gleichheit unangebracht sei, sein Kind sich auf diese Weise gegenüber den andern hervortun zu lassen; freilich ging es dabei mehr um die Ohrringe der Mädchen und die Strickjäckchen, die im Winter angeblich der Kälte wegen angezogen wurden, in Wirklichkeit aber ein bescheidenes Schönheitsbedürfnis erfüllten – die schwarzbraune Eintönigkeit der vorgeschriebenen Schulkleidung wenigstens notdürftig zu verdecken.

Und da zeigte sich mein Mitschüler Kairetow auf einmal im Besitz einer Uhr. Und erregte nicht einmal Verwunderung. Kairetow, dem stand das zu, er war der Sohn seines Vaters. Ich wunderte mich zunächst genauso wenig wie die anderen. Analytisch veranlagt, fragte ich mich dann aber doch: Wie kommt es, dass ich mich nicht gewundert habe? Wäre Valera Skobjew, der mit mir auf einer Bank saß, plötzlich mit einer Uhr dahergekommen, hätte ich mich doch bestimmt gewundert? Ja, gewiss, Valera war auch der Sohn seines Vaters, aber sein Vater war ein einfacher Mann, Kairetows Vater hingegen ein Mann der Macht. Also stelle ich mich, so überlegte ich, auf miese knechtische Weise bereits auf die bestehenden Hierarchien ein, bin ich bereit, mich widerspruchslos mit der Ungerechtigkeit abzufinden? Das empörte mich. Die Nuancierung meiner Überlegungen verstärkte sich noch dadurch, dass ich ja auch im Besitz einer Uhr war, einer alten zwar, die mein Vater hinterlassen hatte, einer »Pobeda« mit siebzehn Steinen, aber immerhin einer echten Uhr. Meine Mutter besaß eine eigene Uhr, meine Schwester hatte sich auch eine gekauft, und die väterliche galt als meine. Ich hätte sie schon lange tragen können, genierte mich aber, ich wollte nicht damit auffallen, fand, dass mir das nicht zustand, während der dreiste Kairetow nicht im Geringsten an seinem Anspruch zweifelte! Innerlich billigte ich ihm diesen Anspruch zu, da ich mich nicht darüber wunderte, dass er eine Uhr hatte, genauer gesagt, war dies meine erste, gefühlsmäßige Reaktion, die Verwunderung kam danach, durch die Logik der Überlegung.

Ich beschloss, meine Uhr ebenfalls nicht länger ungenutzt zu lassen.

Eine Woche lang trug ich sie bei mir in der Tasche und gewöhnte mich so an das Gefühl, eine Uhr zu besitzen. Dann machte ich sie an den Arm; durch den Jackenärmel verdeckt, blieb sie jedoch unsichtbar. Kairetow entdeckte sie trotzdem! Er entdeckte sie und rief:

»Unser Antoscha hat eine Uhr! Unser Antoscha ist ein Millionär!«

Das war eine neuerliche Bestätigung dafür, dass der Besitz einer Uhr bei Kairetow völlig in Ordnung ging, während er bei mir gegen die Regeln der Hierarchie verstieß. Nachdem Kairetow mich auf diese Weise bloßgestellt hatte, nannte er mich tagelang nur »Millionär«, und mir war klar, dass ich diesen Spitznamen nach den Gesetzen der Schule nicht so schnell, nein, nie mehr loswerden würde, und das wollte ich auf keinen Fall. Die Uhr nicht zu tragen ging aber nicht mehr – warum, brauche ich wohl kaum zu erklären.

Die Sache quälte mich. Kairetow verspottete mich mit dem Spitznamen »Millionär«. Meine Klassenkameraden machten sich lustig, fragten mich zwanzigmal pro Tag, wie spät es auf meiner Millionärsuhr sei.

Eines Tages dann . . . Wir zogen uns zum Sportunterricht um, in dem dunklen schmalen Umkleideraum, vom Sportlehrer, der ihn immer abschloss, zur Eile angetrieben. Alle hatten den Raum bereits verlassen, aber der Sportlehrer war irgendwohin verschwunden. Ich blieb nicht absichtlich als letzter zurück, irgendwie hatte ich einfach getrödelt. Und plötzlich erkannte ich meine Chance. Mir war, als hätte ich mich auf diesen Augenblick vorbereitet. Mit einem raschen Griff brachte ich Kairetows Uhr, die in seiner Jackentasche steckte, an mich, nahm auch meine und lief, beide Uhren in den Fäusten versteckt, aus dem Umkleideraum. Der Sportlehrer war nicht zu sehen, die Turnhallentür stand offen, meine Klassenkameraden jagten bereits dem Basketball nach, die Mädchen hatten sich auf die Bänke an der Wand gesetzt . . . Ich – zur Toilette, die Uhren – in den Spülkasten. Und ab in die Turnhalle, und schon rannte ich mit den andern herum, als wäre ich die ganze Zeit hier gewesen. Da kam auch der Sportlehrer, gab mit seiner Trillerpfeife das Signal zum Antreten, und es ging los mit dem obligatorischen langweiligen Warmmachen und der Gymnastik.

Die ganze Stunde überlegte ich, wie ich mich am besten verhalten sollte: als erster das Verschwinden meiner Uhr feststellen oder Kairetow den Vortritt lassen. Ich entschied mich für die zweite Variante. Als ich in den Umkleideraum kam, stand Kairetow bereits mit verwirrtem Gesicht und leeren Händen da.

»Toschitsch, ist deine Uhr da?«, wollte er wissen. (»Toschitsch« war mein eigentlicher Spitzname. »Toschitsch« und nicht »Millionär«.)

»Wieso?«, fragte ich und suchte in meinen Sachen. Alle schwiegen und sahen zu.

»Nein«, sagte ich, »nicht da.«

»Gekrallt«, sagte Kairetow.

Als wäre mir auf wundersame Weise entfallen, durch wen die Uhren abhanden gekommen waren, hatte ich plötzlich das wohltuende Gefühl, eins zu sein mit Kairetow. Ja, ich mochte ihn nicht. Er sah gut aus, er benahm sich flegelhaft, er behandelte seine Klassenkameraden herablassend und die Lehrer mit höflicher Dreistigkeit, wobei seine Leistungen allerdings ganz passabel waren. Jetzt begriff ich zum ersten Mal, dass ich ihn mögen könnte.

»Geklemmt«, sagte ich zu ihm wie von Gleich zu Gleich.

»Getickt, getackt und hingekackt«, ließ sich eine schadenfrohe Stimme vernehmen, doch das Schweigen der anderen bedeutete in diesem Fall keine Zustimmung, jeder stellte sich vor, wie er es aufgenommen hätte, wenn seine Uhr verschwunden wäre. Vielleicht fühlten auch alle aufrichtig mit uns mit.

»Die Uhren sind geklaut worden, Anatoli Iwanytsch!«, sagte Kairetow fröhlich zu dem eintretenden Sportlehrer.

»Welche Uhren?«

»Die von mir und Toschitsch.«

»Und was grinst du da so?«, schrie der Sportlehrer. »Findet das wohl lustig, der Dämel!«

Seine Wut war nicht unbegründet – die Verantwortung trug ja

er, er hatte nicht aufgepasst, die Tür des Umkleideraums nicht rechtzeitig abgeschlossen. Wenn es der Direktion zu Ohren kam, gab es Ärger, die Eltern würden sich beschweren und Entschädigung verlangen ...

»So«, sagte er. »Ausziehen bis auf die Turnhosen – und zur Seite! Alle werden durchsucht! Was habt ihr denn gedacht? Sollte sich was schämen! Vielleicht gibt er es freiwillig zu?«

Darauf war ich nicht gefasst gewesen. Aber mich zu erkennen geben, das konnte ich nicht, nein, das konnte ich nicht! Nicht einmal sagen, dass ich mir einen Scherz erlaubt hatte. Denn jedem würde sofort klar sein, schien mir, weshalb ich das getan hatte.

Alle begannen sich auszuziehen.

»Lassen Sie nur, Anatoli Iwanytsch«, sagte Kairetow. »Sind sie eben geklaut worden. Das war keiner von uns, sondern aus einer anderen Klasse. Oder von draußen, hier haben sich welche an die Mädchen herangemacht, ich hab es gesehen, bestimmt sind die es gewesen.«

»Wie oft habe ich euch schon gesagt, dass alle Fremden in der Schule zu melden sind! Wie oft habe ich euch das gesagt?«, brüllte Anatoli Iwanytsch. »Soll ich allein auf alles achten? Jetzt dürft ihr euch freuen! Seht zu, wie ihr sie findet!«

»Schon gut, Anatoli Iwanytsch. Betrachten wir's als abgetan«, sagte Kairetow mit einem charmanten Lächeln, obwohl keine Mädchen im Umkleideraum waren.

Ich bewunderte ihn mit Wehmut, Hass und Liebe. Es war ja niemand von draußen hier gewesen, Kairetow hatte die anderen einfach vor der schmachvollen Durchsuchung bewahrt.

Anatoli Iwanytsch überlegte, sah Kairetow an (ich schien gar nicht zu existieren) und sagte:

»Abgetan?! Und hinterher fängt das Gequatsche an, dass aus dem Umkleideraum Sachen verschwinden?«

»Keiner wird quatschen«, versicherte Kairetow.

»Nicht? Na schön ... Ab sofort will ich jedenfalls in jeder Stunde einen Diensthabenden für den Umkleideraum haben! Und solange nicht alle umgezogen sind, sitzt er da und guckt zu! Dann ruft er mich, zieht sich aus, und ich schließe ab. Klar?«

Alle nickten erleichtert und redeten munter los.

Kairetow stand im Mittelpunkt der Aufmerksamkeit, er war der Sieger, ich nicht mehr als ein Anhängsel.

An diesem Tag ging ich als letzter, stahl mich in die Toilette, holte die Uhren heraus, steckte sie in meine Schultasche und machte mich auf den Weg zur Bahnstrecke.

Ich wartete, bis ein Güterzug kam, lange Niederbordwagen mit Splitt, und warf meine und Kairetows Uhr auf einen der Steinhaufen.

Zwei Tage später lief Kairetow mit genau der gleichen Uhr herum, und kaum zwei Jahre vergingen, bis fast alle in der Klasse Uhren besaßen, auch ich bekam eine, ausgescholten wurde ich nicht, musste mich aber vorwurfsvoll an den Verlust der väterlichen »Pobeda« erinnern lassen: siebzehn Steine, auf dem Zifferblatt das Kremlgebäude mit dem Stern . . .

Ich begriff also, dass ich mich prüfen musste, ob nicht tatsächlich in mir ein geborener heimlicher Dieb wohnte. Ich musste etwas stehlen und feststellen, ob ich Gewissensbisse bekam, und wenn ja, wie unerträglich sie waren.

Ich wollte etwas von geringerem Wert stehlen.

Stopp! Was hieß, von geringerem Wert? Ich machte also bereits graduelle Unterschiede? Aber die Schwere eines Diebstahls war doch nur für die Rechtsprechung von Bedeutung, für den anständigen Durchschnittsbürger gab es da keinen Unterschied! In Abwandlung eines Bibelwortes ließ sich sogar hinzufügen: Jeder, der begehrliche Blicke wirft, ist innerlich bereits ein Dieb.

Andererseits würde so ein kleiner Diebstahl für mich eine Art *mutwilliges Spiel* sein, weshalb auch kein Reuegefühl zu erwarten war – Spiel bleibt Spiel! Folglich musste ich etwas Wertvolles stehlen. Folglich durfte ich das Gestohlene auch nicht zurückbringen, sonst war das kein Experiment, sondern eben nur ein mutwilliges Spiel. Nein, es würde mir nichts übrig bleiben, als die Sachen zu behalten oder wegzuwerfen – und dann würde mir mein Herz sagen, was es dazu meinte, dann würde ich mich selbst erkennen.

Allerdings, meinen Plan sofort auszuführen, hatte ich natürlich keine Lust, und so arbeitete ich mich zunächst einmal weiter durch die Fragen.

8. *Wenn Sie sich in Gesellschaft befinden, fällt es Ihnen schwer, ein geeignetes Gesprächsthema zu finden.*

Das hängt ganz von der Gesellschaft ab. *Nicht zutreffend.*

9. *Oft überwältigen Sie düstere Gedanken.*

Denen, die sich diese Fragen ausgedacht haben, mangelt es offenbar an stilistischem Gefühl. »Überwältigen« ist nicht ganz treffend formuliert. Wörtlich verstanden, bedeutet dieser Ausdruck, dass solche Gedanken meinen Verstand bezwingen. Besser wäre einfach »Ihnen kommen«. Mir kommen oft düstere Gedanken, doch überwältigen sie mich nicht, ich überwältige sie. Oder – nein, düstere Gedanken kommen mir nicht, sie sind in mir ebenso zu Hause wie heitere, mitunter finde ich sie sogar notwendig als Kontrast zu den heiteren. Wenn also solche Gedanken im Menschen sind, dann ist »überwältigen« wohl doch nicht die schlechteste Definition. Ich bitte die Verfasser der Fragen um Verzeihung.

Meine den Erwartungen entsprechende Antwort lautet indessen: *Nicht zutreffend.*

10. *Sie haben zu fast allen Ihren Verwandten ein gutes Verhältnis.*

Zutreffend.

11. *Sie pflegen sich so zu verhalten, wie es in Ihrer Umgebung üblich ist.*

Offenbar habe ich mich bereits auf den Stil der Befragung eingestellt und komme ohne Schwierigkeiten auf die zu gebenden Antworten, ohne in fruchtloses (und möglicherweise auch überhebliches?) Staunen zu geraten. Mit *Umgebung* dürfte die entsprechende soziale Schicht im weiteren und zugleich im engeren Sinn gemeint sein. Die Verfasser der Fragen gehen davon aus, dass sich sowohl die Freunde wie die Kollegen und die Verwandten des Befragten in etwa gleicher Weise verhalten. Und wenn der Befragte kein Idiot ist, antwortet er natürlich: *zutreffend,* weiß er doch, dass Anpassungsfähigkeit und das Vermögen, sich an die geltenden Spielregeln zu halten, dort, wo er angenommen werden möchte, positiv bewertet werden. Und selbst wenn die Fragenverfasser von der für sie ungünstigen Variante ausgehen, dass die Kollegen des Befragten nicht so sind wie seine Freunde und diese nicht so wie seine Verwandten, braucht das den Befragten im Normalfall nicht im Geringsten zu bekümmern. Primär geht es hier natürlich nicht um die Vielfalt der Kreise, in denen sich der Betreffende bewegt, sondern um die Fähigkeit, sich in der gleichen Richtung zu bewegen, wie es seine Umgebung zum gegebenen Zeitpunkt tut, und möglichst mit derselben Geschwindigkeit. Und wofür man sich vor allem interessieren dürfte, ist das Bild, das einer bietet, ob er zum Beispiel nicht etwa in löchrigen Jeans und mit rosa gefärbten Haaren herumläuft. Tun Sie nicht? Na wunderbar.

Doch nehmen wir diesen Fall: Ein gewisser Sergej Sergejitsch Sergejew arbeitet in einem gewissen Kollektiv, in dem – sei es aus Gründen der Tradition, sei es, dass die Atmosphäre sich so entwickelt hat oder dass es an den öden Arbeitsbedingungen liegt – alle Kollegen Wodka trinken, rauchen, unflätig schimpfen und auch Frauen gegenüber Ausdrücke aus dem Obszönvokabular gebrauchen. Sergej Sergejitsch Sergejew aber kann, von Natur aus, weil es ihm sein Verstand verbietet oder krankheitshalber, weder Wodka trinken noch rauchen, noch unflätig schimpfen, noch sich Frauen gegenüber flegelhaft benehmen. Also verhält er sich so, wie es hier unüblich ist. Ist das jedoch unter diesen Umständen schlecht? Weiter. Seine Freunde, Pjotr und Nikolai, alte Schulkameraden, unternehmen oft Skitouren durch den Winterwald und im Sommer Bootsfahrten, das heißt, sie befleißigen sich einer gesunden Lebensweise, während Sergej Sergejitsch Sergejew, ohne dass ihre Freundschaft darunter leiden würde, weder für Skitouren noch für Bootsfahrten etwas übrig hat und in seiner Freizeit lieber auf der Couch liegt und Bücher liest, statt sich einer gesunden Lebensweise zu befleißigen. Weiter. Sergej Sergejitsch Sergejews Familienverhältnisse sind so, dass sein Schwiegervater ein professioneller Dieb ist, seine Schwiegermutter eine Puffmutter, seine Frau ein Flittchen und die Tochter von genau der gleichen Art; Zank, Wortgedonner und Zerdeppern von Geschirr gehören zum Alltag der Familie, Sergej Sergejitsch Sergejew indessen hat an all dem nicht den geringsten Anteil. Das heißt, er verhält sich in jeder Hinsicht so, wie es in seinem Milieu unüblich ist. Doch das ändert nichts daran, dass er ein Prachtmensch ist, und das Ungesunde seiner Lebensweise wird dadurch wettgemacht, dass er, auf der

Couch liegend, nicht irgendetwas liest, sondern Tolstoi, Tschechow und Galsworthy. Dies ist ein ziemlich einfaches Beispiel. Es kann auch so sein, dass Sergejew einerseits mit seinen Kollegen Wodka trinkt und unflätig schimpft, andererseits mit seinen Freunden Skitouren und Bootsfahrten unternimmt und sich dabei in seiner Familie, wo alle sanft und lieb sind, als ewig herumschreiender Tyrann gebärdet. Das heißt, an der einen Stelle verhält er sich auf übliche, an der anderen hingegen auf unübliche Weise – was soll er also antworten: *zutreffend* oder *nicht zutreffend*?

Doch lassen wir den hypothetischen Sergej Sergejitsch. Als Realist weiß ich, dass die meisten sich natürlich so verhalten, wie es in ihrer jeweiligen Umgebung üblich ist. Selten nur tragen sie ihre eigene Ordensregel in fremde Klöster. Aus den allgemein gültigen Normen auszubrechen ist Poeten und Genies gegeben, darüber hinaus zum Beispiel auch den in dieser Hinsicht mit ihnen gleichgestellten Räubern und Mördern – denn obwohl heutzutage landauf, landab von Tag zu Tag immer unbekümmerter geräubert und gemordet wird, ist es immerhin doch noch nicht ganz üblich geworden.

Ich bin kein Poet, kein Genie und kein Mörder.

Überall gibt es eigene Klöster und eigene Regeln.

Mich interessiert etwas anderes: wie es angesichts dieser Verhältnisse immer noch Leute gibt, die außerhalb aller Klöster und Regeln leben und, wie unsereins, doch weder Genies noch Mörder sind. So eine war noch zu Sowjetzeiten zum Beispiel Alexina, so waren und sind bis auf den heutigen Tag die meisten ihrer Bekannten.

Ich kenne ihre Eltern gut, Gennadi Nikolajewitsch und Olga Wassiljewna, beide leben und sind wohlauf, obgleich sie schon an die siebzig zählen, haben sie doch spät geheiratet. Ich kenne sie noch aus Schulzeiten, seit Alexina mir gestattete, sie zu Hause zu besuchen. Ich wunderte mich schon damals, wie diese stillen Leuten ein so rigoros handelndes und freizügiges Mädchen erzogen hatten. Sie unterwarfen sich völlig ihrem Willen, abends, wenn sie Besuch erwartete, schickte sie sie spazieren, und Gennadi Nikolajewitsch und Olga Wassiljewna dehnten ihre Spaziergänge auf ein bis drei Stunden aus, bis alle weg waren. Einerseits war das mit ihrer Einzimmerwohnung zu erklären, anderseits aber . . .

Ich hatte den Eindruck, dass sie ihnen etwas heimzahlte.

Möglicherweise ihren Namen, den sie bis heute nicht ausstehen kann, alle nennen sie Alina, ich auch, in Gedanken allerdings verwende ich doch den Namen, den ihr die Eltern gegeben haben.

Gennadi Nikolajewitsch und Olga Wassiljewna arbeiteten an die zehn Jahre in derselben Institution, sozusagen Wand an Wand, bevor sie heirateten.

Gefallen hatten sie sich gleich.

Nach einem Jahr sagte Gennadi Nikolajewitsch Olga Wassiljewna, was er für sie empfand – bei einer abendlichen Betriebsfeier, nachdem er etwas Wodka getrunken hatte (der erste Toast war natürlich auf den Sieg ausgebracht worden, der Krieg war ja gerade erst vorbei, und Gennadi Nikolajewitsch hatte noch das letzte Kriegsjahr mitmachen dürfen und eine leichte Verwundung davongetragen). Er trank etwas Wodka und sprach mit Olga Wassiljewna am Ende des langen Flurs, bei einem Kübel mit einem Gummibaum. Sie hörte ihn an, ohne etwas dazu zu sagen.

Doch ein paar Monate später, wieder bei einer Feier und möglicherweise bei ebenjenem Kübel mit dem Gummibaum, gestand sie, dass sie seine Gefühle erwidere. Gennadi Nikolajewitsch legte jetzt jedoch ein sonderbares Verhalten an den Tag. Er sagte, dass er kein außereheliches Verhältnis wünsche, für eine Eheschließung jedoch noch nicht gerüstet sei. Das Hindernis bildeten gewisse psychologische Momente.

Olga Wassiljewna erbat keine nähere Auskunft.

Wieder ein Jahr später sagte Gennadi Nikolajewitsch (Betriebsfeier, Kübel mit Gummibaum), dass er sich im Prinzip entschieden habe und gerüstet sei, doch es müsse für immer, fürs ganze Leben sein. Freilich gebe es gewisse psychologische Momente . . .

Olga Wassiljewna erbat auch diesmal keine nähere Auskunft, meinte allerdings, auch sie sei sich jetzt nicht mehr sicher, für eine Eheschließung gerüstet zu sein, und auch bei ihr gebe es gewisse psychologische Momente . . .

Zeit verging. Betriebsfeier, Kübel, Gummibaum – Gennadi Nikolajewitsch entschloss sich diesmal, sein psychologisches Geheimnis zu lüften.

Er gestand, keine Kinder zu mögen.

Olga Wassiljewna, die seinen weichen, gütigen Charakter kannte, war betroffen.

Gennadi Nikolajewitsch erklärte ihr, der Grund für seine Abneigung gegen Kinder sei Abneigung, ja geradezu Hass gegen die Kindheit im Allgemeinen und seine eigene im Besonderen.

Die zeitlichen Umstände waren so, dass er keine detaillierte Begründung geben konnte, mit den Details verhielt es sich indessen folgendermaßen:

Er war ein schweigsames Kind gewesen, von einer zwar nicht mürrischen, doch beharrlichen Verschlossenheit, er las gern Abenteuerbücher und mochte es gar nicht, wenn ihm unnötige Beachtung geschenkt wurde. Zu Hause war das gewährleistet: er wohnte bei seiner Tante, weil seine Mutter bei der Entbindung ihres zweiten Kindes, einer Totgeburt, gestorben war, von seinem Vater hatte sie ihm nichts erzählt, aus irgendwelchen Gründen hatte er sich auch gar nicht dafür interessiert. Die Tante hatte eine große Familie, sich sonderlich um den Neffen zu kümmern blieb ihr keine Zeit, und ihm war das recht so; er verkroch sich in seinem Kämmerchen, das, mit einer Lampe und einem Klappbett ausgerüstet, eine Art Miniraum abgab, machte seine Schularbeiten auf einer alten Truhe oder lag da und las – und war zufrieden mit seinem Leben. Wenn nicht die Schule gewesen wäre! Von Natur intelligent und fleißig, lernte er gut, und gute Lernergebnisse waren damals wie noch in der jüngsten Vergangenheit die Grundlage dafür, dass ein Schüler für verschiedene Kinderfunktionen auserkoren wurde – bei den »Oktoberkindern«, den Pionieren und im Komsomol. Gennadi Nikolajewitsch wurde ständig dafür ausersehen, und zwar für höhere Funktionen. Aus Pflichtbewusstsein versah er sie anfangs gewissenhaft, so dass er mit dem, was er durchführte, organisierte und so weiter, immer wieder auf sich aufmerksam machte, was ihm größtes Missbehagen bereitete. Rasch trat seelische Ermüdung ein, und er begann entgegen seinem Pflichtgefühl die Zügel schleifen zu lassen, unauffällig, aber konsequent.

Schon liegt die Arbeit völlig am Boden, sie werden das bestimmt mitkriegen und ihn abstrafen – doch unversehens geht das Schuljahr zu Ende, im neuen Jahr sind neue Funktionen zu besetzen, und wieder wird Gennadi Nikolajewitsch seiner guten schulischen Leistungen wegen gewählt und muss sich aufs Neue quälen. Um diesem Schicksal zu entkommen, versuchte er es damit, dass er aufhörte, seine Hausaufgaben zu erledigen, und anderthalb Monate kein Lehrbuch anrührte. Die Lehrer zeigten sich beunruhigt, holten ihn und die Tante vor den Pädagogischen Rat, stellten Fragen – noch nie hatte Gennadi Nikolajewitsch so viel Aufmerksamkeit erregt! Nein, besser schon sein Kreuz tragen als solche Prüfungen! Er verbesserte schleunigst wieder seine Leistungen – und bekam daraufhin erneut verantwortliche Posten und Aufgaben übertragen, die er samt und sonders vernachlässigte.

Diese Zwänge waren der Grund, dass er mit solchem Unbehagen an seine Kindheit zurückdachte. Nach der Schule war er zu einem Lehrgang für Komsomolfunktionäre und kurz darauf, Anfang fünfundvierzig, an die Front geschickt worden. Sosehr er darauf aus war, sich im Schatten zu halten (nicht im feigen Schatten des Schützengrabens oder der rückwärtigen Dienste, sondern um der gesellschaftlichen Arbeit zu entgehen), seine Auffassungsgabe und seine geistigen Fähigkeiten wurden auch hier erkannt, und man begann ihn politisch zu schulen, doch Gott sei Dank war der Krieg bald zu Ende. Gennadi Nikolajewitsch befand seine Mittelschulbildung für ausreichend und suchte sich eine Tätigkeit in der Verwaltung für Statistik (früher war sie lediglich eine Abteilung einer verzweigten Behörde gewesen), die er bis zur Rente auf ein und derselben Stelle ausführte. In der Freizeit sammelte er Bücher aus der berühmten Reihe »Das Leben hervorragender Menschen«, die er leidenschaftlich gern las.

Doch die Gespenster der Vergangenheit suchen ihn bis heute heim, bis heute hat er Träume, in denen der stellvertretende Direktor für Erziehung an ihn herantritt und sagt:

»Gennadi Nikolajewitsch, sei so lieb, morgen eine Vollversammlung der Pionierfreundschaft der Schule durchzuführen zur Behandlung von ... (irgendwelchem Heckmeck).« Und ihm fällt mit Entsetzen ein, dass die Dokumentation noch nicht fertig ist, dass der Freundschaftsrat wegen Erkrankung der Pionierleiterin schon zwei Monate nicht mehr zusammengekommen ist, dass die Trommler nicht geübt haben, dass der Hornist statt klangvoller Töne bloß heisere Laute hervorbringt und sein Instrument voll spuckt, dass es mit den Fahnenträgern auch Probleme gibt, wie soll er denn die Versammlung durchführen – schrecklich, schrecklich! Er glaubt sogar vergessen zu haben, wie er dazustehen hat, wenn er die Meldungen der Vorsitzenden der Abteilungs- beziehungsweise Klassenräte entgegennimmt, er weiß nicht einmal mehr, wie er die Hand zur Stirn heben muss. Dann gibt es einen Sprung, die Freundschaften sind bereits angetreten, und der verschwitzte Gennadi Nikolajewitsch sieht sich in seinem Albtraum beim Herbeitragen der Fahne eigentümlicherweise mit Schnurrbart dastehen, er hebt die Hand nicht zum Pionier-, sondern zum faschistischen Hitlergruß, den er aus den Wochenschauen kennt . . .

Deshalb wecken Kinder aller Art, selbst die artigsten und auch wenn sie noch keine Schüler sind, in ihm ungute Gefühle, er mag sie nicht, er verzieht das Gesicht, wenn er ihr Gelärme hört, er befürchtet, dass er sein Kind, sollte er sich eins zulegen, es ungewollt seine erinnerungsschwere Kindheit spüren lassen wird. Oder er wird sich, umgekehrt, krampfhaft bemühen, sein Kind lieb zu gewinnen, das heißt seiner väterlichen Pflicht nachzukommen, Pflichtgefühle indessen stehen ihm seit seiner Kindheit bis zum Hals. Und selbst wenn er sein Kind reinen Herzens lieb gewinnen sollte, wird er trotzdem glauben, aus Pflichtgefühl sich selbst, seiner Frau und letzten Endes auch dem Kind mit übertriebenen Beweisen seiner Zuneigung das Leben zur Qual zu machen, Kinder haben ja ein feines Gespür für Falschheit, und der Sohn wird den Vater wegen seiner Heuchelei hassen . . .

Von diesen widerstreitenden Gefühlen also erzählte Gennadi Nikolajewitsch Olga Wassiljewna.

Und sie erzählte ihm daraufhin, nachdem sie ungefähr ein Jahr überlegt hatte, von dem, was sie bewegte. Sie mag im Gegenteil Kinder sehr und hätte auch gern eins, doch offen gestanden möchte sie nicht verheiratet sein – ungeachtet dessen, dass Gennadi Nikolajewitsch ihr sehr gefällt. Da sie eine scharfe

Beobachtungsgabe hat, weiß sie, dass die meisten Familien unglücklich sind (und zwar auf sehr einförmige Weise, möchte ich, entgegen dem Ausspruch Lew Nikolajewitsch Tolstois, anmerken), und sofern es sich nicht so verhält, steht ihr Glück auf schwachen Füßen: jeden Augenblick kann der Mann einer anderen Frau begegnen oder die Frau einem anderen Mann, und geschieht es nicht, so wird er oder sie doch davon träumen – wer einen wachen Verstand besitzt, dem muss das klar sein –, und es wird ihn/sie quälen, der/dem anderen das Leben zu vergällen. Und gesetzt den Fall, dass Mann und Frau einander tatsächlich lieben, kann das noch schlechter sein, die Sorge um einen Menschen, dem man von Herzen zugetan ist, vermag einem den Verstand zu rauben. Das heißt, sie wollte aus dem gleichen Grund keinen Mann haben, aus dem zu ängstliche Leute sich lieber keinen Hund zulegen: man gewöhnt sich an ihn, gewinnt ihn lieb, und dann stirbt er plötzlich an der Hundepest oder wenn nicht daran, dann an Altersschwäche, sie leben ja nicht lange – und der Kummer macht einen depressiv. Auf den ersten Blick erscheint das paradox: wenn Olga Wassiljewna Angst hatte, sich einen Mann zuzulegen, wieso hatte sie dann keine Angst, sich ein Kind zuzulegen?! Ihm kann ja – da sei Gott vor! – etwas zustoßen. Dafür habe ich keine rechte Erklärung. Oder doch, hier ist eine Version, die mir freilich nicht gefällt, da sie der menschlichen Natur nicht das beste Zeugnis ausstellt, ich mich indessen stets bemüht habe, gut von den Menschen zu denken, auch wenn mir das manchmal nicht leicht gefallen ist. Äußerlich gesehen, eine einfache Version: Der Mensch fürchtet Unannehmlichkeiten mehr als plötzliches Unheil. Das ist selbst bei äußerlicher Betrachtung leicht feststellbar: Alltägliche Unannehmlichkeiten sind verdrießlich, der Mensch wird reizbar und auf hässliche Weise böse, wenn hingegen Unheil über ihn kommt, bietet er in seinem Leid ein würdevolles, bisweilen sogar schönes Bild ... Im Übrigen hatte Olga Wassiljewna im Voraus beschlossen, dass sie, sollte ihrem Sohn etwas Schlimmes zustoßen, sich das Leben nehmen würde.

Weshalb mit dieser Ausschließlichkeit – ihrem Sohn?

Weil für sie allein ein Sohn als ihr künftiges Kind vorstellbar war.

Es zeigte sich, dass auch Gennadi Nikolajewitsch, obwohl er keine Kinder mochte, für den Fall, dass er Olga Wassiljewna heiraten sollte, es gern hätte, wenn sie einen Sohn zur Welt brächte.

Kurz und gut, sie entschieden sich so:

Beide Waisen und dadurch der Notwendigkeit enthoben, auf die Meinung der Eltern Rücksicht zu nehmen, würden sie sich zusammentun und sich auch standesamtlich trauen lassen, aber frei sein, jederzeit einander von ihrer Gegenwart zu befreien, sobald sich Spannungen einstellen oder sie überhaupt erkennen sollten, dass zwischen ihnen die Harmonie fehlte.

Nachdem sie ihr künftiges Leben noch drei oder vier Jahre allseitig besprochen hatten, heirateten sie schließlich und tauschten ihre zu Gemeinschaftswohnungen gehörenden Zimmer gegen eine Einzimmerwohnung im Zentrum.

In dieser Zeit, wie auch in den vorangegangenen Vorbereitungsjahren, liefen alle ihre Gespräche darauf hinaus, welchen Namen sie ihrem Sohn geben wollten. Wie sich dabei herausstellte, gab es nur einen einzigen Namen, der beiden vorbehaltlos gefiel: Alexej. Trotzdem suchten sie nach Varianten und besprachen eingehend auch andere Namen, um sie zum Schluss allesamt zu verwerfen.

Zur entsprechenden Zeit stellte Olga Wassiljewna fest, dass sie schwanger war.

Sie waren glücklich. Sie gingen stundenlang spazieren, nannten ihren künftigen Sohn Aljoscha, Aljoschetschka, Leschuntschik, Schuntschik, Tschuntschik, Lexik, Alsik, Ljalsik, Alexjuschetschka, Ljoschetschka, Lukoschetschka, Choroschetschka, Ljusjusjuntschik, Ljo-Ljosja, Alljo-Seljo, Leschmandik, Ljossik, Lestik, Ljustik, Listik, Ljuljuschka . . .

Geboren wurde ihnen ein Mädchen.

Sie akzeptierten das ohne jede Verdrossenheit wie vernünftige Menschen. Doch so lange hatten sie gebraucht, den Namen auszusuchen, dass sie außerstande waren, davon abzugehen, und das Mädchen Alexina nannten. Ungewöhnlich zwar, aber Alexandra gab es ja auch, weshalb also sollte es nicht Alexina geben?

Fortan lebten sie mit großer Bedachtsamkeit, da sie ihrem Glück nicht trauten und darauf gefasst waren, dass es jeden Moment zunichte wurde. Das Kind hätschelten sie so, dass es nicht mit anzusehen war – im Sommer packten sie es warm ein und legten noch eine Decke darüber, wenn sie es im Kinderwagen spazieren fuhren.

Doch der Himmel war ihnen gnädig, Alexina machte natürlich die üblichen Kinderkrankheiten durch, aber sie wuchs und wuchs.

Gennadi Nikolajewitsch hatte längst aufgehört, sich mit dem Problem der väterlichen Liebespflicht zu martern, er liebte Alexina hingebungsvoll. Sie riefen sie Aljuscha, Aletschka, Alka. Alexina selbst nannte sich, als sie in die Schule kam, unzufrieden mit ihrem Namen, Alina, obwohl sie auch diesen Namen nicht mochte, doch ein anderer, von gleicher Klangnähe, fand sich nicht. Ihre Mitschüler gewöhnten sich ebenso an ihn wie die Lehrer, mit diesem Namen stand sie sogar im Klassenbuch.

Alexina ist nun das markanteste Beispiel dafür, wie man sich nicht so verhält, *wie es in Ihrer Umgebung üblich ist*.

Als die Klassenlehrerin, sagen wir, sie hieß Irina Iljinitschna, mit ihren Schülern ein Gespräch über das moralische Antlitz des jungen Sowjetbürgers führte und dabei immer wieder betonte, dass man jemanden zu finden wissen müsse, den man sich zum Vorbild nehmen könne, hob Alexina die Hand und sagte bescheiden:

»Darf ich mir Sie zum Vorbild nehmen?«

Irina Iljinitschna wurde unruhig.

»In welcher Hinsicht?«

»In jeder. Ich werde rauchen wie Sie und auch ein zweites Mal heiraten. Einen verheirateten Mann, so wie Sie.«

Ich erinnere mich, dass ich sogar den Kopf senkte.

Natürlich wusste ich, dass Irina Iljinitschna rauchte und dass sie eine zweite Familie hatte, aber ... wie soll ich es erklären ... Ja, vielleicht so: In meiner Kinderpsyche (oder meinetwegen Halbwüchsigenpsyche) gab es gewissermaßen zwei Irina Iljinitschnas. Die eine rauchte tatsächlich und hatte zum zweiten Mal geheiratet. Doch die, die das Klassenzimmer betrat, war eine ganz andere Irina Iljinitschna, das war meine Lehrerin, sehr erwachsen, fast schon etwas angejahrt, ja alt. In Wirklichkeit war sie, wie ich später erfuhr, sechsundzwanzig.

Besonderheiten der kindlichen Wahrnehmung – ein bekanntes Phänomen. Auf der gleichen Ebene lag meine Verwunderung, als ich Gafa mit seiner Mutter zusammen sah, weil mir das unverhofft klarmachte, dass er genauso ein Mensch war wie ich. Oder wie ich in der ersten oder zweiten Klasse beim Betreten des Speisesaals der Schule zum ersten Mal meine Lehrerin an einem Tisch sitzen und essen sah. Ich war perplex. Sie isst, wie alle essen, wie auch ich esse! Sofort überlegte ich mir, dass sie dann wohl auch andere Dinge machte, die die Leute normalerweise zu tun pflegten. Na, zum Beispiel schlief, das heißt, sich irgendwo da bei sich zu Hause auszog und ins Bett legte.

Dann gab sich diese Betroffenheit, das kindliche Bewusstsein weiß sich zu schützen. Nachdem ich entdeckt hatte, dass meine Lehrerin auch ein Mensch war, schaffte ich es immerhin, das wieder zu verdrängen, und sie blieb für mich die unzugängliche und unerreichbare Lehrerin. Das blieb noch lange so für mich. Alexina dagegen begriff ziemlich früh, dass Lehrer ebenfalls Menschen sind, und irgendwie brachte sie diese Entdeckung dazu, sie mit herablassender Ironie zu behandeln, als habe sie ihre verwundbare Stelle herausgefunden.

So stellte sie denn ihre Frage. Errötend sagte Irina Iljinitschna:

»Schämst du dich nicht, Alina, albernen Tratsch nachzuplappern?«

»Tratsch ist, wenn etwas Schlechtes verbreitet wird. Mir aber gefällt es, dass Sie rauchen. Ich rauche selber. Mir gefällt es, dass Sie einer anderen Frau den Mann ausgespannt haben. Ich habe ihn gesehen, er ist ein schöner Mann. Toll haben Sie das gemacht. Ich möchte auch so meine Ziele erreichen.«

Irina Iljinitschna geriet so in Verwirrung, dass sie mir Leid tat.

»Du redest abgeschmacktes Zeug«, presste sie endlich hervor.

»Was ist das – abgeschmacktes Zeug?«

»Schluss jetzt!,« erinnerte Irina Iljinitschna an ihr Recht als Lehrerin, jedes beliebige Gespräch abzubrechen, wann immer sie es für notwendig hielt. Und fügte hinzu: »Es ist zu früh für euch, über solche Dinge zu befinden!«

Wieder errötete sie. Sie war ja, und das sah ich, eine kluge und feinsinnige Frau, doch irgendwie empfand sie sich jetzt als eine reichlich dumm dastehende Durchschnittsfigur des Schuldienstes. In Wirklichkeit wusste sie auch, dass es gar nicht zu früh für uns war, über solche Dinge zu befinden. In Wirklichkeit wäre sie nicht abgeneigt gewesen, mit uns über solche Dinge zu sprechen, und womöglich wäre das für sie ein viel interessanteres Thema gewesen als das, was sie in ihrer Eigenschaft als Klassenlehrerin zu behandeln hatte.

Alexina sah das ebenfalls alles, doch ging ihr die Barmherzigkeit ab, was zu verurteilen ich mir nicht anmaße, da ich jetzt weiß, dass sie auch sich selbst nicht schont.

»Wieso zu früh?«, fragte sie mit der Stimme der Überlegenheit. »Kann doch sein, dass wir uns in manchen Dingen besser auskennen als Sie. Meinen Sie nicht?«

»Ich meine ...«, sagte Irina Iljinitschna mit erhobener Stimme, wie es einer Lehrerin auch in solch einer Situation anstand, doch in Worte zu kleiden, was sie meinte, vermochte sie nicht, sie stand endgültig verwirrt und traute sich nicht, dieses seltsame Mädchen anzusehen, das sich anscheinend tatsächlich in manchen Dingen besser auskannte als sie.

Ich indessen, da ich mir der Grausamkeit Alexinas bewusst war, sah sie, wie viele andere, liebevoll an.

Und plötzlich brach Irina Iljinitschna in Tränen aus.

Weinend verließ sie das Klassenzimmer, unmittelbar bevor es klingelte.

Irina Iljinitschna gehörte nicht zu denen, die gleich zum Direktor oder seinem Stellvertreter für Erziehung liefen, um sich zu beschweren, andere Lehrer hingegen klagten des Öfteren über Alina. Die erste Regung einer Verwalterseele war natürlich, die Eltern vorzuladen. Alexina sagte jedoch ruhig und fest, dass sie keine Veranlassung sehe, ihre Eltern mit Lappalien zu nerven. Sie lerne gut, und was ihre persönlichen Äußerungen und ihr persönliches Verhalten angehe, so sei sie durchaus in der Lage, die Verantwortung dafür selbst zu übernehmen. Und selbst der Direktor, der, wie es hieß, früher auch schon Direktor gewesen war, bloß in einer Art Gefängnisschule, der Direktor, bei dem ein Blick genügte, dass im lärmerfüllten Flur während der Pause Ruhe einkehrte, der Direktor, der eigenhändig drei betrunkene Taugenichtse im Einberufungsalter außer Gefecht gesetzt hatte, die, fröhlich, aber gnadenlos sich prügelnd, in die Schule eingedrungen waren, der Direktor, der kein Wort des Widerspruchs duldete, der Direktor Ignat Petrowitsch Tschekurekow passte bei diesem Vorfall mit Alexina. Nein, er sprach mit ihr, ohne rot zu werden, er sprach fest und eindringlich, wie er es gewohnt war, stellte jedoch mit Erstaunen fest, dass das alles nicht wirkte und er wohl zum ersten Mal nicht weiterwusste, denn er brauchte nur zwei Minuten mit Alexina zu reden, um sich zu sagen, dass sie tatsächlich Recht hatte, sie lernte gut, und ihre Worte und Taten – eigentlich war doch nichts Besonderes dran.

Oh, darauf verstand und versteht sich Alexina, das ist eine natürliche Veranlagung bei ihr: jeder, dem sie direkt und spöttisch in die Augen sieht, ist sofort besiegt und von der Richtigkeit dessen, was sie sagt und tut, überzeugt. Sie war eine, die in jedes Kloster, wohin es sie verschlug, ihre Ordensregel trug, die den Insassen sehr bald schon als einzig richtig erschien.

Davon unbetroffen bleiben freilich ihre Freunde, die jeder für sich selbst ein Kloster sind. Es macht ihnen Spaß, einander zu widersprechen, und während sie sich im übrigen Leben auf unübliche Weise verhalten, verhalten sie sich bei Alina, wie es üblich ist – denn bei ihr ist alles üblich.

Ich gehe, wie gesagt, jeden Sonnabend zu ihr, sie hat eine kleine Wohnung am Theater, die ihr ihr letzter Mann geschenkt hat; ein großer Geschäftsmann geworden, versorgt er sie auch regelmäßig mit Geld und kommt alle drei Monate betrunken mit einem großen schwarzen Wagen angefahren, ohne Leibwächter, denn er hat vor nichts Angst, tritt ein, ohne abzulegen, weint, flucht und bittet sie, ihn ein zweites Mal zu heiraten, denn ihn verlange es nicht nach langbeinigen Mädchen, von denen er eine ganze Million habe, und nicht nach dreißigjährigen reifen Schönheiten, von denen er zwei Millionen habe, sondern einzig und allein nach Alexina, die fast vierzig, aber jünger und besser sei als alle Frauen auf der Welt.

Alexina hört ihn schweigend an und schickt ihn ins Bett, um ihn morgens wortlos vor die Tür zu setzen. Sie weiß, dass er, sollte sie einwilligen, ihn wieder zu heiraten, unverzüglich ein Konto für eine zweite Million langbeiniger Mädchen und eine dritte Million reifer Schönheiten eröffnen würde. Sein Geld hingegen nimmt sie bedenkenlos an, da sie schon acht Jahre nirgendwo eine richtige Anstellung hat. Sie flicht – mehr aus Spaß an der Sache als des Verdienstes wegen – Stühle und Sessel aus Weidenruten, mit denen sie ihr zweiter Mann, der ihr auch das Flechten beigebracht hat, versorgt, Sassonow, der Kunstgewerbler, wie er sich selbst nennt, da er Unikate ausgefallener Gebrauchsgegenstände herstellt. Alexinas Wohnung ist damit vollgestopft, außerdem mit Büchern, teils antiquarischen, die ihr erster Mann ihr hinterlassen hat, Sergej Katschajew: einst ein großer Büchernarr, ein namhafter, angesehener Antiquar, persönlich bekannt mit Fachleuten aus Moskau und Piter*, hat er, nachdem irgendetwas bei ihm schief gelaufen war, seinen ganzen Reichtum Alexina überlassen und nicht nur aufgehört, Bücher zu sammeln, sondern auch zu lesen. Er liest nicht einmal Zeitungen, sieht auch nicht fern, und wenn in seinem Beisein das Gespräch auf Tagesereignisse kommt, bittet er rasch, das Thema zu wechseln oder damit zu warten, bis er gegangen ist. Auf diese Weise bringt er es fertig, nichts von dem zu wissen, was in aller Munde ist. Mir scheint das allerdings mehr Spiel als Wahrheit zu sein, denn unsere Straßen sind so vollgehängt mit Zetteln und Plakaten, die jahrelang an Pfählen und Zäunen flattern, werden sie doch mit irgendeinem besonderen Klebstoff befestigt, der Ewigkeitsanspruch erhebt, dass man, wenn man dort entlanggeht, gar nicht umhinkann, Wissen über die Ereignisse in der Stadt, im Land, ja in der ganzen Welt in sich aufzunehmen. Da Katschajew, bekleidet mit einem langen Kaschmirmantel, einem breitkrempigen schwarzen Hut und schwarzen Schuhen, immer geradeaus und leicht nach oben guckt, wenn er angewidert über die Pfützen steigt, bemerkt er möglicherweise nicht, was ihn stören könnte.

Alexina bekommt also Besuch von ihren Exmännern wie von alten und neuen Freunden; wenn sie Lust hat, sich ihnen zu widmen, tut sie es, wenn nicht, geht sie ins Schlafzimmer lesen, ihre Sessel flechten, fernsehen oder einfach dösen und überlässt es ihren Gästen, zu tun, was ihnen beliebt. Unter einer Bedingung – Frauen dürfen nicht mitgebracht werden.

---

* volkstümliche Bezeichnung von St. Petersburg, auch in der Zeit gebräuchlich, als die Stadt Leningrad hieß (Anm. d. Übers.)

Freundinnen aber hat sie, abgesehen von ihrer Kommilitonin Anastasia Shuwelskaja, keine.

Anastasia führt ebenfalls ein häusliches Leben, auch sie ist mehrmals verheiratet gewesen und hat genauso ein offenes Haus wie Alexina, allerdings nicht in Saratow, sondern in der jenseits der Wolga gelegenen Stadt Engels, die aus irgendeinem Grund ihren historischen Namen Pokrowsk immer noch nicht zurückerhalten hat.

Auch sie verkehrt weiterhin mit ihren Exmännern, auch sie tut in ihrer Gegenwart unter Missachtung ephemerer Gesetze der Gastfreundschaft, was ihr das Herz gebietet, auch sie hat keine Freundinnen, abgesehen von einer sonderbaren Frau, einer Internatserzieherin, die in der kurzen Zeit ihrer Arbeit als Schullehrerin Anastasia bei einem Lehrgang kennen und grenzenlos lieben gelernt hat, wie es solche Naturen so an sich haben, ihr alle zwei Tage einen Brief schreibt, um ihr darüber zu berichten, was sich in ihrem inneren und äußeren Leben tut, und sie aus ihrem Krähwinkel, einer Siedlung an der Grenze zwischen dem Gebiet Saratow und Kasachstan, besuchen kommt.

Das alles bedeutet jedoch nicht, dass Anastasia das Leben Alexinas kopieren würde – so eine ist Anastasia nicht, sie besitzt selbst genügend Originalität. In ihren Studentenjahren wäre die Vermutung nicht auszuschließen gewesen, Anastasia sei im Stande, Alexina um ihre freizügige Einstellung, ihre Unverkrampftheit und ihre Intelligenz zu beneiden und Gleiches zu erstreben, dies hätte allerdings nur einer annehmen können, der nicht wusste, dass sie, ohne ein bestimmtes Vorbild vor Augen, von sich aus begonnen hatte, sich eine freizügige Einstellung anzuerziehen, schon in der Schulzeit, als sie als geliebtes und gehorsames Einzelkind in einer Offiziersfamilie aufwuchs, in einer am Stadtrand von Engels/Pokrowsk gelegenen Militärfliegersiedlung.

Das Leben eines solchen »Städtchens« bewegt sich in ziemlich engen Bahnen, die Kinder der Militärangehörigen und der Zivilbeschäftigten finden nicht immer Altersgenossen, mit denen sie ihre Freizeit verbringen können, deshalb war Anastasia ein stilles häusliches Mädchen. Wenn sie keine Schulaufgaben machte, las sie Bücher oder befasste sich, dem Beispiel ihrer Mutter folgend, mit Makramee, fertigte Deckchen an, die unter Vasen gelegt oder über ein Tischchen gebreitet werden und sich auch als Wandschmuck schön machen. (Diese Handarbeiten waren eine weitere zufällige Gemeinsamkeit mit Alexina!) Anastasias Mutter leitete für die Offiziersfrauen des »Städtchens« Makramee- und Nähkurse und besaß eine große Kunstfertigkeit in diesen Dingen, im Alter von fünfzehn Jahren übertrumpfte Anastasia sie jedoch sowohl in puncto Können als auch Phantasie. Die Eltern hatten ihre helle Freude daran, wie sie allabendlich nach Erledigung der Schulaufgaben Deckchen knüpfte und den winterlichen Anblick draußen vor dem Fenster genoss – und überlegten besorgt, wer wohl ihren Schatz als Frau heimführen würde. Ihr Vater wusste als Berufsoffizier nur zu gut, was für Männer es so gab.

Während Anastasias dünne weiße Finger die dünnen weißen Schnüre knüpften, verknüpften sich ihre Gedanken zu nicht weniger eigenwilligen Mustern. Sie dachte darüber nach, dass sie es gut hatte und ihr ganzes Leben mit Papa und Mama verbringen könnte, was jedoch nicht ging. Auf ein selbständiges Leben war sie in keiner Weise vorbereitet. Natürlich bin ich hübsch und klug, aber infantil, dachte sie traurig. Ich weiß das zwar zu verbergen, doch ändert das nichts an meiner Infantilität. Bald bin ich mit der Schule fertig, ich bin fast siebzehn, eigentlich müsste ich von meinem künftigen Leben träumen, aber ich träume überhaupt nicht davon. Ich müsste an Männer denken, aber ich denke überhaupt nicht an sie, was für mein Alter widernatürlich ist. Vielleicht mangelt es mir an praktischer Erfahrung, aus der Interesse erwächst?

Eines Abends, als die Mutter zu ihrem Näh- und Makrameezirkel gegangen war und anschließend bei einer erkrankten Freundin vorbeisehen wollte, während ihr Vater Dienst hatte – er war als Militärflieger mit seinem Bombenflugzeug auf Friedenswacht, umflog das ganze Land, möglicherweise, wer will das wissen, sogar die ganze Welt –, lud Anastasia ihren Nachbarn Valeri ein, der von sich »wir Studenten« sagte, obwohl er wegen Disziplinlosigkeit und Sauferei längst aus der Studentenschaft ausgeschlossen war. Er machte gern Musik und spielte im Garnisonsklub mit ebensolchen Tunichtguten, wie er einer war, auf elektrischen Instrumenten, er war langhaarig, groß gewachsen und grünäugig, er war – nichts lässt sich ja auf so eng begrenztem Raum verheimlichen – ein Frauenliebling oder, volkstümlich ausgedrückt, ein Weiberheld, wobei es Anastasia wunderte, dass er kaum Interesse für Gleichaltrige zeigte (die freilich, wie gesagt, rar waren), für gewisse Offiziersfrauen hingegen ... Ein Fall wirbelte besonders viel Staub auf, ein ganzes Jahr sprach man davon, schmückte ihn mit allen möglichen Details aus: ein wegen eines Defekts an seiner Maschine unverhofft nach Hause zurückgekehrter Hauptmann, eine eingeschlagene Tür, Valeris Sprung aus dem zweiten Stock – in die Arme des Hauptmanns, der es auf unnatürliche Weise geschafft hatte, die zwei Stockwerke hinunterzurennen und den sein Leben riskierenden »Studenten« mit seinem robusten Körper aufzufangen. Beide stürzten zu Boden, der Hauptmann fragte: »Alles heil?«, Valeri stöhnte, kam kaum hoch, als hätte er sich sämtliche Knochen gebrochen, nahm jedoch sofort Reißaus. Der Hauptmann holte ihn mühelos ein und brachte ihn ins Haus, damit er sich anzog – Valeri war halb nackt aus dem Fenster gesprungen. Im Weiteren verhielt sich der Hauptmann recht merkwürdig: er schickte seine Frau fort, damit sie ihn nicht unnötig aufregte, und setzte sich mit Valeri hin, um mit ihm Wodka zu trinken. Sie tranken, und der Hauptmann begann Valeri seine Gedichte vorzutragen. Der Hauptmann schrieb Gedichte, hatte aber für gewöhnlich Hemmungen, sie anderen zu zeigen. Seine Freunde und Kollegen verstünden nichts von Versen, und er habe schon lange die Meinung eines Experten erfahren wollen. Valeri war zwar ein Nichtstuer und Säufer, verfasste aber selbst Liedtexte, und drei seiner Gedichte waren in der Gebietszeitung abgedruckt worden. Der Hauptmann trug also Valeri seine Gedichte vor. Valeri hörte zu und zeigte sich nach jedem Gedicht hellauf begeistert, trank gierig – möglicherweise seiner euphorischen Stimmung wegen – Wodka und war bereit, die ganze Nacht zuzuhören. Gegen Morgen nannte er den Hauptmann ein Naturtalent. Der Hauptmann war so gerührt, dass er Valeri in seine Pläne einweihte. Verstehst du, sagte er, große Dichtkunst erfordert große Gefühle. Ich habe einen Freund gehabt, Jewgeni hieß er, der ist ums Leben gekommen. Wir haben uns in einer extremen Flugsituation zu dritt aus der Maschine katapultiert, zwei sind mit dem Leben davongekommen, Jewgeni hat den Tod gefunden. Die Sache hat mich sehr mitgenommen. Und was für Gedichte entstanden sind! Ein ganzer Zyklus über den ums Leben gekommenen Freund! Du hast sie ja gehört. Stark, nicht wahr? Und der Hauptmann trug noch einmal vor, was ihm von diesem Zyklus am meisten bedeutete:

Die Wolken durchflogst du leicht.
Nein, du wolltest nicht unterliegen.
Was du wolltest, Jewgeni, war,
Die Erde zu durchfliegen!

(Valeri merkte sich diese Zeilen und sagte sie Anastasia weiter, Anastasia Alexina und Alexina mir, daher kenne ich sie.)

Verstehst du, fuhr der Hauptmann fort, wahre Gedichte werden aus Blut, Liebe und Tod geboren. (Aus Blut nicht unbedingt, bemerkte für alle Fälle Valeri, den die Ausnahmesituation nüchtern bleiben ließ.) Man braucht starke Emotionen, sagte der Hauptmann, unser Leben aber ist bei aller Romantik des Fliegerberufs ziemlich eintönig. Das ist seltsam, aber so ist es. Jetzt vibrieren bei mir innerlich die Saiten, und die Inspiration steigt mir in die Kehle. Gedichte sind nicht alles – ich taste mich schon seit langem an ein Poem heran. Nimm von den großen Dichtern, wen du willst, zunächst entsteht Gedicht auf Gedicht, und dann folgt bei allen ein Poem. Als Etappe! Ich wollte ein Poem über Liebe und Eifersucht schreiben. Aber aufs Erfinden verstehe ich mich nicht! Jetzt jedenfalls werde ich eins schreiben! Neben der Liebe ist jetzt eine Eifersucht in mir entbrannt, dass ich euch beide umbringen könnte. Es lodert ordentlich in mir, verstehst du? Verstehe, sagte Valeri und tat so, als sei auch ihm etwas in die Kehle gestiegen, aber nicht die Inspiration, sondern etwas Prosaischeres, er fragte nach der Toilette, machte aber, dass er zur Tür hinauskam. Der Hauptmann merkte das gar nicht, der Traum vom künftigen Poem beherrschte ihn bereits ganz, er sang zur Erinnerung an seinen Freund Jewgeni noch das Lied »Den Himmel umfangend mit kräftigen Armen« und schlief glücklich ein.

Kurz und gut, Anastasia lud sich Valeri ein und sagte zu ihm:

»Valeri, als Mensch gefällst du mir nicht, aber als Mann, finde ich, hast du objektive Qualitäten. Ich möchte mir einen Liebhaber zulegen, und ich habe mich für dich entschieden. Du wirst hoffentlich meine Erwartungen nicht enttäuschen.«

Der konsternierte Valeri gab sich redlich Mühe. Doch die in ihn gesetzten Erwartungen enttäuschte er, Anastasia konnte danach keinerlei Veränderungen bei sich feststellen und beschloss, sich nicht mehr mit Valeri zu treffen. Er indessen hatte sich unversehens in sie verliebt. Sie behandelte ihn kalt, in seinem Ärger benahm er sich nicht gerade gentlemanlike und begann über Anastasia zu tratschen. Die Gerüchte kamen auch ihren Eltern zu Ohren, die es schließlich nicht aushielten und sie ohne Umschweife fragten. Sie hätte ruhig bleiben und sich herausschwindeln können, das hätte ihrer Ehrlichkeit keinen Abbruch getan – im Grunde war ja nichts geschehen! Denn das, was gewesen war, stellte sich ihr als bloßer körperlicher Kontakt dar, nicht mehr als ein Händedruck. Lügen aber wollte sie nicht, war es doch interessant, wie ihre Eltern reagieren würden, nachdem sie hatten entdecken müssen, dass ihre Tochter nicht dem Bild entsprach, das sie sich von ihr gemacht hatten. Die Reaktion war entsetzlich – Hysterie der Mutter, Zähneknirschen des Vaters und Abwenden der Augen, da beide nicht die Kraft hatten, die Tochter anzusehen. Anastasia bereitete das ein klein wenig Aufregung, doch fand sie, dass gerade solche aufwühlenden Erlebnisse dazu angetan waren, der Persönlichkeit die Infantilität zu nehmen und wahre Erwachsenengefühle zu wecken. Daher gab es nach Valeri eine Episode mit dessen Freund Pjotr, der auch ein Student war, aber ein echter, ohne Anführungszeichen, danach mit ihrem Klassenkameraden Wowotschka, bei dem sie beim Anblick seines Zitterns und seiner Blässe das angenehme Gefühl hatte, ihm mit ihrer Erfahrung voraus zu sein, dann kam – eine Laune des Schicksals – noch einmal Valeri und danach sogar jener Hauptmann, der Valeri seine Gedichte vorgetragen hatte. Diesmal hatte er offenbar vor, ein neues Poem über die Liebe zu schreiben, doch die Sache nahm eine ernste Wendung. Statt sein Vorhaben wahr zu machen, schlug er Anastasia vor, alles aufzugeben und weit, weit weg zu fahren. Anastasia erschrak vor seiner Hitzköpfigkeit und verbot ihm strengstens, ihr unter die Augen zu treten. Der Hauptmann versuchte sich zu erschießen. Er kam durch, wurde aber aus dem Militärdienst entlassen. Das Gedichteschreiben gab er auf.

Die Männer vermochten Anastasias Hoffnungen nicht zu erfüllen, die Verzweiflung der Eltern hörte auf, die Adrenalinproduktion in ihrem Blut anzukurbeln, sie begriff, dass sie einen Hang zu Herd und Behaglichkeit hatte, ihm aber auf keinen Fall nachgeben würde. Sie würde viel im Leben erreichen, sagte sie sich, da sie kein brennendes Verlangen irgendwelcher Art verspürte, und hatte damit intuitiv Recht. Denn genauso pflegte es zu sein. Nicht weil ich mich nach vergangenen Zeiten zurücksehne, sondern aus Objektivität möchte ich meiner Überzeugung Ausdruck verleihen, dass der Mensch seinerzeit, in der Gewalt diverser staatlicher Institutionen wie der daraus resultierenden Umstände und unfähig, etwas daran zu ändern, seine Aufmerksamkeit auf sich selbst konzentrierte und, um nicht zu spüren, wie der Staat seine Versuche mit ihm anstellte (die übrigens auch jetzt weitergehen), selbst mit sich Versuche und Experimente anzustellen begann – das ist der Grund, weshalb es bei uns eine so ungeheure Zahl außergewöhnlicher Menschen gibt. Das ist die eine Seite von Anastasias Wahrheit. Auf der anderen steht, dass das Fehlen des brennenden Verlangens, ein Ziel zu erreichen, oft das Erreichen dieses Ziels erst ermöglicht. Wenn das Interesse des Menschen zu groß wird, wenn er sich zu sehr sorgt, neigt er dazu, schnell den Kopf zu verlieren, wem hingegen alles egal ist, der bleibt gelassen: wenn es klappt, ist es gut, wenn nicht – auch gut. Deshalb klappt es bei ihm in der Regel auch mit seinen Vorhaben. Auf dieser Grundlage ziehe ich den Schluss, dass die meisten erfolgreichen Leute kühlen Kopf bewahren und zum Erfolg ein indifferentes Verhältnis haben. Dem lässt sich entgegenhalten: Wie ist es dann mit dem Aufstieg von Politikern zum Beispiel, die innerlich so ehrgeizig sind, dass sie das seelische Bibbern kriegen und äußerlich bisweilen in nahezu abnorme Erregungszustände geraten (wir wollen keine Namen nennen!) – wie ist ihr Erfolg zu werten? Ganz einfach: Ihr Erfolg ist nie von Dauer, nennen Sie mir Politiker, deren Aufstieg nicht der Absturz gefolgt wäre. Sie lassen sich an den Fingern einer Hand abzählen, glauben Sie mir.

Nachdem Anastasia ihren Schulabschluss mit Goldmedaille gemacht hatte, schaffte sie mühelos die Aufnahmeprüfungen an der Saratower Universität, wo sie vier Semester studierte (zusammen mit Alexina, die ihre beste Freundin wurde), nach dem zweiten Studienjahr fuhr sie im Sommer nach Moskau – einfach so, um sich ein bisschen Wind um die Nase wehen zu lassen. Als sie durch die Straßen schlenderte, kam sie am Gebäude einer höchst seriösen internationalen Organisation vorbei. Und exakt in diesem Augenblick trat ein eleganter Mann aus der Tür. Sie sah gar nicht in seine Richtung, er dagegen war auf den ersten Blick wie vom Schlag gerührt, folgte ihr drei Häuserblocks weit, bot ihr an, sie mitzunehmen, und sagte dabei diverse Dinge, wie sie bei solchen Gelegenheiten gesagt werden, während sein Dienstwagen die ganze Zeit im Schritttempo hinterherfuhr. Anastasia gab nach und äußerte den Wunsch, zu ihren Verwandten gefahren zu werden, wo sie sich einquartiert hatte. In der halben Stunde, die sie zusammen fuhren, verliebte sich der elegante Mann – er war Diplomat, wie sich herausstellte – unsterblich. Nichts zu sagen, ein geeigneter Bräutigam, befand Anastasia. Zwar hatte er bereits eine Frau, doch die war binnen kurzem moralisch ausgeschaltet und bald auch juristisch seine Ex. Nun, da Anastasia einen Diplomaten zum Mann hatte, wechselte sie problemlos an die Moskauer Universität, wo sie ihr Studium glänzend abschloss, und kurz darauf fuhr sie mit ihrem Gatten ins Ausland – dort verließ sie ihn und fand, da sie perfekt Englisch, Französisch und Italienisch sprach, phänomenal schnell Arbeit in einer renommierten multinationalen Gesellschaft, wo sie ganz außergewöhnliche geschäftliche Fähigkeiten entwickelte.

Sie heiratete einen zweiten, sehr reichen Mann, der sie bat, ihre Arbeit aufzugeben. Sie gab sie auf, und dann gab sie auch diesem Mann den Laufpass, weil sie schreckliche Sehnsucht befiel, nach der Heimat, nach Engels. Und sie kehrte nach Engels zurück, kaufte eine Wohnung, in der sie einfach vor sich hin lebte, ohne etwas zu tun. Von Zeit zu Zeit fuhr sie, um sich Abwechslung zu verschaffen, ins Ausland. Nach einem oder anderthalb Jahren heiratete sie noch einmal, einen versoffenen Zeitungsmann aus dem Ort, über dessen ungepflegtes Aussehen und seine Gewohnheit, einen mit Wein befleckten altmodischen weißen Schlips zu bunten Hemden und einem dunkelroten zerknitterten Jackett zu tragen, sie sich zunächst entsetzt hatte. Sie brachte ihm Ordnung bei, päppelte ihn auf, kleidete ihn ein, kurierte ihn. Nachdem so ein mehr als präsentabler Mann aus ihm geworden war, stieg er rasch die Karriereleiter hinauf, auf der ihm eine blutjunge freie Zeitungsschreiberin mit wohlgeformten Waden über den Weg lief; er ging fort zu diesem Mädchen, und nach einem halben Jahr lief er wieder mit seinem breiten weißen Schlips und dem zerknitterten Jackett herum, abends tranken die beiden und sangen aus dem dicken Liederbuch *Russische Stadtromanze* Lieder zur Gitarre. Anastasia nahm den Weggang ihres Mannes gleichmütig hin – und heiratete nicht wieder. Jetzt sagt sie von sich ohne Wehmut und Betrübnis, ja sogar lächelnd: »Der Inhalt meines Lebens ist Inhaltslosigkeit. Na, wie bei der Natur. Ich bin wie die Natur, verstehen Sie?«

Viele Männer fanden sich, die sie verstanden, doch keinen hielt es lange bei ihr.

Zu ihren regelmäßigen Besuchen bei Alexina kommt sie immer mit ihrem schnittigen grauen Audi. Sie sitzen dann da, um über etwas zu reden oder auch einfach zu schweigen – die Energiezufuhr zu spüren, wie beide sagen.

Einmal kam sie sonnabends, als ich bei Alexina war – und mich glücklich fühlte. Dieses Glück wird mir nur alle zwei, drei Monate zuteil. Ich bin mir darüber im Klaren, dass das bis zu einem gewissen Grade erniedrigend für mich ist, doch was soll ich tun? Eines Tages, sie las gerade ein Buch, richtete sie plötzlich ihre nachdenklichen Augen auf mich (ich saß neben ihr und betrachtete sie schweigend) und sagte:

»Was quäle ich dich eigentlich so? Einerseits halte ich mich an mein Prinzip: nichts, was mir widerstrebt, aber du bist mir ja als Mann gar nicht so unangenehm. Warum soll man einen Menschen nicht beglücken, wenn das keine Mühe bereitet?«

»Ist das eine Frage an mich?«

»Unter die Dusche und ab ins Bett«, sagte Alexina.

»Soll das ein Scherz sein?«

»Nein.«

Ich war sprachlos vor Verwirrung. Mechanisch führte ich ihre Anweisung aus.

Ach, an diesem Abend – und in dieser Nacht! – hatte ich sogar den Eindruck, dass sie mich liebt.

Natürlich irrte ich mich.

Doch hin und wieder fragte sie mich seitdem:

»Soll ich mich heute deiner erbarmen?«

Rot vor Scham, vor Erniedrigung nickte ich.

Manchmal unterhält sie sich immerhin mit mir. Wenn sie auch meint, dass mein Verstand zu normal, zu unpathologisch sei. Manchmal erlaubt sie mir, über etwas zu reden, was mir wichtig und interessant erscheint. Ihre Miene aber gibt zu erkennen, dass sie im Voraus weiß, was ich sagen werde, und dass das für sie natürlich ohne Interesse ist.

An jenem Tag also waren wir – ich und Anastasia – zusammen bei Alexina.

Das passierte nicht zum ersten Mal, doch plötzlich stutzte Anastasia und fragte Alexina:

»Hör mal, was gibst du dich eigentlich mit dieser trüben Tasse ab?«

»Nun, erstens sind wir zusammen zur Schule gegangen. Zweitens ist er der Einzige, der nicht zeigen zu müssen glaubt, was für ein toller Hecht er ist, obwohl er, nebenbei bemerkt, einen sehr passablen Mann abgibt. (Ich erstarrte!) Drittens kann man immer einen Freund gebrauchen, der bereit ist, für einen durchs Feuer zu gehen. Es kann ja alles Mögliche passieren. Alle anderen verraten einen, er jedenfalls nicht. Um keinen Preis. Er liebt mich.«

»Wie reizend«, sagte Anastasia. »Ob ich ihn mal ausprobiere?«

»Nur zu«, meinte Alexina und wies mit einer Kopfbewegung auf das andere Zimmer.

»Komm«, sagte Anastasia zu mir mit laszivem Blick.

»Ich kann nicht«, sagte ich.

»Und wenn ich es befehle? Willst du riskieren, dass dir der Zutritt zum Bett deiner Angebeteten und überhaupt zu diesem Haus für immer verwehrt bleibt?«, fragte Alexina.

Ich überlegte. Die Antwort fiel mir nicht leicht, aber sie war eindeutig und fest:

»Das wird schrecklich für mich sein. Und dennoch – nein. Ich kann nicht.«

»Quälen wir ihn nicht«, trat Anastasia für mich ein. »Bestaunen wir seine Standhaftigkeit und sein Heldentum, und stellen wir uns gleichwohl die Frage: Wozu ist das gut?«

Und sie versanken in langes gleichgültiges Schweigen, möglicherweise dachten sie träge über diese Frage nach, während ich in kalten Schweiß gebadet dasaß – und dies war das einzige Mal, dass ich am liebsten aus Alexinas Haus davongerannt wäre ...

Doch das gehört der Vergangenheit an.

An diesem Sonnabend drängte es mich, Alexina von den Fragen zu erzählen, von der abenteuerlichen Geschichte mit dem Dieb und wie ich in die Fänge der Miliz geraten war, kurzum von Dingen, die auch ihr originell und interessant erscheinen mussten.

Doch nichts rührte sich, Alexinas Tür blieb zu. Sie war einfach nicht da.

Und plötzlich war ich ihr zum ersten Mal im Leben böse.

Ich war ihr böse – und auf seltsame Weise schlug die Energie des Böseseins in eine andere Energie um. Ich entschied, dass ich heute in der Lage sei, einen Diebstahl zu begehen – nicht um des Diebstahls, sondern um des Experiments willen, von dessen Zweck ich bereits sprach.

Ich ging nach Hause, nahm mein Köfferchen und machte mich auf den Weg zum Bahnhof.

Aber wieso habe ich, der nie verreist, ein Köfferchen?

Ganz einfach. Einmal, vor vielleicht zehn Jahren, war ich auf die Idee gekommen, in den am Bahnhof gelegenen »Kinderwelt«-Laden »Sternchen« (jetzt befindet sich hier ein Radio- und Fernseh-Shop mit teurer Technik und dem unverständlichen Namen »Mikrodin«) hineinzuschauen. Das war ein großer Laden, in dem neben Kinderartikeln, auf die er sich spezialisiert hatte, auch Waren für Erwachsene angeboten wurden. So entdeckte ich etliche hübsche kleine Kunstlederkoffer, die da aufgereiht standen. Sehr praktisch zum Verreisen und nicht teuer, überlegte ich. Und kaufte mir kurz entschlossen eines dieser Köfferchen. Zwar schwante mir schon damals, dass ich nirgendwohin fahren würde, doch hielt die Logik des elementaren menschlichen Widersinns dagegen: Und wenn doch? Das Köfferchen jedenfalls habe ich dann schon!

Und nun konnte ich es gut gebrauchen. Aber nicht für eine Reise, sondern zu meiner Tarnung als Dieb.

Verschlungen sind die Wege des Schicksals und der Welt der Dinge!

Ich streifte mit meinem Köfferchen durch den Bahnhof und hatte den Eindruck, dass der Milizionär mich beobachtete, die Reisenden mir argwöhnische Blicke zuwarfen und alle Gepäckstücke an ihren Besitzern klebten – unmöglich, etwas zu stehlen. Sofort wird ein Geschrei losgehen, man wird sich auf mich stürzen, mich packen und abführen, mir in die Rippen boxen und ins Gesicht spucken. Mir wurde richtig schlecht bei dem Gedanken, der Kopf drehte sich, die Beine zitterten, als hätte ich einen Langstreckenlauf hinter mir, so wie damals in der Schule (Langstreckenläufe hatte ich bevorzugt, weil ich nicht sehr schnell, aber ausdauernd war).

Lustlos trottete ich durch den Bahnhof, mir war klar, dass ich meine Zeit vertrödelte, heute war mit mir nichts los.

Doch während ich so schlenderte, beruhigte ich mich. Und sogar etwas wie Stolz stieg in mir auf: Sollte ich tatsächlich so schwach, so zaghaft sein?

Es stimmte auch gar nicht, dass es unmöglich war, etwas zu stehlen. Das war sehr wohl und sogar sehr leicht möglich, man musste sich nur das Richtige ausgucken und mit der nötigen Dreistigkeit felsenfest an seinen Erfolg glauben. Die Frau da zum Beispiel, die hat ihre Beutel abgestellt und streitet mit der Verkäuferin, zählt ihr Geld nach und sucht ihr etwas zu beweisen. Schon fünf Minuten ist sie davon in Anspruch genommen, in fünf Minuten kann man ihre Taschen sonst wohin tragen. Oder der Kerl da mit dem grellfarbenen T-Shirt und Shorts, die so bunt sind wie die Träume eines Schizophrenen, der steht in der Telefonzelle und brüllt, den Bahnhofslärm überschreiend:

»Nina! Ich höre dich nicht! Du musst lauter sprechen! Mhm! Mhm! Ich höre wieder nichts! Lauter! Mhm! Mhm!«

Seine Tasche, groß und genauso bunt wie er selbst, steht inzwischen verwaist vor der Zelle. Es genügt, zwei Schritte zu tun – zu ihr und seitwärts weg, hinter die Wand der Spielautomaten, und schon ist man aus dem Blickfeld ihres Besitzers verschwunden. Oder noch besser – man befördert sie mit einem Fußtritt unter die Treppe und stellt sich ruhig hin, als wisse man von nichts. Kriegt er es mit, spielt man den Betrunkenen. Kann höchstens sein, dass er einem eine knallt ... Vor allem, er lässt sich Zeit, wer weiß, seit wann er die Zelle besetzt hält und in den Hörer brüllt, dass er davon schon ganz dumm im Kopf ist (denn überflüssiger Energieaufwand für nichtige Angelegenheiten trägt kräftig zur Verdummung des Menschen bei).

Also los!

Ich tat die zwei Schritte. Und es war, als wüchsen mir Kräfte zu: ich trat zu, dass die Tasche unter die Treppe flog, dorthin, wo es dunkel war (in dieser Ecke war es überhaupt ziemlich dunkel), und stellte mich vor die Zelle mit der Miene eines, der geduldig darauf wartet, telefonieren zu können. Der Kerl hatte sich endlich ausgebrüllt und kam erhitzt heraus. Mit seltsamer Befriedigung stellte ich fest, dass sein überfüttertes Gesicht nicht gerade von Intelligenz strotzte. Die büßte er gänzlich ein, als er auf die Stelle starrte, wo seine Tasche gestanden hatte.

»Du!«, sagte er zu mir. »Hast du sie hier nicht gesehen?«

Ich war versucht, ihn daran zu erinnern, dass man fremde Leute, vor allem wenn sie älter sind, mit Sie anredet, verwarf es aber als deplatziert.

»Was denn?«, fragte ich.

»Na, eine Tasche hat hier gestanden. So eine große.« Der Kerl sah sich um. Die Stelle, wo seine Tasche jetzt war, verdeckte ich mit meinem Körper.

»Eine Tasche? Ein Mann hat sie genommen. Ich dachte, sie gehörte ihm. Ganz ruhig hat er sie genommen und ist davongegangen.«

»Ein Mann?!«, brüllte der Kerl. »Was für ein Mann? Wo ist er hin? Schon lange?«

»Gerade eben, dorthin ist er«, ich zeigte auf die Treppe, die zu den Bahnsteigen hochführte, »so ein langer, magerer ...«

»Bleib hier stehen! Wenn ich ihn kriege, bist du mein Zeuge!«, schrie er und rannte mit Riesensätzen die Treppe hinauf. Niemand war in dem Gedränge und Lärm auf diese Szene aufmerksam geworden. Ich wartete noch ein paar Sekunden ab, bevor ich die Tasche unter der Treppe hervorholte und zur Unterführung ging.

Eine Minute später war ich am Busbahnhof.

Der Beobachtung vom Fernbahnhof her entzogen, schlug ich den Weg zu den Neungeschossern ein. Ich ließ erst sie (ich rannte nicht, nein!), dann die Privathäuser längs der Bahnlinie hinter mir, überquerte die Gleise an der Brücke, stieg die Böschung hinauf, ging an der Fabrikmauer entlang, dann auf Umwegen ...

In zwanzig Minuten war ich zu Hause.

Ich schloss mich in meinem Zimmer ein, obwohl Nastja irgendwo bummeln war und Nadeshda erst bei Einbruch der Nacht heimkommen würde, sie hatte heute Spätschicht.

Nachdem ich mich meiner in der Schwüle des Abends völlig durchgeschwitzten Sachen entledigt hatte, stellte ich die Tasche auf den Fußboden und setzte mich auf die Couch, um das Fazit zu ziehen.

1. Anfangs war ich unbestreitbar zaghaft und ängstlich gewesen.

2. Ich hatte das überwinden können.

3. Ich hatte nicht einfach ein unbeaufsichtigtes Gepäckstück mitgehen lassen, nein, ich hatte es seinem Besitzer sozusagen vor der Nase weggestohlen.

4. Ich hatte sowohl während des Diebstahls als auch im Gespräch mit dem Kerl eine enorme Raffinesse bewiesen.

5. Vom Augenblick der Ausführung des Diebstahls an war ich auf ganz erstaunliche Weise ruhig geworden, fast völlig ruhig, mit dem Kerl hatte ich sogar ironisch, mit einem gewissen inneren Humor, gesprochen – so verspottet ein ausgebuffter Dieb einen aufs Glatteis geführten Tölpel.

6. Als ich das Weite suchte, hatte ich überhaupt keine Angst mehr verspürt, von Leidenschaft gepackt, hatte ich präzise und kaltblütig gehandelt.

7. Die Sache hatte mir Spaß gemacht.

8. Möglicherweise hatte plötzliche Antipathie gegen den Kerl mitgespielt. Man darf wohl annehmen – erlauben wir uns die theoretische Abschweifung –, dass Diebe von Natur Misanthropen sind oder dass sie sich diese Eigenschaft anerziehen und sie kultivieren. Sie müssen ja schlecht von den Menschen denken,

um sie nicht womöglich zu bedauern, Misanthropie ist ein berufliches Erfordernis ihrer Geisteshaltung.

Interessant war jetzt, wie mein Verhältnis zu den erbeuteten Dingen sein würde.

Mit einem merkwürdigen Kribbelgefühl, wie es vermutlich einer verspürt, der einen Schatz entdeckt hat, aber noch nicht weiß, was er im Einzelnen enthält, zog ich den Reißverschluss der Tasche auf.

Zum Vorschein kamen Plastiktüten mit lauter Trainingsanzügen, die sich lediglich durch ihre Farben unterschieden.

Alles klar. Der Bursche war einer von den Händlern, die ausbaldowern, wo etwas billig zu haben ist und wo es sich am teuersten verkaufen lässt, um Waren diverser Art durch die Gegend zu fahren und an dem Preisunterschied zu verdienen. Ein mühseliges und frustrierendes Geschäft, von dem ich nie viel gehalten habe.

Immer neue Trainingsanzüge holte ich aus der Tasche – und empfand keinerlei Freude, in ihren Besitz gelangt zu sein. Für mich war das nutzloser Krempel. Ich konnte das Zeug ja wohl schlecht verkaufen gehen! Mein Diebstahl stellte sich als Fehlgriff heraus. Ein guter Griff ist ein Diebstahl ja nur, wenn der Dieb etwas davon hat. Ich aber hatte gestohlen, was sozusagen nichts war, leere Luft.

Die letzte Tüte, in der auch ein Trainingsanzug war, erschien mir wesentlich schwerer als die anderen. Ich nahm den Anzug heraus, breitete ihn aus, und da purzelten mit dumpfem Aufschlag Geldbündel auf den Fußboden.

Es waren achtzehn an der Zahl, je hundert Scheine zu zehntausend Rubel.

Achtzehn Millionen Rubel ergab das.

Folglich war ich jetzt ein richtiger Dieb – in der Sprache unserer Juristen ausgedrückt, ein Dieb besonders großen Ausmaßes.

Warum hast du denn, dachte ich, warum hast du Tollpatsch die Tasche nicht mit in die Zelle genommen, sie nicht zwischen deine Beine gestellt? Hat sie nicht reingepasst? Oder meintest du, du würdest deine Nina nur ganz kurz anrufen, und hast dich verplaudert? Nina ist möglicherweise seine Frau. Vielleicht hat sie ein Baby und ist zu Hause, während ihr Mann, da in seinem Beruf keine Arbeit zu finden war (keine Seltenheit heutzutage), sich zu einem mit ständigem Herumreisen verbundenen Broterwerb entschließen musste. Nehmen wir mal an, er ist mit seiner Ware in eine andere Stadt gefahren, und vom Erlös sollte neue Ware besorgt werden, womöglich hat er sich Geld borgen müssen, ein verzinsliches Darlehen, gegen Quittung, sein Ehrenwort gegeben ... Wenn ihm Freunde das Geld gegeben haben, mag es noch angehen – wenn er es aber mit Geschäftsleuten zu tun hat? Vergeblich wird er ihnen erklären, dass er nichts dafür kann, dass man ihn bestohlen hat. Sie werden verächtlich sagen, das sei sein Problem – und ihn, wie die Zeitungen darüber schreiben, »auf den Zähler setzen«, das heißt, seine Schulden werden sich tagtäglich um einen bestimmten Betrag erhöhen, bis er sie getilgt hat. Woher aber soll er das Geld dazu nehmen? Die Möbel verkaufen und die ganzen Haushaltsgeräte? Um mit nichts dazustehen und bei null anzufangen? Und abends seine abgemagerte Frau tröstend in die Arme zu nehmen? Er ist übrigens möglicherweise gar nicht gemästet, sondern von Natur füllig, er würde ja gern abnehmen, es klappt bloß nicht, seinen Freunden entgegnet er auf ihre Hänseleien: Vom Hunger kommt das – aufgeschwollen! Und wundert sich: Ich esse doch gar nichts, unterwegs bloß irgendwelche Happen, und trotzdem gehe ich immer mehr in die Breite! Sport müsste er treiben können, im Stadion, schwimmen in der Wolga, Volleyball spielen, aber dazu ist keine Zeit – die Familie satt kriegen muss er!

Ich steckte alles in die Tasche zurück.

Jetzt hieß es überlegen, wie die Tasche zurückgebracht werden konnte.

Hinschaffen, wo sie gestanden hat? Aber da nimmt sie doch einer mit, wenn er sieht, dass sie längere Zeit unbeaufsichtigt steht.

Den Burschen ausfindig machen? In solchen Fällen irrt man ja lange dort herum, wo einem etwas abhanden gekommen ist, hofft auf irgendetwas. Aber wird er mich nicht zur Miliz schleppen? Nicht genug damit, dass er mir die Fresse voll haut ...

Lieber gleich zur Miliz tragen? Aber wird man sich dort meiner nicht erinnern? Und wenn nicht, wird es trotzdem verdächtig erscheinen: bringt der doch wer weiß woher eine Tasche angeschleppt. Sagt, sie hätte unter einer Treppe gestanden. Wir wollen es natürlich gern glauben . . .

Da fiel mir etwas ein.

Ich holte aus der Kammer den Sack, in dem Nadeshda alte Schuhe aufzubewahren pflegte. Die Tasche hineingesteckt – und ab zum Bahnhof. Mit Sonnenbrille und Gummistiefeln ausgerüstet, bot ich das Bild eines heruntergekommenen Bauern oder eines, der auf seine Datscha fährt.

Im Bogen um den Vorplatz herumgehend, stieg ich die Außentreppe zum Obergeschoss des Bahnhofsgebäudes hinauf, betrat den Wartesaal und stellte mich mit dem Sack hinten in die Ecke, neben die Mülltonne, ans Geländer, von wo aus das Untergeschoss einzusehen war.

Ich wartete und betete, dass der Bursche es nicht aufgegeben haben und noch hier sein möge.

Nach einer halben Stunde machte ich ihn aus. Geknickt, mit hängenden Schultern trottete er neben einem Milizionär her. Aus dessen Gesicht sprach Gereiztheit, wahrscheinlich setzte er dem Burschen auseinander, dass die Suche hier zwecklos sei, der Dieb sei längst über alle Berge. Der Bursche aber barmte, man müsse den Mann finden, der den Dieb gesehen habe – er soll ihn beschreiben, und Sie machen ein Phantombild. Habe ich vielleicht umsonst von Ihren Wunderleistungen bei der Fahndung nach Verbrechern gelesen? – Lies weniger, und du wirst klüger sein, lautet die Standardantwort des Milizionärs.

Nachdem ich mich umgesehen hatte, winkte ich einen Jungen von vielleicht zwölf Jahren heran, der mit baumelnden Beinen auf einer Bank saß. Lustlos kam er näher.

»Folgendes, junger Mann«, sagte ich in ernstem Tonfall. »Möchtest du einen wichtigen Auftrag übernehmen?« Und ich zeigte ihm einen Fünftausenderschein.

»Nehmen wir's mal an«, sagte er. Der Schein ließ ihn offenbar ziemlich kalt.

»Siehst du den Milizionär da und den Burschen in der Turnhose?«

Der Junge quittierte meinen Humor mit einem belustigten Lächeln.

»Geh bitte hin und sag ihnen, dass hier irgendein verdächtiger Sack steht. Von mir sagst du nichts, in Ordnung?«

»In Ordnung.« Der Junge zuckte die Achseln, nahm mein Geld und ging ohne Eile, gespielt watschelig und um sich spähend wie ein Spion, in den unteren Saal.

Ich stieg währenddessen zum Vorplatz hinunter und konnte in dem dichten Menschenstrom, der sich an den Verkaufsständen vorbei zum Bahnhof ergoss, die Szenerie beobachten, war doch die Wand, an die ich den Sack gelehnt hatte, aus Glas.

Ich sah, wie der Bursche angerannt kam und, ohne auf seine Umgebung zu achten, aus dem Sack die Tasche und aus der Tasche den ganzen Krempel und aus der letzten Tüte das Geld herausschüttelte, wie er die Bündel zu zählen begann, wie er etwas sagte, laut auflachte, hastig seine Sachen verstaute. Der Milizionär stand mit gelangweiltem Gesicht über ihn gebeugt, den Jungen sah ich leider nicht.

Ich machte mich auf den Heimweg.

War ich nun ein Dieb, oder war ich keiner?

Der Vorgang des Diebstahls hatte mir Spaß gemacht – also war ich ein Dieb.

Die Beute behalten hatte ich jedoch nicht – also war ich keiner.

Eine nicht unwesentliche Rolle mochte allerdings gespielt haben, dass der Geldbetrag sich als gar zu groß erwiesen hatte und ich mir die Qualen des Bestohlenen allzu lebhaft ausmalte.

Die Beute von der konkreten Person, die dahinter stand, zu trennen war mir folglich nicht gegeben.

Das Experiment würde freilich unvollständig bleiben, wenn ich nicht versuchte, staatliches oder zum Beispiel genossenschaftliches Eigentum an mich zu bringen, kein privates also, dessentwegen ein konkreter Mensch leiden musste. Dann würde sich herausstellen, ob ich in der Lage war, mich nicht nur über den Diebstahl an sich, sondern auch über sein materielles Resultat zu freuen.

Ich beschloss, mein Vorhaben unverzüglich auszuführen – solange mein Eifer nicht erloschen, solange das Erfolgsgefühl in mir war, das jeder Dieb braucht. (Zeugte übrigens nicht allein die Tatsache, dass ich es besaß, von einer gewissen Veranlagung?)

Der Abend hatte inzwischen seinen Höhepunkt erreicht, es war kurz nach neun, noch ganz hell und schwül, sehr schwül.

Ungeachtet dessen zog ich meinen grauen Lieblingsanzug an, der nicht neu, dafür aber sehr bequem war, und band mir einen Schlips um. Den Anzug brauchte ich des Jacketts wegen – ich wusste bereits, was ich stehlen wollte. Die Hauptsache war ja in der Tat nicht die Quantität, es konnte auch ein Einzelstück sein, vorausgesetzt, es war einigermaßen wertvoll. Dort im Bahnhof, am Buchstand mit seinem reichhaltigen Angebot, der bis zum späten Abend geöffnet war, hatte ich eine Publikation mit dem Titel *Astrologischer Katechismus* zum Preis von achtzigtausend Rubel gesehen. Ein ziemlich dickes Buch, es lag schon eine Woche da, und ich hatte bereits ein paarmal mit dem Gedanken gespielt, es zu kaufen, um es Alexina zu schenken. Aber ... Das Geld könnte ich sicherlich auf der Stelle zusammenkratzen – bloß würde ich damit die Familie in eine schwierige Lage bringen, bei Nadeshda steht die Lohnzahlung ja schon den zweiten Monat aus, und meine Honorare werden immer unpünktlicher überwiesen, einige Zeitungen vergessen das Bezahlen ganz und gar.

Doch nicht nur des Geldes wegen zögerte ich mit dem Kauf des Buches. Ja, ich weiß, dass Alexina sich für diese Dinge interessiert, in letzter Zeit liest sie nur noch solche Literatur. Ich weiß, dass sie auch den ungefähren Preis des Buches kennt. Ebenso aber weiß ich, dass sie mein Geschenk mit den Worten annehmen wird:

»Prima. Danke.« Und sie wird das Buch, ohne es auch nur durchgeblättert zu haben, auf den Tisch oder ins Regal packen. Gar nicht in der Absicht, mich zu kränken, das liegt einfach an ihrem inneren Kodex, der mir qualvoll unverständlich bleibt: für nichts Interesse erkennen lassen. Warum das, wozu? Ich weiß es nicht ... Ob sie es selbst weiß?

Kurz und gut, dieses Buch werde ich stehlen.

Hinter den Verkaufstischen, einfachen aneinander gereihten Klapptischen, standen zwei junge Männer.

Das war schon mal gut – die Verantwortung würde nicht einer allein tragen müssen. Und es war für sie keine so schreckliche Summe – selbst wenn sie für den Schaden würden aufkommen müssen. Ich schätzte zunächst aus sicherer Entfernung die Lage ab. Besser, man ging nicht zu nahe heran, ich kannte die beiden, sie waren höflich und etwas aufdringlich, wagte man sich zu weit vor, fragten sie gleich: Was möchten wir denn lesen? Krimis? Sciencefiction? Erotik? Intellektuelle Literatur? Hier wäre ein fabelhaftes Buch für unterwegs, Sie werden sich davon nicht losreißen können, die Zeit wird nur so verfliegen! Und weiter auf die Tour. Für einen schüchternen Menschen ist das eine schwere Prüfung. Ich bin zwar nicht sehr schüchtern, aber um sie nicht zu kränken, weiß ich noch, kaufte ich irgendeinen Kierkegaard – sie sind ja Psychologen, sie legten es nicht einfach darauf an, mich zu beschwatzen, sondern jubelten mir, da sie mein geistiges Potenzial erkannten, diesen Kierkegaard unter mit den Worten: neue Übersetzungen, Erstveröffentlichungen, bestimmt das, was Sie suchen! Ich schaltete nicht schnell genug, um zu sagen, dass ich dieses Buch bereits besäße, bloß woanders gekauft. Jetzt staubt es bei mir irgendwo in der Ecke ein, weil ich über zwei Seiten nicht hinausgekommen bin. Ich bin eben zu unkultiviert für so etwas – das ist keine Lektüre für mich! Andererseits, das Dahl'sche Wörterbuch der russischen Sprache kann ich hintereinanderweg lesen – was aber, sollte man meinen, könnte langweiliger sein. Und das liegt gar nicht daran, dass mein Metier die Kreuzworträtsel sind, mich begeistern die unendlichen Weiten, die sich bei der Erklärung der Wörter auftun, mich fasziniert die Fülle und Vielfalt von Sprichwörtern und Redewendungen, die die Schönheit der Sprache ausmachen.

... Mein Plan war recht simpel. Ich bin ziemlich mager, mein Jackett aber ist weit. Dazu kommt, dass ich meinen Bauch sehr gut einziehen kann. Diese Fähigkeit hatte ich mir in jener traurigen Zeit zunutze gemacht, als Alexina zum ersten Mal heiratete und für mich verloren war. Ich war noch ganz jung und grün, seelisch aber kraftlos wie ein Greis. Hast du denn wirklich kein anderes Ziel im Leben als Alexina, als deine triste Liebe?, fragte ich mich und antwortete ehrlich: Nein. Ich kann bei mir keine besonderen Talente und Neigungen entdecken, ich bin ein Durchschnittsmensch, der sich vom Gros der anderen allein durch den Wunsch unterscheidet, kein Durchschnittsmensch zu sein. Aber worauf gründet sich dieser Wunsch? Das Leben unseres Landes schert mich nicht, das Gefühl einer gesellschaftlichen Verantwortung ist bei mir verkümmert. Freunde habe ich keine, weil ich zu verschlossen bin. Eine Frau habe ich nicht, weil mir alle außer Alexina gleichgültig sind. Zu meiner Arbeit im Kulturpalast des Industrieglaswerkes habe ich ein formales Verhältnis.

In dieser Stimmung kaufte ich mir eines Tages zwei Flaschen Wein, schloss mich in meinem Zimmer ein, trank und betrachtete die Pappel vor dem Fenster. Und fühlte mich wohl dabei. Die Pappel raschelte mit ihrem nächtlichen Laub und flüsterte mir etwas zu: unverständlich – doch hörbar, unklar – doch vernehmlich . . .

Sollte hier – in dieser primitiven Lösung – der Ausweg liegen?

Warum eigentlich nicht? Wer bin ich denn, um davor zurückzuschrecken und mich zu genieren? Allerdings – meiner Schwester möchte ich nicht gern Kummer bereiten.

Doch Nadeshda bekam bald mit, was ich da trieb. Sie stellte mich natürlich zur Rede und führte mir einige Beispiele vor Augen, wie es Trinkern ergeht, besonders Leuten, die allein trinken. Das war für sie das Schlimmste und Gefährlichste. Ich sagte ihr, das sei nicht von Dauer, das gehe vorüber.

»Wenn du davon überzeugt bist, dass es vorübergeht, dann soll es doch gleich morgen vorübergehen. Was macht es für einen Unterschied?«, fragte meine Schwester philosophisch.

»Alles hat seine Zeit!«, erwiderte ich nicht weniger philosophisch.

»Was würde wohl Mama dazu sagen?«, fragte Nadeshda, und die erzwungene Grausamkeit ihrer Frage tat ihr selbst weh.

»Nadjuscha, wirklich, ich . . .«

»Was?«

Ich blieb die Antwort schuldig.

Seit dem Tag verließ ich, wenn ich dringend etwas zu trinken brauchte und sie zu Hause war, das Haus ohne Tasche, um nicht ihren Argwohn zu erregen – als wollte ich bloß einen Spaziergang machen. Wenn ich zurückkam, versäumte sie es nicht, mich in der Diele zu empfangen. Doch ich war nüchtern, und meine Hände waren leer. Ich betrat mein Zimmer, schlug das Jackett auf und zog die Flaschen hinter dem Gürtel hervor. Drei große Flaschen Portwein fanden gänzlich unauffällig hinter meinem Gürtel Platz, von den normalen vier. Die großen, um das anzumerken, fassen 0,7, die normalen 0,5 Liter. Außerdem gab es noch »Feuerlöscher«, Sektflaschen, in denen Schaumwein miesester Qualität und mit verheerender Wirkung verkauft wurde, »Kawkas« zum Beispiel.

Hach! An meine kindlichen Diebstähle erinnerte ich mich noch, diesen Fall aus meiner Trinkerzeit aber, den hatte ich vergessen! Allerdings, so ein richtiger Diebstahl war es doch nicht.

Zu Beginn der Antialkoholkampagne ist das gewesen. Wein und Wodka gab es noch in den Läden, aber bereits nur zwischen zwei Uhr nachmittags und sieben Uhr abends, mit den schimpfenden und fluchenden Schlangen wurde es immer schlimmer. Nach sieben klapperte das dürstende Volk alle möglichen geheimen Quellen ab. Eine von ihnen, in der ich Stammkunde war, befand sich ganz in der Nähe – ein Lagerhaus gleich am Bahnhof. Ein Metalltor sperrte es ab, und in der Pförtnerloge saß ein Wächter. Sobald jedoch die Dämmerung hereinbrach, tauchten graue Schatten am Tor auf, und durch die Pförtnerloge eilten Packer mit schwarzen Kitteln, die sich Geld geben ließen und Flaschen vor das Tor brachten. Die Preise änderten sich in Abhängigkeit von der Nachfrage, doch soweit ich mich erinnere, kostete damals der Portwein im Durchschnitt fünf Rubel, der Wodka zwölf (bei einem staatlichen Preis von zwei zwanzig beziehungsweise sechs zwanzig und vier siebzig für die begehrte und vom Volk gepriesene »Andropowskaja«). Eines Tages ging ich mit dem brennenden Verlangen, mir einen anzutrinken, wieder zu besagtem Tor, ich hatte zehn Rubel bei mir, für die ich mit zwei Flaschen Portwein rechnete. Die Niedergeschlagenheit in den Gesichtern der bereits versammelten Männer alarmierte mich. Wie sich herausstellte, war heute kein Portwein zu haben. Bloß Wodka, und zwar angesichts der fehlenden Portweinkonkurrenz für dreizehn Rubel. Bei ein paar Glücklichen reichte es für Wodka, die Übrigen taten sich in ihrem Pech brüderlich zusammen, je nachdem, wie viel jeder beisteuern konnte, ich hingegen fand, auch wenn ich bereits einige vom Ansehen kannte, keinen Anschluss und stand in trübsinniger Hoffnungslosigkeit allein da.

Plötzlich schoss ein Packer aus dem Tor heraus, der hastig Flaschen zu verteilen begann – und plötzlich hielt er auch mir eine hin. Mechanisch griff ich danach. Ich nahm die Flasche und stand mit ihr da, darauf gefasst, sie gleich unter Gefluche abgenommen zu bekommen. Doch die Männer waren lärmend mit sich beschäftigt, auf mich achtete keiner.

Still und leise, sehr leise machte ich mich aus dem Staub, die Flasche steckte ich im Gehen hinter meinen Gürtel. So ging ich bis zur Ecke, fegte dann aber, da ich immer noch nicht an mein Glück glauben konnte, davon wie ein Wirbelwind. An unserem Haus verschnaufte ich erst einmal auf der Bank, bevor ich die Wohnung betrat und mit scheinheiliger Gelassenheit dem prüfenden Blick meiner Schwester standhielt.

Und den ganzen Abend über war ich, während ich diesen Wodka trank, unsäglich froh.

Darauf, dass dort jemand leer ausgegangen war, verschwendete ich keinen Gedanken. Sie waren viele und würden schon klarkommen. Ich überlegte, dass das Schicksal es offenbar nicht gar so schlecht mit mir meinte, wenn es fähig war, mir solche barmherzigen Überraschungen zu bereiten.

Es kam so weit, dass sich meine Kater ins Besorgnis erregende steigerten. Langsam begriff ich, dass echte Trunksucht eine Art schwerer Zwangsarbeit ist. Das ging mir gegen den Strich. Ich gab das Trinken auf.

... Ich passte einen günstigen Augenblick ab: der eine von den beiden Burschen begann die Bücher in großen Kartons zu verstauen, während der zweite zwar noch weiter verkaufte, zwischendurch aber immer wieder seinem Kompagnon half. Als sie sahen, dass eingepackt wurde, meinten viele, noch etwas erstehen zu müssen, und einige suchten eilig die Büchertische ab. Auch ich sah mich um.

Das Buch entdeckte ich sofort, es lag als schwer verkäuflich ganz am Rande. Wer Interesse daran hatte, der würde es schon finden. Das hatte ich. Und begann zu blättern. Der Blick des einen streifte meine Hände, dann wurde er zunächst durch einen Käufer und anschließend durch seinen Kumpel abgelenkt. Er beugte sich sogar zu ihm hinab, um irgendeine Frage zu beantworten. Einen günstigeren Moment konnte es nicht geben. Blitzschnell steckte ich das Buch hinter meinen Gürtel und schlug das Jackett darüber. Ich schielte an mir herunter – nichts zu sehen! Ich hätte sofort gehen sollen, Reißaus nehmen, doch Übermut befiel mich, und ich bewegte mich lediglich an dem Büchertisch weiter. Der Verkäufer sah mich zerstreut und müde an.

»Das hier bitte.« Ich zeigte auf ein dünnes Heft aus einer billigen Krimiserie.

Er gab es mir und nahm das Geld, ich wandte mich ab, um ohne alle Eile davonzugehen. Meine Kaltblütigkeit verblüffte mich.

»He, Onkel!«, hörte ich.

Ich drehte mich um. Das Weite suchen hieß es, die Kurve kratzen, salopp ausgedrückt, alle beide würden sie mir nicht nachsetzen, und einen würde ich mit meiner vorzüglichen Ortskenntnis schon abhängen.

Doch der Ruf war frei von Drohung, er hörte sich merkwürdig ruhig an, und deshalb blieb ich stehen.

Die selbstsicher klingende Stimme gehörte dem Müden, der mir das Heftchen verkauft hatte. Der zweite, der, seinem Gesichtsausdruck nach zu urteilen, noch nicht wusste, was los war, stand aufgerichtet, und er ähnelte mir selbst, wie ich in meiner Jugend ausgesehen hatte: graue Augen, lange helle Haare, spärlicher Schnurrbart . . . Erstaunlich, dass mir noch nach Erinnerungen und Vergleichen zumute ist, ging es mir durch den Kopf.

Ich erkannte, dass ich keine Chance mehr hatte zu entkommen. Ehe ich mich durch das Menschengewühl hindurchkämpfte, würde mich der Müde einholen und packen.

Bemüht, einen gelassenen Gesichtsausdruck zu bewahren, trat ich an den Verkaufstisch.

»Oh, diese Fanatiker!«, sagte der Müde. »Gib schon das Buch her! Wo hast du es?«

Ich holte den *Astrologischen Katechismus* hervor und legte ihn auf den Tisch.

»Dem haue ich gleich die Fresse voll«, sagte mein jugendliches Ebenbild, rührte sich jedoch nicht vom Fleck.

»Lass nur«, sagt der Müde und blätterte in dem Buch. »Ich sage ja: ein Fanatiker. Interessierst dich also für Astrologie?«

»Ja«, sagte ich.

»Sehr?«

»Ja.«

»Jetzt gibt es viele von der Sorte«, sagte der Müde zu meinem jugendlichen Ebenbild. »Die Auflagen aber sind niedrig und die Bücher teuer. Für Liebhaber eben.«

»Das weiß ich auch ohne dich«, antwortete mein Ebenbild schroff, doch ungeachtet seiner Schroffheit war klar, dass nicht er hier das Sagen hatte.

»Interessierst dich also dafür, hast bloß nicht das Geld dazu?«

»Nein, habe ich nicht!«, erwiderte ich herausfordernd, wie um meinem Ärger Ausdruck zu verleihen, dass die sozialen Verhältnisse mir die Möglichkeit nahmen, mich voll und ganz meiner Liebhaberei zu widmen, und mich so zu einem Vergehen, zum Diebstahl, zwangen.

»Ich habe mir von einer Freundin weissagen lassen«, wandte sich der Müde wieder an mein Ebenbild, »und weißt du, vieles ist eingetroffen. In der Vergangenheit ist das Prophezeite eingetroffen, und die Zukunft soll mir Reichtum und Berühmtheit bringen. Ich bin ein Löwe«, sagte er zu mir. »Ich bin stark und gut. Und morgen habe ich Geburtstag. Und zu meinem Geburtstag mache ich gern Geschenke. Das bereitet mir Freude. Du sollst der erste sein. Nimm. Das ist ein Geschenk aus Anlass meines Geburtstages.«

Er reichte mir das Buch.

»Du musst doch verrückt sein«, knurrte mein Ebenbild, doch er knurrte mit ungewollter Bewunderung und vermutlich sogar etwas neidisch angesichts der schönen Geste seines Freundes. Auf die Idee wäre er nicht gekommen, nicht umsonst war er hier der Zweite.

»Ich kann nicht«, sagte ich.

»Ach nein. Mitgehen lassen konntest du es, als Geschenk annehmen aber kannst du es nicht? Nimm.«

Ich nahm das Buch und drückte es an meine Brust – wie ein überspannter Jünger der Astrologie es getan hätte, der Tage und Nächte über magischen Tabellen und kniffligen Berechnungen verbringt. Der Müde lächelte.

»Na, mach's gut. Wir haben zu tun.«

»Danke«, sagte ich.

»Keine Ursache. Mach's gut. Herzlichen Glückwunsch zu meinem Geburtstag!«

Ich ging davon – und musste plötzlich weinen. Ich weinte zum ersten Mal seit über zehn Jahren. Ich zerfloss in Tränen. Mickrig kam ich mir vor mit meinen billigen Experimenten, und von einer bewunderungswürdigen Größe erschien mir dieser müde Bursche, der ganz natürlich gehandelt hatte, so, wie man Wasser trinkt, wie man zum Himmel emporsieht, wie man Musik hört, allein mit ihr ...

Bin ich nun ein Dieb, oder bin ich keiner? Großartige Frage!

Doch halt, wozu die Eile. Wozu sich selbst der Mickrigkeit zeihen. Das ist eine ernsthafte Frage. Die ungelöst geblieben ist. Stehlen, das kann ich, dazu bin ich fähig. Doch ist diese Fähigkeit auch echt, wenn ich mit dem Ablauf der Sache mehr im Sinn habe als mit dem Ziel? Ist sie echt, wenn das Stehlen nicht durch einen natürlichen Trieb und nicht durch materielle Not motiviert, sondern Produkt geistiger Spielerei ist?

Bin ich ein Dieb, oder bin ich keiner?, frage ich mich, als gehörte das zum abzuarbeitenden Fragenprogramm.

Antwort: *Ich weiß es nicht!*

... 366. *Wenn Sie mit etwas nicht zu Rande kommen, würden Sie es am liebsten gleich aufgeben.*

Noch vor einer Woche hätte ich mit *nicht zutreffend* geantwortet, weil ich alles zu Ende zu führen pflege. Doch betrifft das in erster Linie meine Rätselarbeit. Die Beantwortung dieser ganzen Fragen würde ich tatsächlich am liebsten aufgeben.

Zwei Tage lang habe ich sie nicht angerührt und Kreuzworträtsel verfertigt. Ich fühlte mich geistig und seelisch erschöpft wie selten.

Am dritten Tag erhielt ich einen Brief von einer der fünf Frauen, denen ich auf ihre Heiratsannonce geschrieben hatte.

Am vierten kamen drei Briefe auf einmal.

Am fünften noch einer.

Alle fünf hatten mir geantwortet – und alle fünf wünschten mich persönlich kennen zu lernen. Zwei hatten ihre Telefonnummer angegeben mit der Bitte, sie anzurufen, um einen Treff zu vereinbaren. Eine bestellte mich für den nächsten Sonntag um zwölf zum Denkmal des unbekannten Akademiemitglieds Zizin an der Kreuzung Wawilow- und Rachow-Straße. Ein zweiter Treff wurde mir ebenfalls für nächsten Sonntag, allerdings für den Abend, vorgeschlagen, am Eingang zum Restaurant »Orient« in der Wolsker Straße gegenüber dem Jugendtheater. Das fünfte Rendezvous schließlich war für Mittwoch angesetzt, direkt in der Wohnung der Braut. Die lag ziemlich weit draußen, im Neubaugebiet Solnetschny, der »Sonnensiedlung«, ich konnte mich gar nicht erinnern, dass ich schon einmal dort gewesen wäre und wie man hinkam ...

12. *Sie hätten im Leben wesentlich mehr erreicht, wenn Sie nicht mit Antipathien zu kämpfen gehabt hätten.*

Nicht zutreffend.

13. *Zeitweilig scheint Ihr Kopf langsamer zu arbeiten als sonst.*

Kommt vor. *Zutreffend.*

14. *Ein paarmal sind Sie in Ohnmacht gefallen.*

Nicht zutreffend.

15. *Sie haben mitunter Herzklopfen und leiden des Öfteren an Atemnot.*

Herzklopfen habe ich manchmal – wie jeder normale Mensch, wenn er aufgeregt ist. Atemnot aber kenne ich nicht. Im Übrigen sind ganz eindeutig krankhafte Symptome gemeint. *Nicht zutreffend.*

16. *Sie haben nur selten Schmerzen (beziehungsweise tut Ihnen überhaupt nichts weh).*

Seelische Schmerzen habe ich. Das sollte ein Scherz sein. Die Antwort lautet: *Zutreffend.*

17. *Einmal in der Woche (oder häufiger) beunruhigt Sie ein unangenehmes Gefühl im Oberbauch (in der Magengrube).*

Nicht zutreffend.

18. *Ihr Verstand ist momentan nicht weniger intakt als sonst.*

Zutreffend.

19. *Für gewöhnlich bedrängen Sie vor dem Einschlafen Gedanken, die Ihre Nachtruhe stören.*

Das tun sie, das tun sie. Doch wir antworten: *Nicht zutreffend.*

20. *Sie verurteilen einen Menschen nicht, der nicht abgeneigt ist, sich die Fehler eines anderen zunutze zu machen.*

Nicht zutreffend.

21. *Etwa einmal in der Woche (oder häufiger) sind Sie sehr erregt.*

Ich bin ruhig, absolut ruhig. *Nicht zutreffend.*

22. *Einige Ihrer nächsten Verwandten und Freunde haben Dinge getan, die Sie erschreckten.*

Nicht zutreffend.

23. *Des Öfteren ist Ihnen, als sei alles ringsum irreal.*

Nicht zutreffend.

24. *Sie mögen Kinder.*

Zutreffend.

25. *Wenn Sie sehen, wie Tiere gequält werden, berührt Sie das nicht sonderlich.*

Naive Leute sind das! Es ist doch klar, dass jeder, ob ihn das berührt oder nicht, mit *nicht zutreffend* antwortet. Zu Tränen rührt es mich! Nein, wirklich, ich kann mir nicht einmal Filme ansehen, in denen Hunde oder andere Tiere gequält werden, ich kann es nicht, obwohl ich weiß, dass es natürlich ein Happyend geben wird.

26. *Am wohlsten fühlen Sie sich, wenn Sie allein sind.*

Ja. Oder nein – mit Alexina. Die Antwort lautet: *Nicht zutreffend.* Ich mag es überhaupt nicht, allein zu sein. Immerzu verlangt es mich danach, mit jemandem zu reden, Probleme der Persönlichkeit, der Familie, der Gesellschaft und des Staates zu erörtern. Nun, oder über Fußball zu sprechen, versteht sich, über Fußball unbedingt – »Spartak« Moskau ist ja Meister geworden!

27. *Man sagt Ihnen, Sie würden wie schlafwandeln.*

Nicht zutreffend.

28. *Zeitweilig haben Sie das Gefühl, dass eine böse Kraft Sie lenkt.*

Philosophisch und zum Teil mystisch betrachtet, weiß ich (ja, ich weiß es eher, als dass ich es fühle) in der Tat, dass wir in unserem Handeln nicht so frei sind, wie wir uns einbilden, wir stehen unter dem Einfluss globaler Erscheinungen – ob sie nun kosmischer, göttlicher oder teuflischer Natur sind – und darüber hinaus unter dem des Geistes der Zeit, des Geistes des Volkes, des Geistes (oder Feldes) der Ehefrau, eines Freundes, eines Nachbarn, eines Menschen, der gerade mit uns im Obus fährt … Nun, das gehört schon nicht mehr hierher. Die Antwort lautet: *Nicht zutreffend.*

29. *Sie verurteilen einen Menschen nicht, der im Leben alles mitnehmen möchte.*

Um die Wahrheit zu sagen, sind mir solche Leute total gleichgültig. Ich komme mit ihnen auch gar nicht in Berührung. Eine Ausnahme bildet Alexinas dritter Mann. Mit ihm bin ich einmal in sehr enge Berührung gekommen.

Er heißt Maxim Polugajew, und ich weiß, dass er in seiner Umgebung einen Spitznamen hat, aber nicht Max, wie zu erwarten wäre, sondern Spieler. Vielleicht, weil er sich, wenn er sich jemandem vorstellt, gern bescheinigt: »Ich trinke nicht, rauche nicht und spiele keine Karten!« In Wirklichkeit trinkt und raucht er. Bloß Karten spielt er nicht. Dafür spielt er Roulett, im Kasino-Café »Rotunde«. Für gewöhnlich spielt er aus Spaß an der Sache und um seine Leidenschaft zu kitzeln, weshalb er in die »Rotunde« (abgesehen von besonderen Gelegenheiten, von denen noch die Rede sein wird) nicht mehr als zweihundert Dollar mitnimmt. Er setzt sich immer gleich ans Roulett und spielt gierig, mit Feuereifer und lauten Ausrufen. Binnen zehn bis fünfzehn Minuten sind seine zweihundert Dollar jedes Mal weg, wonach er erleichtert Sekt trinkt und mit Freunden plaudert, denn die »Rotunde« ist nicht nur ein Kasino und ein Ort, wo Musik gespielt wird und wohin man für viel Geld landesweit berühmte Leute lockt, es ist vor allem ein Klub, und Maxim Polugajew hat für unbekannte Verdienste den durchaus seriösen Titel »Ehrenmitglied der ›Rotunde‹« verliehen bekommen, was ihm das Recht gibt, hier kostenlos ein und aus zu gehen.

Sie heirateten, als Alexina dreißig war und Maxim achtundzwanzig. Er machte mit diversen gaunerhaften Methoden Geld – zunächst illegal, dann halb legal und jetzt, in unseren Tagen, ganz legal. Das am Bahnhofsgebäude hängende Plakat »Die SARDIS-Bank nimmt Geld von der Bevölkerung an« meint ihn. Ich weiß nicht und will es auch gar nicht wissen, wo und auf welche Weise er seine Geschäfte betreibt, doch wenn ich dieses möglicherweise nur durch Zufall so offenherzig formulierte Plakat zu Gesicht bekomme (es ist doch klar, was gemeint ist: sie nimmt verzinsliche Spareinlagen an), sehe ich Polugajew sogleich in einem großen Arbeitszimmer an einem großen Tisch sitzen, vor dem die Leute Schlange stehen und ihm zaghaft ihr Geld hinhalten, ohne eine Quittung oder einen anderen Beleg zu verlangen, während er, ohne die Zigarette aus dem Mund zu nehmen, ein Auge wegen des Rauchs zukneifend, ähnlich wie ein Tischler ganz seinem Werk hingegeben, das Geld nimmt, um es geschickt zu sortieren und in die herausgezogenen Kästen zu werfen. Aus irgendeinem Grund stelle ich mir sogar vor, wie um sechs Uhr eine Klingel das Ende des Arbeitstages anzeigt und Polugajew entschieden und laut verkündet: »Schluss! Für heute ist die Geldannahme beendet!«, und wie man ihn zu betteln beginnt, ihm das Geld förmlich aufdrängt, einfach auf den Tisch wirft, doch er hat die Kästen bereits verschlossen, wischt die Scheine vom Tisch und wiederholt kompromisslos: »Die Annahme ist beendet! Mit wem rede ich – sie ist beendet!« Die Leibwächter kommen herein, und die murrenden Leute sind gezwungen, sich zu entfernen.

Polugajews Vorgeschichte ist schnell erzählt.

Als Sohn eines Funktionärs und einer Hausfrau hatte er sowohl in der Schule als auch beim Studium an einem juristischen Institut ganz passable Leistungen aufzuweisen, spielte Gitarre und sang in irgendeinem Keller in einer Rockgruppe, hatte etwas für schöne Mädchen übrig und trieb ein bisschen Sport, besonders Schwimmen – nun, das Übliche. Nach Abschluss des Studiums suchte er sich keine Arbeit in seinem Beruf, Geld durch irgendwelche Rechtsverfahren zu verdienen erschien ihm wenig verlockend, er wollte sich eine direkte Geldquelle erschließen. Seine Ungeduld war zu groß. Er kreuzte bei einem Großspekulanten auf, nennen wir ihn A, und sagte mit zuckender Wange (ein Defekt, den er von klein auf hat):

»Ich will Geld. Gib mir welches.«

»Ja, wer bist du denn?«, fragte der Spekulant verblüfft und betrachtete etwas bange das Zucken seiner Wange.

»Maxim Polugajew.«

»Nie gehört.«

»Das ist dein Problem. Gib mir Geld. Ich brauche welches.«

Unglaublich, unmöglich, absurd! Doch der Spekulant, der seinen Blick nicht von Maxims zuckender Wange wenden konnte, rückte einen ziemlich großen Betrag heraus und fragte nicht einmal, ob Maxim eine Anleihe, einen Kredit oder das Geld einfach so haben wolle.

Danach wurde Maxim bei Geschäftsmann B vorstellig und sagte:

»Von A habe ich Geld bekommen. Gib mir auch welches.«

B rief A an, und der bestätigte den Sachverhalt. Daraufhin gab B Maxim Geld.

Auch C, D und E gaben welches, und so ging es weiter.

Maxim verwendete das Geld dazu, bedürftigen kleinen Geschäftsleuten Darlehen zu gewähren, verzinsliche, versteht sich, und bald begann er stabile Profite zu erzielen. A, B und C erhielten ihr Geld ebenso wenig von ihm zurück wie die restlichen Gläubiger, sie wagten es auch gar nicht zu verlangen, denn Maxim hatte bereits seinen Spitznamen Spieler und war eine der größten Autoritäten in der Stadt geworden. Sie waren schon froh, dass er ihnen nicht ein zweites Mal Tribut auferlegte. Sie wussten nicht, dass ihre Geldzahlungen an andere jetzt faktisch bei Spieler ankamen.

Und alles wäre bestens gewesen, hätte Spieler nicht drei Schwächen gehabt. Die erste waren Anfälle hemmungsloser Sauflust. Die zweite die damit verbundene fieberhafte Spielleidenschaft: in seiner Haltlosigkeit verspielte er, früher in illegalen Spelunken und jetzt in der »Rotunde«, riesige Beträge, trank eine ganze Woche lang, trank eine zweite, gebärdete sich wie ein Wilder, krakeelte, beleidigte Freunde und Freundinnen . . . Seine dritte Schwäche war die Liebe zur klassischen Musik. Vom städtischen Opern- und Balletttheater hielt er nichts, ließ sich jedoch kein einigermaßen lohnendes Gastspiel entgehen, und bei ihm zu Hause stand eine erstklassige Anlage mit erstklassigen Aufzeichnungen. Die hörte er sich höchstens eine halbe Stunde täglich an, doch hin und wieder packte es ihn, kam eine Art Wahn über ihn, er konnte nicht genug bekommen. Tag und Nacht, zwei, drei Tage lang hörte er pausenlos Musik, saß stoppelbärtig da, kaute irgendwelche Happen aus dem Kühlschrank, wusch sich nicht, suchte nur rasch die Toilette auf, reagierte auf kein Klingeln des Telefons, kein Läuten an der Tür; stöhnend, röhrend, vor sich hin spuckend, seufzend, weinend hörte er Musik ... Irgendwann am fünften Tag öffneten seine Freunde, wie er es mit ihnen vereinbart hatte, mit einem Schweißapparat die Metalltür seiner großen Dreizimmerwohnung, stürzten sich auf ihn, banden ihn, machten die Musik aus, zwangen ihn, Tranquilizer zu schlucken. Er versuchte sich loszureißen und schrie, verstummte aber bald, um für ein, zwei Tage einzuschlafen, und wenn er dann aufwachte, bedankte er sich düster bei seinen Freunden. Ein halbes Jahr nur konnte er sich von alldem erholen – in der Zeit, als er mit Alexina verheiratet war, die er bei einem Konzert in der Philharmonie kennen gelernt und, wie sie mir gestand, durch »seine grenzenlose organische Gewissenlosigkeit« erobert hatte.

Nach der Scheidung von ihr verfiel er wieder seinen Lastern, bis er sich eines Tages, ihrer überdrüssig geworden, aufmachte, sich durch »Kodierung« nach der »Dowshenko-Methode« kurieren zu lassen, von allem auf einmal, dem Alkoholismus wie dem Rauchen und der Spielleidenschaft – und von der Liebe zur klassischen Musik gleich mit. Und überhaupt, sagte er, während er sich der Hitze wegen seines Jacketts entledigte, so dass unter der Achselhöhle die Pistolentasche sichtbar wurde, in kategorischem Ton zu dem Hypnotiseur, puste mir mal das Gedächtnis durch. Es belastet mich.

Der Hypnotiseur, der schlagartig sein übliches Gehabe sein ließ, bewerkstelligte seine »Kodierung« vor Schreck auf gut Glück, was zur Folge hatte, dass Polugajew trinkt, raucht und spielt wie zuvor, mit dem Gedächtnis allerdings ist es besser geworden – viele in der Kindheit und Jugend gelesene Bücher hat er völlig vergessen, klassische Musik ist ihm so gleichgültig geworden, dass er nicht einmal die 9. Sinfonie von Beethoven erkennt, mit Vorliebe hört er jetzt die Gruppe »Die Holzfäller« und den Sänger Schuftinski, den er einmal zu einer Veranstaltung in die »Rotunde« holte; er bezahlte ihm Reise und Konzertauftritt und wurde sein persönlicher Freund. Auch mit der Sprache ist bei ihm etwas passiert: statt »sie« sagt er »siech«, statt »wollen« »willen«, ohne sich dessen bewusst zu sein. Freilich kommt es vor, dass er im unpassendsten Moment und am unpassendsten Ort plötzlich den Mund aufmacht und »Einsam tret ich auf den Weg, den leeren« sagt. Wonach er die Anwesenden mit einem verdatterten und fast debilen Blick ansieht.

Oder er gibt nach einer stolperigen Ungereimtheit unvermittelt den Satz von sich: »Ich verkörpere, um mit dem großen Lenin zu sprechen, alle drei Stadien des Kapitalismus. Ich bin die Epoche der ursprünglichen Akkumulation, aber auch bereits der sich entwickelnde und der faulende Kapitalismus! Im Grunde habe ich meine historische Etappe beendet und muss irgendwohin. Aber wohin?« Und wieder macht er verdattert den Mund auf und versucht zu begreifen, was er da gesagt hat.

Die Ehe mit Alexina war nicht deshalb ohne Bestand, weil sie seine »grenzenlose organische Gewissenlosigkeit« bald satt hatte. Diese Eigenschaft offenbarte er in Maßen, wenngleich er nicht bereit war, auf die gewohnten sonnabendlichen Saunabesuche in gemischter Männer- und Frauengesellschaft zu verzichten. Alexina konnte die Beschränkung ihrer Freiheit auf die Dauer nicht hinnehmen. Ihre ersten Männer wie auch andere Leute, einschließlich meiner Person natürlich, kamen sie weiterhin besuchen, was Polugajew ärgerte. Zu der Zeit noch im Vollbesitz seines Gedächtnisses, fühlte er sich nichtsdestoweniger wie ein Junger Pionier, den es unter Erwachsene verschlagen hat. So machte es ihn rasend, wenn der sich über ein Thema der gesellschaftlichen Wirklichkeit verbreitende Katschajew in seine Rede Zitate von Kant, Tolstoi, Solowjow, Florenski, Berdjajew, Rosanow, Lossew, Jung, Fromm, Teilhard de Chardin, Husserl, Heidegger, Jaspers, Sartre, Schopenhauer, Nietzsche, Ortega y Gasset, Popper, Hegel, Marx, Engels, Lenin, Freud, Camus, Tinbergen, Forrestor . . . einbaute.

Es erboste ihn, wenn die klugen begabten Finger Sassonows Alexina eine Bastelarbeit vorführten.

Und selbst mein Schweigen brachte ihn auf, seinen Blicken war anzusehen, dass er argwöhnte, ich würde, wenn er dabei war, seinetwegen ironisch schweigen und ihm in seiner Abwesenheit natürlich auf boshafteste Weise am Zeug flicken.

Elementare Eifersucht erfüllte ihn. Er versuchte sich Alexina verständlich zu machen, doch sie verzog das Gesicht. Da versetzte er ihr einmal, angetrunken, wie er war, einen Schlag. Das war das Ende ihrer Ehe.

Acht Jahre sind seitdem vergangen, er kommt, wie bereits gesagt, weiter zu ihr, bettelt und versucht sie umzustimmen, doch vergeblich.

Was nun besagtes In-Berührung-Kommen angeht, so passierte es in ihrem ersten gemeinsamen Monat (ich kann die Wortbildung *Honigmond* nicht ausstehen).

Er kam nach Hause, als ich gerade bei Alexina zu Besuch war. Ich hätte es nicht von mir aus getan, aber wir hatten uns tags zuvor auf der Straße getroffen, und sie hatte mich ausdrücklich darum gebeten. Ich saß da und trank Tee, wir sprachen über Belangloses, mit einer freundschaftlichen Wärme, deren Intonation jeden Wortinhalt aufhebt oder ihn völlig unerheblich macht. Alexina machte uns bekannt. Polugajew biss die Zähne zusammen, reichte mir die Hand und wartete sogar mit seinem Lieblingsspruch auf: »Ich trinke nicht, rauche nicht und spiele keine Karten!«

Dann bat er Alexina demütig: »Was essen tät ich.«

Sie ließ sich seufzend Zeit, bevor sie aufstand und in die Küche ging.

Mit zuckender Wange zischte Polugajew mir zu:

»Wenn ich dich noch einmal hier sehe, bringe ich dich um. Ernsthaft. Ich schlage dich tot.«

»Sie täuschen sich«, sagte ich leise. »Ich bin ein Schulfreund von Alexina. Falls Sie eifersüchtig sind, besteht dazu kein Anlass.«

»Ich bin nicht eifersüchtig. Ich ertrage einfach den Anblick deiner Visage nicht.«

»Das kann kaum sein. Sie mussten den Anblick meiner Visage, wie Sie sich auszudrücken beliebten, ganze fünf Minuten ertragen, und in dieser kurzen Zeit konnte sie Ihnen nicht dermaßen zuwider werden. Also sind Sie entweder eifersüchtig oder einer von denen, die in ihrem Haus keine Fremden dulden. Solche Leute kenne ich und verstehe sie sogar. Aber wenn Sie mich nicht sehen wollen, heißt das noch nicht, dass auch Alexina mich nicht sehen will. Das Vernünftigste wäre, wenn Sie beide sich als Mann und Frau erst einmal auf eine einheitliche Verhaltenstaktik verständigten, sowohl im konkreten Fall, das heißt in Bezug auf meine Person, als auch was Alexinas Besucher generell betrifft. Wie kommen Sie dazu, allein darüber zu entscheiden? Und mich sogar mit dem Tod zu bedrohen, was, entschuldigen Sie, einfach dumm ist.«

Plötzlich brach Polugajew in Tränen aus.

»Gott im Himmel!«, sagte er. »Du gefällst mir ja sogar! Aber versteh mich doch, ich komme nicht dagegen an! Ich bringe dich um!«

»Noch was!«, sagte Alexina, die im Hereinkommen seine Worte gehört hatte. »Spielst du wieder mal verrückt!«

»Ich bringe ihn um! Ich bringe ihn um!«, beharrte Polugajew und wischte sich die Augen mit den Fäusten.

»Der kriegt das tatsächlich fertig«, meinte Alexina mit ärgerlichem Stirnrunzeln, wahrscheinlich stellte sie sich vor, was für unnötige Scherereien das in ihr Leben bringen würde: Ermittlungsverfahren, Prozess und dazu noch meine Beerdigung!

»Na schön, geh mal lieber«, sagte sie zu mir.

Doch dann wurde die Frage offenbar grundsätzlich zwischen ihnen entschieden, zugunsten Alexinas, und – phänomenaler Präzedenzfall! – sie bat Sergej Katschajew, wenn er das nächste Mal zu ihr käme, solle er bei mir vorbeigehen und mich mitbringen, was er auch tat.

Später traf ich Polugajew nur noch selten und flüchtig. Vor kurzem zeigten sie ihn im Fernsehen: er kandidiert für die Duma, ob für die vom Gebiet oder von der Stadt, habe ich nicht mitbekommen.

Wieder war es Sonnabend.

Mein Tag.

Alexina traf ich zu Hause an – allein.

Es drängte mich, ihr zu erzählen, was ich erlebt hatte, doch wusste ich, dass man bei ihr nicht mit zu bewegtem, frohem Gesicht erscheinen durfte – sofort loderte in ihr das kalte Feuer des Widerstandes auf, und sie hüllte sich in abweisendes Schweigen. Deshalb trat ich mit einem gleichmütigen Gruß ein, ging in die Küche, setzte den Teekessel auf, schüttete, bis das Wasser kochte, die gequollene schimmelige Masse aus dem Kännchen in den überfüllten Mülleimer, trug ihn gleich noch hinaus zum Müllschlucker, brühte den Tee auf, goss uns beiden ein. Alexina bedankte sich.

Sie flocht etwas aus dünnen Weidenruten, die in einer Zimmerecke aufgehäuft lagen. Der Fernseher lief – ohne Ton, aus dem Radio kam, kaum hörbar, irgendwelcher Gesang, der Vorhang vor der geöffneten Tür zur Loggia hob sich von Zeit zu Zeit im Luftzug, ich fühlte mich behaglich wie gewohnt.

Eine halbe Stunde schwiegen wir.

Dann begann ich, lächelnd und ohne Eile, von meinen Neuigkeiten zu berichten. Von meinem Entschluss, eine Tätigkeit bei der Miliz aufzunehmen, von Kuricharow, von den Bewerbungsfragen, von meinen potenziellen Bräuten, von dem Gelddiebstahl. Und dann auch von dem gestohlenen Buch und wie ich es geschenkt bekommen hatte. Während ich davon erzählte, holte ich es aus der Plastiktüte – etwas unverpackt mitzubringen und ihr das Geschenk gleich zu geben ging bei Alexina nicht, es verdarb ihr augenblicklich die Laune, weil sie sich zu Dank verpflichtet fühlte und diese Pflicht ihr Missbehagen bereitete. Ich nahm es heraus und warf es lässig auf die Couch. Alexina streifte den Umschlag mit einem Blick – und vertiefte sich wieder in ihre Arbeit, die sie immer wieder in den ausgestreckten Händen gegen das Licht hielt, um zu prüfen, ob das Werk auch gut gelang.

Da konnte ich nicht länger an mich halten.

»Hör mal. Was ich dir erzählt habe, ist ja wohl nicht ganz so alltäglich. Mag sein, dass das alles für dich uninteressant ist, obwohl, ich habe manchmal den Eindruck, dass du nur so gleichgültig tust, aus Beweggründen, die mir verschlossen bleiben. Doch so bedeutungslos dir das erscheinen mag, es betrifft mich, einen Menschen, der dir einigermaßen nahe steht. Berührt dich das wirklich gar nicht? Hier passiert doch etwas sehr Wichtiges. Ich will tatsächlich heiraten – nicht aus Liebe, denn ich werde keine außer dir lieb gewinnen können, sondern aus Vernunft, ausgehend von meinem Pflichtgefühl, ausgehend davon, dass ich Kinder haben möchte, um sie gut zu erziehen, das werde ich leisten können – und auf der Welt wird es zwei oder drei, je nachdem, anständige Menschen mehr geben.«

»Freut mich für dich«, sagte Alexina sanft, als wolle sie sich dafür entschuldigen, dass sie das Ganze zu gleichgültig aufgenommen habe.

»Dabei solltest du berücksichtigen, dass es für mich schmerzhaft sein wird, aber wenn ich erst geheiratet habe, kann ich nicht mehr zu dir kommen.«

»Schade.«

»Das ist alles?«

»Was noch? Es ist wirklich schade.«

»Ist dir klar, dass ich gekommen bin, um Abschied zu nehmen?«

»Es ist mir klar«, sagte Alexina, indem sie ihre Arbeit von allen Seiten betrachtete.

»Und das ist alles, was du mir zu sagen hast?«

»Quäl mich bitte nicht!«, sagte Alexina unvermutet fast flehend.

Doch ich, statt Mitleid und Traurigkeit zu empfinden, spürte plötzlich anklägerischen Zorn in mir hochsteigen und das Verlangen, wenigstens eine kleine Regung in ihr auszulösen, selbst wenn ich sie kränken, möglicherweise sogar beleidigen müsste.

»Ich möchte wenigstens zum Schluss begreifen«, sagte ich, »warum du so gar keine Achtung vor mir hast. Warum du mich mit solcher Geringschätzung behandeln musstest. Warum ich, unabhängig von deinem Verhalten, bei dir immer Minderwertigkeitsgefühle gehabt habe. Hör mal!«, sagte ich, betroffen von einer unverhofften Eingebung, »vielleicht war da überhaupt keine Liebe? Vielleicht hat mich ein ganz anderes Gefühl zu dir hingezogen: das permanente und brennende Verlangen, zu beweisen, dass ich klug bin, dass ich außergewöhnlich bin, dass ich mehr als deiner würdig bin, dass ich ... Eitelkeit und nicht Liebe!«, rief ich.

Alexina unterbrach ihre Beschäftigung, sah mich – vielleicht zum ersten Mal mit aufrichtigem Interesse – an und sagte:

»Sehr leicht möglich!«

»Und du hast das gewusst! Und das schmeichelt deiner Eigenliebe mehr als Liebe! Aus dem gleichen Grund zieht es auch andere zu dir, weil du jeden in seine Grenzen zu weisen verstehst, so dass er zu dir aufblickt!«

»Auch das ist möglich«, bestätigte Alexina nach kurzem Überlegen. »Aber das sind alles bloß Dummheiten.« Und sie wandte sich wieder ihrer Arbeit zu.

»Was ist denn keine Dummheit? Was ist keine Dummheit für dich?«

»Du schreist, scheint mir.«

»Ich könnte aus vollem Halse brüllen vor Enttäuschung und Schmerz. So viele Jahre habe ich den Wunsch für Wirklichkeit genommen, das Trugbild für Realität! Nein, du hast keine Schuld, ich habe mich selbst betrogen! Du hast mir lediglich geholfen, dich zu betrügen.«

»Nein«, erwiderte sie mit unverhoffter Expressivität. »Ich habe dich eigentlich nicht ... Ich dachte, dass du mich tatsächlich liebst.«

»Das glaube ich nicht. Du hast dich lustig gemacht über mich, und du weißt, warum. Ich bin dir zu normal gewesen.«

»Was soll schlecht daran sein? Und zu normal – das ist es nicht, du bist einfach anders.«

»Du musst dich nicht rechtfertigen! Warum hast du denn vor Katschajew oder Sassonow und selbst vor deinem Banditen Polugajew mehr Achtung als vor mir? Das sehe ich doch!«

»Das scheint dir nur so.«

»Aber die sind zum Glück nicht normal, ja?«

»Sie sind auch anders. Aber auf andere Weise anders.«

»Ich habe deine Demagogie über! Ich ... In deiner Seele ist eisige Leere!«, erklärte ich und erschrak selbst vor dem Inhalt meiner Worte und meinem Ton.

»Wird wohl so sein«, räumte Alexina ein, doch ich sah in ihrer Nachgiebigkeit nichts als Herablassung und das übliche Überlegenheitsgefühl.

»Eines verstehe ich nicht. Selbst einen anderen zu martern erscheint dir doch nicht der seelischen Mühe wert – weshalb hast du mich dann so lange gemartert? Was wolltest du von mir?«

»Du bist mein Freund«, sagte Alexina lächelnd, mit jenem Lächeln, bei dem jeder meinte, sie um Entschuldigung bitten zu müssen.

Aber ich war ein anderer Mensch geworden. Nichts geht an einem spurlos vorbei! Ich scheue mich nicht, diesen banalen Satz auszusprechen, denn Schmerz ist nie banal, und Schmerz war es, was mich verändert hatte, Schmerz, der sich jahrelang angestaut hatte und nun aus mir herausgebrochen war und mir den Verstand getrübt, das heißt, nein, ihn im Gegenteil unerträglich klar gemacht hatte, ein Schmerz, gegen den keine Medikamente und nicht einmal Narkose etwas ausrichten können. Ein Schmerz ...

Mit erschreckender Klarheit begriff ich plötzlich, dass meine hitzig ausgesprochenen Worte die reine Wahrheit zutage gefördert hatten: Ich hatte Alexina niemals geliebt. Und nicht Eitelkeit war der Grund, nicht meine ständig genährten Minderwertigkeitsgefühle hatten mich zu ihr getrieben, nicht mein Bedürfnis, ihr etwas zu beweisen. Wie man einfach jemanden liebt, ohne eine Erklärung dafür zu haben, so hatte ich sie einfach nicht geliebt, und es blieb völlig unklar, wie das zu bezeichnen war, was ich all die Jahre für Liebe gehalten hatte.

Ich saß schweigend da, und allmählich kam Gleichgültigkeit über mich. Ich betrachtete Alexinas geneigten Kopf, ihre entblößten, schwerelos gerundeten Arme, ihre Knie unter dem dünnen Stoff, die mir stets den Verstand geraubt hatten, und fühlte, dass ich nichts fühlte. Wodurch soll sie besser sein als Anastasia Shuwelskaja, die in mir stets eine gar nicht zu mir passende feindselige Abneigung erregt hat, ging es mir plötzlich durch den Kopf. Durch nichts! Eine seelenlose Frau, die ihre Kraft einzig und allein darauf verwendet, ihr Bild zu erschaffen, doch jetzt verwendet sie sie nicht einmal mehr darauf, denn das ist längst erschaffen und sie für immer mit ihm verwachsen.

»Na, mach's gut«, sagte ich und erhob mich.

»Mach's gut. Komm wieder vorbei ...«

41. *Ihr Alltagsleben ist ungemein abwechslungsreich.*

Am Sonntag nach elf ging ich los zum ersten der zu absolvierenden fünf Treffs.

Ich war weder aufgeregt noch erfüllt von Vorahnungen oder dem Wunsch, mir vorzustellen, wie diese Frau wohl sein würde. Irgendwie war ich fest davon überzeugt, dass wir einander nicht gefallen würden, es sich also um eine formale Angelegenheit handelte. Danach wird sie ihre Partnersuche fortsetzen, während ich mich mit den übrigen vier Frauen treffe, und in jedem einzelnen Fall wird es beim ersten Kennenlernen bleiben, ich werde mich zufrieden geben und irgendwann, vielleicht schon bald und ohne irgendwelche Annoncen der Frau begegnen, die ich brauche – und das wird mir dann sofort klar sein.

Larissa (den Namen wusste ich aus ihrem Brief) sah und erkannte ich sofort. Sie saß hinter dem Denkmal von Akademiemitglied Zizin unter einem Baum auf einer Bank. Sie war ziemlich hübsch und ziemlich schlank, die neununddreißig Jahre, die sie in ihrem Brief ehrlich angegeben hatte, sah man ihr nicht an.

»Guten Tag, Larissa«, sagte ich.

»Guten Tag, Anton«, sagte sie und reichte mir die Hand.

Ich drückte ihre Hand und setzte mich neben sie, ein wenig seitlich, so, dass ich sie ansehen konnte und sie es leicht hatte, sich mir zuzuwenden.

»Ihr Brief hat mir gefallen«, kam Larissa gleich zur Sache. »Einfach und klar. Sicherlich sind Sie auch als Mensch so – einfach und klar?«

»Möglich.«

»Ich sehe schon, dass es so ist. Sind Sie verheiratet gewesen?«

»Nein.«

»Warum?«

»Ich war lange Zeit in eine Frau verliebt«, antwortete ich mit für mich selbst überraschender Offenheit.

»Ja?«

»Ist etwas dabei?«, wollte ich, verwundert über ihre Verwunderung, wissen.

»Nein, nein. Ähnliche Erfahrungen. Auch ich . . . Aber das ist unwichtig. Es ist vorbei, und ich möchte nicht mehr daran denken. Verheiratet gewesen bin ich allerdings. Doch – vorbei, alles vorbei. Ich kann nicht allein sein, ich brauche einen Menschen um mich, jemanden, mit dem ich reden kann. Sind Sie ein intelligenter Mensch?« Sie sah mir in die Augen. Ihre Konkretheit, Direktheit, ja Schroffheit kamen, wie ich zu erkennen glaubte, von der Entschlossenheit, die schüchterne, zaghafte Menschen plötzlich unverhofft an den Tag legen und die dann die Entschlossenheit eines von Natur Entschlussfreudigen um ein Vielfaches übertrifft.

»Ja, ich bin intelligent«, erwiderte ich. »Einen Hochschulabschluss habe ich allerdings nicht.«

»Das muss nicht sein. Verdienen Sie viel?«

»Es reicht. Nicht sehr viel, aber es reicht.«

»Weshalb haben Sie beschlossen, zur Miliz zu gehen?«

»Aus gewissen prinzipiellen Erwägungen.«

»Haben Sie Prinzipien?«

»Ja.«

»Sind Sie ein Schürzenjäger?«

»Nein.«

»Und auch kein Trinker?«

»Ich trinke überhaupt nicht. Das habe ich doch geschrieben.«

»Ach ja, entschuldigen Sie. Kleinlich sind Sie nicht?«

»Nein.«

»Schnarchen Sie?«

»Nein.«

»Haben Sie chronische Krankheiten? Ich frage als Ärztin. Ich arbeite in einer Poliklinik.«

»Chronische Krankheiten habe ich nicht.«

»Kochen Sie gern?«

»Nein.«

»Legen Sie Wert auf gutes Essen?«

»Ein Feinschmecker bin ich nicht.«

»Ihr Verhalten im Sexualleben?«

»Eine nicht sehr konkrete Frage.«

»Sind Sie aggressiv und fordernd oder passiv und begnügen sich mit dem, was ist?«

»Ich bin ein einigermaßen anstelliger und in Maßen temperamentvoller Mann.«

»Gut. Was noch ... Ja, das genügt wohl. Ich vertraue Ihnen. Ich habe Ihrem Brief entnommen, dass man Ihnen vertrauen kann. Jetzt dürfen Sie mich fragen.«

Ich war verwirrt. Irgendwie verspürte ich kein Verlangen, sie zu befragen. Anhand ihrer Fragen konnte ich mir bereits ein Bild von Larissa machen. Eine vereinsamte Frau mit einer dramatischen Erfahrung, womöglich auch mehreren. Sie mag starke Männer, imposante Erscheinungen, die es mit ihr aufnehmen können, ist sie doch, ungeachtet ihrer sehr gewöhnlichen Tätigkeit in einer Poliklinik, selbst eine imposante, starke Erscheinung. Bestimmt hat sie neben ihrem Beruf noch mehr zu bieten.

Sie singt Lieder zur Gitarre. Spielt in einem Volkstheater. Schreibt Gedichte. Hat, kurz gesagt, eine künstlerische Ader. Danach könnte ich sie ja fragen.

»Schreiben Sie vielleicht Gedichte?«

»Habe ich mal gemacht. Weiter.«

»Das wär's schon. Weitere Fragen habe ich nicht.«

»Wie das – haben Sie nicht? Bedenken Sie, unter über vierzig Briefen habe ich Ihren ausgewählt. Wenn Sie glauben, ich hätte die Absicht, mich mit noch einem Dutzend Kandidaten zu treffen, irren Sie sich. Ich habe Sie ausgewählt, um mich bei der Gelegenheit meines Spürsinns zu vergewissern. Ich habe den Eindruck, er hat mich nicht getrogen. Deshalb bin ich bereit, auf alle Ihre Fragen zu antworten.«

»Ich habe wirklich keine Fragen mehr.«

»Das verstehe ich nicht. Wollen Sie sich ganz auf Ihr Glück verlassen? Oder besitzen Sie die Fähigkeit, in den Menschen hineinzublicken? Oder habe ich Ihnen etwa auf den ersten Blick missfallen, so dass es sich gar nicht lohnt, noch Fragen zu stellen? Wahrhaftig, wozu einen Menschen nach etwas fragen, wenn er einen nicht interessiert!«, rief die Frau mit einer Emphase, als habe sie eine Entdeckung gemacht. »Nun, dann entschuldigen Sie. Wenn ich allein Sie ausgewählt habe, bedeutet das nicht, dass Sie allein mich ausgewählt haben müssen. Ich hatte Ihren Brief, während Sie bloß meine Annonce hatten. Bestimmt sind Sie auf der Suche, bestimmt haben Sie noch ein Dutzend solcher Annoncen. Ja, dann ...«

Sie erhob sich. Sie war verletzt. Sie war böse auf sich selbst. Sie fühlte sich in ihrem Stolz gekränkt.

»Nehmen Sie doch wieder Platz«, sagte ich. »Sie haben ja ein Tempo drauf. Sie gefallen mir durchaus.«

Larissa sah mir in die Augen.

»Sie lügen nicht, ich sehe es, dass ich Ihnen gefalle. Sie haben einen scharfen Blick, ich für mein Teil habe aber auch eine gute Beobachtungsgabe. Sie haben sich auf die Schnelle einen Eindruck verschafft, der für Sie befriedigend ausgefallen ist. Mit Recht, gemessen an meinem Alter – und auch unabhängig davon – bin ich schlank, sehr schlank sogar. Gymnastik seit dem fünfzehnten Lebensjahr – täglich. Nichts von Bauch, der Busen fest. Der Körper eines zwanzigjährigen Mädchens. Sie werden Ihre Freude daran haben. Als Frau gefalle ich Ihnen, glaube ich. Als Mensch – das weiß ich nicht, ich habe es noch nicht herausgefunden. Sie kennen mich ja auch noch nicht. Wenn Sie möchten, erzähle ich Ihnen von mir.«

»Das muss nicht sein. Ich möchte natürlich mehr über Sie erfahren. Das schon. Andererseits muss ich nichts Überflüssiges wissen. Wozu? Ihr vergangenes Leben gehört Ihnen allein. Wenn Ihnen sehr daran gelegen ist, mir etwas zu erzählen, lässt sich das später nachholen.«

»Sie glauben also, dass es dieses Später geben wird?«

»Warum denn nicht?«

»Gut. Dann also folgendermaßen. Gespräche, Umgang pflegen – ob ein Jahr oder zwei, mit räumlicher Trennung, auch wenn man nicht weit auseinander wohnt, aber eben kein gemeinsames Leben führt, das ist nichts, so gewinnt man kein ausreichendes Bild vom andern. Ich habe eine Einzimmerwohnung. Nicht weit von hier, hinter dem Zirkus. Und Sie?«

»Ich wohne mit meiner Schwester und ihrer Tochter zusammen – in einer Zweizimmerwohnung. Am Bahnhof.«

»Na wunderbar. Sie ziehen zu mir. Wir leben ohne alle offiziellen Formalitäten wie Mann und Frau. Nach einem, maximal zwei Monaten haben wir Klarheit. Entweder wir stellen fest, dass wir auf behagliche, zumindest aber erträgliche Weise miteinander leben können, oder wir fühlen irritiert, dass wir einen Fehler gemacht haben. Im zweiten Fall trennen wir uns still und friedlich und betrachten unser Zusammensein als Romanze. Als Romanze zwischen einem freien Mann und einer freien Frau. Mehr nicht. Ist es Ihnen recht so?«

»Ja ... Aber ...«

»Was?«

»Wann, dachten Sie?«

»Von mir aus gleich. Haben Sie viele Sachen?«

»Nein, nein.«

»Möbel brauchen Sie nicht, ich habe genug. Also bloß die persönlichen Dinge. Sie mieten sich ein großes Fahrzeug, einen Jeep vielleicht – ein eigenes Auto haben Sie nicht? –, und verstauen alles.«

»Ja.«

»Ich gebe Ihnen die Adresse, Sie gehen nach Hause, packen Ihre Sachen – und gegen sechs erwarte ich Sie. Und gleich geht es an den festlich gedeckten Tisch. Einverstanden?«

Sie sah mich mit schlichtester Fröhlichkeit, Freundlichkeit und vor allem mit der festen Überzeugung an, dass die Variante, die sie mir anbot, nichts war, was aus dem Rahmen fiel. Man hatte sich getroffen, aneinander Gefallen gefunden und beschlossen zusammenzuleben. Er ging, packte seine Sachen und zog zu ihr.

Im Grunde hatte ich nichts gegen diesen Plan. Aber irgendetwas störte mich. Larissa gefiel mir, sie gefiel mir sogar sehr. Verglichen mit der tranigen – diesen Seitenhieb kann ich mir nicht verkneifen – Alexina, war Larissa ein völlig gegensätzlicher Typ. Eigentlich hatten mich solche Frauen – von ferne – stets angezogen (umso seltsamer, dass ich mir eingebildet hatte, Alexina zu lieben). Wenn ich mir meine heimlichen Wünsche und Sehnsüchte beim Verfassen der Zuschriften auf die Annoncen ehrlich eingestand, war es wohl dieses Bild gewesen, das mir vor Augen gestanden hatte: eine Frau meines Alters, aber jünger aussehend, intelligent, energisch, mit Anzeichen von Führungsanspruch statt nur dem Bestreben, sich vom Führungsanspruch des andern zu befreien, um Gleichstellung zu erreichen.

Doch gleich auf der Stelle?!

Und ehrlich gesagt, mit dieser ersten Brautwerbung war ich auf den Geschmack gekommen. Wenn die erste so war, wie mochten dann die übrigen vier sein? Was erwarteten mich da wohl für Überraschungen?

Larissa konnte ich das natürlich nicht gestehen. Ich sagte:

»Verstehen Sie mich richtig. Die Charaktere der Menschen sind verschieden. Ich halte selbst nichts von Verzögerungstaktik, besonders wenn dazu kein Grund besteht. Aber der Mensch hat seine gewohnte Lebensweise. Ich brauche wenigstens ein paar Tage, um mir bewusst zu werden, dass ich diese Lebensweise aufgebe und zu einer neuen Qualität übergehe. Ich brauche eine Zeit der geistigen Umstellung, verstehen Sie? Dazu muss man nicht unbedingt gleich ... Es genügt, sich an den Gedanken zu gewöhnen – das ist es, wofür ich ein paar Tage brauche. Sonst kann es passieren, dass ich mich nach einem sofortigen Wechsel nicht gleich zurechtfinde und Sie womöglich enttäusche.«

»Gut. Offenbar haben Sie Ihre Brautschau noch nicht abgeschlossen und möchten sich vergewissern, dass ich die beste Variante bin. Oder eine noch günstigere finden. Wie Sie meinen, verstehen kann ich es. Eine Woche reicht?«

»Sie haben mich falsch verstanden ...«

»In einer Woche, falls sich keine bessere Variante ergibt und Sie es sich nicht anders überlegen, erwarte ich Sie. Am Sonntag um sechs.«

Sie holte einen Zettel mit ihrer Adresse hervor und gab ihn mir.

»Dies als Gedächtnisstütze. Sie haben schöne Lippen, wissen Sie das?«

»Nein.«

»Das grenzt schon an Koketterie. Passt nicht zu Ihnen.«

»Ich weiß es wirklich nicht.«

»Hat es Ihnen noch niemand gesagt?«

»Nein, niemand.«

»Und die, die Sie geliebt haben?«

»Sie hat mich ja nicht geliebt. Ich sie auch nicht, wie sich herausgestellt hat.«

»Das stellt sich immer heraus. Manchmal bloß zu spät. Also. Entweder in einer Woche oder – es war schön, Sie kennen zu lernen. Und tun Sie sich um Himmels willen keinen Zwang an, ich nehme es nicht übel. Alles Gute.«

Damit entfernte sie sich. Ich ging heim und aß zu Mittag. Nadeshda war zu Hause, sie wusste, weswegen ich weg gewesen war, fragte jedoch nichts, warf mir nur besorgte Blicke zu.

Ich konnte ihr nichts erzählen, ich wusste nicht, mit welchen Worten ich es tun sollte. Mir war sonderbar zumute. Um nicht darüber nachdenken zu müssen, legte ich mich aufs Ohr. Eine Stunde mochte ich mich hin und her gewälzt haben, bevor ich endlich ein- und über zwei Stunden durchschlief, ungewöhnlich lange, wahrscheinlich eine Reaktion der Nerven.

Um sechs Uhr abends stand ich vor dem Restaurant »Orient«, in der Hand drei rote Rosen. So hatte es Tamara, wie die Frau hieß, in ihrem Brief vorgeschlagen: an diesen Rosen würde sie mich erkennen. Natürlich hatte ich auch einen gewissen Geldbetrag bei mir: wenn ich zu einem Restaurant bestellt wurde, war anzunehmen, dass wir hineingingen. Darauf war ich sogar gespannt: in Restaurants war ich mein Lebtag nicht gewesen.

Für alle Fälle blätterte ich die wer weiß wie in meinen Besitz gelangte Broschüre *Die sowjetische Etikette* aus dem Jahre fünfundsiebzig durch. Aber da es eben um die sowjetische ging, fand sich darin nichts über das Verhalten in Restaurants. Die erste Hälfte der Publikation bestand aus einer theoretischen Abhandlung über das moralische Antlitz des Sowjetmenschen, in der zweiten ging es um solche Lappalien wie zum Beispiel, wer als erster grüßt, der Mann oder die Frau, wer auf der Treppe beim Hinauf- oder Hinabsteigen vorangeht, wer als erster eine Wohnung, ein Gebäude, einen Fahrstuhl betritt. Das Einzige, was ich aus der Welt der Restaurants wusste – ich hatte es einer Zeitung entnommen, weil es gleich neben meinem Kreuzworträtsel stand: Ihre Getränke und Gerichte wählt die Frau selbst aus, die Bestellung übernimmt – für beide – der Mann.

Tamara erschien halb sieben. In einem grellgelben kurzen Kleid mit einem schwarzen Krägelchen. Füllig und etwas kurz geraten, kam sie raschen Schrittes daher und winkte mädchenhaft mit dem Handtäschchen. Künstliches Blond, die Augenbrauen nach veralteter Mode ausgezupft und nachgezogen, Wimpern und Lippen reichlich getuscht und geschminkt. Bevor man so ein Gesicht nicht gründlich abwäscht, kommt man nicht dahinter, ob es anziehend ist oder nicht. Jetzt sah es ziemlich anziehend aus.

Fröhlich, fast im Laufschritt kam sie auf mich zu, riss mir die Rosen aus der Hand, drückte sie ans Gesicht, sog kräftig den Duft ein und sagte mit schelmischer Stimme:

»Guten Abend, guten Abend, Anton!«

»Guten Abend, Tamara.«

»Entschuldigen Sie die Verspätung.«

»Nicht so schlimm.«

»Wie höflich Sie sind! Also? Vorwärts?«

»Vorwärts.«

In dem Kellerrestaurant war es kühl und menschenleer. Deshalb kam die Kellnerin auch sofort. Ich reichte die Speisekarte

Tamara, doch die legte sie, ohne einen Blick hineingeworfen zu haben, auf den Tisch und sagte kumpelhaft zu der Kellnerin:

»Also, Ljudotschka, Sekt und ein Fläschchen Wodka – schön gekühlt, ja? Gürkchensalat, ist Soljanotschka da? Soljanotschka unbedingt, ist Kalbsschnitzel da? Zwei Schnitzelchen, ist Olivieschetschka-Salat da? Olivieschetschka zweimal, versteht sich, Brot ist nicht nötig, besser Chatschapuri* nach Art des Hauses, nun, und was zu trinken, vergiss auch die Kräuterchen nicht – Korianderchen, Basilikumchen unbedingt, ein bisschen Dillchen zur Soljanotschka, und stell Pfefferchen auf den Tisch, Ljudotschka.«

»Könnt ihr euch vom Nebentisch holen«, sagte Ljudotschka und ging die Bestellungen aufgeben.

Ich holte vom Nebentisch Pfeffer. Zu gern hätte ich in die Speisekarte geguckt, um die Rechnung zu überschlagen. Reichen würde mein Geld schon, da ich mich in den Restaurantpreisen nicht auskannte, hatte ich genügend eingesteckt. Aber trotzdem ...

»Ich habe Sie gleich erkannt«, sagte Tamara lebhaft. »Auch ohne Blumen hätte ich Sie erkannt, obwohl Sie nur ein kleines Foto geschickt haben und darauf etwas anders aussehen. In Wirklichkeit sind Sie schöner. Und jünger. Sie sind doch noch nicht vierzig?«

»Nein.«

»Ich auch nicht!«, rief Tamara, froh über diese glückliche Übereinstimmung, wenngleich sie mir doch nach vierzig Jahren aussah. Sofern es nicht mehr waren.

»Von Ihnen weiß ich aus Ihrem Brief, dass Sie bei der Miliz arbeiten.«

»Ich habe noch ...«

»Und ich bin Modellistin. Nun, wie Cardin oder Slawa Saizew. Hier in der Provinz interessieren meine Kreationen bloß keinen. Sie sind zu kühn, zu originell. In Moskau hätte ich schon lange einen Namen und würde längst fürs Ausland arbeiten.«

Der gewagten künstlerischen Eigenwilligkeit und Farbgebung

---

* georgische Käsefladen (Anm. d. Übers.)

ihres Kleides nach zu urteilen, durfte sie sich das wohl zu Recht bescheinigen.

»Darum verliere ich meine Zeit in einer gewöhnlichen Schneiderwerkstatt. Ich nähe Standardsachen, weil meine Kunden einen Standardgeschmack haben. Sie haben keinen blassen Dunst. Bringen mir eine Zeitschrift und zeigen mit dem Finger drauf: So will ich es haben. Die begreift überhaupt nicht, dass so ein Schnitt und so eine Fasson zu ihr passen wie der Sattel zur Kuh. Ich versuche es zu erklären, ich biete meine Varianten an, aber kommt man vielleicht gegen die Borniertheit unserer Provinzlerinnen an? Nichts zu machen!«

So sprach sie, und ich pflichtete ihr kopfnickend bei.

Die Kellnerin begann das Bestellte herbeizubringen. Als erstes den Sekt, den Wodka, irgendein Getränk in einem großen Glaskrug und jenen Salat, den Tamara »Olivieschetschka« genannt hatte. Ich mag diesen Salat sehr, Nadeshda versteht sich auf seine Zubereitung und kommentiert sie immer mit den Worten: Das hier ist kein Kantinenfraß mit vergammelter Wurst und sauer gewordener Mayonnaise, echter Oliviersalat muss mit Fleisch sein. Der, den man uns servierte, war zwar kein Kantinen-, sondern Restaurantsalat, aber trotzdem mit Wurst gemacht.

Tamara ließ mir indessen nicht viel Zeit zum Betrachten der Speisen, sie drückte mir die Flaschen in die Hand, damit ich sie öffnete – den Sekt und den Wodka gleich dazu.

Als ich den Sekt in die großen Gläser schenkte, verzog ich im Voraus das Gesicht.

»Auf unsere Begegnung!« Tamara hob ihr Glas, wir stießen an, sie trank den Sekt gierig wie kaltes Wasser an einem heißen Tag, während ich nur ein Schlückchen nahm. Der unangenehme Geruch schlug mir in die Nase, und ich bekam sofort Sodbrennen – meine übliche Reaktion auf Sekt.

»Wie ist das zu verstehen?«, fragte Tamara erstaunt. »Bei diesem Toast wird ausgetrunken! Ich weiß, dass Sie nicht trinken, das haben Sie geschrieben, aber das bedeutet doch nicht, dass Sie gar nichts trinken!«

»Fast gar nichts.«

»Fast ist nicht russisch. Nach russischer Art wird nach diesem Toast ausgetrunken!«

Ich schloss die Augen und leerte das Glas – und begann den Salat zu essen, der die Abwehrreaktion gegen den Sekt nur noch verstärkte. Die Wurst war, wenn nicht vergammelt, so doch diesem Zustand sehr nahe. Tamara aß dafür genussvoll und mit solcher Begierde, dass sie sogar den Finger in den Mund steckte, als ihr etwas zwischen den Zähnen stecken blieb.

»Irgendwie sind Sie ein schlechter Esser«, bemerkte sie. »Ein richtiger Mann muss immer einen tierischen Appetit haben. Auf alles!« Sie lachte, unklar worüber, und bespritzte mich dabei mit Essenkrümeln.

Ich beschloss, es mit dem Getränk aus dem Krug zu versuchen, doch das war noch schlechter als der Sekt und die Olivieschetschka, es hatte eindeutig einen chemischen Beigeschmack. So ist das eben, wenn man gute häusliche Kost gewohnt ist!

Zum Glück brachte die Kellnerin gerade die Soljanka samt Schnitzeln, Gurkensalat und Kräutern und stellte damit den Tisch voll. Ich probierte die Soljanka, schnitt ein Stückchen Schnitzel ab, spießte eine von den Bratkartoffeln auf, die es als Beilage zu den Schnitzeln gab, nahm von dem Koriander – das alles erwies sich als durchaus essbar. Die Chatschapuri waren überhaupt ganz vorzüglich, ich verstehe etwas davon, Nastjas Vater, Nadeshdas erste und letzte Liebe, Fachmann für Schienenfahrzeuge, hatte sich seinerzeit bei einem längeren dienstlichen Aufenthalt in Georgien als Hobbykoch eine Menge von Nationalgerichten angeeignet und Nadeshda unter anderem beigebracht, wie man Chatschapuri, Lobio und Saziwi zubereitet, so dass sie Nastja und mich jetzt von Zeit zu Zeit damit verwöhnt.

Tamara hatte es inzwischen selbst übernommen, die Sektgläser wieder zu füllen, und sagte:

»Es wird Zeit, Brüderschaft zu trinken!«

Nun, wie sie meinte. Ich stieß mit ihr an und trank schicksalsergeben in der Hoffnung, bei so reichhaltigem Essen keinen Schwips zu bekommen.

»Halt!«, stoppte mich Tamara und ging auch gleich zum Du über. »Wer trinkt denn so Brüderschaft? Komm her, setz dich neben mich. Die Ärmchen verschränkt. Und die Gläschen ausgetrunken! Ex! Jetzt reichen wir einander die Lippchen! Und geben uns einen Schmatz! Ja, so! Iss nur, iss, wirst dich noch satt küssen! So was von Temperament!«, lobte Tamara, da die Kellnerin Ljudotschka gerade vorbeikam, und wies mit der Gabel auf mich.

»Lass bloß die Faxen, Temperament!«, versetzte Ljudotschka.

»Du kennst mich!«, meinte Tamara gekränkt.

»Eben, eben.«

Ich erfüllte alle Wünsche Tamaras und futterte kräftig los.

Den Rest des Sektes tranken wir auf die schönen Frauen – Tamaras Aufforderung folgend, brachte ich diesen Toast aus.

Den Wodka tranken wir auf alles Gute und Schöne, auf das Leben, auf die Liebe, auf das Glück.

Der Wodka war alle, die erhitzte, gerötete Tamara aber hatte noch mehr Trinksprüche auf Lager, deshalb bestellte sie Kognak.

Den Kognak tranken wir auf die zufälligen, aber unausbleiblichen Begegnungen, auf das gegenseitige Verständnis, auf die Seelenverwandtschaft, auf unsere Kinder, die schon vorhandenen und die künftigen . . .

Ich war schon ganz schön angetrunken und nippte nur, von Tamara, die meine Zurückhaltung übersah, nicht länger zum Trinken animiert; sie selbst kippte ein volles Glas nach dem andern, ohne dass ihr etwas anzumerken gewesen wäre.

Ich musste austreten. Auf dem Rückweg, der mich an der Küche vorbeiführte, traf ich Ljudotschka.

»Es wird langsam Zeit, zu zahlen und sich zu verabschieden«, sagte sie. »Ihre Dame sieht nicht mehr klar. Wozu wollen Sie Unannehmlichkeiten riskieren?«

»Aber sie ist doch eigentlich . . . Und das Bezahlen – das können wir gleich erledigen.« Ich beglich an Ort und Stelle eine Rechnung, die sich – sparen wir uns überflüssige Details – auf die Hälfte meines durchschnittlichen Monatseinkommens belief. Was mich gar nicht wunderte.

Als ich wieder zu ihr hineinging, sah ich, dass Tamara, die eben noch ganz klar geredet und aufrecht dagesessen hatte, völlig betrunken war. Sie war sich dessen bewusst und sagte offen:

»Ich bin voll wie ein Fass. Bring mich weg von hier. Statt Wodka geben die einem Aceton. Ich habe mich noch nie betrunken.«

Ich fasste sie unter und hatte, als wir hinausgingen, Mühe, den erstaunlich schweren Körper am Fallen zu hindern.

»Stopp!«, sagte sie. »Erst mal aufs Klo. Auskotzen, bevor's nach Hause geht. Auf lasst uns brechen! Sonst ...«

Ich brachte sie zur Tür der Damentoilette.

Sie blieb lange weg.

Als sie herauskam, ächzte sie und rieb sich die Seite. Sie sei hingefallen, ließ sie mich wissen, und verwendete dabei ein gröberes und ausdrucksstärkeres Wort.

»Es ist gleich nebenan«, sagte sie. »Mach dir nichts draus.«

Sie wohnte tatsächlich nicht weit, in einem der Häuser am Kirow-Prospekt. Wir stiegen zum ersten Stock hinauf, und während sie lange in ihrer Tasche nach dem Schlüssel kramte, betrachtete ich die hohe Tür und die Traube von Klingeln mit den Schildern: zu diesen – einmal klingeln, zu jenen – zweimal klingeln. Und so weiter bis zu sechsmaligem Klingeln. Eine Gemeinschaftswohnung also, und zwar dicht belegt.

Endlich hatte Tamara den Schlüssel gefunden und machte auf, ich wollte mich verabschieden, doch sie stieß mich in den schummrigen Korridor.

»Die zweite Tür rechts«, instruierte sie mich.

Am Ende des Korridors tauchte eine alte Frau auf. Gegen das Licht leuchtete ihr spärliches graues Haar wie ein Glorienschein.

»Hast du dich wieder voll laufen lassen, Tomka? Schleppst wieder einen Kerl an? Stellst wieder deine Musik an? Ich hole die Miliz, du wirst es erleben, dass ich sie hole!«

»Oma Katja!« Tamara breitete leutselig die Arme aus und ging auf die Alte zu. »Wir sind alle Menschen! Du bist ein Mensch, und ich bin ein Mensch! Habe ich das Recht zu leben? Antworte mir ehrlich, habe ich das Recht zu leben?«

»Hast du, hast du«, antwortete die Alte rasch und entfernte sich.

»Da ich es also habe, kann ich Musik spielen und alles tun, was ich will, du alte Trine! Ich habe das Recht dazu! Nach dem Gesetz! Bis um elf! Sie lassen einem nicht die Luft zum Atmen!«, beschwerte sich Tamara bei mir, während sie ihre Zimmertür aufschloss. Ich bin eine Dissidentin in dieser Wohnung. In der inneren Emigration muss ich leben. O verdammt, warum habe ich mich bloß so voll laufen lassen? Macht nichts! In fünf Minuten bin ich munter wie ein Fisch im Wasser. Gute Menschen machen meinen Kopf klar. Bist du ein guter Mensch? Ob du ein guter Mensch bist. Habe ich dich was gefragt oder nicht?« Sie packte mich mit beiden Händen am Hemdkragen und führte mich ins Zimmer. »Oder willst du nicht mit mir reden? Du verachtest mich! Und welches Recht hast du dazu? Wer bist du denn?«

Sie krachte die Tür zu, schloss sie ab, steckte den Schlüssel in die Tasche ihres Kleides, ging schwankend zum Bett, fiel darauf und murmelte kaum vernehmbar:

»Warte ... Fünf Minuten ... Wie ein Fisch im Wasser. Fünf Minuten – das reicht. Bleib. Gleich ... Fünf Minuten ...«

Dann drückte sie auf die Taste eines Rekorders mit lädiertem Deckel, der neben ihr auf dem Bett stand, und es plärrte ohrenbetäubend los, katzenartige Frauenstimmen sangen: »Und ich mag Soldaten, mit denen ist man gut beraten, Leute mag ich voller Kraft, alle, die da stehn im Saft!« Tamara schlief, ein Kissen unter die Wange geknüllt, sofort ein, sie lag auf der Seite, wo in ihrer Tasche der Türschlüssel steckte.

Wahrlich eine blöde Situation. Ich sah mich um.

Das Zimmer ist groß, die Decke hoch, mit einem großen braunen Fleck in der Ecke, am Fenster. Nahe der Tür steht ein Kleiderschrank, kehrt ihr seine Rückwand zu. Diese ist mit Kalendern mit Naturansichten, einer halb nackten Japanerin und einer Marlboro-Reklame dekoriert, selbst ein christlicher Kalender hängt da und zwei Kalenderposter »Fliegen Sie mit der Aeroflot!« aus den Jahren dreiundachtzig und siebenundachtzig. All das sieht ramponiert, voll gekritzelt, schmuddelig aus. Der Schrank teilt eine Art Boudoir ab, denn dort steht ein großer alter dunkelrot polierter Spiegel mit kleinen Schubfächern, davor ein ungestrichener Hocker mit gekürzten Beinen und eine Stehlampe.

Ich weiß nicht, früher, als ich noch ein grenzenlos geduldiger und feinfühliger Mensch war – ich sage das ganz objektiv –, hätte ich vielleicht dagesessen und auf Tamaras Erwachen gewartet, um mich von ihr zu verabschieden. Doch jetzt, seit einiger Zeit schon, verspüre ich eine gewisse Ungeduld, denn da ist eine wichtige Angelegenheit, die erledigt werden will, und der Möglichkeit beraubt zu sein, sie zum Abschluss zu bringen, macht mich reizbar.

Diese Angelegenheit, das sind die Bewerbungsfragen.

Ich hatte an sie denken müssen und wurde das Gefühl nicht los, dass ich eine der Fragen übereilt beantwortet hatte, ohne vorher zu überlegen, dabei war sie von großer, möglicherweise grundsätzlicher Bedeutung. Wenn ich doch schon zu Hause wäre, um nach dieser Frage suchen zu können. Irgendwie war sogar etwas Beängstigendes daran – aber was? Das ließ sich nicht herausfinden, solange ich nicht wusste, um was für eine Frage es sich handelte! Ich erinnerte mich lediglich, dass mir etwas unangenehm aufgestoßen war, aber ich hatte nicht darauf geachtet und mir die nächste Frage vorgenommen, um dann etwas Unklares, Nebulöses mit mir herumzutragen – nun, da ich die Fragen nicht zur Hand hatte, war es hochgekommen, und dieses Weibsstück, diese Säuferin, die sich offenbar mit Annoncen Idioten zu angeln pflegte, die sie in Restaurants verköstigen durften, diese Alkoholikerin schlief wie ein Bär und würde wer weiß wann aufwachen. Es war nach neun, womöglich schlief sie die ganze Nacht durch – sollte ich etwa bis zum Morgen dasitzen und mich an dieser muffigen Behausung und ihrem ruhenden Körper erfreuen?

»Tamara!«, rief ich laut.

Vergebens. Ich berührte ihre Schulter. Ich begann sie zu rütteln, fast schon grob. Sie brummte etwas, völlig unansprechbar. Da versuchte ich sie auf den Rücken zu wälzen. Sie wehrte mich mit dem Ellbogen ab, traf mich dabei in den Bauch. Wutentbrannt hielt ich mit der einen Hand ihren wild gewordenen Ellbogen fest und begann sie mit der andern zu schaukeln wie ein Boot, bis ich sie schließlich herumbekam. Sie dachte gar nicht daran aufzuwachen. Kurz entschlossen griff ich in die Tasche ihres Kleides – nichts! Eine Weile stand ich ziemlich belämmert da, dann kam mir der Gedanke, dass der Schlüssel herausgefallen sein musste, und begann nach ihm zu suchen. Ich entdeckte ihn zwischen Bett und Wand. Über Tamara hinweggebeugt, schob ich mich ihm vorsichtig entgegen. Ich streckte schon die Finger aus, um ihn mir behutsam zu angeln, als Tamara sich jäh herumwarf, ich verlor den Halt, meine Hand rutschte ab, der

Schlüssel fiel unter das Bett auf den Fußboden und ich auf Tamara.

Sie fuhr kreischend hoch (brüllte, besser gesagt, im Halbschlaf mit tiefer Stimme auf) und öffnete die Augen. Lange sah sie mich an – mit nicht mehr so trunkenen Augen –, bevor sie plötzlich lächelte und süß flötete:

»Slawotschka! Mein Guter!« Ihr beglückter Gesichtsausdruck wurde sogleich schmachtend.

»Endlich!«, sagte sie und machte Verrenkungen, um sich ihres Kleides zu entledigen. Ich wollte aufstehen, schaffte es jedoch nicht. Sie erhaschte meine Hände und zog mich an sich, presste meinen Kopf an ihre rasch entblößte Brust, nestelte, zerrte mit ungeahnter Kraft an meinen Sachen, dass ich fürchtete, sie würden zerreißen.

Was mir dabei durch den Kopf ging? Mir ging durch den Kopf, dass es für mich längst Zeit war, Alexina untreu zu werden – egal wie, egal mit wem –, um endlich diese Schimäre loszuwerden. Der Gedanke, weiß ich jetzt, wurde nicht in jenem Moment geboren, er lebte schon lange in mir. Ich hatte einfach nach keiner Gelegenheit gesucht – weil ich es nicht gewohnt war und weil ... Aber gibt es nicht genug Gründe!

Tamara entblößte sich flink weiter, mit wieder geschlossenen Augen. Ich zog es vor, sie nicht zu betrachten (und war froh über das Schummerlicht), um nicht noch etwas zu entdecken, was mich ernüchtern und abstoßen konnte – ich muss zugeben, dass ich, was den menschlichen Körper betrifft, zu streng bin, zu sehr von einem Ideal ausgehe, deshalb bin ich auch so wenig von mir selbst überzeugt: mein eigener Körperbau bereitet mir leider wenig Freude, obgleich er nicht missgestaltet ist. Ein Körper wie andere auch. Also schloss ich die Augen wie Tamara und begann mich auszuziehen.

»Schnell, schnell«, flüsterte sie, und ihre Stimme, gar nicht trunken, vielmehr rein und klar, erfüllt von Lust und froher Sehnsucht, erschien mir als Stimme einer unbezähmbaren Sündhaftigkeit, verwundert und erfreut stellte ich (sogar rein körperlich) diese Unbezähmbarkeit und Ungeduld auch bei mir selbst fest.

Ich war so weit. Ich fing an, ihren Körper zurechtzurücken,

doch allzu nachgiebig erschien er mir, irgendwie leblos. Und eigenartige Laute glaubte ich zu hören. Ich öffnete die Augen. Tamara schnarchte leise mit halb offenem Mund. Sie schlief.

Ich stand auf und zog mich an. Dann sah ich unter das Bett. Es war zu niedrig, unmöglich drunterzukriechen. Ich begann nach einem Schrubber, einem Stock, einem langen Gegenstand zu suchen – nichts fand sich. Es blieb nur eines: das Bett zusammen mit der schlafenden Frau von der Wand abzurücken. Ich versuchte es – vergeblich. Auf den unebenen Dielen ließ sich das Bett nicht bewegen, und es anzuheben, schaffte ich nicht.

Verärgert, ja fast wütend ging ich zur Tür. Sie war massiv, nicht wie in den heutigen Neubauwohnungen – so eine lässt sich nicht einschlagen. Ich trat zum Fenster, das nach dem Hof ging, und öffnete es. Direkt darunter machte ich ein Rohr aus, wahrscheinlich war es eine Gasleitung, die sich im Bogen zwischen den Fenstern heraufzog. Eine andere Wahl hatte ich nicht. Ich kletterte über das Fensterbrett und lief vorsichtig weiter auf dem Rohr entlang bis zur Biegung, wo ich, an den vortretenden Ziegelsteinen des Reliefmauerwerks Halt suchend, hinunterstieg. Traurig betrachtete ich meinen verschmutzten Anzug und machte mich auf den Heimweg. Wie sollte ich bloß Nadeshda meinen verdreckten Anblick erklären und den Alkoholgeruch, dessen sie längst entwöhnt war?

Es war bereits nach Mitternacht, als ich mir, noch nass nach dem Bad, die Bewerbungsfragen vornahm und mich wieder in die bereits erledigten Punkte vertiefte, ohne etwas zu entdecken. Das nagende Gefühl der Unruhe, vergleichbar dem Empfinden eines Menschen, der sich qualvoll an etwas sehr Wichtiges zu erinnern sucht, blieb trotzdem. Vielleicht stand diese Frage weiter hinten, unter denen, die ich überflogen, aber noch nicht beantwortet hatte?

Nein, auch dort fand ich nichts. Diese Unruhe kam aber nicht von ungefähr, die hatte mir doch kein Wind in den Kopf geblasen! Schon gut, nicht aufregen. Die Frage kann ja nicht abhanden kommen (sofern es sie tatsächlich gibt, sie nicht nur ein Produkt meiner überhitzten Phantasie ist). Antworten wir der Reihe nach.

52. *Zumeist verspüren Sie Todessehnsucht.*

Nicht zutreffend.

53. *Bei der Benutzung eines Messers oder anderer scharfer Gegenstände haben Sie ein beklemmendes Gefühl.*

Nicht zutreffend. (Ich habe mir nie darüber Gedanken gemacht. Für alle Fälle, zur Selbstkontrolle, ging ich in die Küche und griff nach einem großen scharfen Messer – Nadeshda legt Wert auf gut geschärfte Messer, deshalb pflege ich darauf zu achten –, drehte es in den Händen hin und her, und während ich gleich noch Kraut schnitt, um es für morgen zu dünsten, lauschte ich in mich hinein. Nein, dass ich bei der Benutzung eines Messers überhaupt keine Beklemmung hätte, kann ich nicht behaupten. Seine unheimliche Schärfe und die Leichtigkeit, mit der es in einen Krautkopf – und folglich noch leichter in das menschliche Fleisch – eindringt, bedeutet eine dunkel erahnte Verlockung – doch woher kommt das? Weder einen Selbstverstümmelungs- noch einen selbstmörderischen Trieb habe ich je verspürt! Oder kenne ich mich nur schlecht? So in Gedanken, hätte ich mir um ein Haar in den Finger geschnitten, deshalb legte ich das Messer weg, ohne mit meiner Arbeit fertig geworden zu sein, und verließ die Küche. Das ist alles Unsinn, sagte ich mir, ich habe mir einfach weiß der Teufel was eingeredet.)

54. *Sie fühlen, dass bei Ihnen etwas mit dem Kopf nicht in Ordnung ist.*

Gemeint ist natürlich nicht der Kopf, sondern die Psyche. Ich bin normal. Nach Alexinas Auffassung sogar zu normal. Ich bin schon immer normal gewesen. Warum habe ich nicht automatisch mit *nicht zutreffend* geantwortet? Oder sind mir auf Grund meiner augenblicklichen Verfassung Zweifel gekommen, ob mit meinem Kopf tatsächlich alles in Ordnung ist? Dieses ständige Gefühl der Unruhe habe ich doch früher nicht gekannt, das, bildlich ausgedrückt, mehr dem Zustand eines Menschen entspricht, der im Dunkeln oder mit verbundenen Augen auf gut Glück durch eine unbekannte Gegend geht, darauf gefasst, jeden Augenblick gegen einen Baum, eine Wand, einen Pfahl oder überhaupt ein unbekanntes, unheimliches Hindernis zu prallen oder gar in einen Abgrund zu stürzen.

Wozu verunsichere ich mich unnötigerweise selbst? Bei mir ist alles in Ordnung mit dem Kopf. Zwei mal zwei ist vier, das

Hypotenusenquadrat ist gleich der Summe der Kathetenquadrate. Die Erde ist rund, ich bin völlig normal. *Nicht zutreffend.*

55 . . . 56 . . . 57 . . . 58 . . .

Belanglose Behauptungen, Kleinkram, zu viel Kleinkram.

61. *Als Bauingenieur zu arbeiten könnte Ihnen gefallen.*

64. *Die Liebe hat Ihnen große Enttäuschungen gebracht.*

75. *Sie haben einen guten Appetit.*

Ich sitze selten bis in die Nacht hinein, ich bin ein Mensch, der einen geregelten Tagesablauf braucht. Mit Verwunderung stellte ich fest, dass es bereits hell wurde. Ich öffnete das Fenster und sog die Morgenluft ein – die frische Morgenluft, würde ich gern sagen, aber leider spüre ich gerade morgens deutlich (überhaupt bin ich sehr geruchsempfindlich), wie sich über Nacht der Fabrikrauch, vermischt mit den Autoabgasen, auf die Stadt herabgesenkt hat.

Dafür aber die Stille – rein und absolut.

Die ersten Vögel stimmten ihr Lied an, zwitscherten, trillerten, tirilierten – binnen fünf Minuten entfaltete sich ihr Gesang zum Vogelkonzert, doch auch das war Stille. Ein Zug fuhr dahin, lauter polternd als am Tage, sollte man meinen, aber nein, in der Stille klang das Rattern seiner Räder ebenfalls stiller, sanfter. Die erste Straßenbahn quietschte weit weg um eine Kurve, der erste Obus ließ seinen pfeifenden einsamen Ton hören – und auch das war Stille.

Dann wurden hinter der Wand das Husten und die dumpfe Stimme des kranken alten Nachbarn vernehmbar, und gleich war es vorbei mit der Stille. Denn jetzt war ich nicht mehr allein. Stille herrscht nur dann, wenn der Mensch allein ist, was für Laute der materiellen Welt ringsum auch aufkommen mögen. Eine Stille für alle, die gibt es nicht.

Unterwegs zu Tamara, hatte ich am Sonntag aus einer Zelle die beiden Frauen angerufen, die mir ihre Telefonnummern mitgeteilt hatten. Die eine schlug mir (mit ganz jugendlicher Stimme) einen Treff in genau einer Woche vor, doch wegen meines wahrscheinlich erscheinenden Umzugs zu Larissa bat ich um einen früheren Termin. Daraufhin zog sie die Verabredung gleich auf Montag vor, was mich sehr verwunderte. Die zweite meinte, ihre Wochenenden seien besetzt, werktags arbeite sie und abends gehe es nicht bei ihr, deshalb sei sie bereit, sich an jedem beliebigen Tag mit mir in der Mittagspause zu treffen. Da entschied ich mich kurzerhand für den Dienstag.

Die mit der jugendlichen Stimme, Tatjana hieß sie, »36 Jahre, sympathische Erscheinung, häuslich, gutherzig, fürsorglich«, wohnte, so stand es in ihrer Annonce, in einem großen Neungeschosser direkt im Zentrum, in der kurzen und wenig befahrenen Bogdan-Chmelnizki-Straße.

Nachdem ich erst einmal ausgeschlafen und dann an meinen Kreuzworträtseln gearbeitet hatte, stand ich abends Punkt sieben vor Tatjanas Tür und drückte auf den Klingelknopf.

Geöffnet wurde mir von einem vielleicht sechzehnjährigen Mädchen. Als ich die Stimme hörte, war mir sofort klar, dass ich mit ihr telefoniert hatte.

»Anton Petrowitsch?«, fragte sie freundlich, aber sachlich.

»Ja.«

»Kommen Sie herein.«

Ich trat ein.

Beim Betreten mancher Wohnungen hat man das Bedürfnis, gleich mal in einen Spiegel zu schauen, um sich zu vergewissern, dass man ordentlich gekämmt und rasiert ist, keine Haare hochstehen und keine Bartstoppeln hervorspießen, dass das Hemd sauber ist und man überhaupt einen ordentlichen Anblick bietet. Alles, was in dieser hübschen Zweizimmerwohnung glänzen konnte, das glänzte, was strahlen konnte, strahlte, selbst das kritischste Auge hätte kein Stäubchen, keine Fussel entdeckt, jedes Ding stand exakt an seinem Platz: die Blumenvase in der Mitte des Tisches auf einem Deckchen, die Bücher im Bücherschrank und nicht auf der Couch, auf Stühlen oder dem Fensterbrett, wie es nur zu oft bei mir der Fall ist, der Fernseher genau in der Mitte seines Tischchens, davor, ebenfalls genau auf Mitte und parallel zum Bildschirm ausgerichtet, das aus der Zeitung ausgeschnittene Programm.

»Nehmen Sie Platz«, forderte mich das Mädchen auf.

Ich setzte mich auf die Stuhlkante und stützte die Hände auf die Knie.

»Ihr Brief hat mir gefallen«, sagte sie. »Ohne Prahlerei, ohne Klagen über Einsamkeit. Es ist doch erstaunlich, wie gern die Männer prahlen und klagen. Ein schlichter, aufrichtiger Brief. Ein schlichtes, aufrichtiges Gesicht auf dem Foto. Sind Sie tatsächlich so, oder verstehen Sie sich aufs Verstellen?«

»Das zu beurteilen, muss ich anderen überlassen«, sagte ich. »Doch bevor wir unser Gespräch fortsetzen, gestatten Sie mir eine Frage ...«

»Was in der Anzeige steht, stimmt alles. 36 Jahre, sympathische Erscheinung und so weiter. Das ist meine Mutter. Sie ist sehr scheu, wozu soll sie sich unnötigen Aufregungen aussetzen? Deshalb nehme ich ihr das erste Gespräch, die Vorklärung ab. Zehn Kandidaten sind nach solchen Gesprächen bereits ausgeschieden, Mama hat sie gar nicht zu Gesicht bekommen, weitere zehn nach dem Gespräch mit ihr. Und wenn es zwanzig oder gar dreißig werden, ich finde schon, was sie braucht.«

»Was braucht sie denn?«, wollte ich wissen. Obwohl ich die Situation nicht recht ernst nehmen konnte, imponierten mir die Entschlossenheit und das *Erwachsensein* dieses Mädchens, das mit seinen noch kindlichen Augen und seiner unausgebildeten Halbwüchsigenstimme (die Lippen und die Konturen der Wangen allerdings waren bereits ganz und gar erwachsen, voll ausgeformt, während sich die Augen noch verändern würden) einen sehr eigenartigen Eindruck auf mich machte.

»Sie braucht einen ruhigen Menschen«, sagte sie. »Einen, der keine störenden Angewohnheiten hat. Der sein Zuhause liebt. Bescheiden ist. Sich nach weiblicher Zärtlichkeit und Fürsorge sehnt. Kurz gesagt, das, was in der Schulliteratur als ›kleiner Mann‹ bezeichnet wird. Mir ist längst klar geworden, dass es nur mit solchen Menschen ein Glück geben kann. Mamas erster Mann, mein Vater, war ein Schauspieler mit rücksichtsloser Eigenliebe. Weil er keine Hauptrollen bekam, ging er vom Theater weg, um beim Fernsehen als Sprecher zu arbeiten und ein Kellertheater aufzubauen, das sich ›Alternative‹ nannte. Das liegt lange zurück. Er suchte sich begabte junge Leute und begann mit ihnen zu proben. Mag sein, dass er ein sehr kluger

Mensch war, nur redete er gern ein bisschen viel. Fast ein Jahr probten sie, das heißt, er setzte den anderen die ganze Zeit seine Vorstellung von Stück und Rollen auseinander. Die Schauspieler bekamen das über und machten ihn nach und nach fertig; Theaterleiter wurde einer aus der Truppe, der die dafür nötige Dreistigkeit besaß. Das Theater gibt es übrigens bis heute, es ist wirtschaftlich eigenständig und verdient sein Geld mit Klamauk- und Wundershows. Sie spielen in Schulen und Betrieben, ziehen durch die Dörfer. Na schön, das war eine lyrische Abschweifung.«

»Und wo ist er jetzt, Ihr Vater?«

»In der Klapsmühle. Er hat sich um den Verstand getrunken, irgendetwas hat ausgehakt. Er wird leicht rabiat, und wenn man nicht aufpasst, fängt er an, Fernseher zu zerdeppern, weil er selber den Fernseher spielt. Von morgens bis abends bringt er Nachrichten und kommentiert Fußballspiele. Fußball hat er schon immer gern kommentiert. Und Sie – sind Sie nicht auch ein ehrgeiziger Mensch? Sie haben angegeben, dass Sie sich bei der Miliz bewerben. Wozu?«

»Die Entscheidung ist noch nicht gefallen.«

»Es wäre gut, wenn sie negativ ausfiele. Dass Sie sich mit Kreuzworträtseln befassen, finden Mama und ich gut. Ein fabelhaftes Hobby.«

»Ehrlich gesagt, ist das meine Existenzgrundlage.«

»Und, zahlt man gut dafür?«

»Es geht.«

»Hören Sie, das ist doch eine ideale Variante: da sitzt einer zu Hause, geht einer stillen geistigen Tätigkeit nach und bekommt dafür noch Geld! Mama ist auch Heimarbeiterin, verdient ihr Geld mit der Schreibmaschine, nebenbei bemerkt, ist sie die beste Stenotypistin von ganz Saratow. Jetzt sind bloß alle auf Computer umgestiegen.«

»Das ist kein Problem. Ich habe einen Computer.«

»Wirklich? Tanja, Tanja!«, rief das Mädchen. »Er hat einen Computer! Komm her, wir sind schon fertig, er ist im Prinzip geeignet!«

Die Frau, die hereinkam, war tatsächlich eine sympathische Erscheinung, grazil, mit großen braunen Augen, in einem leichten Kleid mit einem breiten Gürtel um die schmale Taille. Die dunkle Haut, der Schnitt der Augen – sie hatte etwas Exotisches an sich, etwas Spanisches, so stellte ich mir Carmen vor, doch erstaunlicherweise war da statt verborgener Leidenschaft und raubtierhafter Geschmeidigkeit nordisch-russische Leichtigkeit, Lautlosigkeit der Bewegungen, sie schlug sogar vor Verlegenheit die Augen nieder.

»Wundern Sie sich nicht, dass ich sie Tanja rufe«, sagte das Mädchen. »Das ist seit meiner Kindheit so. Sie hat immer im Scherz zu mir gesagt: Deine Tanja ist da, komm zu Tanja auf den Arm, über diesem Gescherze habe ich mich so sehr daran gewöhnt, dass es gar nicht mehr anders geht. Sie mit ›Mama‹ anzureden, dagegen sträubt sich alles in mir.«

»Die Gewohnheit ist die zweite Natur des Menschen«, gab ich eine sehr originelle Bemerkung von mir, die ganz zu dem kleinen Mann passte, dessen Rolle mir Tanjas Tochter kurzerhand zugewiesen hatte. Und wie mochte sie nun heißen?

»Und ich heiße Ninka«, sagte das Mädchen, als hätte es meine gedachte Frage mitbekommen. »So ruft mich Mama – Ninka. Mit scherzhafter Derbheit, um ihre zärtlichen mütterlichen Gefühle zu verdecken. Sie liebt mich sehr. Sogar zu sehr«, tadelte Nina Tanja, und die senkte den Kopf noch tiefer.

»Kurz und gut«, sagte Nina zu ihrer Mutter, »ich habe mit ihm gesprochen und fühle zum ersten Mal: Das ist es, was wir brauchen. Sag du nun, ob er dir gefällt.«

Tanja sah mich an – ihre dunklen Wangen glühten.

»Na? Na?«, drängte Nina.

»Ich weiß nicht«, flüsterte Tanja.

»Du könntest wenigstens einmal sagen, ob er dir gefällt oder nicht. Immer dasselbe: Ich weiß nicht! Nun, das ist deine Sache. Aber hier haben wir vielleicht den einzigen anständigen und brauchbaren Mann der ganzen Stadt. Soll ich ihn wegschicken? Oder gefällt er dir doch ein wenig?«

Tanja bewegte die Lippen, ohne den Kopf zu heben.

»Ich sterbe!«, schrie Ninka. »Zum erstenmal höre ich es! Sie gefallen ihr, hören Sie?«

Tanja bewegte wieder die Lippen.

»Sie fragt, ob sie Ihnen gefällt«, übersetzte Ninka.

»Ja«, antwortete ich kurz und ehrlich.

»Dann zur Taktik und Strategie unserer nächsten Zukunft«, erklärte Ninka. »Etwa zwei Wochen lang Kino, abendliche Spaziergänge, Gespräche, hin und wieder besuchen Sie uns, Anton Petrowitsch. Danach, wenn alles gut läuft, Aufnahme intimer Beziehungen. Um das sexuelle Harmonieren zu prüfen. In der Beziehung mache ich mir kaum Sorgen: unsere Tanja versteht es, sich anzupassen. Brauchen Sie eine leidenschaftliche Frau, wird sie leidenschaftlich sein, brauchen Sie ein gemäßigtes Temperament, werden Sie es bei ihr finden.«

»Ninka!«, rief Tanja.

»Wir sind doch unter uns«, parierte Nina. »Zum Genieren besteht keine Veranlassung. Vor allem, Anton Petrowitsch, ich fahre bald weg nach Moskau, ich werde dort an einem Theaterinstitut studieren.«

»Das Institut ist nicht der Grund. Du fährst zu ihm«, sagte Tanja leise.

»Nun, zu ihm auch. Ich habe einen Boyfriend – wissen Sie, was das ist?«, fragte Ninka.

»Weiß ich.«

»Sie sind also ein moderner kultivierter Mann. Leute Ihrer Generation kennen für gewöhnlich diesen Begriff nicht. Dieser Boyfriend ...«, sie nannte den Namen eines prominenten Schauspielers und Regisseurs, »er ist zwar verheiratet, lebt aber in Scheidung.«

»Bist du sicher?«, fragte Tanja.

»Absolut. Es ist nämlich so, Anton Petrowitsch, meine Mama kann nicht allein leben. Zu Hause ist sie die Ordnung und Umsicht in Person. Draußen aber geht irgendetwas mit ihr vor. Als käme sie aus dem Dschungel – vor den Autos hat sie solche Angst, dass sie sich nicht über die Straße traut. Die Ampel zeigt Grün, doch sie befürchtet, plötzlich könnte etwas um die Ecke biegen oder gleich wieder Rot aufleuchten. Ehe sie sich entschließt, springt die Ampel tatsächlich auf Rot, und sie steht halb ohnmächtig mitten auf der Straße. Einmal ist sie angefahren worden, zum Glück ging es glimpflich ab, mit Prellungen. Im Laden vergisst sie ständig, das Wechselgeld einzustecken, kommt mit dem Abzählen nicht klar. Immerzu geht sie an Häuserwänden entlang – wenn bloß kein Platz kommt, da kann sie in Panik geraten.«

»Da übertreibst du aber wirklich«, sagte Tanja.

»Halb so schlimm. Das ist Agoraphobie«, beruhigte ich sie. »Das haben viele.«

»Tatsächlich?«

»Aber ja.«

»Kurz und gut, am wohlsten fühlt sie sich, wenn sie zu Hause sitzen kann«, fuhr Nina fort. »Das letzte Mal ist sie vor drei Wochen draußen gewesen. Die Arbeit bekommt sie ins Haus gebracht, einkaufen gehe ich. Aber ich muss ja wegfahren. Und was soll dann werden? Einfach schrecklich. Ziehen Sie die Sache deshalb nicht in die Länge, Anton Petrowitsch, entscheiden Sie sich bitte. Was sie für ein Mensch ist, sehen Sie selbst. Lügen kann sie überhaupt nicht. Weder mit Worten noch mit ihrem Gesichtsausdruck. Bedenken Sie, wir stellen die Suche ein, wenn Sie einverstanden sind, und Sie sind es doch? Ja? Ja?«

»Sie könnten ja noch jemand Besseres finden?«

»Wir brauchen keinen Besseren, wir brauchen Sie.«

»Das hört man gern.«

»Vielleicht scheuen Sie die Verantwortung? Ich versichere Ihnen, wenn Tanja von Ihrer Seite Entfremdung fühlt, wird sie das offen und auf der Stelle sagen.«

»Also gut, ich komme in drei Tagen vorbei. Am Donnerstag – zur gleichen Zeit, abends. Oder am Freitag.«

»Beschlossen und besiegelt!«, sagte Nina. »So, jetzt haben wir Tanja genug gequält, sonst geht ihr Gesichtchen noch in Flammen auf, verkohlt und wird unansehnlich.«

»Ninka!«, sagte Tanja klagend und ging, endgültig verlegen, in die Küche.

»Ich begleite Sie«, sagte Nina. »Ich muss noch einkaufen.«

Unterwegs beschrieb sie mir ausführlich die Qualitäten ihrer Mama. Ich habe immer einen sehr schnellen Schritt drauf, und wenn ich mit jemandem wohin gehe (was freilich sehr selten vorkommt), ärgere ich mich über die Langsamkeit der meisten, besonders die der Frauen. Bei Frauen und Mädchen gefällt mir ein energischer, leichter, rascher Gang. Den hatte Nina.

»Warum wollen Sie unbedingt nach Moskau?«, erkundigte

ich mich. »In Saratow gibt es eine hervorragende Theaterfakultät. Viele ihrer Absolventen sind Berühmtheiten geworden. Ich bin darüber im Bilde, weil ein Freund von mir da Vorlesungen hält.«

»Ich sagte doch, in Moskau wohnt mein Boyfriend. Möglicherweise mein künftiger Mann.«

»Aber er ist doch wesentlich älter als Sie. Er ist auch wesentlich älter als ich.«

»Das spielt keine Rolle. Als Mann ist er bestens drauf. In jeder Beziehung.«

»Noch zehn Jahre, und er ist ein Greis!«

»Wollen Sie ihn mir ausreden?« Nina blieb stehen. »Mit welchem Recht, möchte ich wissen.«

»Mit dem Recht deines Stiefvaters – des potenziellen.«

»Entschuldigen Sie, das Recht, für mich zu entscheiden, hat niemand, nicht einmal meine Mama. Seltsam, nicht wahr? Zu ihr sage ich bloß Tanja, wenn ich aber mit jemandem über sie spreche, bloß Mama – absonderlich, die Vorstellung, dass ich sie da auch Tanja nennen könnte.«

»Wie alt bist du eigentlich?«

»Bald siebzehn.«

»Ein wunderbares Alter.«

»Ich kann mich nicht beklagen. Also, wo liegt für Sie das Problem? Mir ist das nicht klar geworden.«

Ich ließ die Frage unbeantwortet.

Ich ließ sie deshalb unbeantwortet, weil ich ihr mein Problem nicht erklären konnte.

Es lag nämlich darin, dass mir nicht Tanja, sondern Nina gefiel, und zwar so, wie mir keine Frau in den letzten Jahren gefallen hatte.

Ich ging mit ihr in einen Laden, in einen zweiten, ich stand dümmlich daneben, während sie ihre Einkäufe tätigte, bevor ich endlich darauf kam, auch etwas zu kaufen.

»Hören Sie«, sagte sie plötzlich. »Vielleicht haben Sie neben den Kreuzworträtseln noch eine andere Lieblingsbeschäftigung?«

»Was für eine?«

»Nun, Sie lesen Annoncen, um die Bekanntschaft einsamer

Frauen zu machen, Sie betören sie, inszenieren eine Romanze mit Heiratsversprechen, und nachdem Sie erotisch-sexuell auf Ihre Kosten gekommen sind, verkrümeln Sie sich still und leise, ohne damit etwas Ungesetzliches zu tun? So eine Art Don Juan, hm?«

»Gott beschütze Sie, wie kommen Sie denn darauf, Ninotschka?«

»Sparen Sie sich das, ich bin nicht gläubig. Deswegen komme ich darauf, weil Sie mir so eigenartige Blicke zuwerfen. Das heißt, ganz eindeutige Blicke.«

»Weil Sie Ihrer Mutter ähnlich sehen.«

»Stimmt nicht. Ich sehe eher meinem Vater ähnlich. Abgesehen von den Augen.«

»Ich sehe Ihnen ja auch in die Augen. Sehr schöne Augen. Wie bei Ihrer Mutter.«

»Na gut. Auf Wiedersehen, bis Donnerstag. Danach führen Sie sie aus ins Kino, ins Theater, für den Anfang aber – Abendessen in Familie. Unter meiner Aufsicht. Ich bitte um Entschuldigung, aber ich muss sehen und hören, wie Sie miteinander reden. Damit ich endgültig herausfinde, wie Sie sind.«

»Sie halten sich für sehr klug«, bemerkte ich ohne Vorwurf.

»Nicht ich allein tue das.«

»Das ist wohl wahr. Ich tu's auch.«

»Na, dann ist ja alles klar.«

76. *Meistenteils ist Ihnen so, als hätten Sie einen Kloß im Hals.*

Zutreffend. Nicht zutreffend.

77. *Oft spüren Sie an verschiedenen Körperstellen ein Brennen, Stechen, »Ameisenkrabbeln«.*

Nicht zutreffend.

78. *Manchmal würden Sie am liebsten eine Prügelei anzetteln.*

Nabokov gehört nicht zu meinen Lieblingsschriftstellern. Selbst in seinem Roman *Maschenka,* der mir noch am meisten zusagt, ist eine gewisse mechanistische Umsetzung der dem Werk zugrunde liegenden Idee erkennbar. Puschkins »des freien Romanes Weite, im Zauberspiegel festgebrannt, noch kaum im Umriss vor mir stand« gibt es bei Nabokov nicht, ihm steht alles von Anfang bis Ende klar vor Augen, hier haben wir es mit einer Inspiration des Geistes, doch keinem freien Flug der Phantasie zu tun, sofern doch Phantasie im Spiel ist, handelt es sich um eine Phantasie des Geistes, und wenn es überraschende Wendungen gibt, sind sie von kalkuliertem geistigem Charakter.

Wahrscheinlich habe ich nicht Recht. Ich bin kein Fachmann.

Mir ist einfach ein Buch eingefallen, zu dem ich ein Verhältnis besonderer Art habe. Den ersten Teil konnte ich nicht ohne Abscheu lesen, den zweiten nicht ohne Begeisterung. Natürlich ist von *Lolita* die Rede. Mein Abscheu rührte von der natürlichen Reaktion eines normalen gesunden Mannes her, der Ablehnung der pathologischen Liebe eines egoistischen selbstverliebten intellektuellen Triebmenschen zu einem jungen Mädchen, das die Natur noch nicht auf das vorbereitet hat, was Humbert Humbert in seiner Beziehung zu ihm begehrt (dabei ist es bedeutungslos, dass sie sich bereits als Frau erwiesen hat – in rein anatomischem Sinn), zu einem jungen Mädchen und nicht zu einem Nymphchen, wie der raffinierte Lüstling es nennt, um mit dem hübschen Wort zu kaschieren, worum es vor allem geht: Er hat es mit einem Kind zu tun. Der zweite Teil, lässt man die Schlüpfrigkeiten beiseite, die der Autor für sein Sujet braucht, ist ein bemerkenswertes Panorama von Details aus dem amerikanischen Leben. Viele, habe ich den Verdacht, überschlagen diese Seiten, für sie ist die Geschichte mit der Episode im Hotel zu Ende, sie blättern von einer Bettszene zur andern. Für mich hingegen ist das Bild des Landes, das Nabokov mit unbestreitbar talentvoller Feder zeichnet, weitaus interessanter. Und überhaupt sind die psychologischen Schattierungen nach meinem Empfinden – als Neophyt, versteht sich – keine so schwierige Angelegenheit. Im zwanzigsten Jahrhundert ist es doch recht einfach, die menschliche Psyche zu beschreiben, ihre Tiefen zu ergründen und sie hin und her zu wenden: die voran gingen, haben den Boden gut bereitet, gedüngt und bestellt, es bleibt nur noch, die Ernte einzubringen. Weit seltener stoße ich auf die Fähigkeit, zum Beispiel darzustellen, wie sich bei einer Pappel draußen vor dem Fenster, die bei völliger Windstille in matter Schweigsamkeit erstarrt ist, als hätte sich ein unsichtbarer Vogel draufgesetzt, plötzlich ein Zweig zu wiegen oder ein einziges Blatt zu flattern beginnt, als geschehe es nicht durch einen Windhauch, sondern ganz von selbst ...

Doch auch darum geht es nicht in erster Linie (was *Lolita* betrifft, meine ich). Meiner Auffassung nach geht es vor allem darum, dass der Autor nichts von dem selbst erlebt hat, was er seinem Helden andichtet. Allein schon aus dem Grund, dass er in diesem Fall das Ganze nicht so detailliert, kunstvoll, psychologisch differenziert und – wie paradox! – authentisch hätte beschreiben können. Wer das tatsächlich erlebt hat, ist nicht imstande, es in künstlerischer Form zu beschreiben. Ich weiß nicht, woran das liegt, bin jedoch, um von diesem speziellen Fall aufs Allgemeine zu kommen, überzeugt, dass überhaupt niemand über sich in künstlerischer Form zu berichten vermag – nur über Fremde lässt sich das machen, am besten über erdachte Personen. Oft nehmen wir gut gestaltete Berichte, mündliche wie schriftliche, für bare Münze, die Wahrheit hingegen glauben wir nicht, weil der Betreffende nicht die nötigen Worte findet, weil er weiß, was für eine *Kluft* zwischen Ereignis und Bericht besteht. Wer jedoch diese Erfahrung nicht kennt, spürt die Kluft nicht und stellt ohne Bedenken alles dar.

Von dem, was sich mit mir ereignet hat und weiter ereignet, schreibe ich nur in groben Zügen und bin mir dessen auch bewusst. Zu sehr bin ich davon betroffen, zu sehr ...

Wie soll ich die Gedanken beschreiben, die mich an diesem Abend bestürmten?

Wie soll ich meinen Zustand schildern, als ich nicht nur eine, sondern zwei Fragen fand, die mich gequält hatten, tief im Innern und so verborgen, dass ich mich nicht an sie erinnern konnte?

Hier sind diese Fragen, die eine ist bereits beantwortet, die zweite steht kurz davor:

22. *Einige Ihrer nächsten Verwandten und Freunde haben Dinge getan, die Sie erschreckten.*

99. *Ihnen gefallen wesentlich ältere oder jüngere Vertreter des anderen Geschlechts.*

Die Begegnung mit Nina – mein Gott, was soll ich dazu sagen, und wie kann ich es am besten tun? Vielleicht so: Sie traf mich wie ein Blitz. Mag es auch banal klingen, die Wahrheit ist mir wichtiger als gezielte Prägnanz und Ausgewogenheit des Ausdrucks.

Ich begriff plötzlich, warum ich ausgerechnet Alexina zu meinem Liebesobjekt auserkoren hatte. Sie war älter, und zwar wesentlich älter. Das ist keine Entdeckung von mir, die Mädchen lassen in einer bestimmten Phase ihre männlichen Altersgenossen in der Entwicklung hinter sich. Später soll sich zwar alles wieder ausgleichen, aber diese Ansicht teile ich nicht. Alexina ist älter geblieben als ich, und das für immer. Der Grund sind nicht frühe Erfahrung und frühes geistiges Reifen, nein, dieses Ältersein ist bei den meisten Frauen von vornherein angelegt, während viele Männer in ihrer Kindheit oder Jugend verharren – und sie fühlen sich selbst jünger als Frauen, die zehn oder gar zwanzig Jahre weniger zählen. Warum komme ich mir beim Anblick einer blutjungen Verkäuferin, einer jungen Sekretärin in einer Behörde, einer angemalten und halb entblößten Schönheit, die aus einer Limousine steigt und von mir natürlich keinerlei Notiz nimmt, beinahe wie ein Halbwüchsiger vor? Warum das? Warum erscheint mir Alexina, die sich fabelhaft gehalten hat – mehr als dreißig würde ihr keiner geben –, älter, so viel ich auch in den Spiegel blicke, um mich von meinen Falten, meiner derb gewordenen Haut, meinen ziemlich früh ergrauten Haaren zu überzeugen.

Dabei ist das nur die eine Seite.

Auf der anderen Seite hat mir diese Frage (99) bewusst gemacht, dass ich seit einigen Jahren junge Mädchen von sechzehn, siebzehn Jahren, nun, vielleicht auch ein bisschen mehr, anzustarren pflege. Nein, keine Nymphchen, Gott bewahre, nicht solche, die im Grunde noch halbe Kinder sind, sondern welche, die ...

Nun, das schreibe ich lieber später zu Ende – wenn überhaupt, schließlich tue ich es für mich und nicht für andere.

Sicherlich handelt es sich hier um etwas wie Sehnsucht nach der Jugend, als auch Alexina jung war. Und um einen heimlichen Traum vom Unmöglichen: sie wäre jung und ich so wie jetzt. Und alles würde sich dann vielleicht anders fügen. Nicht umsonst hat sie schon in der zehnten Klasse für ihren vierzigjährigen Dozenten geschwärmt, als sie die Vorbereitungskurse der

Universität besuchte, um ihre Immatrikulation sicherzustellen – da sie kein Vitamin B besaß und allein auf ihre Kenntnisse bauen konnte. Ich weiß nicht, wie weit diese Schwärmerei gegangen ist, zwei Monate lang war sie jedenfalls glücklich, lachlustig, nervös, nachdenklich, danach dann energielos, urplötzlich weinte sie los, fast ohne Tränen, keiner außer mir kriegte es mit.

Und die dritte Seite – was sollen das denn für Dinge sein, mit denen mich Verwandte und Freunde erschreckt haben könnten?

Wenn ich an meine Nichte Nastja denke, so hatte ich stets ein gutes Verhältnis zu ihr. Bis zum letzten Jahr. Im letzten Jahr geriet sie regelrecht außer Rand und Band, erlaubte sich, Nadeshda frech zu kommen, war launisch wie das Wetter, nahm nichts unwidersprochen hin, ihr Geschrei grenzte manchmal schon an Hysterie. Nadeshda war völlig verwirrt, ich erklärte ihr, das sei ganz normal für das Alter, das müsse durchgestanden werden.

»Normal!«, rief sie. »Ich bitte sie, abends um zehn zu Hause zu sein, sie sagt: halb elf. Ich sage: Was gibt dir diese halbe Stunde? Und sie schreit, uns bedeute eine halbe Stunde nichts, wir seien ja Spießer, eine graue Masse, während ihr jede Minute teuer sei, man könne ja nicht wissen, wie viel einem noch bleibe – förmlich mit dem Kopf durch die Wand will sie! Was heißt Erscheinungen? Ich überlege schon, ob ich sie vielleicht einem Arzt vorstelle. Einem Neuropathologen.«

»Ein Neuropathologe befasst sich mit anderen Dingen. Hier wird ein Psychoanalytiker gebraucht, aber bei uns hat sich auf diesem Gebiet herzlich wenig getan – sie wird auch gar nicht hingehen wollen, und mit Gewalt kriegst du sie nicht hin.«

»Das stimmt. Was soll ich also tun?«

»Es über dich ergehen lassen.«

»Daran gewöhne ich mich nicht, wenn sie sich doch bald die Hörner abstoßen würde«, sagte Nadeshda traurig.

Das soll nicht heißen, dass es tagtäglich Konflikte gegeben hätte. Manchmal war Nastja wie früher – ruhig, gemütlich, man konnte sich sogar mit ihr unterhalten.

Als sie in diesem Frühjahr fünfzehn wurde, beruhigte sie sich etwas.

Doch exakt zu dieser Zeit – ich rufe mir Vorkommnisse in Erinnerung, die, obwohl noch nicht lange her, gänzlich in Vergessenheit geraten sind (Schutzfunktion?) – gab es einige Vorfälle, die durchaus dazu angetan waren, mich zu erschrecken, es jedoch nicht taten, da ich sie nicht analysierte und vor allem gar nicht daran dachte, mich erschrecken zu lassen, hielt ich doch alles Nastjas exzentrischem Alter zugute.

Eines Tages kam sie nach dem Bad im Morgenmantel zu mir herein, setzte sich auf die Couch und sah lange zu, wie ich an meinen Kreuzworträtseln arbeitete, bevor sie fragte:

»Onkel Anton Petrowitsch (so redet sie mich mit Vorliebe an), du bist doch ein Mann? Bist du einer, oder bist du keiner?«

»Klar doch«, erwiderte ich, froh über ihre gute Laune, die aus der Frische ihrer Augen und der Leichtigkeit ihres Lächelns sprach.

»Du verstehst also etwas vom Aussehen einer Frau?«

»Im Großen und Ganzen ja.«

»Ja, das tust du. Ich habe deine Freundin gesehen. Eine schöne Frau. Du hast Geschmack.«

»Wie konntest du sie sehen? Sie verlässt doch fast nie das Haus.«

»Fast, aber doch nicht ganz. Ich habe zunächst einmal ausgekundschaftet, wo sie wohnt, das heißt, ich habe dir nachgespürt.«

»Wozu das?«

»Ich bin sehr neugierig.«

Ich riss mich los von meiner Beschäftigung und sah sie befremdet an.

»Und weiter?«

»Weiter legte ich mich auf die Lauer. Eine ganze Woche behielt ich ihr Haus im Auge. Endlich kam sie heraus. Und setzte sich bei jemandem ins Auto.«

»Verstehe ich nicht. Wozu hast du das nötig?«

»Ich sage ja: aus Neugier. Aber das ist lange her. Es geht um was anderes.«

»Worum denn?«

»Da du ein Mann bist und Geschmack hast, sag mir offen – bin ich hübsch oder nicht?«

»Du bist sehr hübsch.«

»Wenn man es ernst meint, redet man nicht so, Onkel Anton

Petrowitsch«, meinte Nastja gekränkt. »Wenn man es ernst meint, antwortet man nicht so. Du bist meinen Anblick gewohnt, wir wohnen schon lange zusammen, und überhaupt, bei Verwandten ist einem gar nicht bewusst, ob sie hübsch sind oder nicht. Nehmen wir Mutter. Ich weiß nicht, ob sie hübsch ist oder nicht besonders.«

»Sie ist hübsch.«

»Oder dich, Onkel Anton Petrowitsch. Ich sehe dich an und weiß es nicht zu sagen. Ein ganz gewöhnlicher Mann, aber irgendwie hat er etwas an sich. Doch das kannst du besser beurteilen, du bist ein kluger Mensch.«

»Du bist auch nicht dumm.«

»Bitte keine leeren Sprüche. Schau mich richtig an und sag mir, ob ich hübsch bin oder nicht.«

Sie starrte mich an wie in dem Kinderspiel: wer als erster dem Blick des andern nicht standhält und blinzelt.

»Du hast ein originelles und sehr anziehendes Gesicht«, ließ ich mir einfallen.

»Also bin ich ein Scheusal.«

»Mit dir kann man nicht reden, Nastenka. Ich habe gesagt, was ich gesagt habe: Du hast ein originelles und anziehendes Gesicht. Solche Gesichter fallen auf. Es gibt eine Schönheit der absoluten Proportionen – wie bei den Models. Deine Schönheit dagegen ist, na, sagen wir, die der Schauspielerin – nicht durchschnittliche Proportionen machen sie aus, sondern Originalität: die sich auf Anhieb einprägt. Liza Minnelli ist so ein Beispiel. Letzte Woche lief ein Film im Fernsehen, du hast ihn doch gesehen.«

»Wie, habe ich auch so einen Riecher wie sie?«

»Drück dich bitte kultiviert aus, du weißt doch, dass ich solches Gerede nicht mag.«

»Ich meine das nicht ernst, Onkel Anton Petrowitsch, das war ein Joke.«

»Willst du mich ärgern?«

»Du bist gewieft. Hast dich herausgewunden. Sieh doch mal genau hin! Eine krumme Nase mit einem Auswuchs an der Spitze, die Lippen – als hätte ich Pfeffer in mich hineingestopft, passen kaum in meine Fratze, dazu Glotzaugen. Das habe ich wahrscheinlich meinem Papachen zu verdanken.«

»Mach dich nicht selber schlecht«, sagte ich. »Um deine Lippen, deine Augen und deine Nase können dich sehr viele beneiden.«

»Nein, ich leide unter keinen Komplexen«, beruhigte mich Nastja. »Wir haben einen Fragebogen unserer Dämel von Klassenkameraden abgefangen. Du weißt doch, das ist jetzt Mode: Hit der Woche, bester Film des Jahres, Miss Europa, Miss Welt und so weiter. Sogar eine Miss Institut wird gewählt, habe ich gehört. Das verschafft unseren Bubis einen Kick. Sie haben also einen Schrieb in Umlauf gesetzt, um die Miss Klasse zu ermitteln. Dabei wurde allerdings nicht bloß der erste Platz vergeben, sondern drei. Ich kam auf Platz zwei, auf den ersten haben sie Lerka Nowikowa gesetzt.«

»Und das tut dir weh?«

»Überhaupt nicht. Das heißt, für mich selbst nicht. Für die Bubis schon. Die Schönheit macht ja nicht nur die Fratze aus, sondern auch Figur, Haltung, Charme, habe ich Recht?«

»Hast du.«

»Ich weiß nicht, wie es sich mit dem Charme verhält, mit Lerkas Figur jedenfalls ist kein Blumentopf zu gewinnen. Sie sind einfach noch zu klein und verstehen nichts davon. Lerka hat dicke Beine. Und der Hintern ist auch nicht besser. Wenn sie zwanzig ist, wird sie auf zwei Stühlen sitzen. Kennst du dich aus mit Figuren?«

»Ich denke schon.«

»Dann sag die Wahrheit. Aber objektiv.«

Sie warf den Morgenmantel ab, stand auf – sie hatte einen Badeanzug an, wie ich jetzt sah –, machte einen eigenartigen Schritt zur Seite und irgendeine Geste mit den Händen. Ich sah sie kurz an und sagte:

»Eine ideale Figur.«

»Du hast ja gar nicht hergeguckt.«

»Na, dann gucke ich jetzt.«

Ich sah sie mit einem flüchtigen, verschwommenen Blick an, denn sie eingehend betrachten konnte ich natürlich nicht – zu aufmerksam beobachtete sie meinen Blick und würde sofort erkennen, wohin ich im konkreten Moment guckte.

»Ich sage es noch einmal: eine ideale Figur.«

»Zur idealen fehlt noch was«, sagte Nastja, indem sie den Morgenmantel wieder überzog. »Aber die Anlagen sind da, das weiß ich selber. Und die fallen auf Lerka rein. Lachhaft.«

Nastja ging hinaus, und ich überlegte, dass die Arme sich wahrscheinlich verliebt hatte und ihre Liebe nicht erwidert wurde; aus Liebeskummer also führte sie diese Gespräche mit mir – mit wem sonst sollte sie darüber sprechen? Und ich vertiefte mich in meine Arbeit.

Eine Woche verging, vielleicht auch mehr.

Als ich eines Tages nach Hause kam, dröhnte aus Nastjas Zimmer Musik. Für gewöhnlich benutzte sie Kopfhörer. Sicherlich hat sie Besuch, dachte ich. Nadeshda hat heute bis spätnachts Dienst, da hat sich Nastja Freundinnen oder Freunde eingeladen.

Ich versuchte zu lesen, doch es ging nicht, die Lautstärke der Musik war unerträglich. Ich selbst hätte es schon irgendwie ertragen, aber den Nachbarn gegenüber war es peinlich. Ich ging zu ihrer Tür und klopfte. Noch einmal. Dann stärker, mit der Faust. Vergeblich. Ich stieß die Tür auf – einfach so, um mein Gewissen zu beruhigen: Nastja pflegt die Tür zu verriegeln. Wenn Nadeshda sich deswegen aufregt, schreit sie, sie stinke das alles an, nicht mal einen eigenen Winkel habe sie – wenn sie nur bald mit der Schule fertig wäre, damit sie endlich hier wegkäme oder heiraten könnte! Mir wird in solchen Fällen immer unwohl zumute, weiß ich doch, dass ich es bin, der hier ausziehen oder heiraten sollte.

Die Tür ging also auf, und ich sah Nastja in besagtem Badeanzug, allerdings nur im Unterteil. Sie tanzte vor dem Spiegel. Als sie mich bemerkte, lächelte sie – und tanzte weiter. Ich machte einen Schritt, um die Musik abzuschalten – und hielt inne. Irgendwie scheute ich mich, weiter in das Zimmer hineinzugehen.

»Mach aus!«, schrie ich. »Das ist ja zum Verrücktwerden!«

Sie tanzte noch ein Weilchen weiter, bevor sie, ohne sich zu genieren, zum Rekorder ging, ihn ausschaltete und sich in einen Sessel fallen ließ – das Gesicht mir zugewandt.

»Tänze im New Style«, sagte ich. »Heimstriptease. Sehr interessant.« Durch Intonation und Wahl meiner Wort wollte ich alles ins Scherzhafte wenden.

Nastja war jedoch ernst gestimmt und herausfordernd.

»Hat es dir gefallen?«

»Ich kenne mich damit nicht aus.«

»Sag bloß Mutter nichts. Eine Schulfreundin von mir arbeitet in einem Restaurant, unwichtig wo, sie tanzt dort. Für gutes Geld. Dabei ist ihre Figur schlechter als meine und die Ausstrahlung gleich null. Bloß der Busen ist schon Größe fünf. Worauf es ankommt, ist doch aber nicht die Größe, sondern die Schönheit. Ist das etwa nicht schön?« Sie wies auf ihre Brüste und strich darüber.

Ich blieb die Antwort schuldig.

»Ich habe dieses ärmliche Leben satt. Ich lerne gut, mit den Schulaufgaben komme ich schon klar. Es wird Zeit, dass ich anfange, Geld zu verdienen. Sag bloß Mutter nichts. Keine Bange, außer Tanzen ist da nichts. Die sind doch nicht so blöd, sich Knast einzuhandeln, wir sind ja minderjährig.«

»Wenn du Geld brauchst . . .«

»Dein Geld brauche ich nicht. Eigenes brauche ich. Und überhaupt.«

Sie streifte sich das Hemd über und setzte sich hin mit düsterem, verschlossenem Gesicht, nicht geneigt, das Gespräch fortzusetzen.

»Hör zu, Nastja«, sagte ich. »Das ist alles nicht so einfach, wie du es dir vorstellst. Ich glaube nicht, dass es hier primär ums Geld geht. Es wird wohl so sein, dass du nach Selbstbestätigung suchst, dich erwachsen und selbständig fühlen möchtest und möglichst viele dein Erwachsensein und deine Selbständigkeit wahrnehmen sollen. Unterbrich mich nicht, lass mich ausreden, dann bin ich bereit, alle deine Einwände anzuhören. Ich schließe nicht aus, das heißt, ich bin sogar überzeugt davon, dass du tatsächlich bloß tanzen wirst. Doch bei meinen Überlegungen, die ich über das Leben angestellt habe, bin ich zu dem Schluss gekommen, wenn etwas praktisch und körperlich, real und materiell noch nicht vollzogen worden ist, dann bedeutet dies nicht, dass es überhaupt nicht vollzogen wurde. Ich will dir das erklären. Derjenige, der dich gierig und lüstern betrachten wird – das kann man sich ja unschwer vorstellen –, für den es in seiner ewigen Begehrlichkeit nichts Heiliges gibt, mag er dich auch nicht berühren, mag er sich auch scheuen, an dich heranzutreten und dich anzusprechen, was, nebenbei bemerkt, sehr zweifelhaft ist, aber mag es so sein, dass er die Kontrolle über sich behält und deine Minderjährigkeit nicht ignoriert, um nicht mit dem Gesetz in Konflikt zu kommen – selbst ohne dich zu berühren, ohne Worte, allein mit seinem Blick wird er bereits auf dich einwirken, auch diese Musik wird auf dich einwirken, selbst die Gerüche dieses, pardon, Fraßes, den sie zur Verdauung ihrer visuellen Eindrücke zu sich nehmen, dieses trunkene Stimmengewirr, das irre Geflimmer, das sie Lichtorgel nennen, das wird ebenso auf dich einwirken wie diese Restaurantluft, das heißt weniger die Luft als solche als das von den trunkenen Köpfen ausgestrahlte Kraftfeld; nach zwei, drei Abenden wirst du bereits stark verändert, nach einem Monat Arbeit eine ganz andere geworden sein, auch wenn du deine Unnahbarkeit und dergleichen bewahrst. Verstehst du mich?«

»Und was schlägst du mir vor? Auch Kreuzworträtsel zu basteln?«

»Nicht unbedingt. Erwachsensein und Selbständigkeit kann man beweisen, auch ohne eigens darauf abzuzielen. Durch sein Denken. Durch seine Ansichten. Durch ganz gewöhnliches Handeln im ganz gewöhnlichen Leben, einem Handeln, das Kraft, Selbstvertrauen, Verstand erkennen lässt.«

»Kurz gesagt: Lerne gut, bummle nicht bis in die Nacht hinein – ist das unter deinem Erwachsensein und deiner Selbständigkeit zu verstehen?«

»So paradox es scheinen mag, in wesentlichem Maße ist es so«, bestätigte ich.

»Nein, danke, dieses Lied, das kennen wir schon! Andererseits, diese Restaurants finde ich selbst scheußlich. Dort stinkt es tatsächlich ständig nach Essen, selbst wenn Küche und Saal weit auseinander liegen. Ich habe einen feinen Geruchssinn.«

»Da kommst du nach mir.«

»Na schön«, sagte Nastja. »Wird Zeit, dass ich mit meinen Schulaufgaben fertig werde, um Ausgang bis zehn zu bekommen.«

Auch diese Episode, ihr Aufbegehren, ihren Entschluss, in einem Restaurant zu strippen (wie soll man es sonst nennen?), nahm ich nicht ernst. Das mit der Freundin hatte sie sich höchstwahrscheinlich ausgedacht, und wenn nicht, war die bestimmt schon achtzehn oder zumindest siebzehn: die Restaurantbesitzer konnten doch nicht so dumm sein, minderjährige Tänzerinnen zu engagieren, wo man in unserer für die Schönheit ihrer Frauen bekannten Stadt mehr als genug williger und leicht anzulernender achtzehn- bis zwanzigjähriger Girls finden konnte, deren Formen den abendlichen Besuchern einen angenehmen Anblick boten: der Halbwüchsigenreiz vortretender Rippen und noch knochiger Arme war etwas für Liebhaber vom Schlage des Nabokov'schen Humbert Humbert, aber gab es denn von denen so viele, dass es sich lohnte, ein Spezialrestaurant aufzumachen? In einer westlichen Megalopole, New York zum Beispiel, mochte ein Etablissement mit Namen »Lolita«, »Humbert Humbert« oder gar »Bei Nabokov« schon denkbar sein, aber selbst dort würde man keine minderjährigen Mädchen tanzen lassen: aus zahlreichen Informationsquellen habe ich mir, ohne in Amerika gewesen zu sein, ein sicherlich einigermaßen zutreffendes Bild der amerikanischen Heuchelei gemacht, wie sie für jede bürgerliche Gesellschaft kennzeichnend ist, genauer gesagt, nicht für die bürgerliche, sondern vor allem für jede in sich ruhende Gesellschaft, die auf Selbstschutz bedacht ist und dabei nicht ohne Heuchelei auskommt. Nebenbei bemerkt, die – beichtfreudige und ziemlich lotterige – Offenheit und Wahrheitsliebe unseres Landes, Eigenschaften, die bei Ausländern solchen Anklang finden, rührt nicht daher, dass das Leben bei uns so wohlgeordnet wäre, sondern dass es am In-sich-Ruhen fehlt und Selbstschutz überflüssig erscheint: was gibt es schon zu beschützen, wenn keiner die Absicht hat zu heucheln, das heißt, das Verwerfliche oder, sagen wir es so, das Unübliche hinter Wohlanständigkeit zu verbergen, da alles üblich ist! (Vgl. Frage 11.)

Aber wieso habe ich mich eigentlich zu solchen Phantastereien verleiten lassen? Das Restaurant »Lolita« habe ich mir ausgedacht und in meiner Einbildung auch noch die tanzenden Nymphchen als Ballettgruppe eilfertig vorbeischweben lassen.

Die letzte Episode, die war nun wirklich dazu angetan, mich zu erschrecken, aber . . .

Drei Monate mag es her sein. Für mich eine lange Zeit, habe

ich doch, ungeachtet aller äußerlichen Gemessenheit, stets intensiv und mit einem anderen Tempo gelebt als viele, die letzten Wochen und Tage aber, die kommen mir überhaupt wie Jahre und Monate vor, so ereignisreich sind sie gewesen.

Nadeshda hatte wieder einmal Spätschicht, ich wollte, durchgefroren von einem Spaziergang, ein heißes Bad nehmen. Doch im Badezimmer war Nastja. Ich klopfte an die Tür und erkundigte mich, ob sie bald herauskäme. Sie antwortete nicht. Nun, das kannte ich schon.

Ich schaltete den Fernseher ein und legte mich, wie gewohnt, aufs Bett, um nebenbei etwas zu lesen.

Und schlummerte ein.

Ich schlummerte ziemlich lange, wie das, wenn es auf den Abend zugeht, manchmal so ist. An die zwei Stunden.

Als ich aufwachte, sah ich auf die Uhr und ärgerte mich über mich selbst: Jetzt würde ich nicht rechtzeitig ins Bett kommen und morgen später aufstehen – mehrere Tage würde ich brauchen, um wieder in den gewohnten Rhythmus hineinzufinden.

Ich trottete zum Badezimmer.

Die Tür war verschlossen.

»Bist du dort eingeschlafen oder wie?«, rief ich und pochte an die Tür.

Keine Antwort.

Wer weiß woher (was heißt, wer weiß, ich wusste es: Filme, Bücher, Zeitungen, mündliche Berichte – die runden Augen der Erzähler und das sonderbare Vergnügen, mit dem sie das Erzählte anbringen), stand mir sogleich ein Bild vor Augen: ein in blutigem Wasser schwimmender Körper mit aufgeschnittenen Pulsadern. Doch zum Erschrecken blieb keine Zeit. Innerhalb einer Hunderttausendstelsekunde, während dieses Bild von einem Gehirnabschnitt in einen zweiten, für den Schrecken zuständigen übertragen wurde, kappte ich kurzerhand die Verbindung durch eine körperliche Aktion – ich riss die Tür auf, dass der Riegel herausflog.

Nastja lag unter einem Berg von Seifenschaum, nur ihr Kopf war zu sehen.

Ihre Augen waren geschwollen und rot. Doch offenbar hatte sie sich bereits ausgeweint, ihre Hände fuhren langsam durch den Schaum. Mir warf sie nicht einmal einen Blick zu, als hätte ich nicht soeben die Tür aufgebrochen.

»Na?«, sagte ich nicht etwa mit der Stimme eines Onkels, sondern eines streitsüchtigen Nachbarn in einer Gemeinschaftswohnung, als bemerkte ich ihre Verfassung nicht. »Wollen wir noch lange hier plantschen? Andere haben auch das Bedürfnis, sich zu waschen. Haben Sie die Güte, Madame Anastasia Wladimirowna, das Badezimmer zu räumen.«

»Seltsam«, sagte Nastja leise. »Einen Vater habe ich nicht, aber einen Vatersnamen. Seltsam. Ich finde es gut, wie das bei den Engländern ist, bei den Franzosen, den Amerikanern, überhaupt bei vielen. Nichts mit Vatersnamen. Vor- und Familienname. Wozu brauche ich einen Vatersnamen? Wozu brauchen die einen Vatersnamen, die ihre Väter hassen? Nein, es ist schon besser, dass ich keinen Vater habe, ich würde ihn hassen. Und wärst du mein Vater, würde ich dich auch hassen.«

»Weswegen?«, wollte ich ehrlich verwundert wissen.

»Weil du zu gut drauf bist, immer fröhlich. Alles ist einfach für dich: bastelst deine Kreuzworträtsel, und nichts kann dich jucken.«

»Das stimmt nicht«, sagte ich gekränkt und sogar beleidigt. »Du kannst nicht in mich hineingucken und feststellen, ob mich etwas juckt oder nicht. Das betrifft auch nicht nur mich allein. Du siehst vielleicht einen Menschen, der still an seinem Tisch sitzt und fleißig vor sich hin pinselt. Dabei ist es womöglich ein Shakespeare, und er schreibt: ›Sein oder nicht sein, das ist hier die Frage!‹ Verstehst du mich?«

»Du hast immer Recht. Deswegen würde ich dich auch hassen. Nein, gut, dass du nicht mein Vater bist. Sein oder nicht sein – da triffst du den Nagel auf den Kopf. Du brauchst dich nicht mehr um dein Sein zu kümmern, du bist bereits, was du bist, und mit allem zufrieden.«

»Bei weitem nicht mit allem, bloß ...«

»Wer hat mich gelehrt, dass man andere Leute nicht unterbricht?«

»Entschuldige.«

»Ich habe begriffen, was ich sein und tun werde. Ganz plötzlich habe ich es begriffen. Ich werde eine lasterhafte Frau, ich werde mich dem Trunk ergeben und mir Aids holen. Das im besten Falle. Im schlimmsten werde ich mich verlieben und aus Liebe heiraten, nach einem Jahr werden mein Mann und ich anfangen, uns ganz sachte mit Worten und kleinen Bosheiten zu Tode zu quälen. Ich werde seine stinkigen Hemden und Unterhosen waschen und Lust bekommen, ihn zu vergiften. Ich werde ihn verlassen und einen anderen finden. Er wird reich sein, und ich werde eine Haushälterin haben. Er wird mich zu irgendeinem Geschäftsessen mitnehmen, dort wird ein großer Dunkelhaariger beim Tanzen meine Taille umfassen und sich langsam an meinen Busen heranarbeiten, danach dann wird sich mein Mann zu Hause betrinken und mir das Gesicht zerschneiden, um mich zu verunstalten. Ich werde versuchen, ihn ins Gefängnis zu bringen, und von meinem Mann gedungene Mörder werden mich umbringen.«

»Bist du fertig?«

»Noch nicht. Aber sprich nur, sprich. Ich habe Zeit.«

»Wie wäre es damit?«, sagte ich. »Du gehst an ein pädagogisches Institut und wirst Lehrerin. Du willst zwei, drei Jahre in einer Schule arbeiten und dir danach eine günstigere Tätigkeit suchen. Doch völlig unverhofft stellst du fest, dass dir die Arbeit in der Schule mehr und mehr Spaß macht, besonders in den oberen Klassen. Du fängst an, fakultativen Unterricht zu geben, literarische Abende zu veranstalten, du ertappst dich dabei, dass jeder Tadel an deinen Schülern dich als Klassenlehrerin wurmt und jedes Lob dich glücklich macht. Das ist nur ein Beispiel, das mir gerade so einfällt, eine mögliche Variante. Worum es geht: Wir kennen uns nicht so gut, um unsere Zukunft vorhersagen zu können.«

»Ich kenne mich«, versetzte Nastja scharf. »Ich bin bereits ein gemeines Biest. Ich habe Lerka ihren Freund ausgespannt. Dabei ist er mir absolut gleichgültig. Ich wollte einfach genau wissen, ob ich ein Biest bin oder nicht. Mit Gedankenspielen bekommt man das nicht heraus. Und so habe ich ihn ihr eben ausgespannt. Vor allem, wie ich das bewerkstelligt habe – ist das nicht zum Lachen? Eine Flasche Portwein und das Bett, das war's. Ich habe ihn zum Mann gemacht – jetzt ist er ganz verrückt nach mir und kriegt es fertig, auf den Knien angekrochen zu kommen. Ich habe ihm gesagt, wenn er sich verquatscht, gieße ich ihm Säure in die Visage. Und die bedeutet ihm sehr viel, er hat Angst vor mir. Bald wird er anfangen, mich zu hassen. Soll er doch, ich brauche ihn nicht. Ich kenne mich also, Onkel Anton Petrowitsch. Bis in die fernste Zukunft hinein, bis zum Tod, denn den Verwachsenen heilt erst das Grab.«

»Wer soll denn verwachsen sein bei uns?«

»Ich bin die Verwachsene. Es gibt vieles, was ich will und mir wünsche. Und mein Charakter ist so: Was ich will oder mir wünsche, das tue ich auch. Ich komme nicht nach Ihnen, mein Herr. Sie wollen auch vieles, werden sich das aber nie zugestehen.«

»Was ich will oder mir wünsche, das gestehe ich mir zu. Es kommt nur das Alter, Nastja, wo man erkennt, dass nicht die Zahl der Wünsche die Hauptsache ist. Die Hauptsache ist seelische Ausgeglichenheit. ›Das Glück, das gibt es nicht auf dieser Welt, doch gibt es Seelenfrieden und den Willen.‹ Besser als Puschkin kann man das nicht ausdrücken. Seelenfrieden habe ich und einen Willen.«

»Was für einen Willen?«

»Meinen.«

»Sie sagen die Unwahrheit. Hier sehen Sie ein hübsches schlankes Mädchen vor sich. Dass es Ihre Nichte ist, spielt keine Rolle. Lesen Sie mal die *Aids-Info,* die auch Kreuzworträtsel von Ihnen bringt, und andere Blättchen – nicht das Vergnügen gehabt? Die bringen solche Geschichten am laufenden Band. Vor sich also sehen Sie ein hübsches schlankes Mädchen, eine junge Frau, eine nackte zudem.« Sie schob den Schaum weg, um ihre Nacktheit zu zeigen. »Und da kommen Ihnen keine Gedanken?«

»Was für welche?«

»Das wissen Sie doch selber.«

»Nein. Kommen mir nicht«, erwiderte ich ganz aufrichtig.

»Sind Sie vielleicht impotent?«

»Ein Dummchen bist du. Ich bin ein normaler Mensch. Es gibt Grenzen, die ich nicht einmal in Gedanken überschreite. Und zwar nicht deshalb, weil ich es mir verboten habe, sondern ich überschreite sie einfach nicht. Natürlicherweise überschreite ich sie nicht.«

»Und ich überschreite sie natürlicherweise«, sagte Nastja. »Jetzt mehr in Gedanken, später aber ... Hör mal, Onkel Anton Petrowitsch!«, rief sie plötzlich mit völlig veränderter Stimme, »lässt du mich nun endlich weiterbaden? Sonst kommst du erst in der Nacht hier rein!«

Ich schloss die Tür.

Eine Woche später wechselte bei ihr Melancholie zu Fröhlichkeit, Zorn zu Liebenswürdigkeit, nun ist schon einige Zeit vergangen, und sie bietet keinerlei Anlass, sich ihretwegen zu beunruhigen.

Jetzt lasse ich mir diese Vorfälle aus irgendeinem Grund durch den Sinn gehen, und meine Gefühle sind stärker als damals, als sich alles ereignet hat. Ich versetze mich in Unruhe, um mich sogleich wieder zu beruhigen. Dass sie sich mir ein paarmal halb oder ganz nackt präsentiert hat, zeugt keineswegs von einem unnatürlichen Interesse, das sie an mir hat. In der *Sexuellen Pathologie,* einem Standardwerk von Akademiemitglied F. D. Krenkel, das ich in meiner Bibliothek habe, las ich, dass der – oft unbewusste – Exhibitionismus von Kindern und Halbwüchsigen, die den Drang verspürten, ihre Nacktheit nicht nur Fremden, sondern vor allem auch Familienmitgliedern zu zeigen, eine ganz gewöhnliche Erscheinung sei und nur selten zur Manie ausarte. Der Exhibitionismus Erwachsener hingegen sei bereits psychopathischer Natur, Männer, die ihre Entblößung vor unbekannten Frauen, kleinen Mädchen und manchmal auch Greisinnen mit gewissen Handlungen verbänden, seien schlichtweg krank und übrigens oft potenzielle Verbrecher.

Ich mache mir selbst etwas vor.

Es geht nicht so sehr um Nastja. Ihr macht, anfallsweise, bald stärker, bald schwächer, doch tagtäglich, ihr Alter zu schaffen – der Wandlungsprozess, den Charakter und Organismus durchmachen.

Ihre Frage, jene im Badezimmer, habe ich tatsächlich völlig aufrichtig beantwortet. Ich sah, konnte in ihr nicht die Frau sehen. Erstens ist sie meine Nichte, und zweitens (siehe oben) fast noch ein Kind. Na ja, mehr ein junges Mädchen als ein Kind.

Und nun hat sich mein Blick geändert. Und nun bin ich doch

noch erschrocken. Ich erschrak und dankte meinem Schicksal, dass das im Badezimmer nicht jetzt, sondern damals gewesen ist. Denn jetzt …

Nachdem ich in Nina, der Tochter Tanjas, die Frau erkannt habe, klar und beinahe qualvoll – wie eine Entdeckung –, habe ich sie auch in Nastja erkannt, und was soll ich jetzt damit anfangen? Sie wird natürlich keinerlei Veränderungen feststellen, ich werde diesen neuen Blick vor ihr verbergen, aber wie soll ich ihn vor mir selbst verbergen, wie soll ich mich selbst überzeugen, dass das nichts weiter ist und vorübergeht? Allein schon der Logik folgend, dass da doch früher nichts war. So urteilt ein Kranker: Wenn ich früher gesund war in diesem meinen Körper, so werde ich, da mein Körper unverändert geblieben ist, wieder gesund werden, denn der Körper erinnert sich ja an sein Gesundsein, und das Gedächtnis des Körpers ist stärker als das Gedächtnis des Verstandes …

Ach ja, das Gedächtnis. Mit jedem Tag überzeuge ich mich mehr, dass es mich schont – wie vielleicht die meisten. Ein Dichter oder Schriftsteller hat gesagt, dass er nichts – *nichts!* – vergesse. Der Unglückliche! Aber gerade deswegen ist er ein Dichter.

Ich für mein Teil vergesse, wie sich herausstellt, leicht, und die Energie meines Denkens, auf die ich immer stolz war, ist sie nicht womöglich ein furchtsames Sich-vorwärts-Bewegen – nur vorwärts, damit keine Zeit bleibt, sich umzusehen? Und gibt es nicht am Ende dort in der Vergangenheit etwas jahrzehntelang nicht in Erinnerung Gerufenes und deshalb scheinbar dem völligen Vergessen anheim Gefallenes? So dass man selbst bei der Beantwortung einer ganz unmittelbar mit der Erinnerung verbundenen Frage diese direkte Verbindung nicht sieht, da die Erinnerung sich in Schweigen hüllt, kichernd, aber so leise, dass man es nicht mitbekommt.

Da war doch zum Beispiel Frage 25:

Wenn Sie sehen, wie Tiere gequält werden, berührt Sie das nicht sonderlich.

Ich habe mit *nicht zutreffend* geantwortet, aber ich bin auch nicht in die Verlegenheit gekommen, mir Tierquälerei mit ansehen zu müssen. Ich hatte Glück. *Wenn Sie sehen, wie Menschen gequält werden …*, hätten die Verfasser der Fragen (die, wohlgemerkt, noch aus Sowjetzeiten stammen) nicht gut formulieren können – das wäre ihnen gar nicht in den Sinn gekommen.

Wo hätte ein Sowjetmensch denn je Zeuge werden können, wie ein Sowjetmensch gequält wurde? Eine solche Frage zu stellen wäre selbst hypothetisch völlig ausgeschlossen gewesen und hätte für die Verfasser bedeutet, selbst gewisse Fragen beantworten zu dürfen – ganz andere und in einer ganz anderen Behörde.

Wie komme ich überhaupt darauf?

In jener Kindheit, in der meine Feindschaft gegen Gafa lag, das heißt, zu dem Zeitpunkt war sie noch nicht offen ausgebrochen, wenngleich ich ihn bereits nicht mochte und fürchtete, gingen wir einmal in den Wald, zu der so genannten Kumyslichtung, die mehr als eine einfache Lichtung war: bewaldete Hügel, zwischen denen irgendwo und irgendwann einmal eine weite Lichtung gelegen hatte, auf der Pferde weideten und wo es, noch vor der Revolution, eine Heilstätte gab, in der die Leute mit Kumys kuriert wurden. Alexina hat darüber berichtet, als sie (natürlich nur vorübergehend) beim Fernsehen arbeitete und unter anderem eine Sendereihe zur Umweltproblematik moderierte. Mit staatsbürgerlichem Schmerz und Nachdruck, aber auch mit weiblicher Sanftheit und wohlwissender Hoffnungslosigkeit sprach sie in diesen Sendungen davon, dass die Wälder, die Lichtungen, die Quellen und die hier lebenden Tiere den Status eines Nationalparks erhalten müssten. Lichte Stätten, so bezeichnete sie diese Orte mit lyrisch-publizistischem Impetus.

Für mich war es ein eigenartiges Gefühl, zu erleben, wie sie die Sendungen moderierte: einen ganz und gar fremden, ja – sie möge mir verzeihen! – unwirklichen Menschen sah ich da! Der Journalismus ist an sich eine unwirkliche Angelegenheit; spielerischer als viele andere Tätigkeiten, verlangt er die Erschaffung eines Bildes, das man heutzutage mit Image bezeichnet – ein Spiel mit dem Anschein von Ernsthaftigkeit. In der Zeitungssprache lässt sich das Spiel leichter kaschieren, im Fernsehen hingegen wird den Akteuren in dieser Hinsicht eine besondere Kunst abverlangt. Aus Alexina sprach vor der Kamera eine aufrichtige staatsbürgerliche Besorgnis, doch da ich sie kannte, blickte ich tiefer und wusste, dass sie im realen Leben andere Dinge wesentlich mehr bewegten.

Deshalb vertraue ich keinem eifernden Einsatz für das Volkswohl, keiner Ökologie und Politik, ich vertraue allein den Eigentums- und Selbsterhaltungsinstinkten, nur sie erlauben es der Gesellschaft, sich auf ein Zwischenstadium der Prosperität zuzubewegen, nach dem alles zu Ende gehen wird.

Doch solange wir leben, leben wir.

Wir gingen einfach so zur Kumyslichtung. Das Schöne an solchen kindlichen Streifzügen ist gerade, dass sich damit kein festes Ziel verbindet. Unterwegs erzählte Gafa, wie er einmal an einem Feiertag mit seinen Freunden dort drei Kerle aufgestöbert hätte, die zusammen eine Flasche leerten. Natürlich hätten sie sie zusammengeschlagen und ihnen die Flasche und die Happen abgenommen. Außerdem erzählte Gafa, wie sie im Gebüsch auf ein Pärchen gestoßen seien. In allen Einzelheiten erzählte er, wie sie das Pärchen entdeckt, aber nicht aufgescheucht, sondern lange zugeguckt hätten, was die beiden da trieben – er beschrieb alles haargenau unter Verwendung der einschlägigen Bezeichnungen –, dann wären sie ausgeschwärmt, um sich von allen Seiten mit Geschrei und Gejohle, Stöcke und Dreck werfend, auf die Nackedeis zu stürzen; der Mann und die Frau seien kopflos hin und her gestürzt, sie habe wild gekreischt, erzählte Gafa lachend.

Der Mann habe die Jungen um Gnade gebeten, sie sollten ihn doch nicht prügeln und nicht totschlagen, er habe ihnen auch von sich aus die Frau angeboten, bevor er Fersengeld gab. Und sie hätten es ihr zu acht besorgt. Da er seine besonderen Qualitäten kenne, habe er extra den anderen den Vortritt gelassen. Die Frau sei auf den Geschmack gekommen, habe geschrien und ihn gebeten, er solle es ihr ganz allein machen, zwei Stunden habe sie ihn nicht fortgelassen, alle seien schon weg gewesen, aber sie habe ihn nicht fortgelassen, die ganze Nacht nicht, und danach habe sie herausgekriegt, wo er wohne, und sei angelaufen gekommen, die dumme Kuh, und habe sich ihm aufgedrängt, so dass er ihr eins aufs Maul geben musste.

Ich glaubte und glaubte ihm auch nicht. Dass er mit seinen Freunden die saufenden Kerle verdroschen hatte, das nahm ich ihm vorbehaltlos ab, weil mir dieses Abenteuer gleichgültig war. Was das zweite betraf, so wusste ich nicht, ob ich ihm glauben sollte, denn das ließ mich nicht kalt, im Gegenteil, es wurde mir bewusst, dass ich nicht abgeneigt war, mich an die Stelle eines der acht zu versetzen, und jetzt auch gern ein Pärchen aufgestöbert hätte. Andererseits war mir davor bange. Ich wusste, dass ich, sollte die Sache ernst werden, nicht so sein könnte wie diese acht und wahrscheinlich wegrennen würde.

Doch wir stießen weder auf saufende Kerle noch auf ein Liebespärchen und hauten uns auf einer Waldlichtung in die Sonne, um auszuruhen und zu rauchen – ich auch, aber ohne Lungenzüge, ich tat nur so.

Da traten zwei junge Burschen aus dem Wald. Zwei in Gafas Alter; wir waren mit Gafa zu sechst. Die angetrunkenen Burschen fragten als erstes, ob wir was zu trinken hätten.

Gafa, der viele aus den jugendlichen Gangs der Umgebung und der ganzen Stadt kannte, sah diese beiden anscheinend zum ersten Mal. Sonst hätten sie sich gegrüßt. Er sah sie an und wandte sich ab.

Da wir nichts zu trinken mithatten, begannen die Kerle uns zu belästigen.

»Was für hübsche Schuhchen du hast«, sagte der eine, der ein Windpockenbläschen auf der Lippe hatte, zu Kostik, der so alt war wie ich. »Wer geht denn mit solchen Schuhchen in den Wald? Solche muss man anziehen.« Er wies auf seine Botten – Armeestiefel aus Segeltuch mit abgeschnittenen Schäften.

»Schade drum«, sagte er, »aber ich bin ja ein gutmütiger Mensch! Zieh aus, wir tauschen!«

Kostik zog seine Schuhe aus.

Gafa saß vornübergebeugt und stocherte mit einem Stöckchen in der Erde.

Der mit der Pocke versuchte in Kostiks Schuhe hineinzukommen. Vergeblich.

»Was hast du mir da untergeschoben?!«, rief er wütend, schleuderte Kostik die Schuhe ins Gesicht und stieg wieder in seine verstümmelten Stiefel. »Hast du nicht gesehen, was für eine Größe ich habe, du Mistkerl, was hast du mir untergeschoben? He? He?«

Kostik konnte ihm die Fragen nicht beantworten.

»Sanja, die machen sich lustig über uns!«, sagte der mit der Pocke zu seinem Freund.

Sanja sah uns düster und dumpf an.

»Kommen zu unserer Stelle und machen sich noch lustig über uns!«, schrie der Bursche. »Wer hat euch das erlaubt? Wer hat euch das erlaubt, will ich wissen!«

Wir zogen die Köpfe ein. Wir hatten Angst.

Wir schielten zu Gafa. Er starrte nach wie vor zur Erde und stocherte mit seinem Stöckchen.

»Was schweigen wir?« Der mit der Pocke kam immer mehr in Rage. »Jetzt frage ich jeden persönlich!«

Und das tat er auch – trat vor jeden Einzelnen hin und fragte:

»Wer hat es dir erlaubt? He?«

Die Frage war nicht zu beantworten, der Gefragte schwieg – und bekam eine saftige Ohrfeige.

Der nächste.

»Wer hat es erlaubt? He?«

Ohrfeige.

Der nächste.

Ohrfeige.

So machte er die Runde, ohne mich zu vergessen, versteht sich. Gafa hob er sich für zuletzt auf.

»Du!« Ihn würdigte er einer besonderen Anrede. »Du bist doch hier der Chef, oder? Vielleicht hast du es ihnen erlaubt?«

Gafa stand auf.

»Ja, ich«, sagte er.

Er sagte es ohne Herausforderung. Er war bleich. Man sah ihm an, dass er Angst hatte. Aber noch etwas anderes war in seinem Blick. Er sah den Burschen fest an, hatte aber auch den schweigsamen finsteren Sanja in seinem Blickfeld.

»Du?«, sagte der Bursche verwundert. »Wer bist du denn?«

»Gafa.«

»Nie gehört. Hast du von Mossol gehört? Der bin ich. Serjosha Mossol. Wie der Knochen. Gehört?«

»Nein. Woher bist du?«

»Von der Poliwanowka. Komm uns doch mal besuchen.«

Er wandte sich von Gafa ab, als erkenne er dessen Gleichrangigkeit an und wolle uns Rotznasen zeigen, dass das Verhältnis zwischen Erwachsenen völlig anders sei. Er wandte sich ab und sagte freundlich:

»Na schön, Jungs, ruht euch aus. Und ihr dürft auch wiederkommen. Wir tun euch nichts. Das war bloß Spaß. Hat doch keinem wehgetan? He?«

Wir schwiegen und wagten nicht aufzublicken.

Da war ein Geräusch zu hören.

Der Bursche mit dem Spitznamen Mossol lag auf der Erde. Über ihm, einen dicken knorrigen Stock in der Hand, stand Gafa.

Als der schweigsame Sanja sah, was sich in dieser eben noch einfachen und übersichtlichen Welt so unverhofft getan hatte, suchte er augenblicklich das Weite. Gafa rannte ihm nach, schaffte es aber nicht, ihn einzuholen, und kehrte um.

Mossol lag auf der Erde, die Hände vor den Kopf geschlagen, und jammerte:

»Musste das sein – mit dem Knüppel? Musste das sein, du hast mir ja den Schädel eingeschlagen!«

Gafa befühlte flüchtig den Kopf des Burschen, und als er sich davon überzeugt hatte, dass da kein Bruch war, zwang er ihn mit Fußtritten hoch.

»Jungs, ist jetzt gut, he?«, heulte der Bursche. »Wir sind doch quitt, he?«

»Noch nicht«, sagte Gafa.

»Und er ließ uns einen nach dem andern vor Mossol treten, um ihm eine in die Fresse zu hauen.

Ich war der dritte.

Auch ich ließ es mir nicht nehmen, ihm eine zu verpassen. Ich hatte bis dahin noch niemanden geschlagen – und tat es hinterher nicht wieder. Doch ihm versetzte ich einen kräftigen Fausthieb, der mir Vergnügen bereitete. Und nach meinem Schlag war es auch, dass seine Nase blutete.

»Bis zum ersten Blut! Das ist die Regel!«, heulte er auf.

»Bis zum zehnten!«, gab ihm Gafa Bescheid. »Bis dir nicht alle eine gefeuert haben, rührst du dich nicht. Sonst fängst du noch ein paar von mir.«

Von ihm ein paar fangen wollte er nicht – und so stand er still. Nach mir waren noch zwei dran, und durch meinen Hieb heiß gemacht, schlugen sie zu mit voller Wucht. Das Blut strömte über das Gesicht des Burschen, dass es auch Gafa nicht länger hielt. Er warf den Stock weg und begann finster und erbarmungslos auf den Burschen einzuhämmern. Der ging zu Boden, schlug, von Gafa getreten, Purzelbäume, suchte fortzukriechen, aufspringend davonzurennen, wurde aber von Gafa eingeholt, der ihn wieder niederschlug – bis er schließlich das Gesträuch durchbrach und hangabwärts rollte.

Und nicht nur, dass mich dieses Schauspiel nicht sonderlich berührte, wie bei diesem Punkt so dezent formuliert wird, ich spürte die Freude der Rache, gemischt mit Erleichterung, dass Erniedrigung und Angst hinter mir lagen.

Eine ganze Weile war vergangen (Hüsteln, Lachen, schweres Atmen Gafas), bis es plötzlich von unten heraufscholl:

»Ihr Schweine, ich schlag euch tot!«

Wir lachten fröhlich auf. Wir lachten froh und stolz im Bewusstsein unseres Heldentums und unserer Brüderlichkeit, wir betrachteten mit Liebe und Ergebenheit Gafa, der sich die blutverschmierten Hände am Gras abwischte.

»Da drüben ist ein Bach«, sagte ich, da ich die Gegend gut kannte. »Komm, ich zeige ihn dir.«

Und Gafa ging mit mir los.

Ich weiß noch, es ist mir wieder eingefallen, wie ich diese Worte aussprach. Kriecherei, Unterwürfigkeit, knechtische Bewunderung, das Bedürfnis, sich dienstbar zu zeigen – Himmel, was für Nuancen der Niedertracht enthielt doch meine Stimme!

Und was danach kam, die Feindschaft mit Gafa – das ändert nichts oder fast nichts daran. Das eine hebt das andere nicht auf. Wiedergutmachung gibt es nicht. Es ist etwas anderes, als Farbe mit Farbe zu übermalen. Als ich einmal zusammen mit Katschajew und Sassonow bei Alexina war und im Fernsehen mit halbem Auge den Auftritt eines kürzlich noch kommunistischen, nunmehr demokratisch gewordenen Politikers verfolgte, in dem die Analyse von Fehlern der Vergangenheit breiten Raum einnahm, konnte ich mich nicht enthalten zu sagen, dass ich nicht an Reue glaube. Das Geschehene lässt sich nicht ungeschehen machen, das Gesagte nicht ungesagt.

Das bedeutet natürlich nicht, dass man, da nun einmal Derartiges geschehen und Vergebung ohnehin ausgeschlossen ist, fürderhin getrost herumwüten kann.

Doch es wird Zeit, zur Beantwortung der Fragen zurückzukehren. Und meine Antworten sollten sich an dem Ziel orientieren, das ich mir gesteckt habe und leider aus den Augen zu verlieren beginne. Das Pflichtgefühl, der Ruf des väterlichen und großväterlichen Blutes heißen mich, nicht von meinem Weg abzuweichen.

79. *Mitunter waren Sie tage-, ja monatelang unfähig, sich eine Arbeit vorzunehmen, weil es Ihnen nicht gelingen wollte, sich darauf einzustellen.*

Nicht zutreffend.

80. *Fast ständig sorgen Sie sich um etwas.*

Das edle Anliegen der Milizionärssorge um das Wohl des Vaterlandes. *Zutreffend.*

81. *Sich zu konzentrieren fällt Ihnen schwerer als den meisten Ihrer Mitbürger.*

Nicht zutreffend.

82. *Sie waren nie in jemanden verliebt.*

Nicht zutreffend. Die Libido ist eine gnoseologisch aggressive Qualität, die Verliebtheit ist ein Anschlag auf die Seele und den Körper eines anderen Menschen zum Wohle dieses Menschen – so meint der Verliebte. Und ein gehöriges Quantum Aggressivität gegenüber dem Menschen zu seinem Nutz und Frommen oder dem der Gesellschaft muss jeder Milizionär besitzen.

83 ... 84 ... 85 ... 86 ... 87 ... 88 ... 89 ... 90 ... 91 ... 92 ...

93. *Sie fühlen sich stark zu Menschen Ihres Geschlechts hingezogen.*

Nicht zutreffend.

Stopp, stopp!

Was heißt hier stopp, dreh nur nicht durch – womöglich entdeckst du gleich auch noch das bei dir?

Oder ist dir wieder etwas eingefallen?

Nun ja, du warst Kairetow zugetan, jenem Kairetow, der als erster eine Uhr getragen hat. Doch dabei handelte es sich um eine gewöhnliche Halbwüchsigenzuneigung, er war für dich ein verhasstes Idol. Diese Zuneigung war frei von Sexualität, sie hielt auch nicht bis zu den oberen Klassen, und gleichzeitig gab es ja eine echte Zuneigung, die Liebe zu Alexina (die freilich, wie sich nun herausgestellt hat, gar keine Liebe gewesen ist).

Es hat ein Gefühl des Hingezogenseins zu Sergej Katschajew gegeben in der Zeit, als er noch nicht Alexinas Mann war, sondern geschieden und allein stehend, als er aus Spaß an der Sache an der Universität irgendeinen Spezialkurs betreute und Stunden gab (er hatte seinerzeit gleich an zwei Sektionen der Philologischen Fakultät, der russischen und der romanisch-germanischen, studiert und glänzende Leistungen vorzuweisen gehabt, auf eine Aspirantur und Dissertation jedoch verzichtet und sich seinen antiquarischen Neigungen verschrieben, nebenbei erteilte er zeitweise Förderunterricht, in Gruppen mit nur wenigen Schülern – gegen ziemlich hohe Bezahlung –, und fast alle bestanden die Aufnahmeprüfungen an den Instituten und der Universität).

Ich erinnere mich noch daran, wie wir uns zufällig trafen – auf der Straße, im Spätherbst. Er kam mir entgegen, mit hoch erhobenem Kopf, in einem langen schwarzen Mantel, nicht aus Kaschmir, wie man sie jetzt trägt, sondern aus Drap, mit riesigen Knöpfen, und natürlich mit einem breitkrempigen Hut. Ich ertappte mich bei dem Gedanken, unbemerkt an ihm vorbeigehen zu wollen, doch dem widerstrebte etwas in mir, und ich trat auf ihn zu. Ich hatte ja schon lange den Wunsch, ihm nicht zu Hause bei Alexina zu begegnen, wo wir uns zwei-, dreimal gesehen hatten und wo er Reden hielt, während sie zuhörte und ich schweigend darüber rätselte, wie es wohl gekommen sein mochte, dass sie dermaßen für ihn Feuer gefangen hatte.

Wir begrüßten einander. Ich wusste, dass er ganz in der Nähe wohnte und vermutlich auf dem Heimweg war. Ich bekam Lust mitzugehen. Ich wollte sehen, wie er wohnte.

»Sehr ärgerlich«, sagte ich. »Unsere gemeinsamen Gespräche brechen immer mittendrin ab (obwohl es Gespräche kaum gegeben hatte!). Wir haben manche interessante Themen angeschnitten, und das eine oder andere hätte ich gern zu einem logischen Abschluss gebracht. Wenn Sie über etwas Zeit verfügen, könnten wir das gleich mal bei einem Gläschen Wein tun.«

»Gegen ein Gläschen Wein bin ich nicht abgeneigt«, sagte Katschajew.

Ungeniert kaufte er drei Flaschen billigen Portwein. Wäre er mit einer schäbigen Jacke und einer Kaninchenfellmütze bekleidet gewesen, hätte er sich möglicherweise mit nonchalanter Miene Kognak geben lassen. So aber verlangte er mit ebensolcher Nonchalance Portwein, jedoch wie es einer tut, der um sein gutes Aussehen weiß, mit diesem Hut und diesem Mantel. Ja, stellen Sie sich vor, mitunter verlangt es einen nach etwas ganz Einfachem, Schlichtem. Für einen mit schäbiger Jacke und Kaninchenfellmütze ist Portwein ein dringendes Bedürfnis, für einen so Gekleideten hingegen eine Laune!

Daher, denke ich mir, rührte die erstaunliche Ungezwungenheit und Lässigkeit, mit der er diese Flaschen mit den halb abgegangenen Etiketten kaufte und davontrug, ohne im Entferntesten daran zu denken, sie zu verstecken oder sich deswegen zu genieren – er hätte ja zum Beispiel meine Tasche benutzen können.

Ich konnte das nicht glauben. Meine Ungeduld, Zutritt zu seinem Haus zu erhalten, um mit ihm zusammenzusitzen und zu reden, wurde nur noch größer.

Was er bewohnte, war natürlich kein Haus und keine Wohnung, sondern ein Zimmer in einer Gemeinschaftswohnung – nach der Scheidung von seiner ersten Frau, der er, bis auf die Bücher, alles überlassen hatte. (Das Zimmer befindet sich übrigens in demselben Haus, in dem meine zweite »Braut« Tamara wohnt. Arme Frau.)

Nein, nicht mit meinen Augen betrachtete ich alles, ich sah es mit den Augen Alexinas, überzeugt davon, dass sie nicht nur einmal hier gewesen war.

Ich sah zu, wie er, hochgewachsen, breitschultrig, elegant in seinem langen Mantel, die Tür öffnete, als sei es die Tür seiner Villa in der Tiefe eines lichten, herbstlich bunten Parks.

Stattdessen tat sich ein langer Gemeinschaftsflur auf. Hohe Türen, Schummerlicht. Du (ich spreche für Alexina) nimmst dich seltsam, deplatziert aus in diesem Flur, wenn man daran denkt, dass du hier der Hausherr bist, wenn man jedoch in dir einen Fremden sieht, den es zufällig als Gast hierher verschlagen hat, wirkst du, charmant und elegant, wie du bist, überhaupt nicht deplatziert. Und da Zufälligkeit und Zugehörigkeit bei dir stets miteinander harmonieren, bist du sowohl Hausherr als auch Gast, das Bild beginnt sich zu spalten, du nimmst dich seltsam aus und passt zugleich hierher. Was mag wohl weiter kommen?

Du öffnest eine hohe Tür, und wieder ist es schummrig: das einzige Fenster geht auf eine Blindwand. Du schaltest das Licht ein, natürlich nicht das Oberlicht, sondern die Stehlampe, die niedrig ist, der Schirm wie bei einer Tischlampe, das Licht ist seitwärts und nach unten gerichtet, das Zimmer füllt sich augenblicklich mit Schatten und den von dir keiner Beachtung gewürdigten Dingen, die sie werfen: einem Schrank, einem Tisch, einem Sessel, einer ständig aufgeklappten Bettcouch ... Ich bin gespannt, was du mit deinem Mantel machst, ich hätte es nicht gern, dass du ihn einfach in den Schrank hängst. Das geschieht auch nicht, der Mantel vollführt einen weichen, lässigen Flug in eine Ecke hinter dem Schrank, der Hut folgt ihm, meinem Gastmantel hingegen möchtest du Ehre erweisen und öffnest doch die Schranktür, aber ich ziehe ihn eilig aus und lasse ihn ebenfalls in die Ecke fliegen, wir lachen, leise, wie es sich bei Schummerlicht gehört.

Wir setzen uns an den Tisch, in die Ecke am Fenster. Die Beleuchtung reicht nicht aus, um zu schreiben oder etwas anzusehen, bei solchem Licht kann man sich nur mit einem anderen Menschen befassen. Ein kluges Licht. Solches Licht hatten im vorigen Jahrhundert sicherlich abends die armen Leute und die mit mittlerem Einkommen, deshalb haben sie sich gewiss mehr miteinander befasst. Nicht immer ist das freilich gut. Man kann sich ja liebevoll oder hasserfüllt miteinander befassen, im schlimmsten Fall auch mit der trostlosen Erbitterung seelischer Ohnmacht, Leere oder Verdrossenheit ...

Du hebst dein Weinglas. Hebst es an die Augen. Der Wein ist rot, er ist schön. Auch du bist schön, verteufelt schön. Ich nehme ebenfalls mein Glas. Der Geruch des Weines erscheint mir so, wie er sein sollte. Alles ist so, wie es sein sollte. Dein Gesichtsausdruck und deine Worte, obwohl nichts Besonderes an ihnen ist. Wichtig ist ja nicht das, wichtig ist, dass sie allein an mich gerichtet sind, dass sie niemandem zuvor gesagt wurden und niemand nach mir sie zu hören bekommen wird. Vielleicht verhält es sich auch nicht so, vielleicht betrügst du mich, dann heißt es, dass du aufrichtig zu betrügen versteht, auf herzliche Art – Gott ist dein Richter, Gott wird dir vergeben, nicht ich, wer würde mir denn vergeben! Und ich möchte Gleiches erwidern und in gleicher Weise – allein dir und niemandem sonst, weder jetzt noch später.

Denn das Wertvollste, was es möglicherweise im Leben gibt, ist *die Einmaligkeit.* Des Menschen, des Augenblicks. Die Einmaligkeit. Ein anderes, zu abgegriffenes Wort dafür – Unverwechselbarkeit.

Und eine sonderbare Unbeschwertheit: nicht daran denken, was weiter kommt – weil du dir diese Unbeschwertheit erlaubt hast, denn würdest du an das Weitere denken, spräche die Sorge zwangsläufig aus deinen Augen, und ich würde ebenfalls die Unbeschwertheit einbüßen, würde ebenfalls an das Weitere denken.

Du erhebst dich und trittst ans Fenster – erstaunlich! –, als wärest du allein, und du tust es nicht deswegen, weil man mal aufstehen sollte, um nicht den ganzen Abend am Tisch zu hocken (je länger man sitzt, desto schwerer fällt das Aufstehen). Du erhebst dich behände und blickst zur Wand hinüber – oder auf das Fensterglas –, während du weitersprichst, und es geschieht wie von selbst, dass ich mich mit meinem Glas neben dich stelle und auf dasselbe blicke wie du, während ich weiterspreche; die Blindwand, darüber der Rand des Daches, dunkle Wolken am dunklen Himmel, wo ist das alles? – in einer beliebigen Stadt, in einem beliebigen Land, irgendwo, und das unterstreicht lediglich die *Einmaligkeit* dessen, was sich vollzieht, denn am klarsten äußert sich die Einmaligkeit in allgemeinen, gewöhnlichen und einfachen Bedingungen und Räumen – so, wie sich in der bildenden Kunst unterschiedliche Figuren am stärksten vor gleichem Hintergrund unterscheiden und eine Figur sich selbst unähnlich werden kann, wenn man ihren Hintergrund verändert.

(Alexina, Alja, hast du noch nie, wenn du ein weißes Blatt Papier betrachtetest, den Eindruck gehabt, dass darauf schon etwas geschrieben stand, was du nur zu erraten brauchtest, um es zu ergänzen?)

Nachdem du dein Glas geleert hast, stellst du es auf das Fensterbrett, löst dich mit einem Ruck von ihm und lässt dich rücklings auf die Couch fallen, wie es ein sehr erschöpfter Mensch tut, du bist ja auch einfach sehr erschöpft, sonst ist nichts. Du musst dich ausstrecken, mit einem Seufzer, das Gespräch geht indessen weiter. Und es ist nur natürlich, sich dazuzusetzen, um besser zu hören, natürlich, sich ruhig neben dich zu legen, auf die Seite, die Wange in die Hand gestützt.

Doch da verstummst du, verwundert. Es ist, als bemerktest du mich und meine Nähe erst jetzt. Du siehst mich mit zusammengezogenen Brauen fragend an. Mir bleibt nichts übrig, als leicht aufzulachen. Da gibt es doch nichts zu lachen, meinst du mit einer Kopfbewegung und streckst deine langfingrige Hand aus, um mir eine Haarsträhne von den Augen zu streifen, mir in die Augen zu blicken und zu erkennen, was darin ist. Allein dazu. Ich senke die Augen – und es geht nicht anders, es ist einfach unmöglich, diese Finger nicht zu küssen.

Mühsam trennte ich mich von der Gestalt Alexinas, in die ich nicht nur durch geistige Verwandlung, sondern geradezu körperlich geschlüpft war. Nicht ohne Hilfe des Weins, versteht sich.

Wir tranken und redeten, doch offenkundig – aber weshalb? – zu dem Schluss gelangt, dass ich von dem, was für ihn klar war, nur die Hälfte verstünde, begnügte er sich mit einsilbigen Sätzen und schien gesonnen, mehr zuzuhören, als zu sprechen, was bei solchen Menschen, wie ich bis dahin gemeint hatte, etwas ungewöhnlich war. Im Übrigen mochte das sein Spiel an diesem Abend sein: sich wortkarg zu verhalten. Schließlich war nicht einfach ein Freund, nicht einfach ein Bekannter bei ihm zu Besuch, sondern ein Rivale, wenn auch ein ungefährlicher, ein Freund der Frau, die ...

Genug damit, genug!

94. *Mitunter liefen Ihre Gedankengänge so schnell ab, dass Sie gar nicht dazu kamen, alles auszusprechen.*

Am nächsten Morgen war ich unfähig, mich auf eine Beschäftigung zu konzentrieren. Ich dachte an Larissa und stellte mir vor, wie ich in ein paar Tagen vielleicht die für mich völlig neue Rolle des Ehemanns übernehmen würde, um mit einer Frau zusammen zu wohnen und zu schlafen (im direkten Sinne des Wortes, das heißt, wenn man jemanden neben sich hat, der sich im Schlaf hin- und herwälzt, schnauft und womöglich schnarcht). Das kam mir so komisch vor, dass ich laut auflachte. Nadeshda steckte den Kopf zur Tür herein und fragte:

»Ist was?«

»Ach nichts, mir ist bloß ein Witz eingefallen.«

Ich dachte auch an Tanja. Eine nicht weniger nette Frau – aber was für eine seltsame Krankheit. Ihre Tochter ist nahe am Verzweifeln, sie kann nicht wegfahren, ohne die Mutter zu verheiraten. Sie bauen auf mich. Und ich wäre vielleicht imstande, ihre Hoffnung zu erfüllen: Tanja braucht mich mehr als Larissa. Die wird es schon verwinden. Doch es geht nicht, aus einem ganz einfachen Grund: Tanja hat eine Tochter – Nina. Sie fährt nicht für immer weg, sondern wird zu Besuch kommen. Es kann sogar passieren, dass es mit ihrer Karriere als Schauspielerin nicht klappt, dass ihr ältlicher Boyfriend im Schoße seiner Familie bleibt und Nina für immer zurückkommt. Wie soll ich dann in ihrer Wohnung leben, wenn ich ständig ihre Gegenwart spüre?

Und da hatte ich einen Einfall, der mir glänzend erschien. Ich selbst würde Tanja nicht heiraten können, aber da gab es ja den fabelhaften Valera Skobjew, meinen Klassenkameraden und Freund aus Kindheits- und Jugendzeiten, einen prachtvollen, herzensguten Menschen, den ich freilich lange nicht mehr gesehen hatte. Gegen Ende des Winters waren wir uns im Obus begegnet, in einem fürchterlichen Gewühl, in dem sich kein vernünftiges Gespräch führen ließ. Ich mag es überhaupt nicht, mich mit Bekannten im Beisein Fremder zu unterhalten, und wundere mich immer darüber, wie ungezwungen manche lauthals ihre Probleme besprechen, ohne auf ihre Umgebung zu achten. Valera sah nicht besonders gut aus, strahlte aber trotzdem – und lud mich ein, seinen Umzug mit ihm zu feiern. Da könnten wir auch in Ruhe miteinander reden. Die Wohnung sei zwar klein, aber was brauche ein Alleinstehender schon groß, sagte er, und diesen Worten entnahm ich, dass er sich von seiner Frau getrennt hatte. Bestimmt lag die Schuld bei ihr, denn konnte es einen besseren Ehemann und Familienvater als Valera geben? Genau der passende Partner für Tanja!

Mit der Einweihung der neuen Wohnung war es dann nichts geworden, aber seine Adresse samt Wohnungsnummer wusste ich noch, habe ich doch ein gutes Zahlengedächtnis.

Ohne die Sache aufzuschieben, ging ich gleich früh los zur Straßenbahn – sie fuhr nur ein paar Häuserblocks weiter – und erreichte mit der Linie zehn nach wenigen Haltestellen die an einem Hang liegende große Siedlung Agafonowka – private Holzhäuser, daneben ein Neubauviertel mit Neungeschossern, wo ich mühelos Valeras Haus fand und zum siebenten Stockwerk hochfuhr. Sollte Valera etwa plötzlich reich geworden sein?, dachte ich, als ich vor der massiven Metalltür mit Sicherheitsschloss und Spion stand, und klingelte.

Durch den Spion war zu sehen, wie im Korridor das Licht anging. Dann wurde es dunkel im Spion: prüfend besah mich jemand.

»Zu wem wollen Sie?«, ließ sich eine forsche Stimme vernehmen.

»Ich möchte zu Valeri Skobjew«, antwortete ich freundlich.

»Er wohnt hier nicht.«

»Ist er umgezogen? Könnten Sie so liebenswürdig sein, mir seine neue Adresse zu geben?«

Die Tür öffnete sich. Ein ziemlich magerer und kurz geratener Mann von vielleicht dreißig Jahren sagte mit völlig unverständlicher Wut:

»Ich werde gleich so liebenswürdig sein, dich die Treppe runterzuschmeißen.«

»Dazu dürfte keine Veranlassung bestehen«, meinte ich verwundert. »Valera ist mein Schulfreund. Was hindert Sie daran, mir seine Adresse zu geben? Ich muss ihn sprechen.«

»Wenn du das musst, dann lass dir was einfallen«, sagte der Mann und machte Anstalten, das Gespräch abzubrechen.

»Hören Sie!«, sagte ich. »Mit diesem Satz kommt man mir nicht zum ersten Mal. ›Wenn Sie müssen, dann tun Sie was!‹ Das, erlaube ich mir zu bemerken, ist ein ausgesprochen flegelhafter und sogar menschenfeindlicher Satz. Das Menschenfeindliche daran ist, dass er erstens den, der ihn ausspricht, wie auch den, an den er sich richtet, entwürdigt. Zweitens, wer so etwas zu hören kriegt, den muss es erbosen – nicht mich persönlich in diesem Moment, sondern eine theoretische Person. Er verspürt den Drang, sich abzureagieren, und da er oft nicht die Möglichkeit hat, es bei dem zu tun, der seine Bedürfnisse schnöde ignorierte, reagiert er sich an jemand anderem ab. Doch der Kreislauf der menschlichen Beziehungen ist so, dass auch Sie irgendwann in die Situation kommen, von jemandem, der zwar nicht durch Sie, aber einen Ihrer Art gekränkt wurde, mit der Bemerkung abgefertigt zu werden: Das ist Ihr Problem, wenn Sie müssen, dann tun Sie was!«

Der Giftzwerg, der, die Hand an der Tür, im Begriff war, sie zuzuwerfen, zögerte, offenbar unwillkürlich neugierig gemacht. Er ließ mich ausreden und sagte:

»Ich kenne das gar nicht anders. Meine Probleme pflege ich allein zu lösen. So auch das mit deinem Valera. Er kann es dir selber erzählen. Aber vergiss dabei nicht – alles streng nach Gesetz.«

»Was denn?«

»Er wird es dir erzählen, falls er noch nicht abgekratzt ist.«

Und der Mann nannte mir Valeras neue Adresse.

Die Adresse hörte sich merkwürdig an: Bachmetjew-Straße, Haus soundso, im Hof. Wie war das zu verstehen – im Hof? Eine nähere Erklärung bekam ich nicht: die Tür schlug zu.

Da es mir meine Zeit erlaubte, fuhr ich zur Bachmetjew-Straße, zumal ich wieder die Zehn nehmen konnte bis zur Markthalle, von wo es nur noch ein Katzensprung war.

Im bezeichneten Hof angekommen, sah ich mich um.

»Wen suchen wir?«, wollte ungnädig eine alte Frau wissen, die auf ihrer Holzveranda im ersten Stock, in deren Glasresten sich das Morgenlicht spiegelte, eine Fußmatte ausklopfte.

»Zu Valeri Skobjew möchte ich.«

»So einen gibt's hier nicht.«

»Man hat mir gesagt, dass er hier im Hof wohnt. Mir ist bloß nicht klar geworden, wie das zu verstehen ist – im Hof.«

»Ach, den Krüppel meinen Sie, Valerka? Da ist er, im Schuppen, wenn er nicht durch die Straßen humpelt. Und wenn er zu Hause ist, dann liegt er betrunken da und schläft.«

Sie wies auf einen Holzschuppen, der aussah wie die anderen auch – windschief, baufällig, mit klaffenden Spalten zwischen den Brettern.

Die Tür stand halb offen. Ich ging hinein. Die Augen gewöhnten sich an die Dunkelheit, und ich machte in der Ecke einen Lumpenberg aus. Ich trat näher, hob etwas Bastmattenartiges an und entdeckte einen eingerollt daliegenden und schlafenden Menschen, der irgendwie erschreckend kurz aussah – ich begriff nicht gleich den Grund dieses Eindrucks, obwohl ich die Worte der Alten nicht vergessen hatte. Aber was waren Worte! Ich musste mich selbst davon überzeugen, dass dieser Mensch Valeri Skobjew und was mit ihm war.

Als ich genauer hinsah, bemerkte ich, dass das eine Bein nur seine halbe Länge hatte, das zweite war einfach in die Lumpen eingewühlt, aber offenbar heil.

Valera begann im Schlaf mechanisch mit der Hand zu scharren und nach der Bastmatte zu suchen. Er erwachte, setzte sich jäh auf und starrte mich an.

»Was? Wer? Warum?«

»Grüß dich, Valera ...«

»Anton? Kajalow? Antoscha?«

Er brach in Tränen aus.

Hier ist seine Geschichte, wie er sie mir erzählte – abgehackt, wirr und zwischen den Ereignissen hin und her springend.

Nach seinem mit ausgezeichneten Leistungen, wenn auch ohne sonderlichen Glanz gemachten Schulabschluss ging er zur allgemeinen Verwunderung als Montageschlosser in die Fabrik, in der auch sein Vater arbeitete. Dann kam die Armee, und nach der Armee gründete er mit gediegener Ernsthaftigkeit eine Familie. Das Leben unterzog ihn einer gnadenlosen Härteprüfung. Weder bei seinen Chefs noch bei den Kollegen machte er sich beliebt – weil er nicht trank und arbeitsam war, weil er die sozialistischen Produktionsverhältnisse, unter denen er arbeitete, zu wörtlich nahm und mit den Wahrheiten, die er in allen möglichen Versammlungen und dann auch in gewissen Arbeitszimmern aussprach, viele gegen sich aufbrachte: Vertrauensmann in seiner Abteilung geworden, füllte er diese traditionell belächelte Funktion mit solchem Elan aus, dass alle nur die Achseln zuckten. Mit den gewerkschaftlichen Angelegenheiten, das heißt der Verteilung verbilligter Ferienplätze und der Neujahrsgeschenke für die Kinder, befassten sich ja in allen Betrieben von jeglicher Arbeit freigestellte *Betriebsgewerkschaftsleitungen,* von den Vertrauensleuten wurde lediglich das Einsammeln der Mitgliedsbeiträge und die Gestaltung der Agitationstafeln »Schande den Arbeitsbummelanten!« und »Wir eifern ihrem Beispiel nach!« verlangt. Für Valera aber war die Gewerkschaft ein Mittel zur Vertretung der Interessen der Arbeiter in dem ihm anvertrauten Bereich, womit er seinen Vorgesetzten mächtig auf die Nerven ging. Die wirksamste Methode, ihn zur Räson zu bringen, sah man darin, ihn mit seinem Wohnungsantrag endlos schmoren zu lassen, obwohl er auch der Kommunistischen Partei der Sowjetunion beitrat. Damit die proletarische Mehrheit erhalten blieb, wurden bevorzugt Arbeiter aufgenommen, und so gab man seinem Antrag bereitwillig statt – es wurden ja neue Mitglieder gebraucht, weshalb man unter den Proletariern warb und sie zu überreden suchte, aber alle lehnten ab, ließen angesichts des Niedergangs des Sozialismus alle Hemmungen fahren und bekundeten ihr Verhältnis zu den Partei- und Staatsorganen und deren Maßnahmen nach Arbeiterart mit drastischer Offenheit: Auch noch Beiträge zahlen, die fast höher sind als die Steuern! Nichts ist, ihr könnt uns kreuzweise . . .! Und da drängte sich dieser Mensch förmlich auf! Aber auch was die Parteimitgliedschaft betraf, legte Valera zu viel Ernsthaftigkeit und Bewusstsein an den Tag, und die Worte »ich bin ein Kommunist« sprach er so aus, dass es alle peinlich berührte. Das heißt, er war der Partei nicht beigetreten, um eine Wohnung zu ergattern und aufzusteigen, sondern aus prinzipiellen Erwägungen, und das gab seiner Obrigkeit die Handhabe, nicht viel Federlesens mit ihm zu machen, wusste sie doch, dass er keine Briefe nach oben schreiben, sich nicht beschweren und nichts unternehmen würde, um sie zu denunzieren: so etwas hielt er mit dem Namen eines Kommunisten für unvereinbar.

So hauste er denn mit seiner Mutter, mit Frau und zwei Kindern in einer winzigen Zweizimmerwohnung, arbeitete redlich, war gesellschaftlich aktiv und musste voll Bitterkeit erleben, dass Wohnungen an Leute vergeben wurden, die nicht einmal ein Jahr oder zum Teil überhaupt nicht in der Fabrik arbeiteten.

Zehn Jahre ging das so. Während Valera sich immer wieder für andere einsetzte, brachte er seine eigene Wohnungsfrage nie zur Sprache, und seine Chefs bekamen langsam Hochachtung vor ihm. Der Parteisekretär gab einmal zu bedenken, ob es nicht endlich an der Zeit wäre, ihm als Bestarbeiter, Gewerkschaftsfunktionär und Kommunisten eine neue Wohnung zu geben. Der Direktor jedoch gab verschlagen zu verstehen, dass sie damit einen Präzedenzfall schaffen würden: geben sie bei einem Wahrheitsfanatiker nach, interpretieren andere die Entscheidung falsch und kommen auf die Idee, sich als ebensolche Wahrheitsfanatiker zu gebärden, und der Kritikasterei wird Tür und Tor geöffnet, die Leute haben in ihrer Raffgier ohnehin keine Hemmungen mehr.

Valeras Angetraute war eine ganz gewöhnliche Frau. Dieses Leben hatte sie zermürbt. Sei es deshalb oder was immer sie für Gründe hatte, sofern sie überhaupt welche hatte – vielleicht war es auch nicht mehr als eine unbesonnene Gefühlsaufwallung, jedenfalls verliebte sie sich in den Chefingenieur.

Und er gewann sie auch lieb, ohne sich allerdings von seiner Familie trennen zu können.

Da es so schwierig war mit ihrem Zusammensein, bat er sie, sich scheiden zu lassen, und sobald sie das getan hatte, erhielt sie eine Wohnung und zog bei Valera aus, der nun mit seiner Mutter allein blieb.

Nach einem Jahr war die Romanze von Valeras Exfrau mit dem Chefingenieur zu Ende, und sie versuchte Valera zu bewegen, wieder mit seiner Familie zusammenzuleben und alles zu verzeihen. Doch das konnte er nicht. Er gab seiner Exfrau und den Kindern drei Viertel seines Lohnes ab, er besuchte seine Kinder, aber zu verzeihen und mit seiner Exfrau wieder zusammenzuleben war ihm unmöglich.

Die Zeit verging, und jeder weiß, was mit den Produktivkräften und den Produktionsverhältnissen wurde. Trotz seiner Qualifikation sah sich Valera praktisch ohne Arbeit, obwohl er seinen Arbeitsplatz behielt. Die Fabrik, bisher ein Rüstungsbetrieb, stellte infolge der Konversion statt elektronischer Geräte für kosmisch-strategische Rüstungen neuerdings Alarmanlagen für Autos, Garagen, Büros und Wohnungen her. Valera widerstrebte das. Er ging in eine Ziegelei, wo er eine einfache und klare Arbeit zu verrichten hatte – Ziegel verladen. Aber auch hier gab es einen Produktionseinbruch. Er trug sich mit dem Gedanken an eine neue Arbeit, als ihm durch Unachtsamkeit seiner Kollegen bei einem Unfall ein Bein so sehr lädiert wurde, dass es bis oberhalb des Knies abgenommen werden musste. Valera wollte kein Krüppel sein und hoffte auf eine Prothese, musste aber erfahren, dass aus einheimischer Produktion nichts Vernünftiges zu bekommen war und ordentliche Prothesen, wie sie zum Beispiel in Westdeutschland hergestellt wurden, zehntausend deutsche Mark kosteten. Zum ersten Mal in seinem Leben brach Valera in Tränen der Ohnmacht aus.

Er bekam eine Invalidenrente und lebte zusammen mit seiner Mutter schlecht und recht von ihrer beider Renten. Seiner Familie konnte Valera nicht mehr helfen, dazu bestand auch keine Notwendigkeit, hatte doch seine Exfrau längst wieder geheiratet, einen anständigen Mann, muss man sagen, an den sich seine Kinder bereits gewöhnt hatten, dort stand alles zum Besten, wenigstens diese Bürde war er los.

Dafür drückte ihn neuer Kummer: Valera hatte seinen Glauben an den Kommunismus gänzlich verloren und war der Ansicht, dass er »eine gute Sache ist, der Kommunismus, aber nicht für ein solches Pack wie uns erdacht, nicht für die Menschen, heißt das. Vielleicht irgendwo auf dem Mars . . .«

Er war zum Zyniker und Skeptiker geworden und wartete darauf, dass die Energie der Kränkung und Wut ihn dazu bringen werde, ebenso strebsam und aktiv zu leben wie zuvor. Doch stattdessen verfiel er immer häufiger in Trübsinn und Schwermut. Und begann zu trinken.

Da erschien – Fügung des Schicksals – nicht irgendwer, sondern unser gemeinsamer ehemaliger Klassenkamerad Kairetow auf der Bildfläche, der seinerzeit mir selbst viel und Valera überhaupt nichts bedeutet hatte, da er bereits in der Schule ein total ichbezogenes Leben führte und sich mit niemandem außer mir abgab.

Nach dem Tod seiner Mutter allein in der Zweizimmerwohnung geblieben, war Valera auf die verlockende Idee gekommen, sie gegen eine Einzimmerwohnung zu tauschen und sich von dem überschüssigen Geld endlich eine Prothese zu kaufen – vielleicht behielt er auch noch etwas übrig, um ein bescheidenes, aber sicheres Auskommen zu haben. Er hatte eine schöne Wohnung, am Lipki-Park gelegen, ohne Durchgangszimmer, mit fünfunddreißigeinhalb Quadratmetern Wohnfläche, dazu noch acht in der Küche.

Da also läuft ihm Kairetow über den Weg, der, wie sich herausstellt, in einer Firma für Tausch, Verkauf und Kauf von Wohnungen tätig ist. Er ist gern bereit, die Sache zu übernehmen, und versichert Valera, bei dieser Aktion werde er mindestens zehntausend Dollar erzielen, wenn er Klugheit beweise und eine so genannte Kleinstwohnung akzeptiere, mögen es auch bloß zwölf Quadratmeter sein, dafür aber eine eigene Wohnung mit allem Komfort, sogar mit Balkon! Die Provision – für sich selbst beanspruche er nichts, aber die Firma arbeite ja nicht unentgeltlich! – werde ganze drei bis vier Millionen Rubel betragen.

Valera schluchzte vor Rührung – er hatte neuerdings nahe am Wasser gebaut –, umarmte Kairetow sogar, unterschrieb die Vollmacht und trat ihm seine Rechte samt Papieren komplett ab.

Alles lief wie am Schnürchen. Nach einer Woche (im Februar 1995) erhielt Valera eine Wohnung in Agafonowka und einen Vorschuss von zehn Millionen Rubel. Er gab das Trinken auf und besorgte sich eine Prothese aus Landesproduktion, unelastisch und schwer. Zu diesem Zeitpunkt, nach seinem glücklichen Umzug, traf ich ihn im Obus, die Prothese fiel mir nicht auf, denn Valera saß, und die Krücke hielt ich für die des alten Mannes, der neben ihm saß. Als er einen Monat nach seinem Einzug einmal vom Einkaufen nach Hause kam, mit einer Flasche Kefir und einem Brot (Valera behielt seine asketischen Gewohnheiten bei, um das Geld für eine ordentliche Prothese zusammenzusparen), entdeckte er in seiner Tür ein völlig anderes Schloss. Er traute seinen Augen nicht und versuchte lange vergeblich, das Schloss mit seinem Schlüssel zu öffnen. Dann klingelte er. Ein kleiner hagerer und arroganter Mann erschien und sagte, Valera habe die Wahl, entweder sein letztes Bein abgerissen zu bekommen oder bei der Miliz zu landen. Es gibt auch noch eine dritte Möglichkeit, sagte er in drohend-überlegenem Ton, aber darüber entscheidest nicht mehr du. Valera, der zwar einen seelischen Knacks weghatte, aber noch nicht endgültig gebrochen war, schrie auf und versetzte dem Misthund einen Schlag mit der Krücke. Da war die Miliz auch schon zur Stelle – sie trat in Gestalt eines Mannes in Sergeantenuniform aus der Wohnung. Zunächst einmal verprügelten die beiden Valera, und dann wiesen sie ihm ein Papier vor, dem zu entnehmen war, dass diese Wohnung – und zwar bereits als privatisiertes Eigentum – dem Giftzwerg gehörte. Valera hätte um ein Haar das Bewusstsein verloren, doch nahm er seine letzte Kraft zusammen und verpasste mit seiner Krücke dem Milizionär einen Hieb. Der freute sich diebisch darüber und brachte ihn geradewegs ins Untersuchungsgefängnis. Am Abend desselben Tages erfuhr Valera, dass gegen ihn ein Strafverfahren eröffnet sei: Überfall auf einen Milizionär mit blanker Waffe. Die blanke Waffe bekam er gleich mit präsentiert – nein, nicht seine Krücke, sondern einen echten Finnendolch, wie er noch nie einen gesehen hatte – die furchterregende Waffe eines Verbrechers. Ist dir wohl unbekannt?, fragte der Untersuchungsführer. Guck sie dir ruhig genauer an, guck sie dir an! Völlig verwirrt, griff Valera nach dem Messer, drehte es hin und her – und ließ es jählings fallen. Doch zu spät. Deine Fingerabdrücke sind auch hier dran!, rief der Untersuchungsführer vorwurfsvoll.

Valera brach in Tränen aus.

»Bis zu zehn Jahren Gefängnis«, erklärte der Untersuchungsführer zerknirscht. Und tröstete ihn sogleich: »Aber du kannst mildernde Umstände finden! Du hast doch mildernde Umstände?«

Valeras mildernde Umstände ließen sich auf seinem Sparbuch finden – der Vorschuss für die Wohnung.

Er begriff alles. Unter Bewachung wurde er zur Sparkasse gebracht, wo er sein ganzes Geld abhob, das er umgehend dem Untersuchungsführer übergeben durfte, und nachdem er verschiedene Papiere unterschrieben hatte, wurde er mit einer winzigen Summe, die ihm der Untersuchungsführer gnädigerweise abließ, auf freien Fuß gesetzt.

In seiner schrecklichen Verzweiflung machte er sich unverzüglich auf den Weg zu Kairetows Firma.

Als Kairetow ihn zu Gesicht bekam, schlug er die Hände über dem Kopf zusammen, stöhnte und sprach davon, dass kriminelle Strukturen ihre Firma mit gefälschten Dokumenten und offenen Drohungen fast in den Ruin getrieben hätten, zwei Mann seien ums Leben gekommen und er selbst müsse täglich mit einem Überfall rechnen. Entsetzlich, diese Zustände, sagte er, wir haben unser Möglichstes für die Leute getan, und sie verlieren ihre Wohnungen, kommen her und beschuldigen uns – was können wir dafür, wenn ringsum offenes Banditentum herrscht?

Valera konnte nur noch weinen.

Kairetow erbarmte sich seiner. Er führte ihn zu dem Schuppen, den er als Garagenplatz gekauft hatte, und pries ihn damit an, dass es hier immerhin eine Glühlampe gebe und die Bretter mit Blech beschlagen seien – da werde es im Winter wenigstens nicht ziehen. Fast für umsonst gebe er ihn ab, für ganze anderthalb Millionen. Ratenzahlung sei auch möglich, übers Jahr verteilt.

Und Valera begann zu darben, um etwas von seiner Rente abzuknapsen, doch dann brach er unter dem ins Unerträgliche gesteigerten seelischen Druck zusammen und begann wieder zu trinken. Zwei Monate schon zahlte er seine Schulden nicht mehr ab, so dass er sich darauf gefasst machen musste, aus seiner letzten Zuflucht vertrieben zu werden, und wenn das nicht geschah, würde er hier bei strengem Frost erfrieren. Die Prothese, so miserabel sie auch gewesen war, hatte er eingebüßt: als er einmal in einer Grünanlage eingeschlafen war, hatten dumme Bengel sie ihm abgeschnallt, um ihren Spaß damit zu haben, wenn der Einbeinige sie um ihre Rückgabe bitten und fluchend hinter ihnen herhüpfen würde. Aufgewacht, bat Valera tatsächlich darum, weinte und fluchte und versuchte vergeblich, auf dem einen Bein hüpfend und sich mit der Krücke abstützend, ihnen hinterherzurennen.

Als sich die Bengel genug amüsiert hatten, schleuderten sie ihm die Prothese hin und rannten weg. Wie sich herausstellte, hatten sie sie aufgeschlitzt und auseinander genommen: da Technik jeder Art die Neugier dieser modernen Kinder erregte, hatten sie nachsehen wollen, wie das Ding gebaut war.

Ich hörte zu und entsetzte mich, wie ich mich lange nicht mehr entsetzt hatte.

Schließlich war Kairetow mein verhasster Abgott gewesen und meine Zuneigung letzten Endes wohl größer als mein Hass. Er war überhaupt der Klassenliebling gewesen: willensstark, fröhlich und trotz allem recht sanftmütig und gutherzig. Und nun hatte sich dieser Kairetow als ganz gemeiner Lump entpuppt, als einer von so vielen, die vom Unglück anderer profitierten.

Kairetows Büro lag ganz in der Nähe – auf der Beloglinskaja-Straße. Ich versuchte Valera zu überreden, unverzüglich dort hinzugehen, doch er weigerte sich: sein Aussehen, seine Verfassung, unrasiert, schmutzig. Er borgte sich von mir ein bisschen Geld und sagte, er wolle hier auf mich warten.

Obwohl bis zur Mittagspause fast zwei Stunden blieben, beeilte ich mich.

Kairetows Firma trug den Namen »Comfort Ltd.« und befand sich in einem unscheinbaren alten Gebäude. Beim Eintreten empfand ich sogleich die wohl bekannte Atmosphäre einer Hausverwaltung oder von etwas in Richtung Sozial-, Gesundheits- oder Kommunalamt. Grüne Wände, ein Sammelsurium von Stühlen, Türen mit dunklen Flecken an den Griffen, ein verdreckter Holzfußboden: offenbar vermied es die Firma, den Leuten blauen Dunst vorzumachen, oder sie war erst vor kurzem hier eingezogen und hatte es noch nicht geschafft, das zu bewerkstelligen, was in Zeitungsannoncen – auf diesen Begriff bin ich zufällig gestoßen – als *Euroinstandsetzung* angepriesen wird. Doch Bescheidenheit hin, Bescheidenheit her – am Eingang saß ein Kerl mit Tarnanzug und Pistole. Er fragte, zu wem ich wolle und wer ich sei, trug die Angaben in ein Buch ein und vergaß auch nicht zu vermerken, wann ich das Haus betreten hatte.

Kairetow war an seinem Platz – allein in einem Zimmer. Hier sah es schon etwas anders aus als auf dem Flur: helle Wände, am Fenster eine glänzende Jalousie, der Tisch riesig, dunkelgrau, die Oberfläche aus einem leicht angerauten Kunststoff, die Besuchersessel in dazu passendem Dunkelgrau, auf Rollen, Kairetows Sessel ebenfalls dunkelgrau, auf dem Tisch Computer, Faxgerät und weiß der Teufel was nicht alles – unwichtig!

Kairetow sah mich freundlich und fragend an – als Klienten –, doch im nächsten Moment erkannte er mich, ohne dass sich sein Gesichtsausdruck deswegen verändert hätte. Er erhob sich und reichte mir seine wohlwollende Hand – wie er sie einem Klienten gereicht hätte, um dann gastfreundlich auf einen Sessel zu weisen. Ich verdarb ihm jedoch die Zeremonie: übersah seine Hand und nahm unaufgefordert Platz.

»Sagen Sie, Herr Kairetow«, sprach ich ihn an, »haben Sie ein Gewissen?«

Kairetow neigte in flüchtiger Nachdenklichkeit den Kopf zur Schulter, wonach er mir klar und treuherzig in die Augen sah und sagte:

»Wahrscheinlich nicht, Herr Antoscha. Sie belieben mich offenbar wegen Valera Skobjew zu beehren? Sparen Sie sich die Mühe, gönnen wir uns lieber eine lyrische Erinnerung an unsere unwiederbringlichen Schuljahre!«

»Du bist ein Schweinehund. Du hast nicht einfach einen Schulkameraden, nicht einfach einen Invaliden, du hast einen Menschen von einer Seelengröße ausgeplündert, wie sie bei uns selten zu finden, vielleicht einmalig ist, du hast ihm womöglich den letzten Glauben an die Menschheit genommen, du hast ihm in die Seele gespuckt, du ...«

»Alles richtig. Ausgeplündert habe ich ihn und ihm auch in die Seele gespuckt«, meinte Kairetow lächelnd.

Da entschlüpfte mir eine höchst dumme Frage – gar zu sehr erschütterte mich seine Ruhe.

»Wofür?«, fragte ich Kairetow.

Er zeigte sich verwundert.

»Wie soll ich das verstehen – wofür? Für gar nichts. Er ist ein Dummkopf. Er hat mir von sich aus alles überlassen. Sollte mir dankbar dafür sein, dass er am Leben geblieben ist, schließlich, weißt du, gibt es Fälle ...«

»Du wärst also sogar imstande, ihn umzubringen?«

»Gewiss. Wenn es sein muss, bringe ich auch dich um.«

»Aber das ist doch schrecklich, Kairetow. Es leuchtet mir ein – obwohl mir auch das schwer fällt –, wenn einer seinen Feind umbringt, einen, der ihm Schaden zugefügt hat, einen Menschen aber aus purem Eigennutz umzubringen, um noch mehr Geld zu haben, damit man sich ein Auto, Möbel und sonstigen Komfort leisten kann (der Name seiner Firma war mir eingefallen), wegen dieses erbärmlichen Zeugs einen Menschen umzubringen, dazu, um ... Das wird dir noch sauer aufstoßen, Kairetow, denk daran, du wirst nachts nicht schlafen können, du wirst an der Erinnerung zugrunde gehen.«

»Ach was!«, erklärte Kairetow. »Was für eine Erinnerung? Ich mache doch nichts mit eigenen Händen und habe nie so was mit angesehen, ich bin zu sensibel. Einen Parapsychologen musste ich mir zulegen«, klagte er. »Er stärkt meine Nerven mit Hypnose. Fabelhafte Sache, kann ich nur empfehlen.«

Ich wusste, dass nichts auf ihn wirkte, am wenigsten Worte. Doch da ich mich mit der Hoffnungslosigkeit der Lage nicht abfinden wollte, sprach ich weiter:

»Kairetow! Eine Ausnahme wenigstens – zeig ein bisschen Mitgefühl! Setz ihm wenigstens die Schulden herab, gib ihm ein kleines Zimmer in einer Gemeinschaftswohnung.«

»Ich habe schon genug Mitgefühl mit ihm gezeigt!«, sagte Kairetow, ärgerlich über seine Nachsicht. »Ich sage doch, ich hätte ihn umbringen sollen. Wozu die Umstände, wer wird diesen Dämel schon suchen? Wahrscheinlich bringe ich ihn noch um. Ja, das tue ich wirklich«, seufzte er und griff nach dem Telefonhörer, vermutlich, um entsprechende Anweisungen zu erteilen.

Das alles war wie in einem irrealen Albtraum. (Als ob es reale Träume gäbe!)

Ich hielt höflich seine Hand fest und sagte:

»Ich lasse nicht zu, dass er umgebracht wird. Ich werde ihn unverzüglich warnen. Und verstecken.«

Kairetow nahm diese Ankündigung wie eine rein geschäftliche Information auf, die nichts mit dem Leben von Menschen zu tun hatte. Und fand rasch eine Lösung.

»Dann bringe ich dich um«, sagte er, als berate er sich mit mir. Er korrigierte seinen Schlips und fuhr dann fort: »Dick bin ich ja eigentlich nicht, aber schwitzen tue ich trotzdem. Irgendeine Störung des Hormonhaushalts. Ich hasse dieses Geschwitze. Der Körper muss trocken und sauber sein. Ich liebe meinen Körper, Antoscha. Meine Haare liebe ich, meine hohe Stirn, die Augen, die gerade, klassische Nase, die angenehm aufgeworfenen Lippen, ich liebe meine Lippen wie eine Frau, die mich liebt, meine kräftigen Schultern, die ich trainiere, meine von den Ellbogen ab schwarz behaarten Arme, ich liebe Brust und Leib, meinen Rücken liebe ich sehr, schade, dass ich ihn mir nur im Spiegel betrachten kann, und alles andere liebe ich auch, ich wasche mich mit den besten Seifen, ich pflege alles mit edlen Cremes, meine Fußsohlen sind weicher als die Arme eines achtzehnjährigen Mädchens!« Kairetow legte ein Bein auf den Tisch, zog Schuh und Socke aus und zeigte mir angeberisch seine Fußsohle, drehte sie hin und her und bewegte die Zehen. »Soweit zum Äußeren meines Körpers, ich kümmere mich aber auch um das Innere!«, fuhr er fort, indem er Socke und Schuh wieder anzog. »In meinen Magen kommt ausschließlich erstklassige Nahrung, mein Auge bedarf täglich des Anblicks sanfter und luxuriöser häuslicher Gemütlichkeit, meine Frau ist wunderschön und jung, mein Sohn und meine Tochter sind bezaubernd – urteile selbst, wie sollte ich nicht alles beiseite schaffen, was dem im Wege steht?«

Nein, wie ein Verrückter sah er nicht aus. Er war normal, schien sich aber über mich lustig zu machen.

»Und wenn ich dich umbringe, Kairetow?«, fragte ich.

»Kaum«, meinte Kairetow zweiflerisch. »Eine Waffe hast du nicht, und mit bloßen Händen kannst du nichts ausrichten, ich bin stärker als du. Außerdem ...« Er zog die Schublade heraus und warf einen viel sagenden Blick hinein. »Außerdem bist du nicht der Typ, jemanden umzubringen, ich kenne dich zu gut.«

»Du bist ein Monster, Kairetow. Zum ersten Mal in meinem Leben ging mir jetzt der Gedanke durch den Kopf, dass ich dich nicht bedauern würde, wenn dich jemand umbrächte. Verstehst du? Ich habe zum ersten Mal in Gedanken einen Mord gutgeheißen!«

»Früher oder später gelangen alle zu dieser Überlegung. Ich bin es schon lange.«

»Gut«, sagte ich. »Was muss ich tun, damit du Valera verschonst? Lass ihn leben, er kann dir ja nichts mehr anhaben.«

»Von wegen. Bei dir hat er sich beschwert, und du kommst an und gehst mir auf meine ohnehin schon schwachen Nerven.«

»Er wird es niemandem sonst erzählen. Und ich vergesse alles. Vergiss es auch. Ich bin nicht bei dir gewesen. Verschone ihn. Er ist ein Mensch. Menschen darf man nicht umbringen, tu es nicht.«

»Ja, ja, bring ihn nicht um!«, sagte Kairetow launisch. »Und er gerät in Rage und bringt dafür mich um. Allerdings, ich bin ja nie ohne Leibwächter. Na schön. Hast mich überredet. Mag er leben. Ich erlasse ihm sogar die Schulden. Dieser Schuppen wird sowieso in einem Monat abgerissen, ein Haus soll da gebaut werden.«

»Na wunderbar.« Ich stand auf, ich hatte nur einen Wunsch – hier wegzukommen, Kairetow nicht länger sehen zu müssen.

»Alles Gute«, sagte er höflich wie zu einem Klienten, indem er sich leicht erhob.

»Wir haben uns also verständigt?«

»Worüber?«

»Dass du Valera verschonst.«

»Wie kommst du darauf, dass ich ihn verschone?«

»Aber du hast doch gerade gesagt: Mag er leben!«, schrie ich.

»Du machst mir vielleicht Spaß!« Kairetow war ehrlich verblüfft. »Kann man denn so leichtgläubig sein?! Ich kann dir viel erzählen! Nein, diese Leute! Keine Ahnung von Geschäftsabwicklung!«

»Du hast mich also betrogen? Du willst also tatsächlich ...«

»Was weiß ich denn, was tatsächlich sein wird? Das hängt von den Umständen ab. Und meine Worte sind nicht mehr als Worte.«

»Heiliger Himmel!« Ich fasste mir an den Kopf – bildlich gesprochen, denn ich hatte nicht die Absicht, mir vor Kairetow an den Kopf zu fassen. »Heiliger Himmel, was kann ich bloß tun, Kairetow, damit ich genau und definitiv weiß, dass du ihn verschonst, ihn nicht umbringst?!«

Kairetow überlegte.

»Mich haben in der Klasse alle gemocht«, sagte er. »Aber du und Valera, ihr mochtet mich nicht. Ich habe nun mal so einen Charakter, ich habe es gern, wenn mich alle mögen. Ihr wart nicht nett zu mir.«

»Du hast nicht recht«, sagte ich. »Ich hatte eine sehr gute Meinung von dir, bloß gezeigt habe ich sie nicht. Ich gestehe dir das, weil ich keine Offenheit fürchte – und du musst nicht denken, dass ich das jetzt nur so daherrede. Ich gebe zu: Insgeheim habe ich dich bewundert. Ich wollte so sein wie du, aber mir war klar, dass das unmöglich ist.«

»Ist das wahr?« Kairetow lebte sichtlich auf. »Sieh einer an! Augenblick, ich bin gleich wieder da.«

Er ging hinaus und kam mit zwei Büchsen Bier zurück.

»Aus dem Kühlschrank. Möchtest du?«

»Nein.«

»Nun, erzähle, erzähle.«

»Ich habe alles gesagt.«

»Erzähl doch mal Einzelheiten.«

»Ich habe keine Zeit. Entscheiden wir lieber, was mit Valera wird.«

»Ja, tun wir das. Weißt du, ich habe Hauspersonal – einen Wächter, einen Chauffeur, Küchenfrauen, Zimmermädchen und so weiter. An Feiertagen kommen sie mich beglückwünschen, ich gebe ihnen Geld, und sie küssen mir die gepflegte Hand. Meine Kinder kommen mir immer guten Morgen sagen und küssen mir ebenfalls die Hand. Das ist alter russischer Brauch, dem Papa die Hand zu küssen. Die alten russischen Bräuche müssen wiederbelebt werden. Meine Frau küsst mir auch die Hände – sie natürlich nicht an den Feiertagen, sondern im Überschwang der Gefühle. Fast jeden Tag. Sie ist sehr gefühlvoll.«

In Kairetows Augen schimmerten plötzlich Tränen – und es erschütterte mich, dass er ebenso feuchte Augen bekommen und ebensolche Tränen weinen konnte wie Valera Skobjew.

»Also, mein Lieber. Wenn du mich so bewundert hast, dann küss mir die Hand. Und ich verzeihe Valera. Und alles wird gut – hier, ringsum und auf der ganzen Welt.«

Ohne sich zu erheben, streckte mir Kairetow seine Hand entgegen.

»Du betrügst mich sowieso«, sagte ich.

»Ich schwöre bei der Gesundheit meiner Kinder und meiner Mutter! Sie lebt noch, mein altes Mütterlein. Und deins?«

»Na schön. Wenn du bei deinen Kindern und deiner Mutter . . .«

Mir war übel, mir war scheußlich zumute, doch ich spürte keinen Hass gegen Kairetow, nur ein wer weiß woher kommendes, wenn auch mit Ekel gemischtes tiefes Mitleid, ja sogar Trauer. Ohne irgendwelche Bedenken, war es doch für mich persönlich bereits völlig bedeutungslos, berührte ich mit den Lippen seine Hand und richtete mich wieder auf.

Und ging zur Tür. Wo ich mich umwandte.

»Vergiss nicht: Bei deinen Kindern und deiner Mutter hast du geschworen. Diesmal wirst du es nicht ableugnen können.«

»Und ob ich es kann!«

Ich stand wie versteinert. Ich starrte Kairetow an, ich schnappte nach Luft.

»So was Einfältiges!«, erklärte Kairetow. »Ja, wenn ich einem Menschen geschworen hätte, den ich schätze und achte! Der Schwur an sich besagt gar nichts – wichtig ist, wem man schwört, nicht wahr? Du bist für mich ein Nichts. Folglich sind auch meine Worte nichtig. Geh, störe mich nicht beim Arbeiten, ich habe genug von dir.«

Da schrie ich wild auf und warf mich auf ihn, doch er sprang gewandt hoch und fing mich mit der Faust ab. Ich prallte ab und ging zu Boden.

In dem Moment trat ein junger Mann ein. Und obwohl mir nicht nach Beobachtungen zumute war, kam mir unwillkürlich der Vergleich und der Name in den Sinn, den ich diesem Menschen auf der Stelle gab: Dorian Gray. Ein Eindruck von Eleganz, Vergeistigung, Lasterhaftigkeit, Betörung, Abstoßung. Ich mag Oscar Wilde nicht, er ist nicht nach meinem Geschmack, doch die Assoziation stellte sich ein.

»Worum gehen die Probleme?«, fragte Dorian Gray mit dieser zu einem Dandy passenden mutwilligen Sprachverhunzung.

»Beseitigt werden muss er. Von der Bildfläche verschwinden.«

»Bewaffnet und sehr gefährlich?«

»Nein, nein«, sagte Kairetow, »er weiß nur zu viel.«

»Und wo wird er sein Wissen hintragen? Zur Miliz?«

»Möglich.«

Dorian Gray nahm mich in Augenschein.

»Ich bitte meinen Zweifel zu entschuldigen – wohl kaum. Dazu wird er sich nicht entschließen und lieber selbst nach der Wahrheit suchen.«

»Noch schlechter«, sagte Kairetow. »Auf den Wecker gehen wird er mir, und meine Nerven ...«

»Hat er Familie?«

»Das lässt sich leicht herausbekommen.«

Ich begriff sofort, richtete mich auf und sagte:

»Da gibt es nichts herauszubekommen, Kairetow. Ich lebe allein.«

»Lügt und betrügt«, sagte Dorian Gray. »Er hat Familie. Und liebt seine Familie. Aber über die Familie Druck auszuüben ist gemein. Das Frauengekreisch und die Kindertränen habe ich auch satt. Überlass den Mann mir, ich nehme ihn mir selber vor.«

»Wie denn?«, wollte Kairetow wissen.

»Ganz einfach«, sagte Dorian Gray zu ihm und zu mir. »Ich lasse ihn laufen und verspreche, ihn achtundvierzig Stunden lang nicht zu verfolgen. Ich verspreche auch, seine Familie nicht als Köder zu benutzen, um ihn zu greifen. In dieser Zeit«, erklärte er mir, »werden Sie es schaffen, zu Hause vorbeizugehen, Sie werden ja nicht dort bleiben und Ihre Familie in Gefahr bringen wollen. Sie holen also Ihre Sachen und suchen sich ein Versteck. Aber nur innerhalb von Saratow, sonst müssen die Spielregeln geändert werden. Nur innerhalb der Stadtgrenzen. Sie verstecken sich, und ich suche Sie. Das wär's.«

»Kinderei«, knurrte Kairetow.

»Das ist nicht deine Sache«, meinte Dorian Gray lächelnd. Und zu mir: »Ist Ihnen diese Variante recht?«

Ich gab keine Antwort. Betrunken oder vollgedröhnt, dachte ich und fragte Kairetow:

»Du lässt ihn also nicht in Ruhe?«

»Wen?«

»Valera.«

»Valera? In Ruhe? Ein schönes Wort – Ruhe. Ich lasse ihn schon in Ruhe. Er ist schon ruhig.«

Mir fiel ein, dass er, als er die Bierbüchsen holen ging, viel länger weggeblieben war, als man in diesem kleinen Haus bis zum

Kühlschrank und zurück brauchte. Ob er Anweisungen erteilt hatte?

Ich stürzte aus dem Zimmer und rannte los zur Bachmetjewskaja. Ich sah Rauch aufsteigen.

An der Zufahrt und im Hof standen Feuerwehr- und Milizautos. Die alten Frauen erklärten mir bereitwillig, dass der einbeinige versoffene Valerka, der im Schuppen gehaust hatte, sich betrunken habe und wegen dieses Kerls alle um ein Haar verbrannt wären, ein Glück, dass die Feuerwehr schnell da gewesen sei, bloß den Schuppen habe es erwischt, na und Valerka natürlich auch, den habe das Feuer ganz verschlungen – die Sachen, den Körper, alles.

... Lust, mich mit der Frau zu treffen, die Marina Sinizyna hieß, hatte ich verständlicherweise überhaupt keine, und so rief ich aus einer Zelle an in der Absicht, mich zu entschuldigen und den Treff zu verschieben. Das Weitere würde sich ergeben.

Eine andere Frau nahm ab – im Hintergrund hörte ich Stimmengewirr, und irgendwie stand mir gleich ein großes Zimmer mit zehn bis fünfzehn Schreibtischen vor Augen, dahinter lauter Frauen, die Papiere voll schrieben, rechneten, sich unterhielten, Tee tranken, bald auf die über der Tür hängende große Bürouhr, bald zum Vergleich auf ihre Armbanduhren blickten, und obwohl beide die gleiche Zeit anzeigten, hatten sie ständig den Eindruck, dass die Bürouhr langsamer ging.

Die Frau rief nach Marina Sinizyna.

»Ja«, meldete sie sich nach einer Weile völlig ausdruckslos.

»Guten Tag, hier ist Anton Kajalow.«

»Guten Tag.«

»Wir wollten uns heute treffen, in der Mittagspause, bei Ihnen ist doch von eins bis zwei Mittag?«

»Ja.«

»Wissen Sie, es ist etwas dazwischengekommen ... Das heißt ... Es kommt eben alles Mögliche vor im Leben, entschuldigen Sie bitte.«

»Nicht so schlimm«, sagte Marina Sinizyna ruhig. »Auf Wiedersehen.« Und sie legte auf.

Ich stand vor der Zelle.

Nein, nicht die Ruhe der Gleichgültigkeit war in ihrer Stimme gewesen, überlegte ich. Die übliche Hoffnungslosigkeit, die übliche Enttäuschung. Sie hatte meinen kläglichen Rechtfertigungsversuch als etwas Selbstverständliches hingenommen – als sei nichts anderes zu erwarten gewesen. An das Pech in ihrem Leben war sie bestimmt seit langem gewöhnt. Es gibt solche Menschen: Die Bustüren klappen ihnen vor der Nase zu, die gekauften Sachen haben, wie sich herausstellt, alle einen Fehler oder nicht die richtige Größe, jemand, der ihnen hoch und heilig etwas versprochen hat (und überdies für seine Verlässlichkeit bekannt ist!), kann zum ersten Mal sein Versprechen nicht einhalten, ständig sind sie gezwungen, ihren Urlaub im November oder Februar zu nehmen, und wenn sie endlich einen Ferienscheck für einen Seeurlaub im milden September bekommen, sucht ausgerechnet in diesen Tagen eine nasskalte Witterung die Küstenregion heim, wie die Alteingesessenen sie um diese Jahreszeit, so versichern sie, noch nie erlebt haben ...

Ich rief noch einmal an. Die Frau von vorhin nahm den Hörer ab, und dann kam Marina Sinizyna an den Apparat.

»Ich bin es wieder, Anton Kajalow.«

»Ja.« Ihre Stimme verriet keine Verwunderung.

»Wissen Sie, ich habe meine Pläne geändert, wir können uns doch treffen. Wenn ich recht verstanden habe, arbeiten Sie im Zentrum?«

»Ja.«

»Vielleicht gehen wir irgendwo auf dem Kirow-Prospekt Mittag essen? Hier in dem Lokal gegenüber gibt es Ravioli und so was. Mögen Sie Ravioli?«

»Weiß ich nicht. Ich war da noch nie.«

»Ich auch nicht. Sind wir dann eben zusammen dort gewesen.«

»Könnten wir machen ... Bloß, meine Mittagspause, die ist vierzig Minuten lang.«

»Kein Problem. Ich erwarte Sie also?«

»Ich weiß nicht ... Verstehen sie, heute ist Berichtsabgabe.«

Plötzlich trat im Hörer Stille ein. Ich stellte mir vor, wie eine Kollegin und Freundin von Marina Sinizyna den Hörer mit der Hand zuhielt und ihr zuflüsterte, so rede man nicht mit Männern. Dass man sie zappeln lasse, das sei klar, aber doch nicht gleich am Anfang und nicht bei solchen Nebensächlichkeiten! In

Nebensächlichkeiten habe der Mann gern Klarheit – ja oder nein. Wo es darauf ankomme, da könne man sie an der Nase herumführen, aber dahin müsse man erst einmal gelangen! Wie lange willst du die Sache eigentlich noch hinausziehen, man sieht doch, dass das ein anständiger Mensch ist! Vielleicht ist es derjenige, welcher? Bericht – was soll das Gefasel?

Ich habe aber keine Lust, erwidert die Sinizyna lasch. Wieder mit einem unbekannten Menschen reden müssen, irgendwie peinlich ist das, gar zu dumm ...

Wenn du keine Lust hast, dann sag es ihm. Ich will nicht, und Schluss! Damit er nicht mehr anruft!

»Hallo! Hallo!«, rief ich von Zeit zu Zeit in den Hörer.

»Entschuldigen Sie, etwas Dienstliches«, meldete sich Marina Sinizyna wieder. »In zehn Minuten bin ich da.«

Sie erschien in genau zehn Minuten. Eine Frau um die dreißig, vielleicht auch jünger, eine nicht eben blendende Erscheinung, aber auch ohne auffälligen Makel. In der Schule wie im Institut (in der Annonce war Hochschulbildung angegeben) hatte man sie vermutlich nicht mit ihrem Vornamen, sondern Sinizyna gerufen. Auf der Arbeit war es genauso. Sinizyna, Ihren Bericht erwarte ich in einer Woche, wirft ihr der Chef im Vorbeigehen zu, während er zu der am Nebentisch sitzenden über fünfzigjährigen Frau mit blutroten Lippen, dick aufgetragenem Lidschatten und rötlich gelbem Haar, die ein weißes Kostüm trägt, aus dessen Ausschnitt jabotähnlich die üppigen Rüschen einer roten Bluse quellen, sagt: Nataschenka, das gilt auch für Sie, meine Liebe. Sie sind ein Ausbeuter des werktätigen Volkes, Viktor Palytsch!, erwidert die fünfzigjährige Nataschenka lachend.

Wir betraten schweigend das Lokal, ich nahm zwei Tabletts und fragte, was sie gern hätte.

»Ist mir egal«, sagte die Sinizyna, den Blick auf das Fenster gerichtet, das nach der Straße ging.

Ich nahm Salat und hausgemachte Ravioli, die im Grunde nichts anderes waren als unsere russischen Pelmeni, nur kleiner und schlanker.

»Vielleicht möchten Sie etwas trinken?«

»Nein, danke. Nehmen Sie sich nur, für mich nicht.«

»Ich trinke nichts.«

Ich trug die Tabletts zu einem hohen runden Tischchen und besorgte Messer, Gabeln und Teelöffel.

»Danke«, sagte die Sinizyna und begann zu essen. Es war ihre Mittagspause, und sie nahm die Mahlzeit nicht anders ein, als wenn sie allein gewesen wäre. Nichts deutete darauf hin, dass sie von mir ein Gespräch erwartete.

Am liebsten schien es ihr zu sein, schweigend ihr Mittagessen zu verspeisen und sich zu verabschieden, um mich nie mehr wieder zu sehen.

»Also«, sagte ich, »zu mir gibt es nichts weiter zu sagen, ich habe in meinem Brief bereits alles mitgeteilt.«

Die Sinizyna schob den leeren Salatteller weg und nahm sich die Ravioli vor.

»Was machen Sie beruflich, wenn es kein Geheimnis ist?«, fragte ich.

»Ach, na ja . . .«

»Gefällt Ihnen Ihre Arbeit nicht?«

»Eine Arbeit wie andere auch. Es gibt Schlimmeres.«

Was quäle ich sie und mich, dachte ich. Wir gefallen uns nicht, das ist doch klar. Es bleibt nur noch, das Essen ruhig zu beenden und sich ruhig zu trennen.

Und ich begann nicht weniger konzentriert zu essen als die Sinizyna. Ganz damit beschäftigt, bemerkte ich nicht gleich, dass sie regungslos vor ihrem Teller stand.

»Schmeckt es Ihnen nicht?«

»Entschuldigen Sie«, sagte sie. »Ich habe nicht die Absicht zu heiraten. Das alles ist die Idee meiner Freundin. Sie arbeitet bei der Zeitung, bei *Komu tschto*, ist da für die Annoncen zuständig. Wie oft habe ich es ihr schon gesagt, doch sie kann es nicht lassen.«

»Wenn Sie nicht die Absicht haben, wozu haben Sie dann meinen Brief beantwortet, mir Ihre Telefonnummer mitgeteilt, sich mit mir getroffen? Mit anderen Kandidaten haben Sie sich vermutlich auch getroffen?«

»Ach, bloß so. Um die Leute nicht zu kränken. Sie schreiben, warten auf Antwort. Und da . . .«

»Sie haben also nicht die Absicht, könnten es sich aber plötzlich anders überlegen?«

»Nein, nein. Wo soll ich hin mit einem Mann, ich wohne mit

meiner Mutter in einer Einzimmerwohnung. Und in ein fremdes Haus gehe ich nie und nimmer. Ich könnte das nicht, und außerdem ist meine Mutter ständig krank.«

»Da lassen sich Varianten finden, Sie könnten ihre gegen eine Zweizimmerwohnung tauschen, mit Zuzahlung.«

»Ach ja . . . Und woher das Geld nehmen?«

»Und wenn wir es auftreiben?«

»Mama wird nicht wollen. Das Haus steht ja an der Uferstraße, sie ist den Anblick der Wolga gewohnt. Sie sagt: Nur hier möchte ich sterben. Wenn ich sterbe, möchte ich den Blick auf die Wolga haben. Sie hat sogar ein extra hohes Bett, um die Wolga sehen zu können.«

»Es lässt sich eine Wohnung an der Uferstraße mit Blick auf die Wolga finden.«

»Sie braucht den zweiten Stock. Der zweite Stock ist ideal, sagt sie. Die Erde ist nahe und der Himmel nicht weit.«

»Auch der zweite Stock lässt sich finden.«

»Das bedeutet suchen . . . Wer soll sich damit befassen.«

»Ich könnte es doch vielleicht übernehmen?«

»Nein, nein. Es ist schon zu spät. Das Leben verläuft in festen Bahnen.«

»Sie wollen also auf keinen Fall heiraten?«

»Nein, warum? Grundsätzlich schließe ich das nicht aus.«

»Hätten Sie gern Kinder?«

»Wie soll ich es sagen . . . Im Prinzip – warum nicht.«

»Wo liegt dann das Problem?«

»Nein, irgendwie . . .«

»Was?«

»Das ist kompliziert . . .«

»Ist noch irgendwas zu bedenken?«

»Nein, nein.«

»Was gibt es dann?«

»Das ist so kompliziert . . .«

»Was?«

»Das Leben überhaupt. Heute ist es so und morgen ganz anders.«

»Das ist doch gut. Heute ist es so, und morgen wird es ganz anders sein: Sie werden heiraten.«

»Und dann?«

»Was dann?«

»Na, irgendwie das Ganze ... Das alles ist nicht so einfach.«

»Das stimmt. Und was genauer ist nicht so einfach?«

»Ach, alles.«

»Das heißt, Sie haben doch nicht die Absicht zu heiraten?«

»Wieso? Diese Frage ist bloß nicht eindeutig zu beantworten.«

»Welche?«

»Die des Heiratens. Und überhaupt. Das ist nicht die Hauptsache.«

»Zugegeben. Und was ist die Hauptsache?«

Die Sinizyna überlegte, stocherte mit der Gabel in den kalt gewordenen Ravioli und erwiderte:

»Das Leben.«

»Unbestritten«, sagte ich und betrachtete ihre kurz geschnittenen Haare, die das Gesicht halb verdeckten. »Und was ist die Hauptsache im Leben?«

»Das weiß keiner.«

»Nun, wenn nicht die Hauptsache, dann wenigstens – was ist wichtig?«

»Da gibt es individuelle Unterschiede.«

»Und wie sieht es aus bei Ihnen?«

»Schwierig zu sagen.«

Sie sah auf die Uhr.

»Entschuldigen Sie, es wird Zeit für mich, die Pause geht zu Ende. Unser Chef ist in der Beziehung streng. Danke. Auf Wiedersehen.«

Sie ging rasch los, kehrte aber, als sei ihr etwas eingefallen, gleich wieder um.

»Entschuldigen Sie. Ich fühle mich heute einfach nicht wohl. Es war interessant, mit Ihnen zu reden. Sie rufen wieder an?«

»Natürlich.«

»Danke. Auf Wiedersehen.«

Nein. Es reicht. Zu dieser fünften Braut in das Neubauviertel Solnetschny fahre ich nicht. Sie wird schon noch einen anderen finden.

Wohl in meinem ganzen Leben hatte es so einen Tag noch nicht gegeben.

Mein Jugendfreund Valera Skobjew war ums Leben gekommen – fast vor meinen Augen. Ein anderer aus meiner Kindheit und Jugend hatte sich als karikaturreifer Schurke entpuppt – als ein Mensch von unerträglicher Niedertracht, und dass er ein Mörder war, das machte ihn noch niederträchtiger und nichtswürdiger. Ja, ein Mörder, das stand völlig außer Zweifel – auf seine Anweisung hin war der Schuppen mit dem betrunkenen Valera in Brand gesteckt worden, das stand für mich fest.

Und was sollte ich jetzt tun?

Kairetow überführen, für seine Bestrafung sorgen?

Ich musste realistisch bleiben – als Einzelner konnte ich kaum etwas ausrichten.

Wie also weiter?

Ich musste rasch den Rest dieser Fragen durchgehen, um endlich damit fertig zu werden und meine Bewerbung einreichen zu können. Vielleicht sollte ich Hauptmann Kuricharow um Protektion bitten, auch wenn mir das widerstrebte: nicht, dass ich ausgerechnet seine Unterstützung in Anspruch nehmen, sondern überhaupt auf Beziehungen zurückgreifen sollte.

Müde, meinen Gedanken nachhängend, fuhr ich im Obus nach Hause, es war heiß und stickig. Ich hielt mich an der Griffstange fest. Nach der nächsten Haltestelle, als sich der Bus noch mehr füllte, wurde ich von allen Seiten eingezwängt, eine schweißige Hand rückte auf der Griffstange an die meine heran, ich rutschte weiter, weil ich keine fremden Berührungen mag, doch die fremde Hand rückte nach. Ich rutschte weg, so weit es ging, doch die fremde Hand kam mir nach. (Wie verabscheue ich doch diesen uralten Instinkt des eiligen Besitzergreifens, der sich besonders in Belanglosigkeiten äußert! Nicht alles, was alt ist, verdient Beachtung.)

Möglicherweise aber habe ich es hier mit etwas anderem zu tun? Gar zu nahe rückt diese Hand, als genieße sie die Möglichkeit direkten Hautkontakts. Oder kommt mir das nur so vor, nachdem ich mir dummes Zeug eingeredet habe (vgl. Behauptung 93: Sie fühlen sich stark zu Menschen Ihres Geschlechts hingezogen.)? Aber so ist es ja nicht, ich fühle mich nicht zu ihnen hingezogen! Warum denke ich überhaupt darüber nach? Gibt es für mich an diesem schrecklichen Tag nichts anderes, worüber ich nachdenken könnte? Der Mann hat seine Hand herangerückt, weil es ihm zu eng geworden ist, und ich bilde mir weiß der Teufel was ein. Ich schielte zu ihm hin. Er war etwas älter als ich, mit graumeliertem Haar – ein ordentlicher kurzer Schnitt –, duftete nach Kölnischwasser, sah sauber und gepflegt aus, etwas füllig, die rosigen Lippen leicht aufeinander gelegt, ein wohlgemuter Eindruck, trotz der Sommerhitze und des Gedränges. Er wandte den Kopf, unsere Blicke trafen sich, und obwohl sich in seinem Gesicht nichts veränderte, schienen mich seine Augen viel sagend anzusehen. Ich wandte mich eilig ab – zu eilig, verdächtig eilig! Seine fleischige, feuchte, heiße Hand brannte richtig. Ob ich meine lieber wegnehme? Aber was wird er sich denken? Dass ich alles verstanden habe. Und mit einem, der alles verstanden hat, lässt sich der Kontakt leichter herstellen! Nein, du musst so tun, als hättest du nichts bemerkt und dächtest an nichts Derartiges. Wenn er meine Gleichmütigkeit sieht, wird er seine fruchtlosen Träume aufgeben.

Da bewegte der Mann seinen trotz der Leibesfülle wendigen Körper, drehte Schultern und Hüften – und presste sich an mich.

Herrgott noch mal, es war ihm zu eng, zu unbequem geworden, und so hatte er nach einer Möglichkeit gesucht, weniger beengt zu stehen, mehr nicht!

Von der anderen Seite scheint ihn allerdings niemand zu bedrängen, warum also presst er sich so an mich? Außerdem fühle ich, obwohl ich mich zwinge, nicht hinzusehen, ganz deutlich, wie er mich anstarrt.

Ich muss aussteigen.

Aber wird er mir nicht folgen?

Es kann zu einer blöden, ganz unmöglichen Situation kommen. Ermutigt durch mein schweigendes Einverständnis – wie soll er mein Verhalten sonst interpretieren? –, wird er mir nachgehen mit irgendwelchem dummem Gerede, und ich werde ihn mitten auf der Straße abwehren müssen, um nicht die – in erster Linie ihm geltende! – Aufmerksamkeit der Leute zu erregen.

Ich entschloss mich. Den Kopf seitwärts geneigt, sagte ich leise, so leise, dass nur er es hören konnte:

»Hören Sie, Sie gehen etwas zu weit . . . Sie haben sich in der Adresse geirrt. Und überhaupt, Straßen-, Bus- und sonstige in der Öffentlichkeit gemachte Bekanntschaften sind mir zuwider, selbst wenn es sich dabei um Frauen handelt, von Männern ganz zu schweigen ... Ich bin ein moderner Mensch, ich habe für vieles Verständnis, wenn ich auch nicht weiß, ob ich es gutheißen kann, aber mir ist bekannt, dass es Menschen und Beziehungen verschiedener Art gibt. Ich fürchte einfach, dass Sie mit Ihren Methoden in eine unangenehme Lage geraten könnten, wenn Sie es mit einem weniger sanften Menschen zu tun kriegen als mit mir ...«

Ich war fertig mit meiner Rede und sah den Mann an.

Er betrachtete mich erstaunt, mit offenem Mund – allem Anschein nach hatte er meine Worte nicht gehört oder nicht verstanden und falls doch, so auf seine Weise. Letzteres bestätigte sich.

»Ach, du Schwuli!«, sagte der Mann laut. »Ich denke, was steht der da wie angewurzelt, man kriegt ihn einfach nicht vom Fleck, den sturen Sack, und ich muss bald aussteigen! Und nun stellt sich raus, dass das ein warmer Bruder ist! Was hast du mir da für ein Angebot gemacht, du Mistkerl?«

»Sie irren sich, ich habe Ihnen kein Angebot gemacht. Im Gegenteil ...«

»Was im Gegenteil? Was brabbelst du da?«, brüllte der Mann, dass es der ganze Bus hörte, und überschüttete mich mit einem Schwall unflätiger Ausdrücke, die niemanden hier schockierten. Nicht im Geringsten taten sie das, von allen Seiten war beifälliges Gelächter zu hören, man bat um eine Zugabe. Auch an meine Adresse gerichtete Bemerkungen gab es, einige schlugen konkretes Handeln vor: mich zum Beispiel am Kragen zu packen und in voller Fahrt aus dem Fenster zu werfen.

Ich begriff, dass jedes Beweisenwollen sinnlos war. Der Obus hielt, ich sprang unter allgemeinem Gelächter, Gejohle und Geschimpfe hinaus, was keinerlei Schwierigkeiten bereitete, da ungeachtet der Enge alle um mich herum angewidert Platz machten.

Gütiger Himmel, was ist das? Es gibt Menschen, denen die Gedanken im Gesicht geschrieben stehen. Sollte ich tatsächlich zu diesen Leuten gehören und danach aussehen, wofür man mich gehalten hat? Oder ist *das* tatsächlich in mir, das heißt, es war bisher verborgen, und jetzt kommt es an den Tag?

Hirngespinste, alles Hirngespinste!

Mir gefallen Frauen, ich liebe sie. Mir gefällt Nina, Tanjas Tochter. Auch Tanja selbst gefällt mir. Und Larissa. Tamara hat mir ebenfalls gefallen – und hätte sie sich nicht betrunken, wer weiß, womit unser Stelldichein geendet hätte.

Doch warum eigentlich hat im Büro des Schurken Kairetow jener feminine, geschmeidige junge Mann, den ich in Gedanken Dorian Gray getauft habe, auf den ersten Blick Interesse für mich gezeigt?

Was geht vor mit mir?

Geradezu entsetzlich.

Doch ist dieses Entsetzen nicht schändlich? Zeugt es nicht von meinem diskriminierenden Verhältnis zu diesen Menschen, wenn ich meine, dass sie von besonderer Art und sogar unglücklich seien?

Ich bin ja sicherlich auch ein Mensch besonderer Art und als unglücklich anzusehen, nur auf andere Weise. Und sie sind womöglich im Gegenteil glücklich?

Aber welches Recht habe ich, so zu sprechen: *sie?*

Und warum soll ich unglücklich sein und warum von besonderer Art?

Wenn ich schon von besonderer Art bin, so durch mein Vermögen, die ganze Vielfalt des Seins wahrzunehmen – heißt das etwa, unglücklich zu sein? Die Schönheit des klaren Tages, des blauen Himmels, des originellen Gedankens – Gott hat mir die Fähigkeit geschenkt, all das sinnlich zu empfinden, und dafür sollte ich dankbar sein.

Beruhigt, fast unbeschwert kam ich nach Hause, wo mich sofort eine neuerliche Anwandlung überkam – etwas anders geartet, aber gleich gelagert. Nadeshda war noch nicht vom Dienst zurück. Nastja saß in meinem Zimmer. Sie hatte es sich in meinem Sessel bequem gemacht und las. In meinem großen Schlafsessel. Ich hatte ihn gekauft, weil die Bücher fast das ganze Zimmer ausfüllten und ich die alte sperrige Bettcouch ausrangiert hatte.

Nastja machte es sich oft in diesem Sessel bequem, es gefiel ihr hier. Und es störte mich auch nicht, mich in ihrem Beisein, halb verdeckt durch die Tür des Kleiderschranks, umzuziehen.

Jetzt aber genierte ich mich und behielt das schweißnasse Hemd und die viel zu warme Hose an.

Ich setzte mich an den Tisch und nahm mir meine Arbeit vor. In letzter Zeit schaffe ich mein Pensum nicht mehr: zwei Kreuzworträtsel pro Tag. In der Regel wird jedes zweite genommen, so dass meine Kreuzworträtsel fast täglich in einem der zig Blätter erscheinen, mit denen ich zusammenarbeite.

Ich kam nicht voran.

Mechanisch verrückte ich den Spiegel, Mutters alten Tischspiegel – Erinnerungsstück und zugleich praktisches Utensil: ich benutze ihn für die Elektrorasur. Ich verrückte ihn rein mechanisch, ohne hinzusehen. Doch nach einer Weile schaute ich hinein und stellte fest, dass Nastja im Spiegel zu sehen war. Ein auf die Lektüre konzentriertes Gesicht – ernst, erwachsen, fraulich.

Und etwas Ungewohntes passierte mir.

Ich war sogar gezwungen, auf dem Stuhl hin und her zu rutschen, dann unauffällig etwas nach links, um Nastja den Rücken zuzudrehen – als sei ich von der Anspannung des Nachdenkens so kribbelig, dass ich nicht still sitzen könne. Die Anspannung war indessen völlig anderer Art. Mein Gesicht bedeckte sich mit kaltem Schweiß, und im nächsten Moment brach mir aus allen Poren heißer Schweiß – wie nach einem Dampfbad, wenn man Tee trinkt. (Ich bin nie in der Banja gewesen, kann es mir aber gut vorstellen. Nach einem Wannenbad ist das ähnlich – wenn man sehr heiß gebadet hat.)

»Du bist ja heute so schweigsam, Onkel Anton Petrowitsch?«, sagte Nastja.

Ich zuckte zusammen.

Das gibt es nur bei Frauen. Wenn ich lese, dann lese ich. Bei einer Frau dagegen, die eben noch ganz in die Lektüre vertieft war, kann, ehe man sich's versieht, das Buch in die Ecke fliegen – vielleicht wird es nie mehr zu Ende gelesen –, und sie schaltet um auf das, was ihr urplötzlich in den Sinn gekommen ist.

Am meisten befürchtete ich, sie könnte, wie sie es zu tun pflegte, von hinten an mich herantreten, um mir das Haar zu zausen mit den Worten:

»Das Glätzchen wird immer größer, Onkel Anton Petrowitsch. Wird Zeit zu heiraten, bevor du ganz kahl geworden bist. Und nimm dir eine kleine Frau, damit sie deine Platte nicht sieht. Oder gefallen dir groß gewachsene Frauen? Wie diese, na, diese Topmodels. Mindestgröße ein Meter neunzig, die Beine ein Meter zwanzig – Wahnsinn. Neunzig – sechzig – neunzig.«

Früher hatte es mir Wohlbehagen bereitet, ihre Finger auf meinem Kopf zu spüren und ihr familiäres Geplapper zu hören – und ich antwortete ihr mit hingeplapperten Belanglosigkeiten: dies war der zwischen uns übliche Ton.

Heute aber, jetzt – ich werde mit zugeschnürter Kehle dasitzen und ihr nicht antworten können, und sie wird erkennen, was los ist. Und wie kann ich dann hier weiterwohnen?

Ich traute mich nicht, mich umzudrehen. Sie war aufgestanden und kam näher.

Nein, nicht hinter mich stellte sie sich, sondern neben mich.

»Arbeitest du? Nimm mich doch als Helferin.«

Gefährlich ist die menschliche Rede! Aus diesem Satz hörte ich am klarsten das Wort »nimm« heraus.

Ich fasste sie um die Taille, warf mir ein Zeitungsblatt mit meinem Kreuzworträtsel auf die Knie und sagte:

»Warum nicht? Ich baue das Gerüst, und du suchst die leichten Wörter. Dann gebe ich etwas Kniffligeres dazu. Verstehst du, jedes Kreuzworträtsel muss einfache Wörter enthalten, die jeder auf Anhieb errät. Zum Beispiel: ›Fahrt oder Spaziergang zu Bildungszwecken.‹«

»Exkursion!«

»Oder: ›Kontrolle des Wissens von Schülern und Studenten‹.«

»Examen!«

»Genau. Und so weiter. Einfache Wörter deshalb, damit der Betreffende auf den Geschmack kommt. Er errät fünf, sechs, zehn Wörter – und schon packt ihn die Leidenschaft. Der Ärmste ahnt nicht, dass es in jedem Kreuzworträtsel ein paar Wörter gibt, die man unmöglich in seinem Gedächtnis findet, da muss man Nachschlagewerke zu Rate ziehen, in Lexika suchen. Oder ein Fachmann kann sie einem sagen – wenn man zum Beispiel mit dem Zug fährt und das ganze Abteil sich an der Lösung des Kreuzworträtsels beteiligt. Kreuzworträtsel werden ja oft auf

Reisen oder im Familienkreis gelöst, sie sind sehr gemeinschaftsstiftend. Ich diene also dem Werk der menschlichen Verbrüderung«, sagte ich und zog Nastja scherzhaft näher zu mir.

Sie lachte auf.

»Überhaupt unterteile ich die Kreuzworträtsel in verschiedene Kategorien. Es gibt welche für unterwegs, die sind einfacher, lassen sich ohne Fachliteratur lösen, mit vereinten Kräften sozusagen: wem was einfällt. Ehrlich gesagt, sind mir die am liebsten. Sie entwickeln die Selbstachtung des Menschen: Darauf bin ich gekommen, das kenne ich! Oft fallen den Leuten Wörter ein, von deren Existenz sie gar nichts ahnten, dabei waren sie in ihrem passiven Gedächtnis. Dann gibt es Kreuzworträtsel für zu Hause, die Familie, die sind schwieriger, hier ist der Papa gefragt, der über alles auf der Welt Bescheid weiß, oder die Mama, der die einfachsten Wörter nicht einfallen, die aber, nachdem man sich eine geschlagene Stunde über einen verzwickten Begriff den Kopf zerbrochen hat, auf dem Weg zwischen Bad und Küche fragt, wie viel Buchstaben es doch gleich waren, und aus dem Stegreif die Lösung liefert, das ist eine rein weibliche Spezialität. Außerdem gibt es Kreuzworträtsel für Liebhaber, die sie im Alleingang lösen – sie besitzen die Große Sowjetenzyklopädie, den Brehm, den Dahl und eine Menge weiterer Enzyklopädien, Lexika und Handbücher. Für irgendeinen Sidorow oder Rosenblum. Für sie bedeutet es das höchste Glückserlebnis, in der Zeitung oder Zeitschrift die kostbare Mitteilung zu finden, dass Sidorow und Rosenblum als erste die richtige Antwort geschickt haben. Doch das sind Kreuzworträtsel der allgemeinen Art. Daneben gibt es thematische: wissenschaftliche, zum Thema Raumfahrt, Natur, Musik und was nicht alles! Hier sticht mich die Konkurrenz aus, Nastenka, hier komme ich nicht mehr mit, und du kannst mir helfen. Erstens gibt es neuerdings einen Haufen Kreuzworträtsel . . . wie soll ich sie am besten nennen . . .«

»Hypergeil?«

»Ich kann Jargon nicht ausstehen.« Zornig bestrafte ich sie damit, dass ich ihre Taille presste. »Humoristische, sagen wir so. Und das ist ein Humor, ich weiß ja nicht . . . Solche Wörter habe ich nie gehört.«

»Du bist nicht auf der Höhe der Zeit.«

»Mag sein. Vor kurzem habe ich in einer Zeitschrift geblättert, einer sehr teuren, schon fürs Angucken nehmen sie einen Tausender, *Spas* oder *Wlas* hieß sie . . .«

»*Stas*. Es gibt so einen Musiker: Stas Namin.«

»Möglich. Eine Zeitschrift mit Kreuzworträtseln. Deswegen habe ich sie mir auch angesehen: ich muss ja ständig meinen Wirkungskreis erweitern. Und ich habe begriffen, dass ich mit dieser Zeitschrift nicht zusammenarbeiten kann. Zum Beispiel ist da ein musikalisches Kreuzworträtsel drin. Gefragt wird – das hat sich mir eingeprägt – nach dem Namen der Freundin irgendeines Sängers, die mal die Frau eines Komponisten gewesen ist und davor im Ensemble des jetzigen Mannes einer Sängerin gesungen hat.«

»Und wie hießen die?«

»Habe ich mir nicht gemerkt. Ich kenne niemanden davon. Es ging da noch um Rockgruppen und um vieles andere. Damit komme ich nicht klar.«

»Schade, dass du sie nicht gekauft hast. Vielleicht hätte ich es geschafft. Mit Musik kenne ich mich aus. Im Sinne von moderner.«

»Du solltest niemals ›im Sinne‹ sagen. Das ist ein plebejischer Ausdruck.«

»Ich bin ja auch eine Plebejerin. Die Mutter Straßenbahnerin, der Onkel arbeitslos. Dazu noch vaterlos.«

»Ach, du armes Waisenkind«, sagte ich mitleidig und zog sie mit Schwung zu mir herüber, doch bevor sie auf meinem Schoß zu sitzen kam, stand ich, ungeschickterweise mit ihrem bereits fallenden Körper zusammenstoßend, auf, legte meine Hand von der Taille auf ihre Schulter, tätschelte sie und sagte:

»Stickig ist es, Nichte Nastassja Wladimirowna. Ich geh mal frische Luft schnappen.«

»Draußen ist es noch stickiger.«

Da ich fürchtete, in ihrer Stimme etwas zu hören, wovon ich selbst nicht wusste, was es sein konnte, rückte ich den Stuhl weg, dass er über den Fußboden scharrte, knüllte laut die Zeitung zusammen, warf sie auf den Tisch und verließ das Haus.

Ich setzte mich auf eine Bank am Eingang. Verwirrt, verloren, einen kläglichen Anblick bietend. Ich verachtete mich selbst.

Meiner Gedanken, meiner Wünsche wegen, deswegen, dass ich diesen Wünschen nachgegeben, deswegen, dass ich ihnen nicht nachgegeben hatte.

Gegenüber saßen, in der Stunde achteinhalb Worte wechselnd, zwei alte Frauen und ein tauber alter Mann. Die zweite Alte war allerdings auch ziemlich taub. Die erste nahm ihren Vorzug, gut zu hören, offenbar stolz als Beweis ihrer Gesundheit und sprach mit Absicht halb laut.

»........................«, sagte sie.

»He?«, fragte die zweite Alte.

Die erste wiederholte ihre Worte mit einer gewissen überlegenen Ironie, die übertönt wurde durch aufrichtige Verärgerung, dass man sie nicht verstand, und zugleich durch Mitgefühl mit der behinderten Nachbarin.

»He?«, fragte seinerseits der Alte. Jetzt sagte ihm die zweite Alte etwas laut ins Ohr, und er nickte.

Ich habe gelesen und gehört, dass es Leute gibt, die in gewissen Augenblicken Neid auf die Alten entwickeln und selbst alt sein möchten. Mir passierte das jetzt zum ersten Mal. Ja, ich beneidete sie: Sie leiden keine seelischen Qualen mehr, sondern lediglich die des Organismus – infolge der Altersbeschwerden. Sie haben nur noch allereinfachste Wünsche, die wiederum mit den Bedürfnissen des Organismus zusammenhängen.

Ich saß lange so, prüfte und fragte mich, ob mein unerwarteter Wunsch, alt zu sein, echt war. Und ich begriff: Er war es. Und als ich das begriffen hatte, fühlte ich mich einen Moment, einen winzigen Moment lang (so befällt plötzlich Schmerz das Herz oder eine sonderbare Schwäche oder ein Flattern – das hatte ich schon ein paarmal erlebt), wie ein alter Mann, und ich lehnte mich dagegen auf, erschrak und empfand sogleich Freude (Schmerz und Schwäche waren weg, nichts mehr von Flattern!), ich erhob mich mit jungen elastischen Beinen, sauste die Treppe hinauf, öffnete mit munterer Hand die Tür und ging munter und ruhig an Nastja vorbei mit den Worten:

»Sei so gut, setz den Teekessel auf!«

Munter setzte ich mich an meinen Tisch, rückte sorgfältig meinen Stuhl zurecht und verharrte still.

Am Rande des Tisches, lag, mit nichts zugedeckt, von keinen

Papieren oder Zeitungen umgeben, mit dreistem Anspruch eine Broschüre von gelbgrauer Amtsfarbe. Der psychologische Test, meine allerliebsten Fragen, verflucht sollt ihr sein.

Ich bin kein abergläubischer Mensch, doch plötzlich fiel mir der Artikel eines Anhängers oder Vertreters der weißen Magie ein, in dem davon die Rede war, dass verhexte Gegenstände ins Haus gelangen könnten. Mit negativer Energie infizierte. Er bezeichnete das als energetische Infektion und bot natürlich seine Dienste und Empfehlungen zur Ermittlung der Infektionsherde mit anschließender Sterilisierung des infizierten Raums und seiner Bewohner an. Die ersten Ratschläge gab es kostenlos, die nachfolgenden und die sanitären Maßnahmen gegen ein mäßiges Entgelt.

Ich war versucht, diese Broschüre zu zerreißen. Ich fürchtete sie. Jede einzelne Frage, die ich noch nicht beantwortet hatte, kam mir wie eine Mine vor, durch die meine beladene Seele in die Luft fliegen konnte.

101. *Sie glauben, dass es um Ihr Familienleben nicht schlechter bestellt ist als bei den meisten Ihrer Bekannten.*

Nicht zutreffend.

102. *Ihrer Familie gefällt die Berufswahl nicht, die Sie getroffen haben (oder zu treffen beabsichtigen).*

Nicht zutreffend.

103. *Oft können Sie nicht verstehen, weshalb Sie tags zuvor schlecht gelaunt und gereizt waren.*

Statt »und« müsste »oder« stehen. Es handelt sich um unterschiedliche Gemütslagen. *Nicht zutreffend.*

104 . . .

114 . . .

124 . . .

133. *Sehr viele übertreiben ihre misslichen Situationen, um Mitleid zu erregen und Hilfsbereitschaft zu wecken.*

Am Morgen erwachte ich düster und zerschlagen – und wesentlich später als sonst. Für gewöhnlich stehe ich früh und gern auf, von Freude erfüllt über den neuen Tag und ohne mein Alter zu spüren, mit dem Wunsch, zu arbeiten, nachzudenken, kurz gesagt, zu leben.

Die gestrigen Geschehnisse fielen mir wieder ein. Valera Skobjew, Kairetow.

Zu dumm war das alles, zu niederträchtig und schrecklich ...

Nein, mich gehen zu lassen, hatte ich nicht die Absicht. Eine kalte Dusche, Gymnastik – und alles würde in Ordnung sein.

Nadeshda war bereits zur Arbeit gegangen. Überhaupt schien sie in letzter Zeit mehr zu arbeiten – möglicherweise vermied sie es, mir zu begegnen, fühlte sich schuldig, dass ich ihretwegen nicht wie bisher immer zu Hause saß, sondern mich herumtrieb, um die von ihr ausgesuchten Bräute kennen zu lernen.

Das Badezimmer war besetzt: Nastja duschte.

»Madam, Sie sind nicht allein!«, rief ich und klopfte an die Tür. »Komm raus, Nastassja Wladimirowna, ich habe es eilig!«

Mein verwandtschaftlich-spielerischer Ton war unnatürlich.

Etwa eine neue Anwandlung?

Oder sollte mir etwas völlig Irrsinniges passiert sein, was mir einfach nicht passieren durfte? Hatte ich mich in meine eigene Nichte verliebt? Und zwar nicht so, wie ich Alexina liebte (die ich gar nicht liebte), sondern auf eine derbe, männliche Art ... Oder hatte ich das Feuer, das ich für die junge Nina, Tanjas Tochter, gefangen hatte, auf sie übertragen?

Es war wie in dem albernen Spruch: »Spielen Sie gern Klavier? – Ich weiß nicht, ich habe es nicht versucht.«

Liebe ich Nastja tatsächlich so, wie es mir jetzt vorkommt? Ich weiß nicht, ich habe es nicht versucht.

Dann heißt es den Versuch wagen, um endlich Aufschluss zu erlangen!

An der Badtür ist der Riegel ab (weil ich ihn selbst abgerissen habe, als ich mir Nastjas wegen alle möglichen Schreckensbilder ausmalte). Ich wollte ihn die ganze Zeit wieder anbringen, aber irgendwie ... Eine zwingende Notwendigkeit besteht ja auch nicht: ist doch klar, dass keiner reinkommt, wenn jemand drin ist.

Ich öffnete die Tür.

Durch den durchsichtigen Plastikvorhang ...

Nastja stand mit dem Rücken zu mir und duschte. Ich betrachtete sie mit einem raschen Diebesblick – ehe sie sich umdrehte – und stellte erleichtert fest, dass ich mich lediglich genierte und dazu noch eine sonderbare Bangigkeit verspürte, als sähe ich mich selbst mit den Augen eines Außenstehenden und als beobachtete nicht ich, sondern ein anderer erwachsener Mann das duschende Mädchen, der sich jetzt gleich etwas Schlimmes erlauben könnte, so dass ich mich auf ihn stürzen müsste, um Nastja zu beschützen – einen Schlag versetzen und zur Seite stoßen.

»He!« Nastja wandte sich um. »Was ist denn? Es zieht übrigens.«

»Ich habe es eilig, ich muss weg, und du findest hier kein Ende.«

»Und wer hat dir gesagt, dass du reinkommen sollst?«, fragte Nastja, ohne im Geringsten verlegen zu werden, duschte ruhig weiter, warf den Kopf zurück, ließ Wasser in ihren Mund fließen und spritzte es heraus (das mache ich auch gern). »Ist wohl interessant zuzugucken?«

»Werd du erst mal groß!«, erwiderte ich ohne alle Obertöne, ich tat es als Onkel und nicht als lüsterner Mann, und eine schwere Last schien mir von der Seele zu fallen. Ein junges Mädchen unter der Dusche, schlank, hübsch, aber unerreichbar weit, und ich würde niemals die Grenze überschreiten, nicht weil ich es nicht durfte, sondern weil ich es nicht wollte. Ich habe es versucht – ich kann nicht Klavier spielen. Es war ein Irrtum. Einbildung. Sinnestäuschung.

Erfrischt nach dem Duschen, beschloss ich, doch in das Neubauviertel Solnetschny zu fahren. Nastja, die die Stadt besser kennt als ich und an so manchen Stellen gewesen sein dürfte, wo ich nie einen Fuß hingesetzt habe, sagte auf meine Frage, ob es richtig sei, dass der Einundvierziger-Bus nach Solnetschny an dem Gebäude halte, wo sich die Aeroflot-Kassen befänden: Ja, das sei richtig, aber der Einundvierziger habe jetzt eine ungünstige Streckenführung, besser komme man mit dem Zehner-Obus bis zum Heumarkt und von da weiter mit der Elfer-Straßenbahn – in fünfzehn bis zwanzig Minuten sei man in Solnetschny.

Ich kann gar nicht sagen, wie froh ich war, mit ihr so sachlich darüber zu sprechen, ohne meinen Blick verbergen zu müssen. Wenn ich tatsächlich mit sinnlicher, inzestuöser Begierde in meine Nichte verliebt wäre, dachte ich, würde ich sie heimlich beobachten (worin auch der teuflische Reiz derartiger Leidenschaften besteht) und nicht einfach ins Badezimmer hineinmarschieren – übrigens ist ja da ein kleines Fenster, und aus der Küche wäre es ein Leichtes, sie heimlich zu betrachten!

Und schon war meine gute Laune dahin.

Wie kam ich dazu, mich plötzlich an dieses kleine Küchenfenster zu erinnern?

Wenn ich keine üblen Hintergedanken hätte, wäre es mir nicht eingefallen. Aber es war mir eingefallen. Das als erstes. Außerdem war Nastjas Verhalten etwas unangemessen. Eine andere hätte sich verschämt gezeigt und sogar losgeschrien, sie aber hatte gefragt: »Ist wohl interessant?« Und erst hinterher begriff ich, dass dieser Satz ... Er war doch schrecklich, dieser Satz! Und was davor gewesen war ... Womöglich war nicht ich in sie, sondern sie in mich verliebt? Wenn es Triebe gab, wie Nabokov (übrigens auch ein Liebhaber von Kreuzworträtseln) sie auf so ausgeklügelte Weise, aber mit großer künstlerischer Meisterschaft überzeugend dargestellt hat, weshalb sollte man sie sich dann nicht in ihrer Umkehrung vorstellen können? Lolita schreibt zum Beispiel einen Mädchenroman unter dem Titel *Humbert!*

Ich sollte zu Larissa ziehen. Wozu es auf die lange Bank schieben? Tanja und die Sinizyna anrufen und ihnen definitiv sagen, dass es mir eine Freude war, ihre Bekanntschaft zu machen. Mit Tamara ist die Sache ohnehin klar, sie macht sich, nachdem sie ihren letzten Rausch ausgeschlafen hat, bestimmt für den Treff mit dem nächsten potenziellen Bräutigam zurecht.

Die Straßenbahn, halb leer und ruhig um diese Zeit, fuhr bergan, bog ab und rollte zwischen Versuchsfeldern eines landwirtschaftlichen Forschungsinstituts und ebenerdigen Holzhäusern einer Vorstadtsiedlung dahin. Sie schaukelte gemütlich und holperte über die Schienenstöße. Ich sah zum Fenster hinaus, und trotz der Häuser kam mir das Wort *Ödland* in den Sinn. Ich glaubte, die Leute bemitleiden zu müssen, die hier am Stadtrand in ihren armseligen Häusern lebten, doch dann warf ich mir Hochmut vor. Wodurch war ich denn besser? Nur weil ich in einer nicht minder armseligen kleinen Wohnung, aber in einem großen Haus und fast im Zentrum wohnte? Oder weil ich mit meiner Intelligenz erfordernden Tätigkeit eher ein Bewohner geistiger als materieller Räume war – ohne Haus und Hof? Woher kam das bei mir?

Ich wusste es nicht.

Eine Gruppe von Mädchen in Nastjas Alter stürmte in die Straßenbahn – angemalt wie Erwachsene, mit irren Frisuren, lärmend, sich gegenseitig anstachelnd.

Eine von ihnen, in sehr kurzen ausgefransten Shorts – abgeschnittene Jeans –, mit nackten Beinen, in einem kurzen T-Shirt, mit nacktem Bauch, setzte sich zu mir und sagte laut, damit es ihre Freundinnen hören konnten und die anderen auch und überhaupt die ganze Welt:

»Onkelchen, komm, rauchen wir eine!«

»Ich rauche nicht.«

»Und trinkst auch nicht?«

»Und trinke auch nicht.«

Während ich diese Antworten gab, betrachtete ich ihre fröhlichen Augen, ihr sonnengebräuntes Gesicht (ihre Beine und ihr Bauch sind ebenso braun, ging es mir niederträchtigerweise durch den Kopf). Das ist zu viel des Guten, dachte ich, gibt es denn so etwas? Das ist ja Materialisierung von Gedanken: erst dieser verdächtige Mann im Obus – nachdem ich begonnen hatte, *darüber* nachzudenken –, und jetzt dieses Mädchen, das einen unerträglichen, herben Geruch von »alles ist erlaubt« verbreitet – nicht den des Parfüms, mit dem sie sich von oben bis unten begossen hat, sondern den des kräftigen – ich habe dafür eine feine Nase! – tierhaften Schweißes eines geschmeidigen, jugendlich-straffen Körpers. Eine Anwandlung – ich sprach bereits davon und sage es noch einmal: eine sonderbare Anwandlung!

»Mädchen, er trinkt und raucht nicht«, ließ meine Nachbarin ihre Freundinnen wissen, die näher gekommen waren und uns umringten. »Er spart also, hält sein Geld schön zusammen. Also hat er Geld. Gib was ab, Alter!«

Ich wusste nicht, was ich antworten sollte.

»Geizhammel«, sagte ein dickliches Mädchen in eng anliegendem Lederrock und mit weiß angeschmierten Wangen.

»Na?«, sagte meine Nachbarin. »Geld her, du Stinker!«

Sie senkte dabei die Stimme, sagte es aber nach wie vor fröhlich – und plötzlich verengte sie die Augen in einem reizenden Ausbruch von Wut und Grausamkeit und klatschte mir mit einer raschen, geschickten Bewegung ihre harte Hand auf die Wange.

»Siehst du das!« Die Dickliche riss ihr Bein hoch und stieß mir fast ihren Stöckelabsatz ins Gesicht (wie konnte sie in solchen Schuhen bloß auf den Holperwegen hier gehen?). »Wenn du bloß einen Mucks von dir gibst, dann durchbohre ich dich!«

Obgleich die Straßenbahn polterte, ruckte, quietschte wie zuvor, schien völlige Stille eingetreten zu sein. Die wenigen Fahrgäste, größtenteils ältere Leute, sahen eifrig zum Fenster hinaus.

»Nicht das Geld tut mir Leid«, sagte ich zu den halbwüchsigen Mädchen, »ihr tut mir Leid.«

»Solltest lieber dich selber bedauern!«, versetzte meine Nachbarin.

»Ihr tut mir Leid«, fuhr ich fort. »Mir tut es Leid für euch, dass ihr eure Seelen, eure Kleidung und möglicherweise sogar eure Körper irgendeinem Muster anpasst. Mir tut es Leid, dass ihr eure frische Energie auf Selbstzerstörung richtet. Ihr seid alle jung und schön, aber warum verschandelt ihr eure Jugend und eure Schönheit? Ich will es erklären: weil ihr nichts anderes kennt und euch nichts anderes vorstellen könnt. Sie«, wandte ich mich an die Dickliche, »haben mir mit Ihrem Absatz gedroht. Ja, Sie haben mir ein wenig Angst gemacht, da ich nicht ausschließe, dass Sie dazu fähig sind. Aber ist es ein wahres Ziel für eine wahre Frau, jemandem Angst zu machen? In einem Gedicht heißt es: ›So bohr mir mein Engel von gestern den spitzen französischen Absatz ins Herz!‹ Ein schönes Gedicht, obwohl teilweise manieriert. Euch wird man solche Verse jedenfalls nicht weihen. Aber fändet ihr es nicht schön, wenn es jemand täte? Vor allem: Was ihr tut, passt gar nicht zu euch. Bei euch wirkt das unnatürlich. Ihr treibt ein dummes und schreckliches Spiel, auch wenn ihr es ernsthaft betreibt. Und wisst ihr, ich bin überzeugt, dass die meisten von euch dieses Spiel und überhaupt alle diese Spiele aufgeben werden, doch wie beschämend, wie schmerzlich wird es sein, sich daran zu erinnern. Habt ihr diese Beschämung und diesen Schmerz nötig? Noch schlimmer aber wird es für die werden, die nicht Halt machen und tatsächlich jemanden umbringen oder mit Hilfe eines Absatzes oder eines anderen Gegenstandes zum Krüppel machen. Sie werden in einer Jugendkolonie oder im Gefängnis landen. Dort wird ihre jugendliche Weiblichkeit entwürdigt werden, sie werden herauskommen mit Verachtung für die Menschen und sich selbst, denn wer die anderen verachtet, der verachtet zwangsläufig auch sich selbst, mag er sich dessen mitunter auch nicht bewusst sein. Ihr beraubt jetzt nicht mich, ihr beraubt euch selbst, versteht ihr das?«

»Entweder durchgeknallt oder Pauker, bloß da gibt es so was Dämliches«, sagte mit Bassstimme eine Hübsche mit dichten Brauen und Basketballfigur, die die anderen um eine Kopflänge überragte. »Überlasst ihn mal mir, ihr habt ja sowieso keinen Mumm.«

»Wir – keinen Mumm?«, sagte meine braun gebrannte Nachbarin gekränkt und verpasste mir eine zweite Ohrfeige. »Schluss mit dem Gequatsche, Geld raus, wenn dir dein Leben lieb ist!«

Und die Dickliche begann wieder das Bein hochzureißen.

»Hier, nehmt schon!«

Ich langte meine altersschwache Brieftasche hervor und gab sie ihnen.

Viel Geld war nicht drin.

Die Mädchen begannen mich zu durchsuchen: drei hielten mich fest, und die Hübsche mit den dichten Brauen fasste mir in die Hosentaschen und beklopfte aus irgendeinem Grund sogar meine Rippen durch das Hemd – so stellt man in Gangsterfilmen fest, ob einer eine Waffe hat. Von daher hatte sie es wahrscheinlich auch.

Da sie nichts fanden, ließen sie eine Schimpfkanonade los, bevor sie zur Tür gingen, um an der nächsten Haltestelle auszusteigen.

Nur meine Nachbarin blieb noch. Sie hob wieder die Hand. Ich sah sie traurig und mit einer unwillkürlich wehmütigen Grimasse an.

Statt mich zu schlagen, tätschelte sie meine Wange und sagte:

»Nimm's nicht krumm. Glaubst du, wir brauchen wirklich dein Geld? War 'n Joke.«

»Ich verstehe euren Jargon nicht.«

»Was für Jargon? Ich meine: Das war bloß Spaß. Und die Verse, von wem sind die? Na, die mit dem Absatz?«

»Von Block, glaube ich.«

»Den haben wir noch nicht durchgenommen. Block?«

»Ja, Block.«

»Ein Jude?«

»Weiß ich nicht.«

»Die Juden können schön über die Liebe schreiben. Wir hatten bei uns in der Klasse einen ... Habe ich doch den Namen vergessen! Ich war da ja nur ein halbes Jahr, dann musste ich an eine andere Schule, weil ich eine Lehrerin mit einer Blumenvase begossen habe – nicht ohne Grund übrigens, sie hatte mich persönlich beleidigt. Sapalowski? Oder Solopowski? Die Fratze eigentlich mehr russisch, aber jüdischer Name. So was gibt's bei denen. Er hat sich gleich in mich verliebt, der hässliche Knabe – in mich verlieben sich Hässliche immer auf den ersten Blick –, und mir auf Zetteln Gedichte geschickt. Dein Blick geht stets vorbei, nie fange ich ihn ein. Doch mir genügt es, wenn ich weiß, es gibt die Augen dein. Auch hübsch, nicht wahr?«

»Ja.«

»Na, mach's gut. Sei nicht böse.«

Sie schloss sich ihren Freundinnen an, die Straßenbahn hielt. Plötzlich brachen sie in lautes Gelächter aus und sprangen alle zusammen hinaus, während meine Brieftasche auf mich zugeflogen kam.

Ich bekam sie nicht zu fassen, sie fiel zu Boden. Ich hob sie auf, wischte mit der Hand darüber und guckte hinein. Das Geld war drin. Ich zählte nicht nach, ich wusste, dass die Mädchen nichts genommen hatten.

Die Straßenbahn setzte sich in Bewegung. Und sofort meldeten sich die alten Männer und Frauen zu Wort – hasserfüllt. Ich wandte mich ab, mich langweilten diese Gespräche.

In Solnetschny brauchte ich nicht lange, um die Dnepropetrowsker Straße zu finden und die Hausnummer drei – einen langen neungeschossigen Plattenbau. Die Tür öffnete meine »fünfte Braut«, in deren Anzeige gestanden hatte: Junge Mama und ihr sechsjähriger Sohn warten auf den, der ihnen ein fürsorglicher Mann und Vater sein möchte. Adresse. Irina.

»Anton Petrowitsch?«, fragte sie ungeduldig. »Treten Sie ein, treten Sie ein. Ich habe Ihnen dummerweise geschrieben, ohne eine Zeit anzugeben, und nun sitze ich wie auf Kohlen und überlege: bestimmt am Abend. Fein, dass Sie schon am Morgen kommen, ist ganz toll, danke, vielen Dank, gehen Sie durch zur Küche, bei mir im Zimmer da ... Ich wollte die ganze Zeit aufräumen, aber irgendwie ... Und mein Sohn schläft auch.«

»Wie heißt er?«

»Mein Sohn? Vitali. Sechs ist er.«

»Ich weiß.«

»Und ich heiße Irina.«

»Weiß ich.«

»Natürlich. Ich bin etwas durcheinander. Tee?«

»Gern.«

»Und wie wär's mit Wein?«

»Ich trinke nicht.«

»Wie, gar nicht?«

»Gar nicht.«

»Eine Krankheit?«

»Nein, bloß Abneigung.«

»Soll es geben. Ich weiß, das soll es geben, der Organismus verträgt es nicht, man muss sich gleich übergeben«, sagte Irina mitfühlend.

Während sie den Teekessel aufsetzte und aus Schränkchen und Kühlschrank irgendwelche Gläser und Gläschen, Schachteln und Schächtelchen, Teller und Tellerchen herbeiholte, besah ich mir die Küche. Die Decke war vergilbt, die Farbe blätterte ab, aber dafür waren die Fenster geputzt und die Rahmen frisch gestrichen, aber dafür lag auf dem Gasherd eine dicke Dreckschicht, aber dafür waren die Wände mit neuem – der strenge Geruch war noch deutlich zu spüren – Wachstuch beklebt, schauderhafte rote Blumen auf schauderhaftem blauem Grund, aber dafür ... Kurz gesagt, in dieser Küche war ein Lebensstil zu spüren, bei dem alles impulsiv, in Hauruckaktionen geschah: das eine wurde in Ordnung gebracht, das andere inzwischen vernachlässigt. Aber nicht das war das Wichtigste. Viel wichtiger schien, dass Irina von allen meinen potenziellen Bräuten die jüngste und sicherlich schönste war, obwohl ihre Schönheit –

Geschmackssache – etwas schlicht erscheinen konnte: hellblaue Augen, hellbraunes Haar, die Nase nicht ganz altgriechisch, eher sogar ein wenig knollig, aber nett anzuschauen, die Lippen etwas aufgeworfen, grell nicht durch die Schminke, sondern von Natur, auf der Wange eine allerliebste kleine Narbe, nicht von einer Schnittverletzung herrührend, sondern anderer Herkunft, tropfenförmig wie eine Pocke ... Umso unverständlicher war mir ihr Ton überzogener und betriebsamer Gastfreundschaft, als habe sie in diesem Leben allein auf mich gewartet, unverständlich war ihr fragender und geradezu untertäniger Blick, aus dem ich sogar die Befürchtung herauslas, mir etwas nicht recht zu machen.

So ganz verstand ich die Situation nicht.

Ich begann meinen Tee zu trinken. Irina bot mir bald Wurst, bald Garnelen, bald dreierlei Gebäck, bald Pfirsichmarmelade an. Die Marmelade schmeckte mir.

»Sie mögen also Kinder?«, fragte Irina.

Davon hatte ich ihr nichts geschrieben, trotzdem antwortete ich:

»Im Allgemeinen ja.«

»Hatten Sie selbst Kinder? Sind Sie verheiratet gewesen?«

»Nein.«

»Sie wissen also nicht, wie man mit Kindern umgeht?«

»Wieso? Ich habe in einer Schule gearbeitet und sogar eine Zeit lang im Kindergarten. Ich bin doch Absolvent einer Fachschule für kulturelle Volksbildung. Alle möglichen Veranstaltungen habe ich organisiert, Neujahrsfeste, selbst Großväterchen Frost habe ich gespielt.«

»Wirklich? Oh, das ist ja umwerfend!«, rief Irina. »Ich habe auch im Kindergarten gearbeitet, als Köchin, dann in einer Schnellgaststätte, dann in einem Restaurant, dann bin ich Kellnerin geworden, dann ... Das heißt, ich bin bis heute Kellnerin. Zu futtern habe ich deshalb immer den ganzen Kühlschrank voll. Sehen Sie nur!« Sie öffnete die beiden Türen eines riesigen Kühlschranks, der mit Konserven, Tüten und dergleichen voll gestopft war. »Das reicht für einen ganzen Monat! Im Kindergarten habe ich übrigens manchmal die Erzieherinnen vertreten, ich weiß, was da für Schlingel darunter sind, meiner dagegen ist still und friedlich, ich sage das nicht, weil es mein Kind ist, aber er ist tatsächlich ein guter Junge, Sie werden es leicht mit ihm haben.«

»Das hoffe ich.«

»Was heißt, hoffe ich, ich meine es ernst damit! Hier, ein Foto von ihm, sehen Sie nur, was für ein hübscher Kleiner! Schade, dass er schläft, und wecken möchte ich ihn nicht, soll er schlafen, nicht wahr?«

»Soll er.«

»Was für Arbeitszeiten haben Sie denn?«

»Vorläufig arbeite ich zu Hause.«

»Wie das?«

Ich erklärte es.

»Und für diese Kreuzworträtsel zahlt man Ihnen Geld?«

»Tut man.«

»Und auf wie viel kommen Sie monatlich im Schnitt?«

Ich sagte es.

»Gar nicht übel! Mein Lohn ist niedriger! Nein, ich bekomme natürlich auch Naturalien und habe es nicht nötig, im Laden Lebensmittel zu kaufen. Vielleicht trinken wir doch was? Ich habe Sekt im Kühlschrank, die Flasche ist schon angebrochen.«

»Nein, danke.«

»Ich trinke doch ein bisschen. Darf ich?«

»Ja, natürlich.«

Sie nahm hastig die Flasche heraus, goss sich die Teetasse voll, trank sie aus, stellte die Flasche zurück und zündete sich eine Zigarette an.

Es war ihr anzusehen, dass sie etwas sehr Wichtiges sagen wollte, sich jedoch nicht dazu entschließen konnte.

Stattdessen seufzte sie philosophisch:

»Das Leben geht dahin, Anton Petrowitsch! Und man hat nur eins. Verstehen Sie das, Anton Petrowitsch?«

»Absolut.«

»Hat es in Ihrem Leben das Glück gegeben?«

»Eine schwierige Frage ... Verstehen Sie, der eine erlebt das Glück als kurzzeitigen Zustand. Er erinnert sich, dass er sich nie so wohl gefühlt hat, und sagt: Das ist das Glück. Der andere hat nie etwas Besonderes erfahren, und sein Leben scheint in stetem

Gleichmaß zu verlaufen, in Wirklichkeit aber enthält jeder Tag etwas von dem, was sich im Laufe des Lebens summiert – und das kann man in seiner Gesamtheit ebenfalls als Glück bezeichnen. Wahrscheinlich gehöre ich zum zweiten Typ. Allerdings irrt der Mensch oft, wenn er von sich spricht. Andererseits . . .«

»Red nicht drum herum!«, fiel mir Irina ins Wort. »Ich frage dich offen, also antworte mir auch offen: Hat es in deinem Leben das Glück gegeben oder nicht?«

Ihr Beharren und der überspannte Tonfall irritierten mich. Wenn ich da mal nicht an eine zweite Tamara geraten bin, mit ebensolchen Anzeichen von Alkoholismus, dachte ich.

»Hat es, oder hat es nicht?«, insistierte Irina.

»Ja, hat es wohl.«

»In meinem aber nicht! Habe ich das Recht, darauf zu verzichten, wenn es zu mir gekommen ist?«

»Das hängt ganz davon ab, was man als Glück bezeichnet, obwohl . . .«

»Habe ich nicht! Weil ich es möglicherweise nie mehr erfahren werde! Sie haben gut reden! Versetzen Sie sich doch mal in meine Lage und leben Sie, wie ich gelebt habe! Nebenbei bemerkt, habe ich einen Sohn hochgepäppelt, einen, der ordentlich angezogen, bescheiden, still und klug ist! Magst du Kinder im Vorschulalter?«

»Ich mag Kinder jeder Art.«

»Lügst du auch nicht? Die Leute lügen ja gerne, alle lügen!«

»Ich habe keinen Grund, Sie zu betrügen.«

»Wenn jemand meinem Sohn etwas zu Leide tut, erwürge ich ihn mit meinen eigenen Händen«, sagte Irina und drückte die Kippe so fest in das als Aschenbecher dienende Schälchen, als ob sie sie hineindrehen wollte. »Ich erwürge ihn und zwinge ihn, seine Pisse zu trinken und Blut zu kotzen! Bist du ein guter Mensch?«

Fragen im Stile Larissas, dachte ich. Wie sich die Dinge doch in diesem Leben wiederholen!

»Kann man vielleicht sagen.«

»Pass bloß auf!« Irina drohte mir mit dem Finger. »Wenn du mir was vormachst, wird es dir Leid tun. Ich habe dir Vertrauen geschenkt, obwohl ich sonst niemand traue! Ich habe dein Foto zu einer Frau gebracht, die alles voraussieht und mich von Verhexung befreit hat, ich hatte ihr vorher schon das Foto von so einem Lumpenhund gezeigt, da hat sie mir alles erzählt, was er vorhatte, und ich bin ihm zuvorgekommen, ich habe es so gemacht, dass er lange dran denken wird und seine Frau auch – seine Exfrau, die ihn in Pantoffeln aus dem Haus gejagt hat! Die Alte hat mir also anhand deines Fotos alles gesagt. Ein positiver Mensch, der ein Gewissen hat, spielt zwar mit dem Gedanken an Gemeinheiten, wird aber keine begehen, dazu ist er zu feige. Hat niemand was angetan, Blut klebt nicht an seinen Händen. Reich wird er nicht und arm auch nicht. Alles hat sie mir gesagt! Stimmt es etwa nicht?«

»Im Großen und Ganzen stimmt es. Bloß die Feigheit . . .«

»Die Alte ist klug, ein Denkmal hat sie verdient! Hast du deinen Ausweis bei dir?«

»Nein. Wozu brauchen Sie ihn denn?«

»Aufschreiben. Für alle Fälle.«

Eine eigenartige Bitte.

»Wenn es um Serie, Nummer und so weiter geht, das habe ich im Kopf.«

»Das ist schon besser. Schreib auf.«

Sie riss ein Blatt von dem an einem Nagel hängenden Kalender ab und gab mir einen Bleistiftstummel. Das Blatt war vom 15. Mai 1994. Über ein Jahr hatte es gehangen – vielleicht bedeutete ihr dieses Datum etwas? Ich schrieb alles auf, sie nahm das Blatt und ging ins Zimmer. Als sie kurz darauf wiederkam, sah sie auf die Uhr.

»Na schön. Ich muss mal telefonieren, von der Zelle aus, zwei Häuser weiter. Telefon habe ich ja nicht. Eine dringende Angelegenheit, ich bin bald zurück, lass dir die Zeit nicht zu lang werden. Trink Tee oder Kaffee – oder Sekt. Und wenn mein Sohn aufwacht, sprich mit ihm. Er weiß alles. Also, ich gehe dann?«

»Ja, natürlich.«

»Sperr die Tür ab, sie schnappt nicht ein. Die Zweitschlüssel hängen hier. Für alle Fälle, hier, guck, der ist für das untere Schloss und der für das obere. Na, du wirst schon klarkommen.«

Plötzlich schluchzte sie auf. Taktvoll überhörte ich es.

Sie öffnete die Tür, blieb mit hängenden Armen stehen und sah mich an.

»Etwas wollte ich doch noch ... Ach ja! Wir haben uns ja nicht einmal geküsst. Auf unsere Bekanntschaft!«

Mit diesen Worten schmiegte sie sich an mich und gab mir einen heißen Kuss. Als sie sich von mir löste, war ihr Blick auf irgendeinen Punkt oberhalb meiner Schulter gerichtet. Sie schob mich mit der Hand zur Seite und nahm ihre Lederjacke vom Garderobenhaken.

»Es scheint sich irgendwie abgekühlt zu haben?«

»Ich bitte Sie, schon früh fünfundzwanzig Grad!«

»Und die Wolken? Da sind doch richtige Wolkenberge. Eh man sich's versieht, regnet es. Wenn ich nass, hässlich, mit verschmierter Fratze zurückkomme, hast du mich gleich gar nicht mehr lieb. Also, alles Gute. Ich beeile mich.«

Sie zog los, während ich in die Küche zurückging und meinen kalt gewordenen Tee trank.

Um mir die Zeit zu verkürzen, dachte ich über die rätselhafte Alte nach, die mich anhand meines winzigen Fotos hatte beschreiben können – und zwar ziemlich treffend, wenn auch primitiv. Ich schließe solche Begabungen nicht aus, sehe aber nichts Übernatürliches oder Mystisches darin wie manche Leute. Eine physiognomische Gabe, mehr ist das nicht.

Es vergingen mehr als zehn Minuten. Eine halbe Stunde verging. Eine Stunde. Zwei Stunden. Drei.

Ich stand auf, um im Zimmer nachzusehen. Leise öffnete ich die Tür.

Ein düster dreinblickender Junge mit kurzen schwarzen Haaren saß am Tisch und malte mit Filzstiften in einem dicken Heft. Er sah mich kurz an und wandte sich wieder seinem Heft zu.

»Du schläfst nicht?«, fragte ich.

»Ich habe auch nicht geschlafen.«

»Tatsächlich?«

»Hier, lies, ich soll es dir geben.« Er schob mir ein Blatt zu.

Darauf stand mit riesigen Buchstaben – fast so groß wie Plakatkegel (ein für Kreuzworträtsel gut verwendbares Wort: »Größe der Buchstaben in der Druckschrift« – Kegel; und senkrecht: »Gerät zum Messen des Wasserstandes« – Pegel; sehr einfach, als Köder, das andere wird dann schwieriger, aber schön wäre es, wenn alles auf »el« endete: Segel, Schlegel ...), mit diesen riesigen Buchstaben also stand da geschrieben:

»Lieber Genosse auch wenn es schon lange keine Genossen mehr gibt nur noch Genießer statt Genossen! Du bist ein guter Mensch und wirst mein Kind nicht zugrunde gehen lassen. Ich fahre weit weg such mich nicht in ferne Gegenden mit einem Menschen in den ich mich tödlich verliebt habe aber er will keine Frau mit Kind. Ich vermache dir die Wohnung und den Kühlschrank voll Essen für die erste Zeit vielleicht bin ich in einem Monat oder einem Jahr wieder da oder komme in den fernen Gegenden um. Finde für immer mein Grab im ewigen Eis wie ein Mammut. Lieber Genosse heirate vorläufig nicht aber wenn ich nach einem Jahr nicht zurück bin dann heirate und nimm dir eine ordentliche gute Frau denn mein Kind kommt nicht nach mir es ist ordentlich und klug und braucht nicht so ein hündisches Flittchen zur Mutter aber schuld daran ist meine hündische Liebe und der Hundekerl den ich anbete der aber grausam ist doch das ist die Grausamkeit der Liebe dafür das nie erlebte Glück und das Kind wird es besser haben ohne mich Vitalik Söhnchen folg dem Onkel er ist jetzt dein Papa lieb ihn und vergiss mich nicht oder vergiss mich wenn ich nicht zurückkomme ich Miststück und Biest deine dich liebende Mama ich weine und schluchze lebt wohl.«

Ich las diese Botschaft mehrmals.

»Hier, das noch.« Vitali gab mir ein zweites Blatt.

Mit anderer Schrift und korrekt formuliert stand darauf:

Ich, Irina Sergejewna Prachomowa, wohnhaft (Adresse), Ausweisnummer ..., bevollmächtige zur Vormundschaft über meinen Sohn Vitali und berechtige zur Nutzung meiner Wohnung (es folgte eine große Lücke, in die andersfarbig hineingeschrieben war:) Kajalow, Anton Petrowitsch, wohnhaft ..., Ausweisnummer ... (wieder andersfarbig). Unterschrift, heutiges Datum.

Ich weiß nicht, ob dieses Dokument juristische Gültigkeit besaß, jedenfalls trug es Stempel und Siegel eines Notariats, das vermutlich jedes x-beliebige Dokument zu beglaubigen imstande war.

Ich war verwirrt. Mir kam der wahnwitzige Gedanke: loslaufen, ein- und zurückholen! Doch wo sollte ich sie suchen? Sauste ich zum Bahnhof, war sie vielleicht mit dem Flugzeug weg. Sauste ich zum Flugplatz, saß sie möglicherweise schon im Zug. Oder der Lump, in den sie sich »tödlich verliebt« hatte, war mit ihr mit dem Auto auf und davon.

Doch plötzlich kam eine merkwürdige Ruhe über mich.

Ich setzte mich hin, um nachzudenken, und je mehr ich nachdachte, desto mehr positive Seiten gewann ich dieser absonderlichen Situation ab. Erstens entfallen die Scherereien mit den Bräuten, und ich brauche zu keiner Larissa zu ziehen. Ich will das nicht, ich will das alles nicht – erst jetzt hatte ich begriffen, wie sehr ich es nicht wollte.

Eine Familie gründen – ohne Liebe, nur weil ich darauf verfallen bin, Kinder in die Welt zu setzen und sie zu prachtvollen Menschen erziehen zu wollen, um selbst ein normales Mitglied der Gesellschaft zu werden –, was für ein Blödsinn!

Hier ist ein kleiner Junge. Und es gibt jetzt nichts anderes als die Aufgabe, ihn zu behüten und großzuziehen – für den Fall, dass Irina nicht zurückkommt, und sollte sie, nachdem ihre tödliche Liebe für sie zur Enttäuschung geworden ist, zurückkommen, heirate ich sie, hat sie mir doch, um ehrlich zu sein, von allen am besten gefallen. In ihr ist, im Unterschied zu den anderen, bedenkenlose Leidenschaft und bedenkenlose Liebe zum Leben, das, was auch in mir ist, nur nicht so stark und deutlich ausgeprägt.

Und diese Miliz schlage ich mir lieber aus dem Kopf. Wozu das? Ich brauche Geld, um diesen Jungen zu erziehen, und ich werde es verdienen, ich werde zehn Kreuzworträtsel pro Tag verfertigen, ich werde einen Brief an die Redaktion der Fernsehsendung »Feld der Wunder« schicken, man wird mich einladen, und ich werde ganz bestimmt Glück haben – angesichts meines phänomenalen Wortschatzes werde ich alle Wörter erraten, in die Endrunde kommen und einen Importwagen gewinnen, den ich nicht brauche, ich werde ihn verkaufen und mit Vitali auskömmlich leben, wir werden uns ein anderes, ein billiges Auto kaufen und zusammen Reisen unternehmen, Rast machen an Flüssen, Seen und in Wäldern, im Schlauchboot Fische angeln, Pilze sammeln, im Zelt übernachten und uns etwas zu essen kochen, und es wird keiner speziellen Erziehung bedürfen, der Junge wird ganz von selbst erzogen werden – durch Betätigung, durch die Unterstützung, die er mir leisten wird, durch die Verantwortung, die ihm das aktive Leben auferlegt.

»Sie hat gesagt, dass sie wegfahren muss und du mit mir zusammenbleiben wirst, dass Kinder schnell vergessen und ich sie auch vergessen werde«, ließ mich Vitali wissen.

»So hat sie es zu dir gesagt?«

»Zu Wlad. Ich habe es mitbekommen.«

»Wer ist Wlad?«

»Ein Kerl.«

»Schon klar. Obwohl – ein Mann heißt das.«

»Ist ein Mann kein Kerl?«

»Gut, das klären wir noch. Und was denkst du über die Sache?«

»Sie kommt schon nicht weg. Sie ist ja paarmal wohin gefahren und war gleich wieder da. Jetzt wird's auch so sein. Überhaupt ist sie jetzt irgendwo hier. Sie hat gern Versteck mit mir gespielt, als ich noch klein war. Gleich finde ich sie!«, schrie er, damit seine Mama Angst bekam, gefunden zu werden – und schlich sich in die Küche, lugte ins Badezimmer, veranlasste mich, auf einen Hocker zu steigen und im Korridor auf dem Hängeboden über der Tür nachzusehen, obwohl seine Mutter bei aller Zierlichkeit unmöglich dort Platz gefunden haben konnte.

»Dann hat sie sich im Hof versteckt«, beruhigte sich der Junge selbst. »Oder sie ist doch weggefahren. Kommt schon wieder!«, meinte er wegwerfend. »Sie hat einen ungezügelten Charakter.«

»Findest du?«

»Wlad sagt das, und sie selbst redet auch so von sich.«

»Aber du hast nichts dagegen, wenn wir zusammen auf sie warten?«

»Wirst du nach meinen Haaren grapschen?«

»Wie meinst du das?«

»Wlad hat immer nach meinen Haaren gegrapscht.«

»Er hat sie bestimmt gestreichelt.«

»Bleibt sich doch gleich. Sie haben mir die Haare lang wachsen lassen wie bei einem Mädchen. Da habe ich mir Geld aus ihrem Portemonnaie genommen und bin zum Friseur gegangen, damit sie sie mir abschneiden.«

»Nach deinen Haaren grapschen werde ich nicht. Bist du nicht hungrig?«

»Nein, sie hat mich den ganzen Morgen gefüttert.«

»Dann fahren wir vielleicht in die Stadt, ins Zentrum.«

»Mit der Straßenbahn fahr ich nicht. Die finde ich blöd.«

»Womit sonst?«

»Mit 'ner Benzinkutsche. Meine Mutter fährt bloß damit. Allein und auch wenn ich dabei bin.«

»Was soll das sein – ein Taxi?«

»Taxis sind teurer, besser mit einem Privaten.«

»Verstehe. Einer, der sich mit seinem Privatauto Geld dazuverdient?«

»Bist du noch nie damit gefahren? Ein Auto hast du auch nicht? Wlad hat eins. Er ist siebentausend Kilometer bis hierher gefahren. Irre. Einen ganzen Tag ist er bestimmt unterwegs gewesen. Oder zwei. Nein, einen Tag. Er fährt schnell ... Also, was ist nun, fahren wir, oder wollen wir noch lange quatschen?«

»Wir fahren.«

Ich stellte mich an die Straße und hob die Hand, um ein Auto anzuhalten.

»He, spinnst du?« Vitali zog mich am Hosenbein.

»Was ist denn?«

»Willst du einen ausländischen Schlitten anhalten? Die halten doch nicht, die sind zu stolz, jemand mitzunehmen. Neuner-Shiguli besser auch nicht, der nimmt einen zwar mit, verlangt dafür aber mehr.«

»Wen kann man dann anhalten?«

»Na, Sechser, wenn sie nicht neu sind, Null-Einser und am besten alte Moskwitschs. Damit kutschieren Rentner rum, die nehmen am wenigsten.«

»Weißt du, ich kenne mich mit Autos überhaupt nicht aus«, gab ich zu. »Sag du mir, wen ich anhalten soll.«

»Da kommt grade ein Moskwitsch, den stopp mal.«

Das Auto hielt sofort, die Tür öffnete ein gutmütiger bejahrter Mann:

»Wohin, Jungs?«

Ich gab die Adresse an, und er nannte den Preis.
»Soll einen Tausender nachlassen«, sagte Vitali leise.
»Lassen Sie wenigstens einen Tausender nach«, bat ich.
»Zu meinem Nachteil«, sagte der Rentner fröhlich. »Hol euch der Kuckuck, fahren wir.«

Nadeshda seufzte leise, während ich über das Vorgefallene berichtete und ihr den Brief samt »Dokument« zeigte. Wir unterhielten uns in der Küche, Vitali hatten wir vor den Fernseher gesetzt. Nastja, als erwachsener Mensch, war bei unserem Gespräch dabei und amüsierte sich unangebrachterweise köstlich.

»Was gibt es da zu lachen, du albernes Ding?«, wollte Nadeshda wissen.

»Das ist doch zu komisch. Reingefallen ist Onkelchen Anton Petrowitsch. Du wolltest ihm eine Braut verschaffen, und stattdessen hat er ein leibhaftiges Kind ins Haus gebracht. Ein allein stehender Vater!«

»Wer konnte das ahnen«, sagte Nadeshda schuldbewusst. »Was es doch für Menschen gibt, nein! So ein kleines Kind einem völlig fremden Menschen zu überlassen! Und wenn du nun irgend so ein . . . wärst. Na, ein Bandit oder . . . In der Zeitung habe ich gelesen, dass mit Kindern Handel getrieben wird. Ins Ausland werden sie verkauft an kinderlose Ehepaare.«

»Gegen hohe Bezahlung übrigens«, warf Nastja ein.

»Schenk dir deine Bemerkungen. Es gibt noch schlimmere Fälle – man verkauft Kinder und entnimmt ihnen Organe, um sie Kranken zu transplantieren.«

»Das nennt sich: Verkaufe Kind zum Ausschlachten!«, konnte sich die lachlustige Nastja wieder ihren Kommentar nicht verkneifen.

»Weißt du was?« Nadeshdas Augen leuchteten plötzlich auf. »Für dich ist das nichts, du musst dich noch im Leben einrichten. Es waren doch anständige Frauen dabei unter denen, mit denen du dich getroffen hast, oder?«

»Ja, so ist es«, bestätigte ich, ohne zu heucheln.

»Such dir also eine aus und leb mit ihr zusammen. Und ich adoptiere den Jungen. Ich adoptiere ihn, und wenn diese . . .«,

Nadeshda hätte gar zu gern ein Schimpfwort verwendet, brachte es jedoch nicht fertig, »wenn diese Frau aufkreuzt, kriegt sie ihn nicht wieder! Das ist ein Tier und keine Frau. Eine herzlose Egoistin!«

»Mutter, dass ich nicht lache«, sagte Nastja. »Niemand wird dich ihn adoptieren lassen. Wo sind die entsprechenden Dokumente? Wo die gerichtliche Entscheidung über den Entzug des mütterlichen Sorgerechts? Wie kommst du dazu, ihn zu adoptieren, wo er doch vielleicht Verwandte hat?«

»Woher weißt du das alles?«, verwunderte sich Nadeshda.

»Ich bereite mich sehr gründlich auf das Leben vor und weiß viel darüber«, erwiderte Nastja mit tiefer Ernsthaftigkeit – und schaltete plötzlich ab, um sich ihren eigenen Gedanken hinzugeben.

»Nein, Nadjuscha«, erklärte ich, »mein Gefühl sagt mir, dass seine Mutter bald zurückkommen wird. Mag er also einfach bei uns wohnen.«

»Ins Kinderheim wird man ihn stecken«, meldete sich Nastja wieder zu Wort.

»Nichts ist mit Kinderheim«, schrie Nadeshda leise auf. »Wirklich, mag er bei uns wohnen. Illegal. Wenn mich jemand fragt, sage ich: Eine Verwandte ist schwer erkrankt, eine allein stehende Frau, die gebeten hat, dass ich mich um ihren Sohn kümmere. Aber es wird gar keiner fragen, interessiert ja keinen. Genauso wenig wie die alte Frau aus Wohnung achtzehn.«

Ich erinnerte mich an die alte Frau aus Wohnung achtzehn. Sie war sehr alt gewesen, ebenso wie ihr Mann. Doch jeden Abend waren sie, einander stützend, in den Hof hinuntergegangen. Sie setzten sich nicht hin, um ein bisschen im Hof zu sitzen, sie führten mit niemandem ein Gespräch, reagierten auf keine Fragen, sie redeten auch miteinander nicht, schweigend absolvierten sie ihre rituellen Gänge am Haus entlang. (Nastja versicherte, dass sie exakt zehnmal hin- und herliefen.) Sie waren wie miteinander verschmolzen – und brauchten niemanden mehr. Alle drei Tage gingen sie morgens, wiederum einander stützend, ihre Einkäufe machen.

Und dann starb der Alte.

Die Alte ließ die Nachbarn wissen, in der Nacht habe er das

Bewusstsein verloren, man habe ihn mit dem Rettungswagen ins Krankenhaus gebracht, wo er gestorben sei, ohne noch einmal zu sich zu kommen. Das Leichenbegängnis werde nicht von zu Hause, sondern vom Leichenschauhaus aus erfolgen nach einer zivilen Totenfeier, an der von der Universität, wo er vierzig Jahre lang Dozent gewesen war, alles teilnehmen werde, was Rang und Namen habe, andere, Außenstehende müssten nicht unbedingt zur Beerdigung kommen. Der Möglichkeit beraubt, den Toten dem christlichen Brauch gemäß zu waschen, in gebührendem traurigem Schweigen an seinem Sarg zu sitzen, weinend dem Verblichenen das letzte Geleit zu geben und sich den Totenschmaus schmecken zu lassen, fühlten sich die alten Frauen unseres Hauses sehr gekränkt. Die Witwe ignorierte ihr Gekränktsein.

Nach drei Tagen ging sie, wie zuvor mit dem Alten, auf einen Stock gestützt, in den Hof hinunter und spazierte vor dem Haus hin und her.

Und anderthalb Wochen später verspürten die Nachbarn im Hauseingang einen höchst unangenehmen Geruch. Zunächst glaubten sie, im Keller sei eine Katze oder wer weiß was krepiert – der Gestank schien von unten her zu kommen.

Doch dann stellte sich heraus, dass er nicht von unten, sondern vom Erdgeschoss herkam, aus der Wohnung der Alten.

Den Nachbarn schwante etwas, woraufhin sie die Hausverwaltung und die Miliz verständigten. Es erschien die Miliz, es kamen auch welche von der Hausverwaltung. Die Alte öffnete nicht gleich. Die höfliche Bitte, eingelassen zu werden, beantwortete sie mit Zuschlagen der Tür, doch irgendein flinker Schlosser konnte noch rechtzeitig seinen Hammer in den Türspalt stecken, bevor er mit sanfter Gewalt den Widerstand der schwachen Arme brach und, gefolgt von den anderen, eintrat.

Der tote Mann der Alten lag in schwarzem Anzug und weißem Hemd, das Gesicht mit Tüll bedeckt, auf dem Bett. Als der Milizionär das Gesicht aufdeckte, schrie jemand auf, und die Hälfte der Anwesenden stürzte hinaus. Die Alte musste festgehalten werden: sie strebte schreiend zu ihrem Mann hin.

Eine der Nachbarinnen, eine rosige und temperamentvolle, im Handel beschäftigte Frau, ging indessen nachdenklich in ihre

Wohnung, betrachtete nachdenklich das Zimmer, sann über etwas nach und sagte zu ihrem Mann:

»Kolja, ich habe zwei Wochen lang neben einem Toten geschlafen. Die Wand ist nur handbreit, und sein Bett steht gleich neben unserem, dazwischen ist bloß die Wand. Ich habe mit einem Toten geschlafen, Kolja.«

»So ein Quatsch, dumme Trine!« Dies war Koljas einziges Argument, das er in schwierigen Situationen jeder Art gegenüber seiner launisch veranlagten Angetrauten ins Feld zu führen pflegte.

»Nein, Kolja, ich bin keine dumme Trine. Ich drehe einfach durch. Mir ist schlecht.«

Ihrem ungewohnt sanften Ton entnahm Kolja, dass die Lage tatsächlich ernst war, und brachte seine Frau unverzüglich in die Tulupnaja-Straße, wo er sie volle anderthalb Monate zur psychoneurologischen Behandlung daließ, um hocherfreut die ganze Zeit durchsaufen zu können.

Doch das ist noch nicht das Ende der Geschichte.

Die alte Frau ging ja nicht nur spazieren, sondern musste sich auch verpflegen, das heißt ihre gewohnten Einkäufe machen. Ohne den Alten aber begann sie sich zu verlaufen, vergaß, wo sie wohnte, deshalb trug sie einen Zettel mit ihrer Adresse bei sich. Immer wieder brachten barmherzige Menschen sie nach Hause, mitunter allerdings nicht am selben Tag, sondern erst am nächsten; wo sie die Nacht verbracht hatte, wusste keiner.

Schließlich blieb sie ganz weg, zwei, drei Tage, eine volle Woche war sie nicht zu sehen.

Die Alte hatte sich endgültig verirrt, war gänzlich abhanden gekommen oder womöglich im Altersheim untergebracht worden.

Folglich wurde ihre Wohnung frei. Zum Hausverwalter kamen täglich Besucher mit Anträgen, mit Bitten und vertraulichen Gesprächen bei einer Flasche Kognak. Er erklärte indessen, dass solche Dinge streng nach Gesetz geregelt würden.

So vergingen drei Monate oder auch vier. Von der Alten war nichts zu hören. Wäre sie in ihrer Wohnung gestorben, hätte man es gerochen. Jedenfalls blieb sie verschollen, und die Wohnung stand leer. Der Hausverwalter, der diesbezüglich seine eigenen Vorstellungen hatte, fasste endlich einen Entschluss: Ohne die Miliz und die Öffentlichkeit hinzuzuziehen, ließ er an einem Abend die Tür von einem Handwerker seines Vertrauens behutsam öffnen. Die Wohnung war leer. Der Hausverwalter sah in der Küche nach, im Zimmer, in den Schränken, es blieb nur noch der Sanitärbereich. Doch hier war die Tür, wie sich herausstellte, von innen abgeschlossen und musste ebenfalls aufgebrochen werden.

Sie rissen sie auf und fielen beide in Ohnmacht von dem grässlichen Gestank.

Die Alte hatte die Erfahrung mit dem Tod ihres Mannes nicht vergessen, und da sie unbemerkt und in völliger Zurückgezogenheit sterben wollte, hatte sie sich im Badezimmer eingeschlossen, ein Federbett auf den Fußboden gebreitet und einen Becher mit Wasser hingestellt – mehr war da nicht. Die Türritzen, die Lüftungsöffnung und das Fensterchen zur Küche aber hatte sie, bevor sie sie mit mehreren Schichten Klebeband zuklebte, mit irgendeiner Paste zugeschmiert und auf diese Weise hermetisch abgedichtet – wahrscheinlich war sie nicht verhungert, sondern erstickt.

Alle drei versuchten wir Vitali aufzumuntern, doch er blieb den Rest des Tages und den ganzen Abend schweigend vor dem Fernseher sitzen.

Ich machte ihm in meinem Zimmer das Klappbett zurecht.

»Kannst selber drauf schlafen«, sagte er. »Mir reicht's, ich hab zu Hause genug auf so was geschlafen. Ich auf dem Klappbett und sie im Bett.«

»Hattest du denn kein eigenes Bett?«

»Bei Mama habe ich geschlafen. Wenn Wlad kam, musste ich aufs Klappbett, und sie tobten die ganze Nacht rum, ließen einen nicht schlafen.«

»Was heißt tobten? Na ja, unwichtig ...«

»Weißt doch selber, wie das ist. Bist du kein Kerl, kein Erwachsener? Hast du ein Weib?«

»Eine Frau, heißt das.«

»Ist das nicht dasselbe?«

»Ich erklär's dir später. Jetzt sollten wir erst mal schlafen.«

Ich machte ihm meinen Schlafsessel zurecht und legte mich selbst auf das Klappbett. Dass ich Schlaf finden würde, hatte ich wenig Hoffnung: wegen der Übermüdung, der geistigen Überanstrengung, die mir dieser und alle vorangegangenen Tage gebracht hatten.

Doch seltsamerweise sank ich sofort in Schlaf – und wachte sofort wieder auf. Ich hob die Uhr an die Augen, um die Zeit zu erkennen: kurz nach zwei.

Vitali schlief nicht. Angezogen, mit untergeschlagenen Beinen saß er auf dem Bett und starrte in die Dunkelheit.

»Kannst wohl an dem neuen Ort nicht einschlafen? Das kommt vor«, sagte ich.

»Ich will nach Hause. Meine Mutter ist bestimmt schon zurück.«

»Sie ist gerade erst weggefahren. Höchstwahrscheinlich sitzt sie jetzt im Zug. Bis sie ankommt, bis sie dort . . . Ein paar Tage dauert es ganz bestimmt.«

»Als ob man nicht aussteigen könnte. Man fährt bis zur nächsten Station, steigt aus, und zurück. Sie ist zu Hause. Ich will nach Hause.«

»Warten wir bis zum Morgen.«

»Ich will nicht. Soll ich erst einen hysterischen Anfall kriegen? Kannst du haben.«

»Du bist ein frühreifes Kind«, bemerkte ich. »Ich nehme an, deine Mutter hatte keine Hemmung, vor dir gewisse Wörter zu gebrauchen . . . Überhaupt wird sie keine Hemmung gehabt haben.«

»Warum sollte sie, wir waren doch unter uns. Komm, fahren wir, habe ich gesagt! Sonst gehe ich zu Fuß. Ich kenne den Weg.«

»Zu Fuß gehen kannst du nicht. Und fahren können wir auch am Morgen. Jetzt ist es fast halb drei. Lass mich drei Stündchen schlafen, wir stehen in der Frühe auf, und los geht's. Mit 'ner Benzinkutsche.«

»Die findet man auch nachts. Komm, fahren wir. Oder soll ich losbrüllen? Aah!« Er schrie kurz auf, um seine Stimme auszuprobieren und mir zu zeigen, dass er keinen Spaß machte.

»Na schön. Bloß keine hysterischen Anfälle.«

Ich weckte Nadeshda auf und erklärte ihr die Lage.

»Das Kind hat ein psychisches Trauma«, sagte sie. »Die erste Zeit muss man ihm seinen Willen lassen, sonst kriegt er seinen Rappel. Wie viel Ungelegenheiten ich dir bereitet habe!«

»Ach, Unsinn. Ich glaube, ich werde dort einige Zeit wohnen müssen. Ist nicht weiter schlimm.«

»Und wenn sie nicht zurückkommt?«

»Dann kommt sie eben nicht. Ist sogar besser.«

»Wie man es nimmt.«

Wir fuhren mit einer »Benzinkutsche«. Vitali sah düster zum Fenster hinaus, und ich überlegte, dass es ohne hysterischen Anfall wohl doch nicht abgehen würde, wenn er die Wohnung leer fand.

Doch während ich die Schlüssel durchprobierte, um die Tür zu öffnen, stand er ruhig da, ohne ungeduldig zu werden, stürmte auch nicht, wie es zu erwarten gewesen wäre, in die Wohnung hinein. Er ging schnurstracks ins Zimmer, zog sich aus, hängte Hose und T-Shirt fein ordentlich auf eine Stuhllehne, nahm die Tagesdecke vom Bett, legte sie – ebenso ordentlich – zusammen, streckte sich, hin und her rutschend, aus und sagte höflich:

»Gute Nacht.«

Und schlief auf der Stelle ein.

Ich dagegen fand keinen Schlaf.

Ich saß in der Küche, trank Tee und beantwortete sinnloserweise die mitgenommenen Fragen weiter. Wieso spreche ich eigentlich, statt von Behauptungen, immerzu von Fragen? Eine Frage ist von sanfterer Art. Sie lässt sich bejahen wie verneinen. Die Behauptung – und das haben die Verfasser als professionelle Psychologen natürlich bedacht! – besitzt im Gegensatz dazu etwas beängstigend Kategorisches, sie soll verwirren, den Betreffenden in die Enge treiben, in ihr liegt *Verdächtigung! Provokation! Anschuldigung!*

Warum habe ich nicht eher daran gedacht?

134. *Wenn Sie etwas machen, stellen Sie häufig fest, dass Ihnen die Hände zittern.*

Nicht zutreffend.

Ich antworte jetzt ja nur noch für mich! Und habe auch gar keine Fragen zu beantworten, sondern Behauptungen zu bestätigen oder zurückzuweisen! Ich verteidige mich! Ich suche nach der Wahrheit! Die Hände zittern mir trotzdem nicht. Bitte schön, ich strecke sie vor, spreize die Finger.

Sie zittern doch, wenn auch nur ganz leicht. Das liegt an meiner Überanstrengung. Aber dass das »häufig« wäre – nein. *Nicht zutreffend.*

135. *Nicht selten ist Ihnen schwindlig.*

Kommt vor, aber selten. *Nicht zutreffend.*

137. *Sie haben schon Blut gespuckt oder blutig erbrochen.*

Nicht zutreffend.

138. *Für gewöhnlich sind Sie der Auffassung, dass Sie nicht umsonst leben.*

Für gewöhnlich mache ich mir darüber keine Gedanken, sondern lebe einfach. Jeder, der seinem Leben kein Ende setzen will, ist der Auffassung, dass er nicht umsonst lebt. Mag er sich so wie ich darüber auch keine Gedanken weiter machen.

Zutreffend.

139 ... 140 ... 141 ...

142. *Wenn ringsum keine Menschenseele ist, hören Sie sonderbare Dinge.*

Nicht zutreffend.

143. *Sie glauben, dass Ihr Schicksal besiegelt sei.*

Unser aller Schicksal ist besiegelt.

144. *Zeitweise hören Sie so gut, dass es Sie stört.*

Des Meergetiers verborgnen Zug, das – genau weiß ich es nicht mehr – der Rose auf dem Berge.*

145. *Ihr Schicksal interessiert niemanden sonderlich.*

Fremdes Schicksal pflegt niemanden sonderlich zu interessieren. Beweinen wird mich Nadeshda. Die übrige Erdbevölkerung wird keine Notiz nehmen.

146. *Sie sehen Gegenstände, Tiere oder Menschen, die sonst niemand bemerkt.*

Wir alle sehen ein und dasselbe, doch sehen wir es verschieden. Ich bin längst zu der Erkenntnis gelangt, dass mit Rot, Grün, Blau Farben bezeichnet werden, die jeder auf seine Weise sieht. Er weiß einfach von klein auf: Diese Farbe ist rot. Doch

---

* nach Alexander Puschkins Gedicht »Der Prophet« (Anm. d. Übers.)

bestünde die Möglichkeit, in sein Hirnzentrum hineinzublicken, würden wir vielleicht entdecken, dass Rot für ihn dasselbe ist wie für einen anderen Blau – und umgekehrt!

147. *Zutreffend.*

148. *Nicht zutreffend.*

149. *Zutreffend.*

150. *Nicht zutreffend.*

153 ... 155 ...

Ich gab es auf, denn ich hatte mich bei dem Gedanken ertappt, dass ich in dem Glauben, für mich selbst zu antworten, in Wirklichkeit für jemand anders antwortete.

Ich las diese Testfragen nur noch weiter, von vorn bis hinten und von hinten bis vorn, ein paarmal, ich bekam sogar den Eindruck, sie auswendig gelernt zu haben und in einer Prüfung beantworten zu können, wenn jemand auf die Idee käme, eine solche zu veranstalten.

»Kajalow, seien Sie so liebenswürdig, Behauptung Nummer siebzehn!«

Die Hacken zusammengeschlagen, zackig:

»Einmal in der Woche! Oder häufiger! Beunruhigt Sie! Ein unangenehmes Gefühl! Im Oberbauch! In der Magengrube!«

»Frage Nummer dreihunderteinundfünfzig!«

»Zeitweise! Fühlten sich wohl dabei! Wenn Ihnen Leid zugefügt wurde! Von einem Ihnen nahe stehenden Menschen!«

»Dreihundertacht!«

»Des Öfteren klingt oder rauscht es Ihnen in den Ohren!«

»Dreihundertzweiunddreißig!«

»Wenn Sie ...«

»Genügt! Hundertzweiundneunzig!«

»Sie hatten ...«

»Genügt! Zweihundertachtzehn!«

»Die meisten Menschen ...«

»Genügt! Ausgezeichnet! Geeignet!«

... Es war längst hell geworden, und die Vögel sangen – schon lange, aber ohne mich, ich hörte sie nicht.

Ich kam zu mir, vernahm ihren Gesang, trat ans Fenster.

Und irgendwie bekam ich Herzbeklemmung, schwer war mir zumute, traurig, zum Weinen. Das war sicherlich die in diesen

Fragen auch angesprochene Verfassung, wenn man nicht mehr begreift, was ringsum vor sich geht, und nur noch eines weiß: Was für eine Qual, meine Lieben, oh, was für eine Qual! Und weshalb das?! Wofür?! Nicht nur um mich geht es mir, sondern um alle ... Doch was gehen mich alle an! Bei allen anderen steht alles zum Besten, wie es war. Ich genügsamer Kreuzworträtselbastler hingegen ...

Es gibt ein anderes Wort dafür, das mir erst jetzt in den Sinn gekommen ist, obwohl ich bereits Nabokov erwähnt habe, der es prägte. *Kreuzwortler.* Ja, das ist *mein* Wort. Hätte ich es eher gekannt, wäre meine Sicht auf mich selbst und meine Beschäftigung möglicherweise eine andere gewesen. Ein Kreuzwortler! Festgenagelt an Wort- und nun auch Ereigniskreuzen.

Mit ganz anderen Augen betrachte ich jetzt, was ich von mir selbst berichtet habe, und ungeachtet aller Genügsamkeit drängt sich mir der Gedanke einer Geheimschrift auf. Als hätte nicht ich das geschrieben. Der Gedanke einer ungewollt vorgenommenen Verschlüsselung, das beklemmende Vorgefühl naher Entschlüsselung, die ich nicht werde zuwege bringen können, obwohl alles *im Klartext* (ein der Welt der Spionage und Aufklärung entstammender Ausdruck) dargelegt ist. Den Astrologen fällt es nicht schwer, die Gesetzmäßigkeiten der Stellung der Gestirne und Planeten zu erkennen und zu bestimmen, doch wie steht es bei dem, der diese Gestirne und Planeten *selbst* angeordnet hat?

Meteorite von Lauten und Buchstaben, Planeten und Gestirne von Wörtern.

Sie befürchten, den Verstand zu verlieren.

Mir fiel der Sekt im Kühlschrank ein. Ich trank gleich aus der Flasche. Sogleich fühlte ich mich benommen und schläfrig, und ich schlief ein – in der Küche, am Tisch, den Kopf auf die Arme gelegt.

Ich schlief lange, Vitali jedoch noch länger – bis elf.

»Nun, was wollen wir machen?«

»Weiß nicht.«

»Möchtest du etwas essen?«

»Nein, trinken.«
»Ich habe gerade Tee gekocht.«
»Tee trinke ich nicht.«
»Na schön, dann finden wir was andres.«

Im Kühlschrank stand Büchsenbier, dazu ein paar Flaschen Wein, das einzige alkoholfreie Getränk war Milch. Doch auch Milch lehnte Vitali ab.

»Na, mein Lieber, dann weiß ich auch nicht. Wenn einer großen Durst hat, dreht er einen ganz gewöhnlichen Wasserhahn auf und trinkt ganz gewöhnliches Wasser.«

»Dann trink es mal. Ich trinke Bier, wenn kein Saft da ist.«

»Kommt nicht in Frage, Bier trinkst du nicht. Und Saft holen wir im Laden. Wo gibt es hier einen?«

»In unserem Haus, bloß auf der anderen Seite. Ich gehe aber nicht mit, ich bin noch nicht wach.«

»Du bist ein launischer Faulpelz, mein Lieber«, sagte ich im Bewusstsein meiner erzieherischen Pflicht gegenüber diesem Kind. »Marsch, erst mal unter die Dusche.«

»Frühe Vögel kriegt die Katze« erwiderte Vitali, gähnte, ließ sich aufs Bett plumpsen, rekelte sich und begann lauthals sinnlose Kinderworte von sich zu geben, wie ich sie noch von mir selbst kannte: übervoll von morgendlicher Lebenslust, war ich allen mit meinem unverständlichen Gesinge auf die Nerven gegangen. Zum Beispiel konnte ich, mit zahlreichen Variationen, im Marschrhythmus skandieren:

Im Walde ward ein Baum geborn!
Ein Tannenbäumchen ward im Wald geborn!
Im Walde wurde es geborn!
Ein Baum aus Holz!
Mit Nadeln dran!
Kamen Wölfe anspaziert!
Fraßen ab den Baum!
Runter bis zur Wurzel!

Ich ging los, um Saft zu holen. Um dem mäkeligen Vitali eine Auswahl zu bieten, kaufte ich Trauben-, Orangen- und Pfirsichsaft.

Am Ausgang stieß ich mit einem verlotterten Säufer zusammen, schmutzig, zottig, unrasiert. Seltsam berührte mich dabei, dass er so alt sein musste wie ich, vielleicht auch jünger. Übrigens wirken alle Trinker auf mich ziemlich alt.

»Hör mal!«, wandte er sich an mich. »Eine ganz dringende Sache! Komm ein Stück zur Seite!«

Wir traten zur Seite.

»Du musst mir aus der Patsche helfen! Verstehst du, ich habe nicht zu Hause geschlafen, meine Frau schlägt mich tot! Wirft mich aus der Wohnung, und es nimmt mit mir ein schlechtes Ende! Also: Ich habe eine Schwarzarbeit übernommen, auf deiner Datscha, du bist ein Mann mit Geld. Wir haben die Nacht durchgearbeitet bei künstlichem Licht, du hast mich grade hergefahren. Wir gehen zu meiner Frau, und du bestätigst es, ja?«

»Das macht mir nichts weiter aus. Aber urteilen Sie selbst: Wenn Sie eine Schwarzarbeit übernommen hätten, wo ist dann das Geld – der Vorschuss wenigstens?«

»Einen scharfen Blick hast du«, sagte der Säufer bitter. »Aber das Geld wird sie mir verzeihen, was sie mir nicht verzeiht, ist die Nacht. Ein eifersüchtiges Biest ist das. Wenigstens ein Vorschuss – da hast du völlig recht. Zehntausend, die könnte ich gebrauchen.«

Warum sollte ich einem Menschen nicht aushelfen, wenn mir das keine sonderlichen Probleme bereitete? Zehntausend – das war nicht mein letztes Geld, und es ging nicht über meine Verhältnisse. So gab ich ihm also den Zehner.

»Ha! Ha!«, brachte der Säufer bloß hervor. »Wie heißt du?«

»Anton.«

»Und ich Sergej. Anton, du bist ein Mensch! Klingst stolz. Und riechst schlecht.«

»Tatsächlich?«

»Nein. Das ist der logische Schluss. Hast du das erste Wort gesagt, dann musst du auch das letzte sagen«, begann der Säufer plötzlich zu philosophieren. »Der Kater, ja, das ist so eine Sache! Na schön, gehen wir zu meiner Frau. Du bezeugst es. Ist gleich hier nebenan.«

Wir gingen zum Nebenhaus, traten ein, und er stieg die Treppe hinab.

»Sind denn da Wohnungen?«, fragte ich verwundert.

Sergej lachte.

»Wohnungen nicht, aber Leute leben da. Irgendwo müssen sie ja leben!«

»Ja, natürlich.«

Er holte aus seiner Jacke, die nach Bauarbeiterkluft aussah, eine lange Taschenlampe und leuchtete vor sich hin.

Wir gingen ziemlich lange, zwischen Verschlägen hindurch, um Rohre und Müllberge herum, die sich hier wer weiß warum türmten.

»Wir sind da!«, sagte Sergej.

Und als gastfreundlicher Hausherr ließ er mir den Vortritt. Ich sah einen wenig wohnlich wirkenden Winkel, in dem sich solche Typen wie Sergej voll laufen lassen konnten: ein paar Kisten standen da, auf einer lag eine zerflederte Zeitung, darauf ein Glas. In der Ecke ein Lumpenhaufen.

»Gefällt es dir?«, fragte von hinten eine Stimme, die überraschenderweise die heisere Bemühtheit des Suffs eingebüßt hatte.

Ich wandte mich um und kniff die Augen in dem grellen Licht zusammen. Sergej drehte den Lichtkegel weg und richtete ihn seitlich auf sich. Ein junges lächelndes Gesicht. Glatt rasiert, ordentlich gekämmt. Vor mir stand der, den ich Dorian Gray getauft hatte.

Auch jetzt konnte ich nicht anders, als ihn so zu nennen:

»Gray?!«

»Wie bitte? Was für ein Gray?«

»Ich habe Sie in Gedanken so getauft. Sie wissen ja, wie das so ist: Man sieht einen Menschen, der einen auf den ersten Blick an jemanden erinnert. An einen, den man kennt, oder auch zum Beispiel an eine literarische Gestalt. Sie haben mich an Dorian Gray erinnert. Es gibt einen Schriftsteller, der Oscar Wilde heißt, und bei ihm ...«

»Mein Bester, ich bitte Sie, ich habe an einer Universität studiert. Habe ich nicht die Ehre, in Ihrer Person ebenfalls einen Vertreter der Zunft der Intellektuellen vor mir zu haben?«

»Ob ich den Intellektuellen zuzurechnen bin, das zu beurteilen, muss ich anderen überlassen. Studiert habe ich an keiner Hochschule, sondern an der Fachschule für kulturelle Volksbildung. Mein Wissen allerdings dürfte nicht unter Universitätsniveau liegen.«

»Das ist erfreulich. Ich habe Sie also an Dorian Gray erinnert? Vermutlich, weil ich ein schöner und distinguierter Mensch bin?«

»Ich weiß nicht. Kann sein.«

»Nun ja. Seltsam, dass noch kein anderer auf die Idee gekommen ist, mir diesen Namen zu geben. Es wird mir angenehm sein, wenn Sie mich auch vor anderen so nennen.«

»Und Ihr richtiger Vorname?«

»Habe ich doch gesagt: Sergej. Das ist mein richtiger Name, den ich übrigens von klein auf nicht gemocht habe. Ich bin überzeugt, dass meine Aversion gegen meinen Vornamen einen entscheidenden Einfluss auf mein Leben hatte. Schon als fünfjähriges Kind habe ich weinend meine Eltern gebeten, meinen Namen zu ändern. Ich mochte es nicht, wenn die anderen Jungen mich ›Sery‹, Grauer, nannten, ich mochte auch das zärtliche ›Serjoshenka‹ der Eltern nicht. Aber meine Eltern waren voller Komplexe. Wie soll das gehen – den Namen ändern? Was werden die Nachbarn und Bekannten, was die Kollegen davon halten? Sie verstanden und verstehen es nicht, so zu leben, dass sie in jedem Fall nach eigenem Ermessen handeln, ohne zu befürchten, jemandem etwas erklären oder sich womöglich gar rechtfertigen zu müssen. Aber zur Sache, Anton . . .?«

»Petrowitsch.«

»Ich spreche Sie mit Vor- und Vatersnamen an, weil ich zehn Jahre jünger bin. Kumpelhaftigkeit kann ich nicht ausstehen. Also, Anton Petrowitsch, Sie können mir hochsinniges Verhalten nicht absprechen. Vorgestern, um zwölf Uhr zweiundfünfzig Ortszeit beziehungsweise Moskauer Zeit, habe ich Ihnen achtundvierzig Stunden gegeben, sich ein Versteck zu suchen. Diese Frist haben Sie nicht zu nutzen gewusst. Sie ließen sich nichts Besseres einfallen, als vom Zentrum an den Stadtrand auszuweichen. Ich habe Sie mühelos ausfindig gemacht. Aber selbst nachdem ich Sie jetzt gefunden habe, können Sie sich noch retten – zeitweilig natürlich. Sie müssen achtsam und umsichtig sein. Ich habe mit Absicht ein paar Fehler gemacht in der Hoffnung, dass sie Ihnen auffallen würden. Doch vergeblich. Passen Sie auf (er begann an den Fingern abzuzählen): Ein Säufer, ein Alki, tritt an Sie heran. Sie betrachten seine Kleidung, sein unrasiertes Gesicht (übrigens war das ein angeklebter Dreitagebart, wie er jetzt in Künstlerkreisen Mode ist), seine verdreckte Bauarbeiterjacke und seine unten ausgefransten Hosen, doch seine Designerschuhe aus Bisonleder zum Preis von zweihundertfünfzig Dollar scheinen Ihnen völlig zu entgehen!«

»Sie konnten ja gestohlen sein.«

»Das stellen Sie jetzt fest, dort aber, im Laden, haben Sie sie glatt übersehen. Ich hätte sie auch gar nicht stehlen können! Wo denn? Im Laden? Oder sollte ich Sie jemandem im Gehen von den Füßen ziehen? Einen betrunkenen Geldsack davon befreien, der auf einer Parkbank schläft? Die schlafen nicht auf Parkbänken, sie nicken allesamt in Wagen ein, wenn ihre treu ergebenen Fahrer sie behutsam nach Hause kutschieren. Weiter. Ein ganz grober Fehler. Sie gaben mir Geld – eine großherzige Tat! Ich nahm es – und das war's! Ja, wo hat es das je gegeben, dass ein Alki, der sich mit seinem Kater quält – ich habe sogar eine deutliche Anspielung gemacht! –, nicht losgelaufen wäre, um sich einen Katerschluck zu kaufen? Weiter. Dieser Suffkopf hat, wie sich plötzlich herausstellt, eine Taschenlampe bei sich – und nicht irgendeine, sondern eine spezielle Reisetaschenlampe, mit breitem Reflektor, sehen Sie mal, mit vier leistungsfähigen Batterien, die zusammen mehr kosten als die Lampe selbst! Jeder Schnapsbruder hätte so eine Lampe doch längst verkauft! Kann er sich etwa nicht mit Streichhölzern seinen Weg beleuchten? Die kosten ganze hundert Rubel die Schachtel. Und hat er keine Streichhölzer, findet er auch im Dunkeln hin! Er hätte die Lampe genauso verkauft wie die Schuhe, wenn die auf gänzlich unerwartete Weise in seinen Besitz gelangt wären. Es soll ja alles vorkommen. Ein Reicher kauft sich Schuhe, setzt sich ins Auto und spürt plötzlich, dass sie reiben, wenn er aufs Gaspedal tritt. Wutentbrannt zieht er sie aus und wirft sie im Fahren aus dem Fenster in eine Mülltonne. Der Säufer beobachtet es zufällig ...

Zu viele Fehler, Anton Petrowitsch, zu viele! Sie machen unsere Aktion völlig reizlos. Und in den Keller hätten Sie sich auf gar keinen Fall locken lassen dürfen. Ihr Glück, dass die achtundvierzig Stunden noch nicht um sind. Im Übrigen ist das keine Frage Ihres Glücks, sondern, pardon, meines Hochsinns. Wären Sie nicht in den Laden gegangen, hätte ich einen Besuch bei Ihnen gemacht, als Klempner oder Gasmann, um Sie zu warnen. Eine gute Stunde ist geblieben, Anton Petrowitsch. Reißen Sie sich zusammen und beginnen Sie mit Bedacht zu handeln, sonst ...«

Ich begriff, dass dieser Gray ein Verrückter war und dass man mit ihm auf besondere Art reden musste. Wäre da nicht meine unbezwingliche Neigung gewesen, zuerst an die Logik und den menschlichen Verstand zu appellieren!

»Es ist doch sonderbar«, sagte ich. »Sie haben angekündigt, die Verfolgung nach achtundvierzig Stunden aufzunehmen. Und nun stellt sich heraus, dass Sie mich schon lange beschatten!«

»Tatsächlich«, meinte Gray betroffen. »Tatsächlich, irgendetwas stimmt hier nicht. Irgendetwas habe ich durcheinander gebracht. Moment. Ich hätte also achtundvierzig Stunden abwarten müssen? Und erst danach mit der Suche nach Ihnen beginnen? Ja?«

»Ja. Sehr leicht zu merken.«

»Verstehe ich nicht! Wieso habe ich das durcheinander gebracht?«

»Weiß ich nicht.«

»Aber das lässt sich korrigieren, Anton Petrowitsch! Die Bedingungen bleiben die gleichen. Ich gebe Ihnen erneut achtundvierzig Stunden und werde in dieser Zeit keinerlei Schritte unternehmen. Sie verstecken sich, wiederhole ich, innerhalb der Stadtgrenzen von Saratow. In achtundvierzig Stunden, nicht eher – richtig? –, nehme ich die Suche nach Ihnen auf. In achtundvierzig Stunden, nicht eher!«

Da er seinem Gedächtnis nicht traute, holte er ein winziges elektronisches Notizbuch hervor, tippte etwas ein und zeigte mir sogar das Resultat, damit ich mich vergewisserte: *Anton Petrowitsch in achtundvierzig Stunden! Nicht eher!*

»Das war's. Gehen Sie – und in achtundvierzig Stunden fangen wir an.«

»Womit fangen wir an?«

»Was heißt, womit?«, gab Gray gekränkt zurück. »Sie verstecken sich, und ich suche nach Ihnen.«

»Und wenn Sie mich finden, was machen Sie dann?«

»Alberne Fragen irgendwie! Als ob das nicht egal wäre. So was ödet mich an, bei Gott. Man bietet ihm eine interessante Beschäftigung an, und er fängt an, sich zu sträuben, nach dem Wie und Was zu fragen!«

»Aber ich muss ja wohl wissen, worauf das, was Sie als interessante Beschäftigung bezeichnen, hinausläuft? Davon wird die Intensität meines Handelns abhängen.«

»Sie sind ein kluger Mensch!«, sagte Gray verwundert. »Tatsächlich. Was habe ich denn das letzte Mal gesagt?«

»Das letzte Mal haben Sie kompletten Unsinn geredet. Sie wollten mich ausfindig machen und umbringen.«

»Genau! Aber wieso Unsinn? Das ist überhaupt kein Unsinn. Wenn ich Sie finde, sind Sie selbst schuld! Man muss sich eben besser verstecken.«

»Aber Sie haben den Grund nicht genannt, weshalb Sie mich umbringen wollen. Erinnern Sie sich an den Grund?«

»Was sind Sie doch für ein Langweiler, bei Gott! Wenn ich ihn doch nicht mehr weiß! Ich habe von klein auf ein schlechtes Gedächtnis für Belanglosigkeiten des Alltags. Etwas Erhabenes, wirklich Anspruchsvolles merke ich mir auf Anhieb, das aber ... Den ganzen Beethoven kann ich Ihnen runtersingen, besser gesagt, pfeifen, ich pfeife vorzüglich.« Er demonstrierte es, indem er ein paar Takte pfiff – sauber und wohlklingend hallte sein Pfeifen durch den Keller. »Ich weiß viele Rilke-Gedichte auf Deutsch auswendig.« Und er rezitierte ein kurzes Gedicht auf Deutsch, voller Ausdruck und Gefühl. »Ich habe also ein ausgezeichnetes Gedächtnis, nicht wahr? Alle möglichen Kleinigkeiten des Alltags dagegen kann ich, wie gesagt, einfach nicht behalten! Ja, ich habe den Grund vergessen, weshalb ich Sie ... aber egal, was für ein Grund das war, wichtig ist nur, dass es einen gibt! Wichtig ist, dass ich einen Entschluss gefasst habe, und wenn ich einmal einen Entschluss gefasst habe, gehe ich unter keinen Umständen davon ab.«

»Gut. Aber jedes Spiel – und Sie bieten mir ja ein Spiel an, nicht wahr? –, jedes Spiel hat einen Anfang und ein Ende. Achtundvierzig Stunden geben Sie mir für die Vorbereitung. Und dann? Sie werden mir doch nicht ewig nachstellen wollen?«

»Mir reicht ein Tag«, prahlte Gray selbstgefällig.

»Und wenn doch nicht? Ich meine das theoretisch, ohne Sie damit kränken zu wollen.«

»Theoretisch? Nun, sagen wir, eine Woche. Wenn ich Sie in einer Woche nicht finde, dann . . . ja, was ist dann?«

»Dann ist Schluss, und ich bin frei.«

»Nein, das haut so nicht hin! Sie mussten sich verstecken, Entbehrungen und Angst auf sich nehmen – und dafür soll es keinerlei moralische Kompensation geben? Nein, nein. Machen wir es so!«, rief Gray erfreut. »Wenn ich Sie in einer Woche nicht finde, was völlig unwahrscheinlich ist, aber nehmen wir es einmal an, dann beginnen Sie mich zu suchen. Ebenfalls eine Woche. Ich werde allein sein, unbewaffnet und ohne Bedeckung. Doch behalte ich mir das Recht der Selbstverteidigung mit Mitteln zu, die mir zur Verfügung stehen. Dieses Recht besitzen Sie übrigens auch.«

»Und wenn ich Sie meinerseits nicht finde?«

»Dann nehme ich aufs Neue die Suche nach Ihnen auf!«

»Und wie lange soll das gehen?«

»Bis einer von uns den anderen beseitigt hat.«

»Aha. Ihr Ziel ist also doch Mord?«

»Schon wieder! Es muss doch Spaß machen, so zu reden! Mord! Als ob es keine anderen Wörter gäbe? Dabei befasst der Mann sich mit Kreuzworträtseln!« Sieh an, er wusste also Bescheid über meine Lebensumstände. »Hingang – ein wesentlich schönerer Ausdruck. Oder: Antritt der großen Reise. Aber nein – Mord! Wir leben doch in der Realität, statt ein banales Kriminalstück zu inszenieren!«

»Genau den Eindruck habe ich. Dass es sich um ein ziemlich albernes und zudem banales Kriminalstück handelt.«

»So«, sagte Gray. »Ohne sich dessen bewusst zu sein, haben Sie das Richtige getan. Sie haben mich beleidigt. Und zu Ihrem Feind gemacht. Jetzt will ich Sie erst recht finden und . . .«

»Umbringen?«

»Diese Zeit und diese Gesellschaft von Ihnen befreien.«

»Sie sind ja wahnsinnig.«

»Noch eine Beleidigung.«

Ich sah, dass es zwecklos war, mit diesem Verrückten zu reden, doch . . .

»Hören Sie zu, Gray.«

»Ja, ich bin Gray. Ich höre.«

»Lässt sich die Sache nicht etwas aufschieben? Mir steht jetzt nicht der Sinn nach so etwas. Ich habe für das weitere Schicksal eines Jungen Sorge zu tragen, eines Kindes, das von seiner Mutter im Stich gelassen worden ist.«

»Um das Kind kümmere ich mich.«

»Nein, kommt nicht in Frage!«

»Sie misstrauen mir? Der Wahnsinnige sind Sie und nicht ich. Sie schätzen die Situation falsch ein. Stellen Sie sich vor, zu Ihnen käme der Tod in Form einer unheilbaren Krankheit und Sie sagten zu ihm: Kann ich nicht etwas Aufschub bekommen, Verehrtester, verstehen Sie, ich habe für ein Kind zu sorgen! Merken Sie, wie lächerlich das klingt? Doch genug geredet! Ich gebe zu, obwohl Sie mich beleidigt haben, empfinde ich Sympathie für Sie, ich fühle unsere geistige Nähe, wir könnten Freunde werden. Das ist auch gut so und günstig für unser Vorhaben. Wenn die Beleidigung von jemandem kommt, der einem geistig fremd ist, schmerzt sie weniger. Wird man dagegen von einem Menschen beleidigt, der einem nahe steht, einem Freund, ist der Schmerz unerträglich. Es wird mir wehtun, Sie zu vernichten. Das ist doch besser, als in einer Toreinfahrt unter der kalten und grausamen Hand eines Räubers zu enden?«

Ich konnte ihm darauf nichts erwidern. Sollte ich ihn erneut wahnsinnig nennen? Ich glaubte selbst wahnsinnig zu werden.

»Schluss, die Zeit läuft!«, erklärte Gray. »Kommen Sie, ich bringe Sie hinaus, wir trennen uns, und in zwei Tagen, in achtundvierzig Stunden, beginnen wir mit unserem Vorhaben!«

28. Juli 1995

Morgen Mittag läuft die Frist ab, bis zu der Dorian Gray mich ausfindig machen muss. Es bleibt weniger als ein Tag. Ich sitze in der Dunkelheit der städtischen Kanalisation. Unter mir rieselt und gluckert es, dort kreuzen sich Kanalisationsrohre. Ihr

Durchmesser entspricht etwa der Hälfte meiner Körpergröße, im Notfall, wenn ich entdeckt werden sollte, kann ich an einem der Rohre hinuntersteigen, um mich in Sicherheit zu bringen. Vorübergehend wenigstens.

Vor einer Woche habe ich Vitali bei meiner Schwester gelassen und ihr gesagt, ich müsse dringend wegfahren.

Nadeshda stellte keine Fragen. Sie sah, dass mit mir etwas vorging, was ich ihr nicht erklären würde.

Einen halben Tag bin ich kreuz und quer durch die Stadt gelaufen und gefahren, um meine Spuren zu verwischen.

Dann setzte ich mich am Haltepunkt Trofimow-Brücke auf die Vorortbahn und fuhr bis zur Station Shasminnaja (der vormaligen Rasboischtschina). Von dort ging es zu den abseits liegenden Datschensiedlungen. Anfangs schwebte mir eine zeitweilig leer stehende Datscha vor, wo sich zu essen fände. Doch dann überlegte ich, dass jetzt im Hochsommer, sollte auch eine der Datschen unbesetzt sein, links und rechts, vorn und hinten Nachbarn da waren, die mich bemerken würden. Es war ja nicht möglich, überhaupt nicht rauszugehen – schon deswegen, weil die Toiletten meist am Rande der Datschensiedlungen standen: die üblichen Holzhäuschen mit einem Loch in der Tür. Eine Toilette auf der Datscha selbst – aber ich bitte Sie!

Sie sind sehr reinlich veranlagt.

Hinter den Datschen lag ein Feld. Dahinter bewaldete flache Hügel.

Ob ich mir dort ein Versteck suchte?

Beim Überqueren des Feldes erkannte ich, dass es sich um ein militärisches Übungsgelände handelte: Schützengräben, Unterstände. Dunkel erinnerte ich mich daran, dass sich wenige Kilometer von hier entfernt eine Militärschule befand.

Ich übernachtete in einem mit Balken abgedeckten Schützengrabenende (der Befehlsstand?). Hier gab es eine kleine Holztür, die nach innen geöffnet wurde. Ich verbarrikadierte sie mit herumliegenden Bretterstücken und Steinen. Falls sich jemand Zutritt verschaffen wollte, würde ich es mitbekommen und aufwachen.

Erst in der Frühe übermannte mich der Schlaf.

Am Morgen dann: Unruhe, das Gefühl drohender Gefahr.

Vorsichtig verließ ich meinen nächtlichen Zufluchtsort und ging geduckt den reichlich flach ausgehobenen Schützengraben entlang. Die Kommandeure waren selbst nachlässig geworden und hatten die Nachlässigkeit ihrer faulen Soldaten toleriert.

Am Militärdienst könnten Sie Gefallen finden.

Ich sah hinaus. Ringsum Stille und Leere. Doch da tauchte auf der unbefestigten Straße ein schwarzes Auto, fast schon eine Limousine, auf. Was hatte es hier zu suchen? Es hielt. Ich warf mich auf den Grund des Grabens: bestimmt hatten sie (Gray oder seine Handlanger) starke Ferngläser bei sich.

Zehn, fünfzehn Minuten später war ich wieder in meinem Unterschlupf, wo ich hinter Gesträuch hervor Ausschau halten konnte. Das Auto war nicht zu sehen, doch das hatte nichts zu besagen. Sie konnten in den Wald abgebogen sein, um von dort aus das Feld zu beobachten.

Durch Lauf- und Verbindungsgräben, ohne auf das einsehbare Feld hinauszusteigen, schlich ich mich an die Datschensiedlung heran.

Das Übungsgelände war zu Ende. Doch zum Glück stand hier hohes Gras. Ich kroch hinein. Sehr langsam, um nicht durch die Bewegung des Grases meine Spur zu verraten.

Jetzt kamen Gärten. Eine Weile kroch ich noch an Zäunen entlang – dort, wo die Straße vom Wald her zu überblicken war.

Immer wieder um mich spähend, ging ich auf die Bahnstation zu. Auf halbem Wege bog ich zu dem Waldstreifen ab, der die Bahnstrecke säumte. Nein, zur Station konnte ich nicht.

Im Dickicht versteckt, beobachtete ich die vorbeifahrenden Züge. Plötzlich bremste ein Güterzug. Zur Hälfte bestand er aus Plattformwagen mit Schotter. Der Rest waren Kessel- und lange Hochbordwagen. Genau vor mir kam einer von ihnen zum Stehen. Er war bloß verriegelt, ohne Schloss und Plombe. Ich lief hinüber, schob den Riegel zurück, zog die Tür auf, sah hinein. Aufgetürmte Polyäthylenfässer. Ich stieg hinein und zog die Tür zu. Die Fässer waren leer. Ich stapelte welche in einer Wagenecke, kroch in den so entstandenen Winkel und baute den Durchgang hinter mir wieder zu.

Erleichtert atmete ich auf. Ich aß ein Stück Brot und trank etwas Wasser. (Ich hatte Nastjas kleinen Rucksack mitgenommen, den ihr die Mutter für eine dreitägige Wanderung ihrer Klasse durch die Natur der Umgebung gekauft hatte. Biologie. Botanik. Sie könnte viel besser in der Schule sein.)

Sie interessieren sich für minderjährige Vertreter des anderen Geschlechts.

Der Zug hielt, wie ich feststellte, auf der Station Saratow-2, dem Güterbahnhof. Ich stieg hinaus. Meine Kleidung konnte bei niemandem Verdacht erregen: sackartige Hosen, ein verwaschenes buntes Hemd. Ein Transportarbeiter. Dass er einen Rucksack in der Hand trägt – nun, einen Rucksack kann man für alles Mögliche gebrauchen.

Trotzdem war ich darauf bedacht, niemandem zu begegnen.

Vor mir sah ich ein Pförtnerhäuschen mit Schlagbaum.

Hintereinander kamen drei Lkws herausgefahren. Durch sie gedeckt, schlüpfte ich, dem Blick des Wächters entzogen, an der Ausfahrt vorbei.

Obwohl ich noch nie hier gewesen war, erkannte ich, dass ich mich an der Astrachaner Straße befand. Schon nahe dem Zentrum. Sehr gefährlich.

Ich überquerte die Straße im Laufschritt. Neungeschosser.

Da, direkt an der Straße, ein Kellereingang, aus dem es dampfte. Der Keller stand halb unter Wasser.

Ich kämpfte mich bis zum hintersten Ende durch, wo ich einen trockenen Winkel fand.

Hier blieb ich den ganzen Tag und die ganze Nacht hindurch sitzen – bis zum frühen Morgen.

Kaum dass es zu tagen begann (die ersten Vögel versuchten es mit ihrem Morgenlied), machte ich mich auf in Richtung Stadtpark. Ich erinnerte mich, dass es dort ziemlich viele Schlupfwinkel gab: verfallene kleine Häuser mit Dachböden und Kellern . . .

Doch – seit Urzeiten war ich nicht mehr hier gewesen – keine Spur von Ruinen, lauter stabile Gebäude, Bürohäuser – und alle verschlossen.

Inzwischen war es ganz hell geworden. In der Ferne zeigte sich ein Mann, und obwohl er einfach seines Weges ging, geriet ich in Panik.

Ein Kinderkarussell mit Pferdchen. In meiner Verzweiflung kroch ich darunter, in den Staub und den Müll. Niemand würde auf die Idee kommen, hier nachzugucken. Ich lag da . . .

Es wurde immer ungemütlicher. Stimmen. Das Karussell setzte sich in Bewegung. Ich vermied es, die über meinem Kopf rotierende Fläche zu betrachten. Mir wurde übel davon.

Vor Erschöpfung schlief ich ein. Ich wachte auf – das Karussell stand.

Die Stimmen indessen waren noch da – von Kindern und Erwachsenen.

Plötzlich ein Laut ganz in der Nähe, der mich zurückfahren ließ (wohin?!).

Ein Ball war unter das Karussell gerollt. Ein kleiner Junge kroch ihm auf allen vieren nach und schrie: »Gleich!« Er bemerkte mich. Kinder sind manchmal furchtlos, ohne Angst vor dem Unbekannten, Unverständlichen und Unbegreiflichen. Ich war für ihn unverständlich und unbegreiflich. Er sah mich schweigend an, nahm den Ball und kroch zurück.

Ich war schweißnass. Das Versteck verlassen, ohne gesehen zu werden, ging nicht. Bleiben auch nicht – gleich würde man mich finden, bei den Füßen packen und herausziehen, wie man eine Katze, die etwas ausgefressen hat, unter dem Sofa hervorzieht. Doch ich blieb ungeschoren.

Ich wartete die Stille und Dunkelheit ab.

Vom Park aus nahm ich eine schmale Straße zwischen Privathäusern und dem alten herrenlosen Stadion. Die demolierten Tribünen waren mit jungen Bäumen und Weidengebüsch zugewachsen. Material in Hülle und Fülle für Alexina! Solche Weidenruten verwendet sie für ihre Arbeiten.

Ich liebe sie – ja, so verhält sich doch die Sache. Ich habe sie nicht geliebt, jetzt aber liebe ich sie. Sechsundzwanzig Jahre lang habe ich geglaubt, sie zu lieben, aber das ist etwas ganz anderes gewesen. Erst jetzt liebe ich sie.

»He, du!«, ertönte eine Stimme, und ich machte einen Satz zum Zaun.

Die Stimme kam aus dem Gesträuch.

»Hab keine Angst, komm her!«

Mit einem übernatürlichen Gespür erkannte ich, dass das kein

Hinterhalt war, nicht Gray und nicht seine Helfershelfer, das waren harmlose Bürger wie ich.

Unter einer Tribüne, auf einem gemütlichen Fleckchen im niedergetretenen weichen Gras und inmitten biegsamer Zweige saßen und lagen drei Männer – und hoben einen.

Sie hatten nur eine angebrochene Flasche mit billigem Rotwein und ein Glas. Trotzdem boten sie mir gleich an mitzutrinken. Ohne mich zu zieren, willigte ich ein und trank ein halbes Glas. Ich holte eine Gurke, einen Kanten Brot und ein Stück Räucherwurst aus meinem Rucksack hervor, doch sie lehnten ab.

»Essen, das ist halb so wichtig, aber noch was zu trinken wär nicht schlecht!«

Dankbar gab ich ihnen Geld, und zwei liefen los zu dem rund um die Uhr geöffneten Verkaufsstand, während der dritte dablieb.

»Verstehst du, was das für ein Blödsinn ist«, sagte er, als unterhalte er sich schon ewig mit mir und fahre jetzt in seiner Rede fort. »Ich zum Beispiel. Ja?«

»Hm.«

»So, und nun nimm die Persönlichkeit und die Gesellschaft. Ja?«

»Hm.«

»Und was tun? Nein, sag mir das!«

»Im Hinblick worauf?«

»Bist du begriffsstutzig?«, fragte mein Gesprächspartner mitfühlend. »Ich habe es dir doch erklärt. Oder weißt du es nicht?«

»Nein, weiß ich nicht.«

»Auch ich weiß es nicht. Und sie auch nicht.« Er wies mit einer Kopfbewegung in Richtung seiner Freunde. »Wer weiß es aber dann? Das ist doch unmöglich! Unfassbar! Das ist schon unerträglich! Oder ist dir alles egal?«

»Überhaupt nicht.«

»Das sagt er mir! Als ob ich es nicht wüsste! Ich weiß, du bist kein gleichgültiger Mensch. Du bist ein Pfundskerl! Ein Genie bist du! Aber wer braucht das? Wer braucht das, wie?«

»Niemand!«, erwiderte ich mit heftigem und schönem Selbstmitleid, mit Zuneigung zu diesem Menschen. Ich begriff nicht, wovon er sprach, doch dafür sah ich, dass seine Rede ohne Eigennutz und Arglist war. Sie hatte keinen doppelten Boden. Dieser Mann hat sich mir geöffnet. Worte sind nicht die Hauptsache, worauf es ankommt, ist der Ton – herzlich, brüderlich, liebevoll. Ich war drauf und dran, ihn zu umarmen und seinen struppigen Kopf an meine Brust zu drücken, um ihn zu trösten, denn er war so traurig.

Ach, was war das für eine Nacht! Was führten wir für Gespräche, was sangen wir für Lieder – halblaut, um die Anwohner nicht zu stören und die Hunde nicht zu reizen! Wie herrlich war es, den Kopf zurückgelegt, durch das Gehölz in den klaren, mit Sternen übersäten Nachthimmel hinaufzublicken! Wie schön war das Gefühl der Sicherheit – diese Leute würden mich ja nicht verraten, weil . . . weil sie mich nicht verraten würden!

. . . Es war ein schweres Erwachen. Wie viele Jahre waren seitdem vergangen, doch sofort erkannte ich den grässlichen Zustand des Katers wieder, wenn im ganzen Organismus nur ein Gedanke ist: ein Schluck muss her. Gefahr im Verzug? Dass man die Übersicht verlieren, sich wieder besaufen und überhaupt gehen lassen könnte wie seinerzeit, für lange?

Ach pfeif drauf. Ich habe das satt. Mag mich Gray doch finden. Betrunken zu sterben ist nicht schlimm. Nichts ist schlimm. Alles unwichtig. Wichtig ist, den Kater loszuwerden, denn ich bin völlig kraftlos, dem Verrecken nahe.

Ich langte nach meinem Geld, um es nachzuzählen.

Meine Tasche war leer. Wahrscheinlich hatte ich das Geld in den Rucksack gesteckt und wusste es nur nicht mehr. Doch auch der Rucksack war nicht da.

Ich fiel um und lag lange wie erstarrt.

Diesen Zustand kennen allein die Alkoholiker: groß und unbezähmbar ist der Durst, das Verlangen nach dem Katerschluck, wenn man nicht jetzt gleich etwas zu trinken kriegt, glaubt man, muss man sterben. Doch wissen sie ebenso gut, dass auch die Geduld groß ist, wenn sich plötzlich herausstellt, dass an Alkohol nicht heranzukommen ist. Man wundert sich selbst über sich: eine Stunde vergeht, eine zweite, und man lebt noch, obwohl einem vorläufig nicht besser wird.

Dieser Durst – ein qualvoller Durst!

Nachdem ich noch eine Stunde gelegen hatte, wurde der Durst unerträglich. Und die Parkteiche lagen in Reichweite.

Ich zwang mich hoch und schleppte mich zum Park, wo ich den steilen grasigen Hang (auf dem Rücken) hinabrutschte, um über das Wasser zu sinken und lange zu trinken.

Zwei Trauerweiden standen da mit ihren bis zum Wasser und zur Erde herabhängenden Zweigen, darunter – ein umgestülptes löchriges Boot. Natürlich war das riskant. Die Miliz konnte mich entdecken.

Ich kroch unter das Boot und blieb leidend liegen.

Im Halbdämmer, in kurzen Schlafanfällen mit Albträumen (bissige Hunde, rohes Fleisch, kriechende Insekten, schreckliches grelles Licht, das donnernd auf mein Gesicht zuraste ...) lag ich so bis zum Abend des folgenden Tages.

Niemand störte mich, doch hielt ich das Liegen nicht länger aus. Mir schien, ich müsste sterben vor Bewegungslosigkeit. Deshalb kroch ich hervor, trank wieder Teichwasser, wusch mich, säuberte mich notdürftig.

Langsam schlenderte ich den Teich entlang und fühlte voller Freude, dass ich beinahe schon gesund war. Überstanden, durchgekommen.

Der Gedanke an die Miliz, der gestern in meinem Gehirn aufgeblitzt war, nahm plötzlich die Dimension einer rettenden Idee an. Sich betrunken stellen – und unter ihren Schutz. Dass Gray in den Ausnüchterungsanstalten nach mir suchen würde, war kaum anzunehmen. Er würde auch gar nicht hineinkommen. Und sich mit der Miliz einzulassen konnte ihn als Kriminellen gewiss nicht reizen.

Ich stieg den Hang hinauf und sah mich um. Nach einer Weile bemerkte ich zwei Milizionäre. Schon ging ich ihnen torkelnd entgegen, mit dümmlichem Säufergesicht und debilen Speichelfäden.

»Wohin?«, hielten sie mich an. »Gehen wir spazieren, Onkelchen?«

»N-nach H-hause!«, sagte ich stumpf, unfähig, den Kopf zu heben.

»Und wo ist dein Haus?«, wollten die Milizionäre belustigt wissen.

»Hier.«

»Wo hier?«

»G-ganz nah«, sagte ich und lehnte mich, vornübergeneigt, mit affenartig bis zu den Knien herabhängenden Armen, gegen einen Baum.

Ich war darauf gefasst, bei den Armen gepackt und mitgenommen zu werden, doch nichts geschah.

Mit argwöhnischem Blick stellte ich fest, dass die Milizionäre sich entfernten. Erstaunt richtete ich mich auf. Und sofort war mir alles klar: auf der Allee kam im Zickzack ein Mann mit – welch eine Überraschung! – schwarzem Anzug, weißem Hemd und Schlips angetrottet. Von Zeit zu Zeit blieb er stehen, um sich zu fangen und eine Weile geradeaus zu gehen, bevor er, geschwächt durch seine Willensanstrengung, noch schlimmer zu taumeln begann. Natürlich war er für die Milizionäre ein lohnenderer Fang. Was war mit mir verlottertem Kerl schon anzufangen? Ich war für sie ein hoffnungsloser Fall von Saufbold, mit diesem Herrn hingegen ließ sich fruchtbringend arbeiten.

Doch mein Verdruss schlug in Dankbarkeit für das Schicksal um, als ich im Nachhinein erkannte, dass ich um ein Haar einen verhängnisvollen Fehler begangen hätte.

Naivling!

Wie kam ich darauf, dass Gray mich in der Ausnüchterungsanstalt nicht ausfindig machen würde? Und ob er das schaffen konnte – sogar leichter als anderswo. Solche wie er hatten überall Bekannte.

Übrigens, übrigens, übrigens! Ging das Ganze nicht am Ende von Hauptmann Kuricharow aus?

Warum nicht? Das war sogar sehr leicht möglich!

Überlegen wir doch mal.

Kuricharow, in seiner persönlichen Freiheit durch mich und meine Schwester eingeschränkt, war stinksauer. Er hatte uns auf dem Kieker und trug sich mit Rachegedanken. Und da bot sich ihm eine Gelegenheit – ich lief ihm von allein in die Fänge. Nachdem er mich mit den Bewerbungsfragen in höchstem Maße verunsichert und so psychologisch vorbereitet hatte, beobachtete er jeden meiner Schritte. Als er erfuhr, dass ich zu

Kairetow ging, schickte er seinen Freund Gray vor mit der Bitte, er möge eine Möglichkeit finden, mich am Wickel zu kriegen und aus dem Weg zu räumen. Was sollte daran unwahrscheinlich sein? Ich war ihnen lästig, störte sie durch mein bloßes Vorhandensein – Hauptmann Kuricharow und viele andere. Es durfte nicht sein, dass ich weiter unter ihnen lebte und sie störte.

Das Wasser unter mir gluckert monoton. Ich bin hungrig, durstig und schläfrig.

Erschöpft bin ich.

Es gibt den Begriff »verzweifelte Entschlossenheit«.

Ich will nicht länger in Verstecken sitzen. Es reicht.

Mit Rücken und Kopf hob ich den Gullydeckel an, schob ihn beiseite und kletterte heraus.

Gerade ging eine Frau mit einem Mädchen vorbei.

»Eine Woche reparieren Sie jetzt schon, und Wasser haben wir immer noch nicht«, sagte die Frau.

»Genau!«, sagte das Mädchen.

»Entschuldigen Sie«, sagte ich zu ihnen.

Ohne länger Deckung zu suchen, ging ich zur Tschernyschewski-Straße und nahm die Straßenbahn, die Fünfzehn.

Mit geschlossenen Augen saß ich auf dem hintersten Sitz. Wenn Gray hier aufkreuzt, will ich ihn nicht sehen.

Zu Hause traf ich Nastja und Vitali an.

»Er hat uns fast um den Verstand gebracht!«, klagte Nastja. »Will nicht hier übernachten, gebärdet sich hysterisch, brüllt, dass es das ganze Haus hört. Jeden Abend bringen wir ihn nach Solnetschny. Und zwar verlangte das kleine Ekel, mit einem Auto gefahren zu werden. Mit ’ner Benzinkutsche! Mutter hat ihm das schnell ausgetrieben: entweder mit der Straßenbahn wie alle oder gar nicht. Er hat herumgebrüllt und schließlich nachgegeben. Aber was ist denn mit dir? Schrecklich siehst du aus! Wo bist du gewesen?«

»Später, Nastenka, später.«

Ich aß etwas auf die Schnelle, duschte, zog mich um und machte mich auf den Weg zur Comfort Ltd.

»Bist du schon wieder da«, lautete Kairetows ungnädige Begrüßung. »Muss das sein? Heute früh hatte ich eine hypnotische Behandlung zur Beruhigung und zur Verbesserung meines allgemeinen Gesundheitszustandes, und da kommst du, um mich aus dem Gleichgewicht zu bringen?«

»Wo ist Dorian Gray?«

»Wer?«

»Na, Sergej heißt er eigentlich.«

»Der Wachmann?«

»Was für ein Wachmann?«

»Wir haben nur einen Sergej, und der ist Wachmann.«

»Dann heißt er nicht Sergej. Ich meine den, der damals reinkam, als wir beide uns unterhielten.«

»Daran erinnere ich mich nicht.«

»Herrgott, so ein Dünner, Affektierter . . .«

»Meinst du Alik?«

»Kann sein. Er wollte mit mir Versteck spielen.«

»Aaah . . . Alik ist das. Albert Pupyrkin.«

»Wie?«

»Albert Pupyrkin«, wiederholte Kairetow genussvoll. »Ein schöner Name, nicht wahr?«

»Wo ist er?«

»In Deutschland.«

»In was für einem Deutschland?«

»Im ganz gewöhnlichen deutschen Deutschland.«

»Mach mir keinen blauen Dunst vor, Kairetow, was treibt er dort?«

»Das ist die Frage! Alik, verstehst du, ist ein schizoider Mensch, der zehn Sachen auf einmal übernimmt, überall zu spät kommt, alles vergisst. Aber wenn er mal ein großes, lohnendes Geschäft in die Pfoten kriegt, wenn es gilt, auf jemanden Eindruck zu machen – da ist er König! Es hatte einen Deutschen hierher zu uns verschlagen. Pupyrkin hat sich bloß einen halben Tag mit ihm abgegeben, und schon sind sie zusammen losgefahren, um irgendein gemeinsames Projekt zu realisieren. Der Deutsche war einfach hingerissen von seiner Genialität. Allein für die Idee hat er Pupyrkin sofort dreißigtausend Mark hingeblättert. Alik spekuliert aber auf eine Million.«

»Quatsch mich nicht voll! Wann kommt er zurück?«

»Wer weiß. Vielleicht kommt er gar nicht zurück. Er hat angerufen. Hat schon eine Freundin gefunden, so ein attraktives Model, und sich ein Haus ausgeguckt, aber nicht in Deutschland, sondern in der Schweiz, wo er sich mit seiner Freundin niederlassen will. Muss er offenbar die Million doch bekommen haben. Ein Besessener. Du kannst dir ja vorstellen, mit so einem Namen und so einem Selbstbewusstsein kamen für Pupyrkin nur eine Klassefrau, nur eine Million, nur ein Haus am Genfer See in Frage!«

»Das heißt ...«

Ich nahm Platz.

»Worum geht es denn?«, wollte Kairetow fast teilnahmsvoll wissen. Offenbar hatte die Hypnose tatsächlich eine heilsame Wirkung auf ihn gehabt.

Ich gab keine Antwort.

Dann fragte ich nach etwas anderem. Genauer gesagt, war meine Frage eine Feststellung:

»Du hast Valera doch umgebracht.«

»Wer hat dir das gesagt?«

»Du hast ihn umgebracht, du Schuft!«

»Denk dir kein Zeug aus! Ich habe niemand umgebracht!«

»Willst du mir weismachen, dass der Brand nicht auf deine Anordnung gelegt worden ist?«

»Du bist ja verrückt!«, schrie Kairetow in edelmütiger Erregung. »Die Tür war von innen verschlossen. Mein Freund, der Untersuchungsführer, hat es mir persönlich erzählt, innen hing ein Vorhängeschloss an der Tür, und ein Petroleumkanister lag auch da. Eine Selbstverbrennung war das!«

Ich ließ es unwidersprochen. Selbstverbrennung oder Mord – aufschlussreich erschien mir, dass Kairetow sich rechtfertigte. Es war noch gar nicht lange her, dass er offen von seiner Absicht gesprochen hatte, Valera und mich umzubringen. Hätte er ihn umgebracht, würde er sich nicht geniert haben, damit zu prahlen. Doch stattdessen rechtfertigte er sich, stritt die Tat ab. Schnell ändern sich die Zeiten! Wenn der Mörder nicht mehr mit seinem Mord prahlt, zeichnet sich in unserer Gesellschaft ein gewisser Fortschritt ab! Geb's Gott. Geb's Gott!

Ich verabschiedete mich fast freundschaftlich von Kairetow

und trat, in Gedanken mit den Perspektiven der gesellschaftlichen Entwicklung beschäftigt, den Heimweg an.

30. Juli 1995

Wahrscheinlich haben Alexina und ich längst begriffen, dass wir füreinander geschaffen sind. Aber wir wollten es nicht wahrhaben – besonders sie. Weil man es sich nicht vorstellen kann.

Ohne den Sonnabend abzuwarten, ging ich zu ihr.

Sie zeigte sich nicht verwundert. Sie wundert sich über nichts.

Ich bot ihr ruhig an, meine Frau zu werden.

Sehr ruhig, denn ich war mir ihrer Antwort sicher.

Sie sind sehr selbstsicher.

Sie sagte ja.

Sie hätte es gern gehabt, dass ich dageblieben wäre, aber wozu übereilen?

Am selben Tag fuhr ich zu Anastasia Shuwelskaja und sagte ihr alles, was ich über sie denke. Weil ich ihr das schon lange hatte sagen wollen.

Sie hörte mich wortlos an, doch da klingelte das Telefon, und sie quasselte los, geziert und unter lautem Gelache – mich schien sie völlig vergessen zu haben. Lüge und Heuchelei.

Gleichgültig ging ich weg.

2. August 1995

Ich bin krank.

Diese Krankheit findet man in keinem medizinischen Lehrbuch oder Nachschlagewerk, ja in der ganzen Geschichte der Medizin existiert sie nicht. Meine Krankheit, das sind diese Bewerbungsfragen. Selbst ein Bein gestellt, Kreuzwortler!

Es begann damit, dass ich beim Aufwachen Übelkeit verspürte. Der Kopf tat mir weh, was ich bisher morgens nicht gekannt hatte. Ich setzte mich auf, und zu dem Schmerz kam noch Schwindelgefühl.

Sofort blitzten in meinem Gehirn die fest eingeprägten hämischen Diagnosen aus den Bewerbungsfragen auf:

Fast immer haben Sie Kopfschmerzen!

Nicht selten leiden Sie unter Schwindelgefühl!

Ich nahm mich zusammen, versuchte mit gedanklichen Überredungskünsten auf meinen Organismus einzuwirken, um die obsessiven Syndrome loszuwerden.

Doch es wurde nur noch schlimmer.

Zusätzlich stellte sich das sonderbare Gefühl ein, jemand Unsichtbares zwicke mich bald hier, bald da. (Häufig *haben Sie ein Gefühl des Zwickens in den Muskeln!*)

Ich ging zur Toilette (Sie *haben des öfteren Magenprobleme! Einmal im Monat (oder häufiger) haben Sie Durchfall!*), quälte mich lange dort, bevor ich mich mit letztem Kraftaufwand unter die kalte Dusche stellte (*Meist fühlen Sie eine allgemeine Schwäche!*), doch plötzlich griff der Schmerz auf den Scheitel über, als träfen nicht die weichen Strahlen der Dusche, sondern niederprasselnder eisiger Hagel meinen Kopf (Wenn *Sie Ihren Scheitel berühren, tut es weh!*).

Ich rieb mir die Augen (*In letzter Zeit hat sich Ihre Sehkraft verschlechtert!*), während ich zur Küche trottete, wo ich gierig Wasser aus dem Hahn trank (*Sie trinken jetzt täglich wesentlich mehr Wasser als zuvor!*). Als ich mich aufrichtete, sah ich meine Schwester, die an diesem Tag freihatte, hinter mir stehen – was für eine Angewohnheit! –; besorgt fragte sie:

»Was ist mit dir, Antoscha? Du hast doch gestern nicht etwa getrunken?«

Sieh einer an, die Gespenster der Vergangenheit beunruhigen sie!

»Und wenn ich getrunken hätte? Was geht dich das an?« schrie ich. »Ich bin fast vierzig! Immerzu erniedrigst du mich! Meine menschliche Würde!«

(*Sie sind schneller beleidigt als die meisten.*)

»Ich habe genug davon, wie ein kleiner Bruder behandelt zu werden!«, schrie ich. »Ich bin nicht dein kleiner Bruder, sondern ein für dich fremder junger Mann in der Blüte seiner Jahre, während du ein altes Weibsstück bist, das sein Leben hinter sich hat! Du . . ., . . ., . . ., . . .!« Eine Flut zotiger Ausdrücke kam aus meinem Mund, die mich immer mehr in Fahrt brachten.

(*Manchmal kommen Ihnen mir nichts, dir nichts unschöne Worte in den Sinn, meistens Schimpfwörter, von denen Sie sich nicht frei machen können.*)

Auf der Bildfläche erschien die verdutzte Nastja, sie sah ihre Mutter an, die, zur Salzsäule erstarrt, an der Wand lehnte, und sagte:

»Was ist los mit dir, Onkelchen Anton Petrowitsch? Hat es bei dir ausgehakt? Hier sind übrigens Kinder!«

Hinter ihrem Rücken guckte Vitali hervor, der sich inzwischen eingelebt und an uns gewöhnt hatte.

»Kinder? Ihr seid Kinder?« Ich machte einen Schritt auf sie und Vitali zu. »Missgeburten und Bastarde seid ihr, bis ins Mark der Knochen entartete Ausgeburten der Epoche, Produkt vergifteter Spermien, schert euch raus und wagt es nicht, ohne meine Erlaubnis das Wort an mich zu richten!«

Es macht Ihnen nichts aus, einen Menschen dazu zu bringen, Sie zu fürchten, und manchmal tun Sie das zu ihrem Vergnügen! billigten die Bewerbungsfragen freudig mein Verhalten, und ich lächelte grausam und triumphierend.

Doch Nastja ließ sich dadurch nicht einschüchtern und schrie, wie ich es noch nie von ihr gehört hatte:

»Jetzt mach mal 'n Punkt, du blöder Kerl! Sonst rufe ich gleich bei der Miliz oder in der Klapsmühle an! Mama, der spinnt schon lange, habe ich dir doch gesagt!«

»Das ist einfach die Erschöpfung, einfach die Erschöpfung!«, sagte Nadeshda leise.

»Meine Erschöpfung liegt an euch«, versetzte ich darauf. »Ihr steht mir bis hier! Ich kann euch nicht mehr sehen! Mir ist schließlich eine Wohnung vermacht worden, und ich werde dort wohnen. Euch will ich nicht wiedersehen, ich habe die Nase voll, ich spucke auf euch!«

(*Von Zeit zu Zeit empfinden Sie Hass gegen Ihre Angehörigen, die Sie für gewöhnlich lieben.*)

Ich wollte noch etwas schreien, doch die Stimme versagte mir (*Sie haben des Öfteren Erstickungsanfälle.*), etwas stieg mir in die Kehle, ich stürzte zur Toilette, beugte mich über das Becken – und sah mit Schrecken, wie eine rote Flüssigkeit aus meinem Mund floss (*Sie haben schon Blut gespuckt oder blutig erbrochen.*). Und als hätte mich etwas Schweres und Weiches auf den Kopf geschlagen, stürzte ich zu Boden (*Ein paarmal sind Sie in Ohnmacht gefallen.*).

3. August 1995

Vorsichtig, auf maximale Distanz zu Wänden und Gegenständen bedacht, verließ ich die Wohnung.

(*Sie haben große Angst vor Schlangen!*)

Ich ging in der Mitte der Straße und passte auf, wohin ich trat.

(*Sie haben große Angst vor Schlangen!*)

So ging ich – immer auf gut einsehbaren Wegen – bis Solnetschny.

Beim Betreten der Wohnung blieb ich lange in der Tür stehen, lauschte und guckte.

Die Nacht verbrachte ich auf dem Tisch in der Mitte des Zimmers.

(*Sie haben große Angst vor Schlangen!*)

5. August 1995

Sie befürchten, den Verstand zu verlieren.

17. August 1995

Schwer atmend, mit benommenem Kopf und schmerzendem Herzen, gequält von Übelkeit, Brechreiz, Durchfall und allen vorstellbaren und unvorstellbaren körperlichen und seelischen Qualen, klebte ich mit schwarzen Papierstreifen die Behauptungen zu, die mir widerstrebten. Die Wörter blieben durch das Papier erkennbar, doch ich glaubte, das sei nicht für lange. Das werde vergehen.

Nachdem alles zugeklebt war, begann ich den Rest zu lesen. Hundertmal, tausendmal hintereinander.

Für gewöhnlich sind Sie der Auffassung, dass Sie nicht umsonst leben.

Schon fühle ich mich besser. Schon ist mir leichter. Schon kann ich ... Aber da – durch das Papier hindurch, über die Barrikaden und Dämme des sich verteidigenden Verstandes hinweg:

Sie glauben, dass Ihr Schicksal besiegelt sei!

Keineswegs, keineswegs! Im Gegenteil:

Manchmal sind Sie grundlos (oder selbst bei Unannehmlichkeiten) in gehobener, freudiger Stimmung!

26. August 1995

Ich habe begriffen, dass ich mit meinem Einsiedlertum tatsächlich Gefahr laufe, den Verstand zu verlieren.

Wozu habe ich mich in diese Fragen verbissen und versuche, sie – ausgerechnet mit den Fragen selbst – zu bezwingen? Ich werde dabei in jedem Fall den Kürzeren ziehen. Ich will es anders machen, ich werde sie mit Hilfe des Lebens schlagen und vernichten!

Ich fuhr zu den Meinen. Ich war freundlich, sanft, einsichtig, was sie sehr froh stimmte.

Ich ging zu Alexina. Sie empfing mich mit ungewohnter Herzlichkeit!

Mit Tränen in den Augen fragte sie mich, was mit mir gewesen sei, wann wir denn nun zusammenleben würden.

Ich weinte mit ihr.

(*Sie neigen dazu, sich alles zu sehr zu Herzen zu nehmen.*)

Wir haben die Zeit sehr schön verbracht. Als ich im Gehen war, wurde Alexina allerdings plötzlich ärgerlich und sagte mir etwas Sonderbares: Nicht sie hätte mich, sondern ich hätte ein Leben lang sie gequält, sie wäre längst meine Frau geworden, wenn sie meiner Liebe sicher gewesen wäre.

Ich lächelte ironisch. Sie fing an mich zu beleidigen und schrie wie ein Marktweib herum.

Ich ging. Ich ging und hatte augenblicklich alle ihre Worte vergessen.

(*Wenn man Ihnen etwas sagt, vergessen Sie es oft auf der Stelle.*)

Ich fand das gut so.

27. August 1995

Ich war bei Larissa.

Sie lebt mit jemandem zusammen.

Ich ging, ohne betrübt zu sein.

27. August 1995

Ich war bei Tamara.

Ich traf sie nicht an.

Ich setzte mich auf die Treppe vor ihrer Tür.

Eine alte Frau trat aus der Wohnung und brummte etwas vor sich hin.

Eine zweite Alte kam die Treppe herauf. Die brummte nicht, sondern nannte mich laut einen Säufer, der hier nichts zu suchen habe, schimpfte, redete mir ins Gewissen. Ich ließ es schweigend über mich ergehen.

Ihnen ist es gleichgültig, was andere über Sie denken.

Schließlich erschien Tamara. Ich schlug ihr vor, einen zu trinken, sie lehnte zunächst stolz ab, bevor sie einwilligte.

15. September 1995

Ich habe Tamara verlassen.

Aber allein leben kann ich nicht.

Und zusammen mit den Meinen auch nicht.

Ich rief Tatjana an, flunkerte ihr vor, ich hätte einen Unfall gehabt und deshalb nichts von mir hören lassen. Wie gehe es denn ihrer Tochter Nina, schreibe sie, rufe sie an?

Tatjana sagte mir mit völlig veränderter Stimme – verglichen mit damals, als ich sie im Beisein von Nina kennen gelernt hatte –, dass sie mich weder zu hören noch zu sehen wünsche, genauso wenig wie alle anderen.

Sei's drum. Ich rief die Sinizyna an.

Sie reagierte sogar erfreut.

»Wie wär's mit Ravioli?«

»Gern!«

Wir aßen Ravioli.

»Wie geht es Ihrer Mutter?«

»Gestorben.«

»Das war nun mal ihr Weg. Ich will sagen: Wir alle kommen dahin. Friede ihrer Asche.«

»Ja.«

»Wir können es also mit unserem Zusammenleben versuchen?«

»Können wir.«

Ende 1995

Tamara und ich leben als Mann und Frau zusammen. Die Sinizyna und ich, meine ich.

Ich verfertige nach wie vor Kreuzworträtsel. Ich bin der beste Kreuzwortler. Was wahr ist, ist wahr. Und was Lüge ist, ist Lüge.

Manchmal will es nicht recht laufen. (*Sie haben Schwierigkeiten, sich auf etwas zu konzentrieren.*)

Dann wieder arbeite ich wie im Rausch – tage- und nächte-, wochenlang.

(*Mitunter arbeiten Sie wie ein Besessener.*)

An meine Verfassungs- und Stimmungsschwankungen habe ich mich gewöhnt.

Daran gewöhnt hat sich auch die Sinizyna, zumal es ihr ähnlich geht – ohne jegliche Befragungen.

Der Abend kann bei uns so ablaufen:

Sie kommt vom Dienst, und ich bin düsterer Stimmung.

(*Oft haben Sie Anfälle grundloser Reizbarkeit.*)

»Guten Abend«, sagt sie, »du hast noch nicht gegessen?«

»Ich hätte ja gern, ist bloß nichts zu futtern da.«

»Entschuldige, bei uns ist jetzt viel zu tun. Ich schaffe es nicht, noch einzukaufen«, sagt die Sinizyna sanft.

Sie zieht sich um und schreit plötzlich ärgerlich:

»Bratkartoffeln hättest du dir ja wenigstens machen können, und für mich gleich mit! Ich bin von morgens bis abends im Dienst, während du zu Hause sitzt!«

»Reg dich bitte nicht auf«, beruhige ich sie, »es lief einfach so gut. Ich arbeite doch auch. Ich wollte etwas kochen, habe aber über den Rätseln alles vergessen.«

»Ist ja nicht so schlimm«, lächelt die Sinizyna und geht in die Küche Bratkartoffeln machen. Nach einer Weile sagt sie etwas von dort.

»Ich höre nichts!«, antworte ich. »Was piepst du wie eine Puppe! Machst du das extra so, um mich zu ärgern?«

»Mein Lieber«, die Sinizyna erscheint mit zärtlicher Stimme, die Bratpfanne in der Hand, »wenn ich dir zu leise spreche, kann ich nichts dafür. Du hättest ja deinen Hintern losreißen und in die Küche kommen können, dann hättest du alles gehört. Möchtest du essen?«

»Schon lange möchte ich das.«

»Na, dann iss.« Und sie wirft die heiße Pfanne nach mir. Ich weiche aus, die Pfanne zerschlägt meinen geliebten Tischspiegel und prallt gegen das Glas der Balkontür, das ebenfalls zu Bruch geht.

Wir lachen laut und lesen die Scherben auf.

26. April 1996

Ich habe diese Fragen bezwungen.

Das war ein langer und schwieriger Kampf, aus dem ich als Sieger hervorgegangen bin.

Jetzt beherrschen die Fragen nicht mehr mich, sondern ich sie.

Ich genieße meinen Sieg.

Ich bade in einem ungewohnten Gefühl der Freiheit.

Ich fühle mich großartig, denn alle Behauptungen schweigen, alle bis auf eine, der ich gestatte, mir täglich guten Morgen zu wünschen:

In den letzten Jahren war Ihr Befinden im Allgemeinen gut.

Ich wohne im Neubaugebiet Solnetschny, in der Wohnung Irinas, die sie mir »vermacht« hat. Dreimal in der Woche kommt abends, für höchstens zwei Stunden, ein Mädchen aus einem Parfümerie- und Galanteriewarenladen zu mir. Sie duftet und spricht ganz parfümerie- und galanteriewarenmäßig. Ihr Verstand ist genauso bunt wie das billige Warenangebot ihres Ladens. Sie ist gerade mal achtzehn.

Als ich sie zum ersten Mal ansprach (Sie *sind sehr selbstsicher.*), antwortete sie mir mit dem gleichen herablassenden Lächeln, wie sie es bei allen anderen tat, die mit ihr anzubändeln suchten.

»Hören Sie mich an, mein Fräulein«, sagte ich. »Sie brauchen einen Mann für Seele und Körper, so einen haben Sie nicht. Für den Körper – vielleicht. Für die Seele – vielleicht. Doch für beides, für Seele und Körper – nein, so einen haben Sie nicht. Mir fehlt andererseits eine solche Frau, aber bei Ihnen sehe ich alles, was dazugehört. (Ich zählte alle ihre Vorzüge auf, ohne etwas wegzulassen.) Du wirst Tag und Nacht und den ganzen kommenden Morgen darüber nachdenken – und begreifen, dass du mich brauchst. Bis bald.«

Sie besitzen die Fähigkeit, Menschen Ihrem Willen zu unterwerfen! Das Parfümeriemädchen Veronika verliebte sich in mich bis über beide Ohren.

Ich bin ein gutmütiger Mensch, aber streng zu ihr. Familiaritäten lasse ich nicht zu. Abgesehen von höchst intimen Augenblicken, redet sie mich mit Vor- und Vatersnamen an.

Unlängst habe ich mich Kairetows erinnert und ihn aufgesucht.

Er hat sich nicht ein bisschen geändert und begrüßte mich wie gewöhnlich nicht eben begeistert.

»Ich kann den unglücklichen Valera nicht vergessen«, sagte ich zu ihm. »Ich bin jetzt reif für die Rache.«

»Was hast du vor?«, erkundigte sich Kairetow, wobei er in dem Glauben, ich bekäme diese unauffällige Bewegung nicht mit, auf einen geheimen Knopf unter der Tischplatte drückte.

»Feuer gebiert Feuer«, sagte ich. »Ich werde mit Feuer an dir Rache üben für Valera und all die anderen, die du ins Unglück gebracht hast.«

Indem ich das sagte, trat ich zwei Schritte zurück zur Tür, und sobald der Wachmann sie aufmachte und auf der Schwelle erschien, versetzte ich ihm mit aller Kraft einen Schlag mit der Tür und dann auch mit dem Fuß, verrenkte ihm den Hals und nahm ihm die Pistole ab. (Sie *verfügen über eine ungewöhnliche Körperkraft, die Sie bei der ersten sich bietenden Gelegenheit einsetzen.*) Der Wachmann winselte und rieb sich den Hals, während er rückwärts kroch, aufzustehen getraute er sich nicht.

»Morgen werde ich dein Haus anzünden, Kairetow«, sagte ich. »Wenn nicht heute noch. Das Nötige veranlasst habe ich bereits.«

Jeder hätte meine Worte als Trickserei aufgefasst, Kairetow indessen nahm mir alles ab – weil es um sein Leben ging.

»Nein!«, sagte er.

»Ich kann meine Anweisung noch aufheben.«

»Um Himmels willen! Bitte! Ich schwöre bei meiner Mutter, ich trage keine Schuld. Valera hat sich selbst verbrannt!«

»Lebt deine Mutter überhaupt noch?«

»Sie lebt!«, rief Kairetow. »Warum sollte sie nicht!«

Mir war klar, dass er log. Doch statt ihn damit zu greifen, wählte ich eine subtilere Vorgehensweise.

»Das genügt nicht. Schwör noch bei der Gesundheit deiner Kinder.«

»Wozu brauchst du das? Ich habe doch bei meiner Mutter geschworen.«

»Das letzte Mal hast du auch geschworen – und mich betrogen.«

»Das habe ich nicht! Ich habe ihn nicht angerührt!«

»Nehmen wir's mal an. Ich rufe jetzt an und hebe die Anweisung auf. Aber du wirst mir die Hände küssen – erst die Linke und dann die Rechte.«

Kairetow beeilte sich so sehr, dieser Aufforderung nachzukommen, dass ich seinen Eifer mit der auf sein Herz gerichteten Pistole dämpfen musste.

Zärtlich küsste er mir die Linke und dann ängstlich, schweißgebadet die Rechte, in der ich selbstsicher die Todeswaffe hielt.

Ich wählte die Dienstnummer der Sinizyna. Ihre Kollegin und Freundin Nelli nahm ab, die auf der Party anlässlich des Beginns meines gemeinsamen Lebens mit der Sinizyna dabei gewesen war und die ich anschließend begleitet hatte, über eine Baustelle, vorbei an einem Haus, dessen Erdgeschoss bereits fertig gestellt war; dort, in einem leeren Zimmer voller Sägespäne, ließ ich mich leiten von der Behauptung *Ihr Tun wird oft von einem Impuls diktiert, gegen den Sie nicht ankommen.*

»Hallo!«, sagte ich.

»Anton?« Nelli hatte mich erkannt.

»Ja, ich. Richte bitte aus, dass das Feuer abzusetzen ist.«

»Was meinst du damit? Willst du dich mit mir treffen? Wo, wann? Sprich schnell, solange niemand da ist. Alle sind zu Tisch, ich bin allein hier. Als hätte ich's geahnt! Kannst du dir das vorstellen? Schicksal!«

»Zu viel der Worte. Alles klar?«

»Alles, alles! Du kannst nicht sprechen? Du rufst noch einmal an, ja?«

»Ja, natürlich.«

Ich legte den Hörer auf und wandte mich zum Gehen, steckte die Pistole hinter den Gürtel und knöpfte die Jacke zu.

»Danke, Anton«, sagte Kairetow gefühlvoll.

»Wofür?«, meinte ich verwundert.

»Aber ...«

»Freu dich nicht zu früh. Ich kann jetzt vom Wagen aus anrufen und sagen, dass alles in Kraft bleibt. Oder meine Anweisung morgen erteilen. Oder übermorgen. Oder . . .«

»Aber du hast es doch versprochen!«, schrie Kairetow.

»Na und! Mach's gut!«

»Du bist ein Sadist!«, jammerte Kairetow mir nach.

Mich ließ das kalt.

Um den Ballast von meiner Seele abzuwerfen, die doch nicht so ganz unbeschwert war, gestattete ich mir abends, Kairetow zu bemitleiden; ich hörte ein Präludium für Orgel in c-Moll von Bach an und bemitleidete ihn – nicht Bach, sondern Kairetow, mit Tränen in den Augen. Bach, nebenbei bemerkt, auch. Übrigens trinke ich jetzt nicht mehr so stark wie seinerzeit.

Mein Leben verläuft in letzter Zeit in geordneten Bahnen. Wenn mir die Arbeit über wird (ich habe eine Produktivität erreicht, über die ich selbst staune, mit einigen Blättern konnte ich Exklusivverträge abschließen, ich liefere ihnen Kreuzworträtsel unter Pseudonym, und sie bringen gleich fünf, sechs Stück in einer Ausgabe, diese Unterhaltungsblättchen sind neuerdings sehr zahlreich geworden), brauche ich mich nicht erst in Erholungsstimmung zu bringen; diensteifrig wie ein dressierter Hund kommt aus der Fragenbroschüre schwanzwedelnd der Satz *Sie lieben diverse Spiele und Zerstreuungen* angekrochen, und ich fahre zu den Tennisplätzen des Sportzentrums »Jugend«, um mich mit den besten Tennisspielern der Stadt zu messen, ich bin bereits die Nummer eins geworden, und schon ein Satzgewinn gegen mich gilt als großer Erfolg.

Abends bin ich – hin und wieder mit Veronika, um sie zu verwöhnen, meist aber allein – Gast in der »Rotunde«. Dort weiß man nicht, was man von mir zu halten hat. Man holte Erkundigungen ein, um herauszufinden, was ich für einer sei. Es war nichts Besonderes, was dabei herauskam, die Ungewissheit blieb. Um Abhilfe zu schaffen, schickte man einen vor, der mit mir reden sollte – ich will ihn Jemand nennen. Er führte das Gespräch, während die anderen in der Nähe standen und sich lauschend in Bereitschaft hielten.

»Wer bist du?«, fragte Jemand.

Ich nannte meinen Vor-, Vaters- und Familiennamen.

»Das meine ich nicht«, sagte Jemand. »Ich fragte, wer du bist.«

Mit spöttischem Lächeln wiederholte ich meinen Vor-, Vaters- und Familiennamen.

Jemand beschwichtigte die Lauscher, indem er die Hand hob, und stellte seine Frage anders.

»Gut. Dann – mit wem bist du?«

»Allein mit mir. Ich halte mich nur an mich.«

»So etwas gibt es nicht.«

»Doch, das gibt es. In Ausnahmefällen.«

»Ich mag keine Ausnahmen«, sagte Jemand.

»Ich mag sie auch nicht«, solidarisierte ich mich mit ihm. »Schon in der Kindheit mochte ich sie nicht, als ich die Regeln der russischen Sprache lernte. Ausnahmen irritieren nur. Doch es gibt sie, verstehen Sie? Es gibt sie objektiv – und dagegen kann man nichts machen. Was schreibt man nach ›z‹ in den Wortwurzeln, ›i‹ oder ›y‹?«

Jemand überlegte. Einer flüsterte ihm etwas zu.

»›Y‹!«, sagte Jemand. »Zyrkus!«

»Eben nicht! Zirkus schreibt man mit ›i‹. Ebenso wie Zisterne, Zirkel, Zitat, Pazifist, Zimbal oder Saziwi, obwohl das ein georgisches Gericht ist.«

»Moment, nicht so schnell! Schreib auf!«, befahl Jemand seinem Gehilfen. »Das muss ich Kescha erzählen, der wird sich wundern. Was du nicht alles weißt. Bist du vielleicht ein Wissenschaftler?«

»Ich bin Erfinder. Für meine Erfindungen bekomme ich ein bisschen Geld, und so kann ich hierher kommen, das ist alles.«

»Hättest du's doch gleich gesagt. Erfindern tun wir nichts«, sagte Jemand, nun die Güte selbst.

Dieses todsichere Superman-Spielen, diese endlos sich aneinander reihenden Erfolge, ja selbst meine permanent fabelhafte Gesundheit – manchmal ödet mich das alles schon an.

Dann verordne ich mir ein trübsinnig-abgeschlafftes Aussehen und gehe los zum Nordmarkt, um einzukaufen. Die dreisten Verkäuferinnen und Verkäufer hauen mich ganz offen übers Ohr (Sie *sind zu vertrauensselig.*), ich werde geschoben und gestoßen, mit Ellbogen, mit Einkaufswagen, man tritt mir auf die

Füße, überschüttet mich mit Schimpfwörtern, lacht über meine Verwirrung (Sie *fühlen sich in großen Menschenansammlungen hilflos.*), ich gehe verletzt davon, erniedrigt und beleidigt, ich genieße meine brüderliche Verbundenheit mit allen, die sich verletzt, erniedrigt und beleidigt fühlen, das heißt mit der Mehrheit der Menschheit.

Einen Tag später nehme ich mir bei der Marktfrau, die mich übers Ohr gehauen hat, ein Dutzend Apfelsinen vom Verkaufstisch und packe sie seelenruhig in meinen Beutel. Sie öffnet den Mund, ich sage ihr leise, indem ich ihr in die Augen sehe, dass sie ein Todeshauch anweht: »Besser, du schweigst, meine Liebe«, und lasse sie so stehen – mit aufgesperrtem Mund.

Hin und wieder verlangt es mich nach richtiger Liebe. Dann fahre ich zu Alexina.

Als hätte sie mich bereits vergessen gehabt und erinnere sich plötzlich wieder, freut sie sich schrecklich, dass es mich noch gibt. Bis tief in die Nacht hinein und sogar bis zum Morgen lieben wir uns, als wäre unsere unerschöpfliche, unersättliche Jugend wiedergekehrt, und sprechen von unserer Liebe. Morgens verlasse ich ihr Haus, ohne sie zu wecken. Ich fahre durch die leere Stadt mit einer »Benzinkutsche« (ich könnte ein eigenes Auto haben, aber damit hat man zu viel Scherereien), betrachte die Häuser, in denen Leute schlafen, und denke betroffen daran, wie hilflos sie sind, wie unfähig, ihr Leben selbst zu gestalten!

15. Juni 1996

Ringsum werden heftige politische Fehden ausgetragen, die mich bisher gleichgültig gelassen haben, weil ich es ablehnte, mich dafür zu interessieren. Heute aber kam mir plötzlich der Gedanke, dass ich ein untätiger Vulkan bin. Ein vor Anker liegender Atomeisbrecher. In mir ist ein ungeheurer Energievorrat, ich besitze eine phänomenale Wendigkeit, das Vermögen, auf Leute Einfluss zu nehmen – was braucht ein Präsident noch mehr? Ich bin vierzig, andere haben ihre politische Karriere noch später begonnen und sind in drei, vier Jahren im ganzen Land bekannt geworden. Ruhm lässt mich kalt (sollte ich allerdings Lust bekommen, ihn zu genießen – ich brauche es mir nur zu wünschen –, werde ich meine Begierde schon stillen!), doch die Chance, ein gutes Werk für mein Land zu tun, ist verlockend. Zur allgemeinen Wohlfahrt führt nur ein Weg – jeder muss maximale Möglichkeiten erhalten, über sich selbst zu verfügen. Die Bevölkerung ist nicht nach Klassen oder Schichten zu gliedern, sondern ausschließlich nach ihrer Fähigkeit zur Selbstkontrolle und zur Selbstverwaltung im eigentlichen Sinne des Wortes. Die gesamte Bevölkerung ist einem Test zu unterziehen, damit die Möglichkeiten jedes Einzelnen ermittelt werden. Die unerfüllte Losung des Sozialismus »Jeder nach seinen Fähigkeiten« wird Realität werden. Umgesetzt werden wird auch der zweite Teil der Losung: »Jedem nach seinen Leistungen.« Eine Art kapitalistischer Sozialismus wird das sein – ach, völlig egal, wie das heißt.

Morgen aber werde ich erst mal ein ganz gewöhnlicher Wähler sein – einer, der wählt, statt sich zur Wahl zu stellen.

Wen wählt?

Einen halben Tag habe ich darüber nachgedacht, ohne meine Wahl zu treffen. Die Behauptung *Sie sind unfehlbar in Ihren Entscheidungen* konnte mir dabei nicht helfen.

Aber ist das eigentlich nicht egal, wenn ich mir vorgenommen habe, selbst der erste Mann zu werden? Und das werde ich schaffen. *Sie erreichen stets das Ziel, das Sie sich gesteckt haben.* Deshalb werde ich die Namen der Kandidaten auf Zettel schreiben, um sie in die Schatulle aus karelischer Birke zu stecken, die meine kostbare, in Saffianleder gebundene Fragenbroschüre enthält, und wen ich ziehe, der soll es sein.

Also dann . . .

16. Juli 1996
Saratow